R. A. Salvatore

Die Unterwerfung

Schattenelf 5

Ins Deutsche übertragen
von Caspar Holz

BLANVALET

R. A. SALVATORE

Die Unterwerfung

R. A. Salvatore wurde 1959 in Massachusetts geboren, wo er mit seiner Frau und seinen drei Kindern lebt. Bereits sein erster Roman »Der gesprungene Kristall« machte ihn bekannt und legte den Grundstein zu seiner weltweit beliebten Reihe von Romanen um den Dunkelelf »Drizzt Do'Urden«.

Von R. A. Salvatore bereits erschienen:

Aus den Vergessenen Welten:

DIE VERGESSENEN WELTEN 1–6: 1. **Der gesprungene Kristall** (24549), 2. **Die verschlungenen Pfade** (24550), 3. **Die silbernen Ströme** (24551), 4. **Das Tal der Dunkelheit** (24552), 5. **Der magische Stein** (24553), 6. **Der ewige Traum** (24554) DIE SAGA VOM DUNKELELF: 1. **Der dritte Sohn** (24562), 2. **Im Reich der Spinne** (24564), 3. **Der Wächter im Dunkel** (24565), 4. **Im Zeichen des Panthers** (24566), 5. **In Acht und Bann** (24567), 6. **Der Hüter des Waldes** (24568) DAS LIED VON DENEIR: 1. **Das Elixier der Wünsche** (24703), 2. **Die Schatten von Shilmista** (24704), 3. **Die Masken der Nacht** (24705), 4. **Die Festung des Zwielichts** (24735), 5. **Der Fluch des Alchimisten** (24736)

DIE VERGESSENEN WELTEN, weitere Bände: 1. **Das Vermächtnis** (24663) [= 7. Band], 2. **Nacht ohne Sterne** (24664) [= 8. Band], 3. **Brüder des Dunkels** (24706) [= 9. Band], 4. **Die Küste der Schwerter** (24741) [= 10. Band], 5. **Kristall der Finsternis** (24931) [= 11. Band], 6. **Schattenzeit** (24973) [= 12. Band], 7. **Der schwarze Zauber** (24168) [= 13. Band], 8. **Die Rückkehr der Hoffnung** (24227) [= 14. Band]

Aus der Drachenwelt:

DRACHENWELT: 1. **Der Speer des Kriegers** (24652), 2. **Der Dolch des Drachen** (24653), 3. **Die Rückkehr des Drachenjägers** (24654)

Von den Dämonenkriegen:

DÄMONENDÄMMERUNG: 1. **Nachtvogel** (24892), 2. **Juwelen des Himmels** (24893), 3. **Das verwunschene Tal** (24905), 4. **Straße der Schatten** (24906), 5. **Der steinerne Arm** (24936), 6. **Abtei im Zwielicht** (24937), 7. **Der ewige Fluch** (24988), 8. **Das brennende Herz** (24989)

SCHATTENELF: 1. **Der dunkle Sohn** (24990), 2. **Das Turnier** (24994), 3. **Der Herr der Flammen** (24995), 4. **Feuerzauber** (24996), 5. **Die Unterwerfung** (24136), 6. **Der letzte Kampf** (24137)

Außerdem von R. A. Salvatore erschienen:

STAR WARS: **Episode II. Angriff der Klonkrieger** (35761), **Das Erbe der Jedi-Ritter** 1. **Die Abtrünnigen** (35414)

Weitere Bände sind in Vorbereitung.

Die amerikanische Originalausgabe erschien unter dem Titel
»Immortalis. Book III of the Second Demonwars Saga« (Parts 1+2)
bei Del Rey/Ballantine Books, New York.

Umwelthinweis:
Alle bedruckten Materialien dieses Taschenbuches
sind chlorfrei und umweltschonend.

Blanvalet Taschenbücher erscheinen
im Goldmann Verlag, einem Unternehmen
der Verlagsgruppe Random House GmbH.

1. Auflage
Deutsche Erstveröffentlichung 12/2003

Umschlaggestaltung: Design Team München
Umschlagillustration: Agt. Schlück/Les Edwards (The Monk)
Satz: deutsch-türkischer fotosatz, Berlin
Druck: Elsnerdruck, Berlin
Titelnummer: 24136
Redaktion: Alexander Groß
V. B. · Herstellung: Peter Papenbrok
Printed in Germany
ISBN 3-442-24136-7
www.blanvalet-verlag.de

Barbakan
Berg Aida
ALPINADOR
Waldlande
Moorlande
Andur'Blough
Inninness (Nebeltal)
Wilderlande
Masur Delaval
KÖNIGREICH DES BÄREN
Großer Gürtel
Mantis Arm
BEHREN
Katzenbucht
1
2
3
4
5
6
7
8
9
10
11
12
13
14
19

1 Weedy Meadow
2 Dundalis
3 Weltenend
4 Landsdown
5 Caer Tinella
6 Palmaris
7 Amvoy
8 Dusberry
9 Ursal
10 Youmaneff
11 Entel
12 Freeport
13 Jacintha
14 St. Gwendolyn
15 Macomber
16 Tinson
17 Pireth Tulme
18 Pireth Vanguard
19 St. Mere-Abelle
JULIANTHEN
(Wetterinseln)
18
Pireth Dancard
Allerheiligen-Bucht
Golf von Korona
MIRIANISCHER OZEAN
17
16
15
Zerschmetterte
Küste

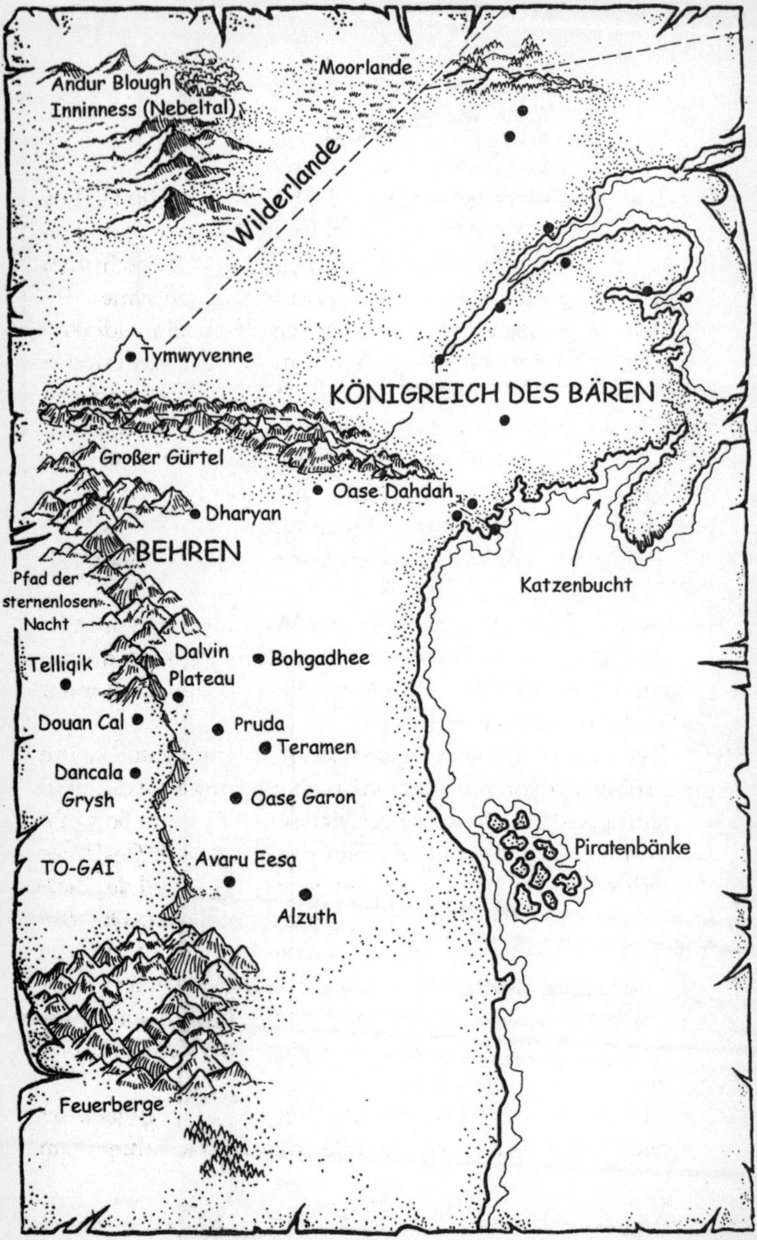
Moorlande
Andur Blough
Ininness (Nebeltal)
Wilderlande
Tymwyvenne
KÖNIGREICH DES BÄREN
Großer Gürtel
Oase Dahdah
Dharyan
BEHREN
Katzenbucht
Pfad der sternenlosen Nacht
Dalvin
Bohgadhee
Telliqik
Plateau
Douan Cal
Pruda
Teramen
Dancala
Grysh
Oase Garon
Piratenbänke
TO-GAI
Avaru Eesa
Alzuth
Feuerberge

Prolog

»Ihr habt sie einfach gehen lassen?«, brüllte Marcalo De'Unnero, sämtliche Muskeln seines kräftigen Körpers zum Zerreißen gespannt. Obwohl er die fünfzig längst überschritten hatte, wirkte er erheblich jünger; nicht nur wegen seiner sich deutlich abzeichnenden Muskeln, denen die Geschmeidigkeit der Jugend noch immer anzusehen war, sondern auch wegen seines noch immer vollen schwarzen Haars. Der exkommunizierte Mönch war sein Leben lang ein Kämpfer gewesen, und sein Körper wies die Narben Hunderter Schlachten auf. Aber die waren nur oberflächlicher Natur, nichts weiter als sichtbare Erinnerungen, denn unter Marcalo De'Unneros zerschundener Haut verbarg sich ein Körper von makelloser Gesundheit.

Es war eine der Auswirkungen der Magie des verwunschenen Edelsteins – einer Tigertatze –, der dank der Macht des geflügelten Dämons mit dem Wesen dieses Mannes zu einer Einheit verschmolzen war.

Sadye legte ihm eine Hand auf den Arm und versuchte ihn zu beruhigen, denn sein Wutausbruch im Thronsaal des neuen Königs Aydrian Wyndon, der sich selbst Aydrian Boudabras nannte, hatte mehr als nur ein paar erstaunte Gesichter hervorgerufen. An diesem Morgen war ein Großteil der Herzöge des Bärenreiches anwesend, darunter Kalas, Oberbefehlshaber der Allheart-Brigade, sowie Bretherford, der die mächtige Kriegsschiffflotte befehligte. Und von denen war es keiner gewohnt, dass irgendjemand, erst recht nicht ein Angehöriger der abellikanischen Kirche, sich vor dem König des Bärenreiches derart gehen ließ.

Aydrian selbst dagegen, der De'Unnero genau gegenüber auf dem Thron saß, schien dies alles wenig zu berühren. Um seine Lippen spielte ein Lächeln, das ihn noch jünger wirken ließ als seine neunzehn Jahre, insbesondere in Verbindung mit seinen wirren blonden Locken und den großen blauen Augen. Dieser Ausdruck übertriebener Unschuld hatte sich seit den nunmehr einige Tage zurückliegenden Ereignissen in seine Züge eingegraben, als er die gequälte Seele Constance Pemblebury dem Jenseits abgerungen und dieses unterhaltsame Spektakel dazu benutzt hatte, König Danube Brock Ursal umzubringen.

»Habt Ihr etwa Angst vor Jilseponie?«, erwiderte der jugendliche König mit fester, ruhiger Stimme.

De'Unnero riss sich zusammen und musterte Aydrian, den Kopf leicht zur Seite geneigt; der schien den Grund seiner Verwirrung zu kennen und lächelte nur umso breiter. Bis vor kurzem war Aydrian für De'Unnero so etwas wie ein Strohmann gewesen, und das ganz aus freien Stücken. Als Sohn Jilseponies, der ehemaligen Königin und Gemahlin Danubes, galt Aydrian nicht unbedingt als erster Anwärter auf den Thron. Indem sie sich seiner bedient hatten, hatten De'Unnero und Abt Olin ihren Einflussbereich bis in die mächtigsten Kreise des Königreiches, ja bis zum Thron selbst, ausgeweitet. Nach diesem Sieg auf weltlicher Ebene strebten die beiden nun eine Vorrangstellung innerhalb der Kirche an, die sie, ihrer Meinung nach, im Stich gelassen hatte. In ihren Augen war Aydrian nichts weiter gewesen als ein Mittel zur Durchsetzung ihrer ganz persönlichen Ziele. In letzter Zeit jedoch, spätestens aber seit jenem Turnier, in dessen Verlauf Aydrian sämtliche Herausforderer besiegt hatte, darunter sogar einen so einflussreichen Mann wie Herzog Kalas, war Bewegung in das Verhältnis zwischen De'Unnero und Aydrian gekommen. Langsam aber sicher war Aydrian dazu übergegangen, die Fäden selbst in die Hand zu nehmen.

Das war De'Unnero nicht entgangen; und nun begann diese Eigenständigkeit, ihm allmählich Angst zu machen, zum allerersten Mal, seit er dem jungen Spross Elbryans und Jilseponies in den wilden Landstrichen im Westen begegnet war. Ganz zu Anfang, kurz nach der Thronbesteigung des jungen Aydrian, war er noch voll der Bewunderung für ihn gewesen und hatte ihn für einen höchst bemerkenswerten und gerissenen Burschen gehalten. Jetzt aber, nach der bitteren Erkenntnis, dass Aydrian Jilseponie tatsächlich gestattet hatte, Ursal zu verlassen, wurde er für ihn zunehmend zum Ärgernis.

»Begreift Ihr nicht, welche Gefahr Jilseponie für uns darstellt? Für Euch?«, versuchte der Abellikanermönch seine Haltung zu begründen.

»Vielleicht sollten wir das besser unter sechs Augen mit Aydrian besprechen«, raunte Sadye dem Mönch mit leiser Stimme zu und verstärkte ihren Druck auf seinen Arm. De'Unnero, in seiner Wut auf Aydrian, würdigte sie nicht mal eines Blickes.

»Meine Mutter ist völlig bedeutungslos«, verkündete Aydrian und ließ seinen Blick in die Runde schweifen, um zu verdeutlichen, dass seine Antwort sich an alle Anwesenden richtete und damit sämtliche Fragen im Zusammenhang mit seiner überraschenden Entscheidung, Jilseponie aus Ursal ziehen zu lassen, beantwortet waren. »Ich habe sie an jenem Tag durchschaut«, erklärte er. »Als sie die Wahrheit über mich erfuhr, dass eben jener Sohn, den sie dem Tod ausgeliefert hatte, wohlauf und am Leben war, war das ihr Ende. Jilseponie Wyndon wird niemandem mehr gefährlich werden. Sie ist nichts weiter als eine leere Hülle. Ich hätte mich gnädig zeigen und sie damals einfach töten können. Aber da sie mich so schmählich im Stich gelassen hatte, habe ich mich für ein weniger barmherziges Vorgehen entschieden.«

Nach diesen Worten hielt er inne, blickte sich, ebenso wie De'Unnero, um, und sah mehrere Adlige zustimmend lächeln – sogar den stolzen Herzog Kalas, einst der engste Freund König Danubes. Tatsächlich hatte sich Jilseponie während ihrer Amtszeit auf Schloss Ursal nicht eben wenige Feinde gemacht, und nicht zuletzt diese Atmosphäre der Feindseligkeit hatte es den Verschwörern ermöglicht, einen Keil in die allgemein anerkannte Thronfolge zu treiben.

»Soll sie ruhig an den Fehlern ihrer eigenen Vergangenheit zugrunde gehen«, fuhr Aydrian fort. »Der Tod kann manchmal eine Gnade sein, und die möchte ich dieser niederträchtigen Person nun wirklich nicht erweisen.«

De'Unnero wollte einen Einwand vorbringen, doch das beifällige Raunen rings um ihn her machte ihm unmissverständlich klar, dass er in diesem Raum kaum auf Verbündete gegen Aydrians Entscheidung hoffen konnte. Er war nach wie vor überzeugt, dass Aydrian in diesem Punkt ein schwerwiegender Fehler unterlaufen war. Er kannte Jilseponie gut; fast sein ganzes Erwachsenenleben hatte er gegen sie gekämpft und wusste, sie war eine überaus ernst zu nehmende Gegnerin, vielleicht die gefährlichste, die jemals Aydrians Weg kreuzen würde. »Wir werden sie gewiss wiedersehen«, sagte er, und es klang fast wie eine Drohung. »Und zwar auf dem Schlachtfeld.«

»Und wenn es so weit ist, wird sie ihre Verbündeten und Freunde sterben sehen, ehe sie selbst krepiert«, versicherte Aydrian ihm seelenruhig.

»Ihr scheint nicht zu begreifen, über welch ungeheure Macht –«

»Ich begreife das sogar besser als Ihr«, fiel Aydrian ihm ins Wort. »Ich habe mir ein sehr klares Bild von ihr gemacht, als sie am Tag meiner Thronbesteigung vor mir stand. Ich habe in sie hineingesehen und sie durchschaut; ich weiß genau, über welche Macht diese Frau verfügt. Und ebenso weiß ich, dass diese Macht durch meine Rückkehr in ihr Leben weitgehend zunichte gemacht wurde. Ganz recht, mein Freund – meine Freunde! –, ich kenne meine Feindin und fürchte sie nicht im Mindesten. Und Ihr solltet das ebenso wenig. Eine Hinrichtung Jilseponies, in irgendeinem stillen, abgeschiedenen Winkel von Schloss Ursal, hätte uns in unserem Bestreben, das Königreich wieder zu einen, nicht weitergebracht. Ganz im

Gegenteil; würde die Kunde einer solchen Tat nach außen dringen, machte das die Hexe nur zur Märtyrerin. Unsere Möchtegernfeinde sollen ihre Machtlosigkeit ruhig einsehen, damit sie aller Mut verlässt, sich uns zu widersetzen. Oder lasst sie, sollte sie beschließen, gegen mich zu kämpfen, von mir aus Zeugen ihrer vernichtenden Niederlage werden. Danach werden sie es nicht mehr wagen, den Kampf fortzusetzen. Mag sein, dass Jilseponie noch immer eine gewisse Rolle spielt, aber wenn sie überhaupt noch einen Einfluss auf die künftige Entwicklung hat, dann einen, der für uns von Vorteil ist.«

Die kleine Ansprache des jungen Mannes, vor allem aber die Ruhe und Selbstsicherheit, mit der er sie vorgetragen hatte, ließ De'Unnero stutzen. Wer war dieser blutjunge König eigentlich, dem er zum Thron verholfen hatte? Wer war dieser junge Mann, einst sein gelehriger Schüler, der sich jetzt aufspielte, als sei er der Lehrer?

De'Unnero wusste es nicht und wollte bereits eine entsprechende Frage stellen, doch Sadye verstärkte erneut den Druck auf seinen Arm, und als er sie daraufhin ansah, schien ihr flehentlicher Blick ihn zu beschwören, dies besser nicht in aller Öffentlichkeit zu diskutieren. Sie hatte natürlich Recht, das wusste auch der Mönch. Ein Nachhaken in diesem Augenblick hätte Aydrians Autorität gegenüber den anderen Adligen untergraben können, Verbündete, die unbedingt gebraucht wurden, wenn das neue Königreich Bestand haben und die Rechtmäßigkeit der Herrschaft Aydrian Boudabras' sich, ausgehend von Ursal, auch im Norden herumsprechen sollte.

»Vielleicht beschäftigt es mich zu sehr, wer Jilseponie früher war«, pflichtete er ihm also bei, nachdem er sich wieder etwas beruhigt hatte.

»Mit der Frau von damals hat sie nichts mehr gemein«, erwiderte Aydrian. »Sie ist alt und verbraucht. Sie hat einen langen und beschwerlichen Weg hinter sich, und ihre Entscheidungen gleichen von den Toten auferstandenen Gespenstern, die sie bis in den hintersten Winkel ihrer Gedanken verfolgen. Wegen ihr müssen wir uns keine Sorgen machen.«

»Im Umgang mit Edelsteinen und Schwert war sie früher sehr mächtig«, warf Herzog Kalas ein, im Geiste ein Kämpfer genau wie De'Unnero, weshalb die beiden einander vermutlich von ganzem Herzen hassten. Er war ein hoch gewachsener und gut aussehender Mann und verstand es trotz seines kräftigen Körperbaus, elegant aufzutreten – der Inbegriff des adligen Kriegers.

»Ihr Geschick mit dem Schwert dürfte mit den Jahren und aufgrund mangelnder Übung inzwischen nachgelassen haben«, entgegnete Aydrian. »Aber selbst wenn sie auf dem Gipfel ihrer körperlichen Fähigkeiten wäre, selbst wenn Elbryan noch lebte und an ihrer Seite kämpfte, würde ich sie mühelos besiegen. Und was die Edelsteine betrifft –« Er hielt inne, um ihnen den Beutel mit Edelsteinen zu zeigen, eine ebenso prachtvolle wie mannigfaltige Sammlung, die einst Jilseponie gehört hatte. »Nun, derzeit besitzt sie keine mehr, und sollte sie versuchen, sich wieder welche zu beschaffen, werde ich sie eben auch auf diesem Gebiet besiegen müssen. Eine Auseinandersetzung, die mir nicht das geringste Kopfzerbrechen bereitet, das versichere ich Euch.«

Niemand im Saal hegte Zweifel an seinem Selbstbewusstsein; und niemand, der ihn kannte und sich der Macht bewusst war, die Aydrian verkörperte, zweifelte an seinem Herrschaftsanspruch.

»Und was ist mit Torrence?«, erkundigte sich Monmouth Treshay, Herzog von Yorkey, in Anspielung auf den einzigen noch lebenden Sohn Constance Pemblingburys und König Danubes, einen unehelich geborenen Nachkommen, der in der Thronfolge an dritter Stelle rangierte, noch hinter Danubes Bruder Prinz Midalis und seinem eigenen Bruder Merwick. Aydrian hatte Merwick nach Danubes Tod im Duell getötet und Torrence, genau wie Jilseponie, erlaubt, Ursal zu Pferd zu verlassen.

Nun, nicht ganz wie in Jilseponies Fall, wusste De'Unnero.

Aydrian wandte sich ihm mit einem fragenden Lächeln auf den Lippen zu und musterte ihn abschätzend, genau wie De'Unnero. Sein Einfluss auf einige der Herzöge war bestenfalls gering. Doch Kalas, der Mächtigste unter den Adligen, hatte sich an Aydrians Hof eine gesicherte Position verschafft, und das verlieh dem neuen König eine Legitimität, die kaum einer der Herzöge aus dem Süden in Frage zu stellen wagte. Denn Kalas befehligte die Ritter der Allhearts, und diese wiederum kontrollierten die allgemeine Armee Ursals, eine Streitmacht, die jeden Widerstand im Süden des Landes hinwegzufegen imstande wäre. Monmouth Treshay dagegen hatte von Anfang an keinen übermäßig begeisterten Eindruck gemacht; der ältere Herzog war offenkundig nicht ganz im Reinen mit sich selbst. Die Grafschaft Yorkey diente als Ort der Ruhe und Erholung, wo der größte Teil des Adels aus Ursal seine Freizeit verbrachte. Constance Pemblebury hatte ihre letzten Lebensjahre größtenteils dort verbracht, ebenso ihre Kinder. Das Erscheinen von Constances Geist zu Jilseponies Entlastung mochte Aydrian in Herzog Monmouths Augen eine gewisse Legitimität verschafft haben, doch der sich anschließende Kampf, in dessen Verlauf Aydrian Prinz Merwick besiegt und getötet hatte, war ihm offenbar übel aufgestoßen.

»Wie vielen Möchtegern-Königen und -Königinnen wollt Ihr noch erlauben, ungehindert durch Euer Königreich zu reisen?«, hakte Herzog Monmouth nach.

Anstelle einer Antwort grinste Aydrian nur und sah hinüber zu dem grimmig nickenden Herzog Kalas, dessen Miene allen Anwesenden unmissverständlich zu verstehen gab, dass er dem Problem Torrence keineswegs so gelassen gegenüberstand wie Aydrian.

Auch Marcalo De'Unnero war der verschwörerische Seitenblick nicht entgangen, und er war nicht erfreut zu sehen, dass Aydrian offenbar beschlossen hatte, Kalas für seine noch geheimen Pläne, Torrence Pemblebury betreffend, einzuspannen. So klug diese Pläne sein mochten, dem Mönch wollte es nicht recht behagen, dass Aydrian sich seinem Einfluss zu entziehen und die Dinge selbst in die Hand zu nehmen begann, offenbar ohne auch nur einen Gedanken an ihn zu verschwenden.

Er unterdrückte den hochkochenden Ärger, biss die Zähne zusammen und wandte sich Unterstützung heischend Sadye zu, die das Problem gewiss ebenso klar erkannte wie er.

Aber als er die zierliche, schöne Frau ansah, jene Frau, die ihm mit ihrer betörenden Musik und ihrer Klugheit, mit ihrem weizenfarbenen, mittlerweile schulterlangen Haar und diesen leuchtend grauen Augen das Herz gestohlen hatte, hielt er jählings inne.

Denn Sadye hielt zwar noch immer De'Unneros Arm fest, doch ihr Blick war nicht etwa auf ihn, sondern auf einen ganz anderen gerichtet. Wie gebannt stand sie da und verfolgte, einen versonnenen Ausdruck im Gesicht, mit den Augen jede einzelne Bewegung von … Aydrian Boudabras.

»Wir werden nach Vanguard reisen und dort meinen Onkel, den Prinzen, aufsuchen«, erklärte Torrence Pemblebury dem neben ihm sitzenden Mann, einem jener fünf Soldaten, die beschlossen hatten, Ursal an der Seite des von seiner Rolle als König im Wartestand entbundenen Mannes zu verlassen.

»Vielleicht wäre es klug, sich in Vanguard eine neue Heimat zu suchen«, erwiderte der Mann, Prynnius mit Namen, der einzige Ritter der Allhearts, der seinen Abschied vom Hof des neuen Königs Aydrian genommen hatte. Prynnius war in der Frühphase seiner Ausbildung zum Allheart einer der wichtigsten Lehrer von Torrence' älterem Bruder Merwick gewesen. Trotz seiner engen Freundschaft zu Herzog Kalas war ihm Merwicks Ermordung unerträglich, und er brachte es einfach nicht über sich, dem neuen König des Bärenreiches den Treueid zu schwören. »Weit weg von Ursal und dem Hof

Aydrians. Weit weg von den Allhearts und Herzog Kalas und den unruhigen Zeiten, die in Kürze über die abellikanische Kirche hereinbrechen werden.«

»Aus Euren Worten spricht die Hoffnung, dass Aydrians Arm nicht bis dorthin reichen wird.«

»Er wird es nicht wagen, in Vanguard einzufallen«, erwiderte Prynnius. »Ich kenne Prinz Midalis gut. Er wird Aydrian kaum mit offenen Armen empfangen – das ganz gewiss nicht –, denn er verkörpert die größte Gefahr für die Rechtmäßigkeit von Aydrians Herrschaft. Jeder im gesamten Königreich weiß, dass eigentlich Midalis Danubes Nachfolger hätte werden sollen.«

»Unmittelbar gefolgt von Merwick und dahinter von mir«, pflichtete Torrence ihm bei. »Und doch gewährt mir der neue König freies Geleit und erlaubt mir, Ursal zu verlassen.«

»Seine persönliche Söldnerarmee wird gut bezahlt, und nun hat er auch noch den größten Teil der Armee aus Danubes Bärenreich hinzugewonnen, eben jene Armee, die Ihr benötigen würdet, wenn Ihr gegen ihn Krieg führen wolltet«, erwiderte Prynnius. »Vielleicht sieht er Euch momentan nicht als Gefahr, und vielleicht tätet Ihr – wir beide – gut daran, ihn in diesem Glauben zu lassen.«

»Damit der Vorteil der Überraschung für uns umso größer ist, wenn wir schließlich doch zurückschlagen?«, hakte Torrence augenblicklich nach.

»Damit wir beide länger leben«, korrigierte ihn Prynnius. »Ihr solltet Euren Anspruch auf den Thron erst einmal zurückstellen, Prinz Torrence, wenigstens im Stillen, für Euch selbst. Ihr seid derzeit nicht stark genug, um es mit König Aydrian aufzunehmen.«

Torrence lehnte sich zurück, verschränkte die Arme vor der Brust und machte ein verdrießliches Gesicht. »Ihr denkt, er hat bereits gewonnen«, stellte der junge Mann unumwunden fest.

»Hat er auch«, bestätigte Prynnius, worauf Torrence ihn

verärgert ansah. »Er hat Ursal in seiner Gewalt und außerdem die Allhearts. Er kontrolliert das gesamte Land bis hinunter nach Entel und ans Meer, außerdem weiß er Bretherford und die Flotte auf seiner Seite. Das Bärenreich gehört ihm, fürchte ich, und ich sehe keine Möglichkeit –« Er hielt inne, als die Kutsche mit einem Ruck stehen blieb. Vorne, auf dem Bock, hörten sie den Kutscher jemanden anbrüllen, er solle die Straße freigeben.

Prynnius beugte sich vor und steckte den Kopf zum Kutschenfenster hinaus.

»Gebt den Weg frei, Leute!«, brüllte der Kutscher. »Wisst ihr nicht, wen ich befördere, ihr dämlichen Wegelagerer!«

»Wegelagerer!«, wunderte sich Torrence und rutschte auf seinem Sitz nach vorn. Er stockte jedoch sofort, als er Prynnius' grimmigen Gesichtsausdruck bemerkte und dessen Augen ihm verrieten, dass er einige dieser angeblichen Wegelagerer, die die Kutsche angehalten hatten, kannte.

»Man könnte den Eindruck gewinnen, unser neuer König Aydrian sei sich seines Triumphes nicht ganz so sicher, wie wir angenommen haben«, bemerkte Prynnius achselzuckend und mit einem Blick auf Torrence, ehe er den Kutschenschlag aufstieß und noch im Aussteigen sein Schwert zog.

Torrence saß wie benommen da und versuchte noch zu begreifen, was das alles zu bedeuten hatte, als auch schon rings um ihn her der Kampf begann. Er vernahm das Schwirren von Bogensehnen und hörte, wie jemand Prynnius des Verrats an den Allhearts bezichtigte. Augenblicke später geriet die Kutsche ins Schwanken, als jemand gegen sie fiel, dann riss Prynnius den Schlag auf und fiel ins Kutscheninnere. Er hob den Blick und sah zu Torrence, das Gesicht starr vor Resignation.

Dann ging ein Zucken durch seinen Körper; Torrence sah an seinem schmerzverzerrten Gesicht vorbei und erblickte hinter ihm einen Mann, gekleidet wie ein gewöhnlicher Straßenräuber, jedoch mit einer prachtvollen Waffe in der Hand, die sich ein Gemeiner niemals leisten könnte. Prynnius zuckte abermals, als der Mann das Schwert in seinem Leib herumdrehte.

Mit einem wütenden Aufschrei packte Torrence sein Schwert und sprang vor, doch der Mörder wich geschickt nach hinten aus.

Torrence landete, schon halb aus der Kutsche, der Länge nach über dem sterbenden Prynnius. Als er Anstalten machte, sich wieder aufzurappeln, um Prynnius' Mörder nachzusetzen, erhielt er einen harten Schlag von der Seite, und gleich darauf noch einen zweiten. Benommen wie er war, bekam er nur vage mit, dass er aus der Kutsche gezerrt wurde, und spürte kaum die Stiefeltritte und Faustschläge, die unerbittlich auf seinen Körper einprasselten, bis es rings um ihn dunkel wurde.

»Macht es dir so sehr zu schaffen, dass dein Schützling aus deinem Schatten getreten ist?«, fragte Sadye ruhig; sowohl die unverblümte Frage als auch ihr argloser Tonfall waren wie ein Eimer Wasser auf die lodernden Flammen, die in Marcalo De'Unnero wüteten. »Hast du dir nicht genau das von ihm erhofft?«

»Was willst du damit sagen?«, fuhr der Mönch sie an und schüttelte ungläubig den Kopf. Sie waren wieder zurück auf ihrem Zimmer in einem der Gebäude unweit von Schloss Ursal, die adligen Besuchern vorbehalten waren; eine Rolle, die De'Unnero während der widerrechtlichen Inbesitznahme von Danubes Thron vorgeschützt hatte.

»Habt ihr, Abt Olin und du, tatsächlich geglaubt, Aydrian werde in allem, was er tut, von euch abhängig bleiben?«, wollte Sadye wissen. »War das überhaupt euer Ziel? Und wie willst du, mein Lieber, die deiner Vision entsprechende Umgestaltung der abellikanischen Kirche betreiben, wenn du für jeden von Aydrians Schritten auch in Zukunft unabkömmlich bist? Wie wollt ihr, Abt Olin und du, den ehrwürdigen Vater

Fio Bou-raiy und Männer wie Abt Braumin Herde besiegen, wenn ihr ständig damit beschäftigt seid, euch um die Staatsgeschäfte zu kümmern?«

»Aydrian könnte ein Fehler unterlaufen, und ein solcher Irrtum könnte uns um unseren ganzen Lohn bringen«, erwiderte De'Unnero wenig überzeugend.

»Gestern warst du noch voll des Lobes und der Bewunderung für dieses Prachtexemplar mit Namen Aydrian«, betonte Sadye.

»Vielleicht hat mich der Erfolg betrunken gemacht.«

Sadye stieß spöttisch die Luft durch die Nase und ließ ein skeptisches, kleines Lachen hören. »Aydrian ist hier in Ursal schon seit geraumer Zeit Herr der Lage«, erinnerte sie ihn. »Er war es, der den Prozess gegen Jilseponie Wyndon vorangetrieben hat, indem er sowohl sie als König Danube in Misskredit brachte. Er war es, der Constance Pemblebury dem Totenreich entrissen hat, damit sie sich bei der Beendigung der Herrschaft Danubes für ihn verwenden konnte. Und er war es auch, der Herzog Kalas aus demselben Jenseits zurückgeholt hat, um sich den Mann gefügig zu machen. Du solltest ihn nicht unterschätzen! Stattdessen solltest du Mut und Hoffnung daraus schöpfen, dass dein ehemaliger Schüler es geschafft hat, dir –«

»… überlegen zu sein?« Die Bitterkeit in De'Unneros Ton, als er die drei Worte hervorstieß, war nicht zu überhören.

»Dir ebenbürtig zu sein«, verbesserte Sadye. »Nur so kann er dir von Nutzen sein, wenn du auch nur die geringste Hoffnung hegst, die abellikanische Kirche zu kontrollieren. Mit Aydrians Armee im Rücken könntest du Bou-raiy und seinen Anhang gewiss beseitigen, aber wenn du das Herz der Kirche erobern willst, wird das nicht reichen. Du solltest über Aydrians unerschrockenes Auftreten froh sein, mein Lieber; er ist ein würdiger Mann auf dem Thron.«

Marcalo De'Unnero ließ sich rücklings auf das Bett fallen, während Sadyes Worte sich in seinen Gedanken festsetzten.

Sadyes Bemerkung war durchaus vernünftig, das wusste er, außerdem stellte er zu seiner Überraschung fest, dass sie beide innerhalb weniger Tage ihre Standpunkte getauscht hatten.

Aydrian stand gewiss ein schwieriger Weg bevor, wenn er das gesamte Königreich für sich gewinnen wollte, doch De'Unneros Ziel, die abellikanische Kirche wieder zu dem zu machen, was sie einst war, vielleicht sogar zu etwas noch Größerem, war nicht minder schwierig zu erreichen.

De'Unnero saß lange da, ließ die Ereignisse der letzten stürmischen Wochen noch einmal Revue passieren und dachte über Aydrians Verhalten nach. Der Wendepunkt war an jenem Tag auf dem Turnierplatz gekommen, als Aydrian Herzog Kalas besiegt und, wie damals alle dachten, getötet hatte, nur um sich gleich darauf in seinen magischen Seelenstein zu versenken und ihn dem Jenseits wieder zu entreißen.

Vieles an dieser so erstaunlich schnellen Thronübernahme war allein Aydrians Werk gewesen, ohne dass er De'Unnero oder Olin zu Rate gezogen hätte. Offenbar setzte sich das jetzt fort.

Aydrians selbständiges Handeln stieß Marcalo De'Unnero übel auf, und doch hatte Sadyes Argumentation durchaus Hand und Fuß. Der erste Teil des von De'Unnero und Olin ersonnenen Plans hing entscheidend davon ab, dass Aydrian auf den Thron gehievt wurde, und genau das war jetzt geschehen.

Der zweite Teil des Plans, die Übernahme der abellikanischen Kirche, hatte hier, in St. Honce, soeben erst begonnen und würde sie alle, so ihre Hoffnung, bis nach St. Mere-Abelle tragen. Wenn das Königreich an Aydrian fiel und die Kirche zum Wirkungskreis von Olin und De'Unnero wurde, dann war es für die Mönche sicherlich ein gutes Zeichen, dass Aydrian sich seines Teils der Aufgabe gewachsen zeigte.

Und dennoch …

Marcalo De'Unnero schaute hinüber zu Sadye und sah sie einfach dastehen, den Blick ins Nichts gerichtet, ein versonnenes Lächeln auf den Lippen.

Es war nicht schwer zu erraten, an wen sie gerade dachte.

Als Torrence zu sich kam, saß er wieder auf seinem Platz in der Kutsche, während diese in tiefster Nacht durch die Straßen Ursals holperte. Man hatte ihn geknebelt und ihm locker die Hände gebunden, trotzdem wagte er nicht einmal daran zu denken, sich von seinen Fesseln zu befreien, denn außer ihm befanden sich noch drei weitere Personen in der Kutsche – ausnahmslos kräftige, bewaffnete Männer, die ihn keinen Moment aus den Augen ließen.

Die Kutsche passierte ein Nebentor des Schlosses und hielt vor einem wenig benutzten Seiteneingang, wo sie zwei Männer mit Ketten in den Händen erwarteten.

Torrence wurde von groben Händen gepackt und von seinem Sitz gezerrt, dann bog man ihm die Arme auf den Rücken und fesselte sie mit Ketten an den Handgelenken. Anschließend geleitete man ihn durch den Dienstbotenbereich des Schlosses, durch die Küche und die Geräteräume und schließlich durch eine Tür und eine lange Treppenflucht hinunter ins Verlies.

Ein Gefühl von Panik überkam den entthronten Prinzen, als seine Begleiter ihn durch die Kellergewölbe schleppten, bis sie schließlich zu einer weiteren Holztreppe gelangten, die sie noch tiefer unter das riesige Schloss führte. Am unteren Ende dieser zweiten Treppenflucht machten die Männer Halt und befreiten Torrence von seinem Knebel, dann drehten sie ihn grob herum, so dass er nach hinten schaute, in den Hohlraum unterhalb der Treppe.

Dort hatte man ein Loch im Boden ausgehoben, gerade groß genug für den Körper eines Menschen.

Torrence wollte instinktiv vor dem offenen Grab zurückweichen, doch kräftige Hände wussten dies zu verhindern.

»Das wird nicht nötig sein«, erklang eine Stimme, die der junge Prinz sofort wiedererkannte und die noch einmal einen Funken Hoffnung aufkommen ließ. Er drehte sich um und sah Herzog Targon Bree Kalas näher kommen, jenen Adligen, der viele Jahre lang der engste Freund seiner Mutter gewesen war.

»Lasst uns allein«, wies Kalas die anderen an, worauf die Wächter sich umgehend entfernten und wieder die Treppe hinaufstiegen.

»Gepriesen sei St. Abelle, dass Ihr mich gefunden habt«, sagte Torrence, als Kalas neben ihn trat und die Handschellen aufschloss, mit denen er an den Handgelenken gefesselt war. »Ich weiß nicht, was diese brutalen Kerle mit mir angestellt hätten. Offenbar hatten sie sogar schon ein Grab ausgehoben –«

Torrence brach unvermittelt ab, als ihm die Situation dämmerte, als ihm klar wurde, dass Herzog Kalas im Besitz der Schlüssel zu seinen Handschellen war. Er starrte in das offene Grab hinunter, dann begann er sich langsam umzudrehen.

»Vergebt mir«, sagte Herzog Kalas mit leiser Stimme, und Torrence wirbelte erschrocken herum und sah ihm in die Augen.

Kalas' Schwert bohrte sich in seine Brust und zerschnitt sein Herz in zwei Teile. Völlig verblüfft und am ganzen Körper zitternd, packte Torrence in den letzten Augenblicken seines Lebens mit beiden Händen die blutverschmierte Klinge.

Kalas zog den Stahl mit einem Ruck wieder heraus, so dass Torrence nach hinten taumelte, in das offene Grab.

»Verflucht sollst du sein, König Aydrian, so wie du mich verflucht hast«, murmelte Herzog Kalas mit kaum hörbarer Stimme, während er dastand und sein Werk betrachtete.

Er konnte kaum glauben, dass er soeben Torrence umgebracht hatte, den Sohn seines besten Freundes, der für ihn wie ein Neffe gewesen war.

Aber Herzog Targon Bree Kalas hatte, deutlicher als alle anderen, die wahre Macht von Aydrian Boudabras am eigenen Leib zu spüren bekommen, eine Macht, die imstande war, sogar den Tod zu überwinden. Angesichts dieses beängstigenden Talents war es ihm einfach nicht gegeben, sich dem jungen König zu verweigern.

»Möget Ihr in Frieden ruhen, armer Prinz«, sagte er ernst und mit leiser Stimme. »Dies war nicht Eure Zeit. Dies ist nicht die Zeit für Menschen, die an alten Traditionen festhalten. Gesellt Euch zu Eurer Mutter und Eurem Vater, mein junger, schöner Prinz. Und zu Eurem Bruder. Hier ist kein Platz mehr für Euch.«

Mit einem Seufzer tief empfundenen Bedauerns ließ Herzog Kalas das Schwert in den Staub fallen, ehe er schweren Schritts die Treppe wieder hinaufstieg, vorbei an den Männern, die gleich hinuntergehen würden, um das düstere Werk an diesem finsteren Ort zu vollenden.

Teil Eins

Jetzt bin ich König

Jetzt bin ich König, wie so viele vor mir und so viele, die nach mir kommen werden. Die meisten Menschen würden sich nach diesem Erfolg am Ziel ihrer Träume wähnen, würden denken, diese Leistung garantiere ihnen einen Platz unter den Unsterblichen. Berühmtheit zu Lebzeiten jedoch, selbst wenn der Ruhm bis in die entlegensten Winkel der Welt reicht, ist ein leicht vergängliches Gut. König Danube Brock Ursal mag noch eine Weile in der Erinnerung der Menschen bleiben, denn er regierte während der Dämonenkriege und der Rotfleckenpest, in Zeiten großer Not. Aber nur wenige erinnern sich noch an seinen Großvater, und noch viel weniger an dessen Vater. Selbst sein Name wird mit der Zeit verblassen.

Wie der meines Vaters. Und der meiner Mutter.

Und nun bin ich König; aber dies ist nur ein Anfang, die erste Sprosse einer Leiter, die ich bis zur Herrschaft über Vanguard, Behren, To-gai, Alpinador und sogar die Wilderlande ganz im Westen erklimmen werde.

Habt Ihr das gehört, Lady Dasslerond?

Ich werde über die gesamte bekannte Welt herrschen und noch darüber hinaus. Ich werde mir die abellikanische Kirche untertan machen, die unter meiner Herrschaft aufblühen und keinerlei Rivalen dulden wird. Mein Bildnis wird vom Süden To-gais bis ins nördliche Alpinador in Stein gemeißelt werden, der Abdruck meines Stiefels wird auf ewig den Boden von Andur'Blough Inninness beflecken, und mein Name wird die Jahrhunderte überdauern, bis selbst die ältesten Elfen in Vergessenheit geraten sind.

Die Männer, die mir in dieses Amt geholfen haben, allen voran Marcalo De'Unnero, begreifen noch nicht, was es mit mir, Aydrian Boudabras, wirklich auf sich hat. Sie verstehen nicht, dass ich zwei Schatten im Orakel sehe, einen, in dem ihre eigenen Schwächen bestätigt werden, und einen zweiten, der das Geheimnis der Unsterblichkeit kennt – und der mir offenbart, dass das Gewissen jene Kette ist, mit der die Götter die Sterblichen im Zaume halten.

De'Unnero und seine Mitläufer begreifen nicht, dass mich diese Erkenntnis ihnen allen überlegen macht. Der Mönch fürchtet meine Mutter und ist über mich erzürnt, weil ich ihr freies Geleit aus Schloss Ursal gewährt habe. Ich bezweifle sehr, dass sie sich noch einmal gegen mich stellen wird; ich denke, dafür fehlt ihr schlicht der Mut, jetzt, da die Schuld für jeden sichtbar in ihren hübschen blauen Augen steht. Sie trägt die Kette der Götter um den Hals, und diese Bürde ermöglicht es mir, sie, falls nötig, mit einem bloßen Gedanken zu vernichten.

Besser wäre es für mich, wenn ich sie zur Zeugin machte und sie den Aufstieg ihres verstoßenen Sohnes miterleben ließe. Einst galt sie im Volk des Bärenreiches als Heldin, die es vor dem geflügelten Dämon gerettet und von der Pest erlöst hat. Mit ihr als Zeugin wird sich mein Ruhm noch schneller verbreiten. Es wird für sie eine schmerzliche Erfahrung sein, wenn sie endlich begreift, dass sie mir die Rechtfertigung für mein Tun liefert, dass ihre Berühmtheit mir erlaubt, meine noch zu vergrößern. Ihr Ruf wird mein Verbündeter sein, selbst wenn sie zu meiner Feindin werden sollte.

Auch das wird mir ausschließlich zum Vorteil gereichen.

Einen Krieger misst man in allererster Linie an seinen besiegten Feinden. Fio Bou-raiy, Prinz Midalis, Lady Dasslerond – und vielleicht sogar Jilseponie Wyndon Ursal.

Eine eindrucksvolle Liste.

Ich hoffe nur, dass ich noch weitere mächtige und würdige Gegner finden werde.

Mir ist zu Ohren gekommen, dass ein Drache die Lüfte über der Wüstenei südlich des Großen Gürtels unsicher machen soll.

Es wird mir eine Freude sein; mein Urteil wird gnädig ausfallen.

Denn jetzt bin ich König.

Aydrian Boudabras

1. Der Schatten im Spiegel

Kaum hatte der Schatten im Spiegel ihn gelockt, vermochte Aydrian Jilseponie nicht mehr aus seinen Gedanken zu verbannen. Anstelle des unerbittlichen Hasses, den er für sie empfand, überkam ihn jetzt plötzlich ein Gefühl der Wärme, so als wollte ihm der Schatten zu verstehen geben, Jilseponie sei die Antwort auf seine Fragen. Nicht, was Ruhm oder Macht anbelangte.

Aber was dann?

Etwa sein Seelenheil?

Aydrian ließ sich gegen die Rückwand des kleinen, abgedunkelten Raumes sinken, den er dem Orakel, dieser mystischen Verbindung zu den Schatten im Spiegel, eingerichtet hatte. Die Elfen hatten ihn im Umgang mit dem Orakel unterwiesen und ihn gelehrt, dass ihm ein Blick in den Spiegel all jene offenbarte, die bereits verstorben waren. Aydrian war nicht wirklich davon überzeugt. Vielleicht bot ihm das Orakel vielmehr eine Möglichkeit, in sein eigenes innerstes Wesen, in seine Seele, zu schauen. Vielleicht waren die schattenhaften Geschöpfe, die er im Spiegel sah – und er erkannte deren zwei, während andere gewöhnlich nur eines sahen –, Boten der Götter.

Hier, beim Orakel, hatte Aydrian die Macht der Edelsteine verstehen gelernt. Hier hatte er zum ersten Mal begriffen, wie er sein Verlangen nach Unsterblichkeit – *Immortalis* in der alten Sprache der Menschen und Elfen – stillen konnte.

Also schaute er jetzt hin und genoss das anhaltende Gefühl von Zärtlichkeit und Wärme, das ihn jedes Mal überkam, wenn er an Jilseponie dachte – und das ihm, vermutete er, von diesem einen Schatten übermittelt wurde. Doch dann erschien auf der gegenüberliegenden Seite der zweite Schatten, und sofort fühlte sich Aydrian an Jilseponies wahres Wesen erinnert, dass sie ihn zurückgelassen und ihn im Grunde sogar der Sklavenschinderei der grausamen Lady Dasslerond ausgeliefert hatte.

Augenblicke später war jegliche Wärme, waren alle Gedanken an eine mystische Seelenrettung verflogen und seinem Hass auf diese Hexe Jilseponie, diese angebliche Königin, gewichen. Er beobachtete, wie die beiden Schatten sich einander näherten, nicht etwa, um zu etwas Größerem, Bedeutenderem zu verschmelzen, sondern beide in dem offenkundigen Verlangen, einander zu übertrumpfen.

Aydrian konnte nichts dagegen tun, diese unablässige Rangelei entlockte ihm ein hämisches Grinsen. Andere, die in das Geheimnis des Orakels eingeweiht waren, sahen einen Schatten, er dagegen zwei, und genau das, diese zwei miteinander ringenden Standpunkte, zu welchem Thema auch immer, ließ ihn zu der Überzeugung gelangen, dass er tatsächlich zu Höherem berufen war. Anders als die niemals aus der Masse ausscherenden Narren, die dem Orakel blindlings folgten, rang Aydrian dem Orakel die Kraft zu wohl begründeter Entschlossenheit ab. Jeder einzelne Schritt war wohl durchdacht, sowohl mit dem Verstand als auch in seinem Herzen.

Er musste laut auflachen, als ihm in diesem Augenblick plötzlich dämmerte, dass der erste Schatten sein Gewissen repräsentierte, eben jenes Gängelband, das die Götter den gewöhnlichen Sterblichen angelegt hatten.

Diese Erkenntnis besiegelte das Thema Jilseponie lediglich ein weiteres Mal. Die Hexe würde tatenlos mit ansehen müssen, wie er zu bislang ungekannter Größe aufstieg. Sie würde einfach sterben – an ihren eigenen Schuldgefühlen und unter seinen lächelnden Blicken –, während er in die Ewigkeit einging.

Plötzlich schoben sich ganz andere Bilder in Aydrians Gedanken. Er sah eine Karte des Bärenreiches vor sich; die südlichen Gebiete zwischen Ursal und Entel waren rot schraffiert, während alles Übrige farblos war. Greifenden Fingern gleich begann das Rot sich langsam auszubreiten, indem es von Ursal ausgehend nach Norden verlief, bis es die Stadt Palmaris ganz umschlossen hatte. Kaum war die Stadt unter seinen Einflussbereich gefallen, färbte sich der Masur Delaval, jener mächtige Fluss, der das Königreich teilte, blutrot. Im Osten drang die rote Färbung von Entel aus nach Norden vor und bemächtigte sich der Halbinsel Mantis Arm bis hin nach St. Mere-Abelle.

Aydrian ahnte, dass die Eroberung von St. Mere-Abelle seinen endgültigen Sieg bedeuten würde, der ihm das gesamte Bärenreich südlich des Golfes von Korona sichern würde. Der Gedanke an St. Mere-Abelle, den Hauptsitz des ehrwürdigen Vaters Fio Bou-raiy und des Abellikaner-Ordens, lenkte ihn auf ein weiteres Problem: Was sollte mit Marcalo De'Unnero und Abt Olin geschehen, die beide die Vorherrschaft über diesen Orden anstrebten?

Aydrian wandte sich mit dieser Frage an den Schatten im Spiegel. *Was soll mit Abt Olin geschehen*?

Wieder erschien vor seinem inneren Auge die Karte, und diesmal griffen die roten Finger von Entel aus nach Süden, vorbei am Großen Gürtel bis nach Jacintha, dem Sitz der Macht in Behren.

Ein Klopfen an der Tür riss Aydrian aus seinen Betrachtungen und ließ diesen Moment mit dem Orakel in tausend Splitter zerspringen. Er blickte auf, das Gesicht verärgert, aber nur für einen Moment, denn als er über das soeben Gesehene nachdachte, wurde ihm klar, dass er die Antwort auf seine Frage gefunden hatte.

Die Kutsche holperte durch das Südtor von Palmaris, ohne besondere Aufmerksamkeit auf sich zu ziehen. Palmaris war eine offene Stadt, denn trotz der gelegentlich aus Ursal durchsickernden Gerüchte galt diese Epoche im Bärenreich als eine Zeit des Friedens. Deshalb ließen die Posten die Kutsche unbehelligt passieren, ohne sich weiter für ihre Passagiere oder mögliche Fracht zu interessieren. Hätten sie einen Blick durch das verhüllte Fenster geworfen, hätten sie die dort sitzende Frau vielleicht erkannt, obschon sie nur noch ein Schatten ihres früheren Selbst zu sein schien.

Beinahe hätte Jilseponie gar nicht bemerkt, dass ihr Fahrer die Stadtgrenze von Palmaris überquerte. Sie saß schweigend da, die Arme vor der Brust verschränkt, das Gesicht noch immer deutlich gezeichnet von den Spuren jener Tränen, die ihre ersten Tage nach Verlassen Ursals bestimmt hatten. Mittlerweile hatte sie das Weinen jedoch aufgegeben.

Sie fühlte sich nur noch abgestumpft und leer.

Aydrians Geschichte erschien ihr noch immer nahezu unbegreiflich; sie konnte kaum glauben, dass ihr Kind nicht tot, sondern von den Elfen geraubt und all die Jahre in ihrer Abwesenheit großgezogen worden war. Wie hatte er sich nur zu jenem Tyrannen entwickeln können, den sie in Ursal erlebt hatte? Wie konnte sich ein Kind von ihr und Elbryan in dieses Ungeheuer verwandeln, das Aydrian jetzt war?

Und er war ein Ungeheuer, davon war Jilseponie aus tiefstem Herzen überzeugt. Er hatte Constance aus dem Jenseits zurückgeholt und, dessen war sie sicher, sich ihrer bedient, um Danube umzubringen. Er hatte den Thron in Ursal an sich gerissen, und das alles auf Geheiß von Marcalo De'Unnero!

Marcalo De'Unnero, ausgerechnet!

In Jilseponies Augen gab es keine reinere Verkörperung des Bösen als diesen Mann, mit Ausnahme vielleicht des Geflügelten Dämons Bestesbulzibar selbst! Wie hatte Aydrian sich nur mit dem Mörder seines eigenen Vaters einlassen können?

Das Ganze war für Jilseponie völlig unbegreiflich, zumal sie gegenwärtig nicht die Kraft besaß, sich durch diesen verwirrenden Sumpf von Gefühlen zu kämpfen.

Aydrian lebte.

Im Grunde war das das Einzige, was zählte. Alle anderen Fragen ließen sich in Anbetracht dieser ebenso erschreckenden wie wundervollen Tatsache in Jilseponies Gemütszustand nicht schlüssig zu Ende denken.

Aydrian lebte.

Und er war König, ein unrechtmäßiger König. Darüber hinaus war er im Bunde mit De'Unnero und hatte offenbar dieselbe Gesinnung wie dieser zutiefst verhasste Mann.

Das allein zählte.

Die Kutsche hielt mit einem Ruck; erst in diesem Augenblick bemerkte Jilseponie, dass der Straßenbelag von Staub in Kopfsteinpflaster übergegangen war und dass die Felder am Wegesrand belebten Straßen, die Bauernhäuser Ladengeschäften und Gaststätten gewichen waren. Der Schlag wurde aufgerissen und ihr Fahrer, ein älterer Mann mit sympathischen Augen, reichte ihr die Hand.

»Wir sind da, Mylady Jilseponie«, sagte er voller Mitgefühl.

Palmaris. Die Stadt, in der sich Jilseponie den größten Teil ihres Lebens heimisch gefühlt hatte. Hier hatte sie nach jener Katastrophe, die zur Zerstörung des weiter nördlich gelegenen Dundalis geführt hatte, Zuflucht gefunden. Hier hatte sie ihre Ersatzfamilie gefunden, die Chilichunks. Hier hatte sie geheiratet, auch wenn ihre Ehe ein abruptes und schlimmes Ende genommen hatte. Und hier hatte sie als Baronin geherrscht, hier hatte sie Freunde, die der Abtei St. Precious vorstanden, und hier war Elbryan ums Leben gekommen, bei ihrem gemeinsamen Sieg über den Dämon, der von Markwart Besitz ergriffen hatte. Jilseponie bewegte sich wie im Traum, als es sie aus der Kutsche nach draußen auf die Straße zog. Ihre gegenwärtige Kleidung war eher bescheiden – nichts an ihr erinnerte an die der Königin des Bärenreiches angemessenen Gewänder –, weshalb sie bei den Leuten, die sich durch die belebte städtische Prachtstraße schoben, auch keinerlei Aufmerksamkeit erregte.

Jilseponie blickte sich bedächtig um und nahm die Bilder der ihr so vertrauten Stadt in sich auf. Drüben, auf der anderen Seite des weitläufigen Platzes, erhob sich St. Precious, das größte Gebäude der Stadt, ein himmelstrebendes Bauwerk, dessen steinerne Mauern Tausenden Obdach zu bieten vermochten und in dem einhundert Ordensbrüder unter der Führung von Bischof Braumin Herde untergebracht waren.

Die Erinnerung an ihren Freund zog Jilseponie geradewegs zur Kathedrale, zuerst noch langsam, dann aber verfiel sie in einen leichten Trab und hielt auf die Eingangstür zu.

»Scheint so, als hätte die Frau es dringend nötig, was für ihr Seelenheil zu tun«, sagte ein Passant im Vorübergehen zu dem alten Kutscher, der zusah, wie sie im Innern der Kathedrale verschwand.

»Ihr ahnt ja nicht, wie Recht Ihr habt«, erwiderte der Kutscher gedankenverloren, ehe er mit einem Seufzer wieder auf seinen Bock kletterte und seine Kutsche wendete, zurück auf die Straße nach Süden und nach Ursal. Er hatte ausdrücklich Order erhalten, sich weder an Bischof Braumin noch an einen der anderen Stadtoberen zu wenden. Er fand es zwar ein wenig seltsam, dass kein offizieller Abgesandter von Ursal aus vorausgeschickt worden war, andererseits war er mit der Geschichte der Stadt vertraut genug, um zu ahnen, welches Motiv sich hinter der Heimlichtuerei verbarg.

König Aydrian und vor allem De'Unnero hatten die Absicht, ihr Kommen höchstpersönlich anzukündigen.

»Nur wenige, wenn überhaupt, werden es wagen, Euch offen Widerstand zu leisten«, sagte Aydrian an Herzog Kalas gewandt, als die beiden sich zusammen mit Marcalo De'Unnero, Abt Olin sowie einigen anderen Befehlshabern um den großen Kartentisch versammelt hatten. Vor ihnen ausgebreitet lag eine Karte des Bärenreiches, auf der die derzeit von Aydrian kontrollierten Gebiete, insbesondere jener südliche Landstrich zwischen Ursal und Entel, rot schraffiert waren – genau wie er es beim Orakel gesehen hatte.

»Und erst recht wird es niemand wagen, sich gegen meine Allhearts zu stellen«, sagte Herzog Kalas.

Marcalo De'Unnero bedachte ihn mit einem Schmunzeln, ein leiser Spott über sein übertrieben stolzes Gebaren. »Vielleicht nicht in aller Offenheit«, korrigierte der Mönch. »Der Schlüssel unseres Sieges wird sein, dass wir einen offenen, unverfälschten Blick in die Herzen der Menschen werfen, nachdem Ihr durch ihre Region marschiert seid. Werden sie König Aydrian akzeptieren? Und wenn nicht, wie stark ist ihr Hass? Stark genug, um die Waffen gegen ihn zu erheben?«

»Die meisten werden tun, was man ihnen befiehlt«, beharrte Abt Olin. »Wir kennen das alles doch schon von unserem Marsch auf Entel. Den Leuten ist es ziemlich gleichgültig, wer auf dem Thron sitzt, solange sich der König ihnen gegenüber freundlich und gerecht verhält.« Er sah zu Aydrian. »Mein Vorschlag lautet also, Herzog Kalas' Vormarsch eher als einen feierlichen Einzug zu gestalten denn als Einmarsch einer feindlichen Armee. Schließlich wollt Ihr das Bärenreich nicht erobern, sondern vielmehr die Nachricht unters Volk bringen, dass Ihr der rechtmäßige Thronfolger seid.«

»Das könnten viele womöglich anders sehen«, gab Herzog Kalas zu bedenken. »Ganz gewiss werden Prinz Midalis und seine Getreuen –«

»Die sich zurzeit größtenteils im fernen Vanguard aufhalten«, fuhr Abt Olin unbeeindruckt fort. »Auf dem Weg nach Palmaris werdet Ihr nur wenigen begegnen, die Prinz Midalis wohlgesonnen sind, vorausgesetzt, der Mann ist ihnen überhaupt bekannt. Wir müssen den Leuten ganz einfach unmissverständlich klarmachen, was der Stand der Dinge ist: Aydrian ist König und wird als solcher vom Adel in Ursal akzeptiert. Das gemeine Volk wird sich dieser Sichtweise mehr oder weniger widerspruchslos anschließen.«

»Wie sollte es auch widersprechen?«, fügte Marcalo De'Unnero mit einem amüsierten Kichern hinzu, in das die Übrigen am Tisch einfielen.

Nicht jedoch Aydrian. »Wir sollten dabei nicht vergessen, dass das derzeitige Oberhaupt der Stadt Palmaris ein guter

Freund Jilseponies ist und ganz gewiss kein Freund von Marcalo De'Unnero«, gab der junge König in aller Schärfe zu bedenken. »Bischof Braumin Herde wird sich gegen uns stellen, dessen könnt Ihr sicher sein.«

»Haltet Ihr ihn tatsächlich für so dumm, Eure Machtbefugnis öffentlich anzuzweifeln?«, fragte Herzog Kalas.

»Das vermag ich nicht mit Sicherheit zu sagen, aber eins steht fest: St. Precious wird weder Marcalo De'Unnero noch Abt Olin mit weit geöffneten Pforten empfangen«, erwiderte Aydrian.

De'Unnero sah erst Olin, dann Kalas an, und zumindest für einen Augenblick schien es, als seien der hitzige Mönch und der kriegerische Herzog voll und ganz einer Meinung. Kalas nickte sogar beifällig, als De'Unnero erklärte: »Dann werden wir ihnen das Öffnen der Tore eben abnehmen.«

»Es wird mir ein Vergnügen sein, St. Precious zu erobern«, sagte Abt Olin. »Ich kann es kaum erwarten, seine mächtigen Säulengänge zu sehen.«

»Ich fürchte, das wird Euch nicht vergönnt sein«, erklärte Aydrian, eine Bemerkung, mit der er rund um den Tisch erstaunte Blicke erntete, vor allem von Abt Olin selbst, in dessen Miene sich rasch Argwohn breitmachte.

»Abt Olin wird sich wichtigeren und erfreulicheren Pflichten widmen müssen«, erklärte Aydrian den gespannt wartenden Männern. »Wir alle kennen die Berichte von den Unruhen in Behren, vom Aufstand der To-gai-ru und dem Sturz des Chezru-Häuptlings. Behren ist ein Land, das derzeit ohne geistiges oder weltliches Oberhaupt richtungslos dahintreibt. Möglicherweise ist es an der Zeit, dass das Bärenreich seinen Freunden im Süden zu Hilfe eilt.«

»Was wollt Ihr damit andeuten?«, fragte De'Unnero ungläubig.

»Ihr seid der Meinung, ich sollte nach Jacintha gehen?«, fragte Abt Olin kaum minder überrascht. »Um dort meine Unterstützung und Freundschaft anzubieten?«

»Um dort Verantwortung und Führungsaufgaben zu übernehmen«, erklärte Aydrian, worauf die Skepsis auf den Gesichtern sich sogar noch vertiefte und manch einer ein ungläubiges Gemurmel von sich gab. »Wir dürfen nicht zulassen, dass sich diese einmal geöffnete Tür für uns wieder schließt«, fügte der König erklärend hinzu, ehe er um den Tisch herumzugehen begann und jeden Einzelnen von ihnen mit seinem Blick fixierte. »Nicht jetzt. Behren befindet sich in einer verzweifelten Lage. Das Volk dort hat soeben erfahren, dass die Chezru-Religion auf einer ungeheuerlichen Lüge beruhte und tatsächlich auf genau denselben Edelsteinen fußte, die die Yatols stets als Beweis für das dämonische Wesen der Abellikaner angeführt haben. Ich behaupte, die Menschen dort sehnen sich verzweifelt sowohl nach einem Freund als auch nach einem Führer. Und dieser Mann wird Abt Olin sein.«

»Mit welchem Ziel?«, verlangte De'Unnero zu erfahren. Sein Tonfall trug ihm einen drohenden Seitenblick von Aydrian ein.

»Behren wird mir gehören, vielleicht sogar noch vor dem Fall Vanguards«, erklärte der junge König den versammelten Anwesenden in einem Ton, der keinerlei Raum für Diskussionen ließ.

»Wie sehr werden wir die Reihen unserer Armeen dafür lichten müssen?«, wollte De'Unnero wissen.

»Es werden weniger Truppen nötig sein, als Ihr glaubt«, entgegnete Aydrian. »Wir verfügen über die nötigen Geldmittel, um einen ausreichend großen Teil der in Jacintha stationierten Truppen sowie die verunsicherten Yatols auf unsere Seite zu ziehen. Richtig durchgeführt, und in diesem Punkt vertraue ich ganz auf Abt Olin, wird unsere Eroberung Jacinthas fast völlig ohne Blutvergießen vonstatten gehen. Und gehört Jacintha erst einmal uns, haben wir den Menschen dort erst eine neue Religion gegeben und eine neue Hoffnung, an die sie sich klammern können, kurz: haben wir ihnen erst bewiesen, dass wir ihre Freunde sind, wird sich mein Königreich von Jacintha aus über sämtliche Städte in Behren erstrecken.«

De'Unnero wollte noch weitere Einwände vorbringen, doch Aydrian fiel ihm sofort ins Wort.

»Ich habe dies alles in einer Vision gesehen und weiß, dass es die Wahrheit ist«, erklärte Aydrian. »Reist nach Entel, Abt Olin. Sprecht dort mit den Piraten, deren Flotte wir bei der Übernahme Entels eingesetzt haben. Herzog Bretherford wird Euch mit mehreren Kriegsschiffen zur Seite stehen. Stellt eine ausreichend große Armee zusammen, nicht um Behren zu unterwerfen, sondern um diejenigen, die dort nach der Macht streben, zu überzeugen, dass Ihr die notwendige Antwort auf das Chaos seid, das ihr Land derzeit in seinen Klauen hält. Unsere Truhen sind randvoll gefüllt mit Edelsteinen.«

Ehe De'Unnero weiter widersprechen konnte, was offenbar seine Absicht war, bekundete Abt Olin unverhohlen sein Interesse. »Läge das denn wirklich im Bereich des Möglichen?«, fragte er und hatte plötzlich einen merkwürdigen Glanz in den Augen.

Aydrian und alle anderen musterten ihn einen Moment lang aufmerksam. Es war ein offenes Geheimnis im Bärenreich, dass Abt Olin von St. Bondabruce eine gewisse Vorliebe für Behren hegte. Schließlich war sein enges Verhältnis zu Chezru-Häuptling Yakim Douan und dem behrenesischen Volk bei der letzten Wahl zum ehrwürdigen Vater der Grund für seine Niederlage gegen Fio Bou-raiy gewesen. Für den Geschmack der Abellikaner war sein Umgang mit dem Königreich im Süden stets ein wenig zu vertraut gewesen.

Und nun war da Aydrian und machte Andeutungen, das Königreich im Süden könnte ihm gehören.

»Nicht nur im Bereich des Möglichen, es ist sogar wahrscheinlich«, versicherte Aydrian dem sich am Ziel seiner Träume wähnenden Mann. »Ihr müsst wissen, Abt Olin, dass Ihr als Freund, mehr noch, als Retter in Jacintha Einzug halten werdet. Die Yatol-Priester werden Euch Gefolgschaft leisten, weil Ihr ihnen die Sicherheit zurückgeben werdet, die sie durch den Sturz des Chezru-Häuptlings und das daraus entstandene Chaos in der Gemeinschaft der Gläubigen verloren haben. Und natürlich, weil Ihr sie dafür bezahlen werdet – die Gier nach irdischem Besitz war unter ihnen stets recht weit verbreitet!«

»Nicht alle werden dem Weg Chezrus den Rücken kehren«, gab Abt Olin zu bedenken.

»Aber genug, um die anderen zu Bedeutungslosigkeit zu verdammen. Im Übrigen werdet Ihr über genügend Macht verfügen, um … nun, um die größten Unruhestifter aus dem Weg zu räumen. Ich gehe davon aus, dass Jacintha Euch gehören wird, mein lieber Abt Olin, und das schon sehr bald. Und von dort aus, daran habe ich nicht den geringsten Zweifel, werdet Ihr Euren Einfluss geltend machen und Euer geistiges und mein weltliches Königreich sehr rasch vergrößern.«

Nach diesen Worten wandte sich Aydrian den anderen zu. De'Unnero starrte ihn ausdruckslos an und versuchte, das alles zu verdauen, während Herzog Kalas, dem die Skepsis noch immer ins Gesicht geschrieben stand, einfach nur den Kopf schüttelte.

»Ihr könnt ganz unbesorgt sein, Herzog Kalas. Abt Olins Vormarsch in den Süden wird nur einen geringen Teil jener Kräfte erfordern, die Ihr für die Sicherung der Hauptbeute, des Bärenreiches, benötigt«, bemerkte Aydrian gelassen. »Er wird einen Teil jener Söldnerarmeen einsetzen, die uns den Weg nach Ursal bereitet haben, nicht die Berufsarmeen des Königreiches selbst.« Er wandte sich wieder Olin zu. »Wenn Ihr dort einmarschiert, dann in erster Linie, um Eure Freundschaft und Unterstützung anzubieten.«

»Ein Angebot, das durchaus ernst gemeint sein wird«, erwiderte Abt Olin.

»Allerdings nur«, erwiderte Aydrian, »sofern man dort die Herrschaft König Aydrian Boudabras' uneingeschränkt anerkennt.«

Einen winzigen Augenblick lang verfinsterte sich Abt Olins Miene, doch dann huschte ein Lächeln über sein Gesicht und er erwiderte: »Natürlich.«

Er schloss sie fest in die Arme und verharrte lange Zeit in dieser Haltung. Normalerweise hätte es für Bischof Braumin Herde kaum einen erfreulicheren Anblick geben können als Jilseponie Wyndon, seine liebe und vertrauensvolle Freundin, jene Frau, die ihm während der von Bestesbulzibar heraufbeschworenen Gefahren und der höllischen Wirren der Rotfleckenpest stets ein Vorbild gewesen war.

An diesem Tag aber versetzte ihm Jilseponies Anblick eher einen Stich ins Herz, als dass er ihn aufzumuntern vermochte. Während all der Jahre an ihrer Seite, selbst zu Zeiten der Pest, hatte Braumin sie nur ein einziges Mal so bedrückt erlebt, und das war nach dem Tod ihres geliebten Elbryan gewesen. Allein schon der Umstand, dass sie sich hier befand und nicht als Königin auf dem Thron des Bärenreiches saß, ließ ihn befürchten, es könnte tatsächlich etwas dran sein an den Gerüchten, die flussaufwärts durchgesickert waren.

»Wir haben die Nachricht vom Tod König Danubes erhalten«, bemerkte Bruder Marlboro Viscenti, der auf der anderen Seite des Zimmers stand. »Mein aufrichtiges Beileid.«

Jilseponie, das Gesicht wieder tränenüberströmt, löste sich von Braumin. »Es war Aydrian«, versuchte sie zu erklären, obwohl ihr die Mienen der beiden Männer eindeutig verrieten, dass sie nicht die leiseste Ahnung hatten, was es mit diesem Aydrian auf sich hatte.

»Aydrian Boudabras«, sagte Braumin. »Richtig, die öffentliche Bekanntmachung, der zufolge dieser junge Mann nun König des Bärenreiches sei, hat uns über den Masur Delaval erreicht; aber wir wissen bis heute nicht, was genau das nun für uns bedeutet. Meines Wissens wurde sein Name in der königlichen Erbfolge nie erwähnt.«

»Es kursieren auch noch andere Gerüchte«, wollte Viscenti

soeben hinzufügen, doch Braumin brachte ihn mit einem Wink zum Schweigen.

Jilseponie dagegen fasste sich ein Herz und drehte sich zu dem schmächtigen und stets nervös wirkenden Viscenti um. »Gerüchte über einen Wechsel in St. Honce, mit Auswirkungen auf Euren gesamten Orden?«, fragte sie.

Viscenti nickte langsam.

»Unser neuer König hat bei seiner Thronbesteigung tatkräftige Hilfe durch Euren Abt Olin erhalten«, bestätigte Jilseponie, ehe sie zögernd innehielt und einmal tief Luft holte. »Und auch von Marcalo De'Unnero.«

»Verflucht sei sein Name!«, entfuhr es Bischof Braumin, während Meister Viscenti vor Wut zitternd dastand.

»Wie konnte es nur dazu kommen?«, fragte Braumin, ehe er von Jilseponie zurücktrat und entschlossenen Schrittes im Zimmer auf und ab zu gehen begann. »Wie konnte das geschehen, noch dazu ohne jede Vorwarnung? Ein junger Mann, von dem noch nie jemand etwas gehört hat, wird zum König ausgerufen! Das ergibt doch einfach keinen Sinn! Woher nimmt dieser Aydrian Boudabras das Recht, den Thron für sich zu beanspruchen?«

»Er ist mein Sohn«, erwiderte Jilseponie leise, doch selbst wenn sie es herausgeschrien hätte, selbst wenn sie eine tausendköpfige Menge aufgefordert hätte, es herauszuschreien, hätten Bischof Braumin und Meister Viscenti kaum bestürzter reagieren können.

»Euer Sohn?«, wiederholte Viscenti fassungslos.

»Aber müsste der nicht beinahe noch ein Kind sein?«, fragte Braumin. »Ihr habt König Danube ein Kind geboren? Wieso haben wir nichts davon …?«

»Er ist ein junger Mann«, erklärte Jilseponie. »Und er ist mein und Elbryans Sohn.«

Die beiden Mönche standen da wie vom Donner gerührt. Viscenti schüttelte den Kopf, während Braumin Jilseponie einfach nur anstarrte.

»Wie ist das möglich?«, gelang es dem Bischof von Palmaris schließlich zu fragen.

»Das Neugeborene, das ich glaubte auf dem Feld vor eben dieser Stadt verloren zu haben, war gar nicht umgekommen«, erklärte Jilseponie. »Es wurde verschleppt und heimlich aufgezogen, und anschließend –« Sie unterbrach sich und schüttelte den Kopf.

»Und anschließend von De'Unnero und Olin zu unser aller Verhängnis für ihre Zwecke missbraucht«, schloss Viscenti.

»Darauf könnte es hinauslaufen«, erwiderte Bischof Braumin, als offensichtlich wurde, dass Jilseponie dazu nicht fähig war. »Und sowohl Herzog Kalas als auch die Streitkräfte haben sich auf die Seite dieses windigen Königsdarstellers geschlagen? Das ist doch kaum zu glauben! Was ist mit Prinz Midalis? Er wird doch gewiss nicht untätig zusehen wollen, wie dieser Scharlatan auf dem Thron das Königreich seines Bruders – und den Abellikaner-Orden obendrein – in Grund und Boden regiert!«

»Prinz Midalis wird sich möglicherweise gegen ihn stellen, nur hat er kaum Chancen zu gewinnen«, erwiderte Jilseponie mit leiser Stimme.

»Viele werden sich ihm anschließen!«, verkündete Viscenti, die geballte Faust drohend erhoben. »Man kann den Thron des Bärenreiches nicht einfach an sich reißen, und die abellikanische Kirche wird nicht bereit sein, sich zu einem willigen Opfer eines derartigen Verrats machen zu lassen! Man wird Abt Olin in Schimpf und Schande davonjagen! Und was diesen Marcalo De'Unnero anbelangt – wir hätten diesen Narren schon vor Jahren auf dem Scheiterhaufen verbrennen sollen. Ich kann nicht einmal glauben, dass er überhaupt noch lebt! In dieser Hinsicht gleicht er dem geflügelten Dämon – er ist ein Unheil, das einfach kein Ende nehmen will!«

»Aydrians Anspruch auf den Thron scheint mehr als anfechtbar zu sein«, überlegte Bischof Braumin, während er den aufbrausenden Viscenti mit einer Handbewegung zu besänftigen versuchte, dem es in letzter Zeit nicht gut gegangen war und dem die Heiler dringend geraten hatten, jede Aufregung zu vermeiden, was seinem Wesen allerdings völlig widersprach.

»Sein Anspruch ist ausreichend legitimiert, um vom einfachen Volk akzeptiert zu werden«, erklärte Jilseponie. »Jedenfalls ist er begründet genug, um jenen Teilen des Adels, die am Ende nicht in Danubes Gunsten standen, den nötigen Vorwand zu liefern, ihn mit offenen Armen aufzunehmen. Aydrian ist mit einer kampfbereiten Armee in Ursal einmarschiert, die er nach seiner Thronübernahme sogar noch durch Danubes eigene Truppen verstärkt hat.« Als sie Bischof Braumin ansah, war ihr Blick durchdrungen von aufrichtigem Mitgefühl, und sie schüttelte langsam den Kopf. »Ursal ist bereits in seiner Hand, und über Palmaris wird er ebenfalls hinwegfegen, lange bevor Prinz Midalis Hilfe organisieren und sie Euch anbieten kann, falls Ihr Euch entscheiden solltet, Euch gegen ihn zu stellen. Zumal es ohnehin nicht einfach sein wird, Verbündete zu finden, erst recht nicht hier, in dem von Ursal und den korrupten Herzögen beherrschten Südwesten des Bärenreiches. Das gemeine Volk wird Aydrian bereitwillig akzeptieren, denn alles andere würde Krieg gegen ihn bedeuten.«

»Die Kirche wird sich den Drohungen eines Thronräubers und seiner intriganten Komplizen niemals fügen!«, erklärte Bischof Braumin. »Palmaris wird sich diesem König widersetzen, und St. Precious wird niemals seine Pforten für ihn öffnen, und auch nicht für Marcalo De'Unnero und diesen Verräter, Abt Olin!«

»Ihr wollt Eure Stadt gegen die Heerscharen Ursals verteidigen?«, fragte Jilseponie, eine Bemerkung, die Bischof Braumin und seiner großspurigen Ankündigung weitgehend den Wind aus den Segeln nahm. Palmaris war gewiss keine unbedeutende Stadt, und die dort stationierten Truppen waren zahlreich, stark und kampferprobt. Trotzdem wären sie den

Allhearts und den Soldaten Ursals unter keinen Umständen gewachsen.

»Nun, was die Stadt selbst betrifft … bin ich nicht sicher«, musste Braumin einräumen, doch das hilflose Kopfschütteln war nicht von Dauer, und rasch kehrte das Feuer in seine dunklen Augen zurück. »Aber bei meinem Leben, ich schwöre, weder Aydrian noch dieser vermaledeite De'Unnero werden je einen Fuß in diese Abtei setzen, es sei denn, man schleift sie in Ketten durch das Eingangstor!«

»Ihr scheint nicht mal zu ahnen, welch ungeheure Kräfte gegen Euch aufgeboten werden!«, entgegnete Jilseponie.

»Wollt Ihr etwa, dass ich diese Verbrecher mit offenen Armen willkommen heiße?«

»Ich möchte Euch bitten zu fliehen!«, antwortete Jilseponie. »Erst einmal nach St. Mere-Abelle und von dort aus, falls nötig, weiter nach Vanguard. Wenn Ihr hier bleibt …« In diesem Augenblick versagte ihre Stimme, sie fing an zu keuchen und rang verzweifelt nach Luft. Um ein Haar wäre sie zusammengebrochen, wenn Braumin nicht herbeigestürzt wäre, sie aufgefangen und wieder fest in die Arme geschlossen hätte.

Aydrian bedeutete allen Anwesenden mit einem Wink, sich zu entfernen, blieb selbst jedoch am Kartentisch stehen, während die Adligen tuschelnd den Raum verließen. De'Unnero ergriff die offene Tür und trat einen Schritt zur Seite, so als hätte er die Absicht, sie hinter den anderen zu schließen, während er selbst im Zimmer zurückblieb.

»Begleitet Abt Olin nach St. Honce«, wandte sich Aydrian an ihn. »Helft ihm bei der Vorbereitung der offiziellen Schriftstücke, in denen der Wandel innerhalb der abellikanischen Kirche festgeschrieben wird.«

»Und worin soll dieser Wandel bestehen?«, fragte De'Unnero, während er sich mit einem Blick in den Flur vergewisserte, dass Olin bereits ein gutes Stück entfernt war. »Sollen wir Olin ganz offen zum ehrwürdigen Vater erklären?«

»Fürs Erste wird Olin als offizieller Abgesandter der abellikanischen Kirche in Behren auftreten«, erwiderte Aydrian. »Mehr brauchen wir Euren Ordensbrüdern derzeit nicht zu verraten. Kurz darauf wird er dann zum ehrwürdigen Vater der abellikanischen Kirche *in Behren* ernannt werden.«

Obwohl nicht wirklich überrascht, vermochte De'Unnero sich ein amüsiertes Lächeln nicht zu verkneifen. »Aus Eurem Mund klingt das ganz einfach.«

»Dieser Teil der Angelegenheit wird jedenfalls einfacher zu bewerkstelligen sein als Eure Ernennung zum Abtvater der abellikanischen Kirche im Bärenreich«, lautete Aydrians Erwiderung, eine Bemerkung, die De'Unneros dunkle Augen aufleuchten ließ. »Auch wenn mir der größte Teil des Landes südlich des Golfes von Korona ohne Blutvergießen in die Hände fallen wird, dürften wir beide uns ja wohl darüber im Klaren sein, dass Eure abellikanischen Ordensbrüder Euch nicht widerspruchslos als Oberhaupt akzeptieren werden.«

»Da es nicht meine Ordensbrüder sind, wird mir ihre Beseitigung kein großes Kopfzerbrechen bereiten«, erwiderte De'Unnero kalt.

»Dann geht und setzt jenen Prozess in Gang, an dessen Ende Euer Aufstieg stehen wird«, sagte Aydrian. »Ladet jeden, der zu kommen bereit ist, ein, sich Eurem Triumphmarsch zu Ehren König Aydrians anzuschließen, der das Königreich festigen und die Kirche erneuern wird. Droht denen, die sich weigern, nicht zu offen, aber –«

De'Unnero hob die Hand, um ihn zu unterbrechen. »Ich weiß durchaus, wie ich dabei vorzugehen habe, jetzt, nachdem klar ist, dass Abt Olin und ich getrennter Wege gehen werden.«

»Je mehr Menschen Ihr mit Euren Versprechungen zu überzeugen wisst, desto einfacher wird es sein, diejenigen zu vernichten, die sich verweigern«, erwiderte Aydrian.

Ein schiefes Lächeln im Gesicht, verließ De'Unnero den Raum und schloss die Tür hinter sich.

Aydrian wandte sich wieder dem Tisch und der großen Weltkarte zu. Mit der Hand zeichnete er den Weg von Ursal nach Palmaris nach, fuhr von Entel quer über die Halbinsel Mantis Arm, ehe er der Küste bis hinunter nach St. Mere-Abelle folgte, der begehrtesten Trophäe von allen und jenes Beutestück, das am schwierigsten zu erringen sein würde.

»Seht Ihr?«, fragte er.

Auf der anderen Seite des Zimmers bewegte sich ein Vorhang, und Sadye kam hervor und trat ins Freie.

»Verratet mir eins«, bat Aydrian, »welchen Eindruck hattet Ihr von Herzog Monmouth aus Yorkey?«

»Er fürchtet sich vor Euch«, antwortete sie, ehe sie neben Aydrian an den Kartentisch trat. »Im Übrigen kann er Euch nicht ausstehen. Allerdings ist keine dieser Empfindungen bei ihm so stark ausgeprägt wie bei Herzog Kalas.«

»Und doch sitzt Kalas' Angst vor mir so tief, dass er dazu verdammt ist, sich mit mir zu verbünden«, bemerkte Aydrian. »Und Bretherford?«

Sadye sah zu ihm auf; ihr Blick verweilte lange auf seinen jungen, markanten und unbestreitbar ansehnlichen Zügen. »Ich weiß es nicht.«

»Ich muss die Südlande unbedingt in meine Gewalt bringen, bevor ich gegen Prinz Midalis Krieg führe«, erklärte Aydrian. »Und dabei wird es eher darauf ankommen, die Loyalität der Adligen auszuloten, als die Herzen des gemeinen Volkes zu erobern.«

»König Danube war im Volk überaus beliebt. Eure Mutter übrigens auch.«

»Das Volk interessiert nicht, wer König ist«, widersprach Aydrian; er löste den Blick von der Karte und sah ihr lächelnd in die Augen. »Solange es genug zu essen hat, liebt es seinen König; verschmähen wird es ihn nur, wenn es Hunger leidet. Das ist doch nicht so schwer zu begreifen.«

»Und Ihr werdet stets dafür sorgen, dass die Bäuche gut gefüllt sind«, sagte Sadye.

Aydrian wandte sich wieder der Karte zu und ließ seine Hand von den bereits rot schraffierten Gebieten über den Rest der Welt wandern, den er noch in seinen Besitz zu bringen gedachte. »Ich werde siegen, und zwar mit Zuckerbrot und Peitsche«, erklärte er ruhig und nüchtern.

Eine Feststellung, der die Tatsache, dass sie fast unmittelbar über der in das Verlies führenden Treppe standen, unter der der Leichnam Torrence Pemblebury's verweste, ganz besonderes Gewicht verlieh.

»Lang lebe König Aydrian«, sagte Sadye leise und berührte ihn sachte am Arm.

Aydrian vermied es, sie anzusehen, wohl wissend, dass sein zur Schau gestelltes Desinteresse seinen zunehmenden Einfluss auf sie mehren und ihr wachsendes Verlangen nach ihm noch verstärken würde.

»Was werdet Ihr tun?«

Die Frage war einfach und direkt, und doch geisterte sie auf verstörende Weise durch die Gedanken von Bischof Braumin Herde.

Was werdet Ihr tun?

In Bezug auf die Abtei? Oder in Bezug auf die Stadt? Er war der rechtmäßig ernannte Bischof, was bedeutete, dass beide unter seiner Führung standen. Tief in seinem Herzen wusste er, dass er keine Veränderung innerhalb der abellikanischen Kirche zulassen durfte, die Marcalo De'Unnero mit einbezog. Der Mann war ein Mörder. Jedes Mal, wenn ihn sein Weg nach Palmaris geführt hatte, hatte er nichts als Chaos und Elend mitgebracht. In früheren Zeiten, als er bereits einmal das Amt des Bischofs innegehabt hatte, hatte er auf schreckliche und grausame Weise einen Kaufmann hingerichtet. Als Gefolgsmann von Vater Markwarts hatte er Elbryan und Jilseponie sowie Viscenti und ihn selbst ins Gefängnis werfen lassen.

Auf weltlicher Ebene war Aydrian jetzt König des Bärenreiches, und ob dieser Herrschaftsanspruch nun gerechtfertigt war oder nicht, die Tatsache, dass er offenbar die Armeen Ursals hinter sich wusste, bedeutete, dass sich ihm niemand ohne höchstes Risiko für Leib und Leben widersetzen konnte. Auf geistiger, spiritueller Ebene aber hatte Aydrian innerhalb der abellikanischen Kirche, jener Kirche, die sich unaufhaltsam der Vision des geliebten Avelyn Desbris, De'Unneros erklärtem Feind, angenähert hatte, bereits dadurch jegliche Glaubwürdigkeit eingebüßt, dass Abt Olin mit eben diesem De'Unnero im Bunde stand.

Braumin wandte sich langsam zu dem Mann um, der ihm die Frage gestellt hatte, Bruder Viscenti, seinem lieben Freund, der im Laufe der Jahrzehnte, seit sie unter dem Schutz des toten Meisters Jojonah in den Katakomben von St. Mere-Abelle gemeinsam die Wahrheit über Avelyn herausgefunden hatten, schon so viel an seiner Seite durchgemacht hatte.

»St. Precious wird ihnen ihre Pforten niemals öffnen«, erklärte der Bischof entschieden. »Ausgeschlossen. De'Unnero und sein neuer Gefolgsmann und Verbündeter mögen diese Tore einrennen, wenn ihnen der Sinn danach steht. Sie können mich von mir aus auf dem Scheiterhaufen verbrennen, aber niemals werde ich diesem Mann meine Prinzipien opfern. Ich werde nichts tun, um seine fehlgeleitete Weltsicht zu unterstützen.«

»Nahezu jeder Ordensbruder hier wird fest an Eurer Seite stehen«, versicherte ihm Viscenti.

Braumin Herde wusste nicht recht, ob er diese Unterstützung gutheißen sollte oder nicht, denn ihm war unzweifelhaft klar, was dies für seine geliebten Ordensbrüder bedeuten konnte. Um ein Haar hätte er Viscentis freundliches Angebot zurückgewiesen, aber dann erinnerte er sich, dass er als junger Mann selbst mehr als bereit gewesen war, für seine Überzeugungen zu sterben, und verkniff sich seine Erwiderung. Er hatte sich auf die Seite von Elbryan und Avelyn geschlagen, als ihm dies den Galgen hätte einbringen können. Wie konnte er da von seinen Untergebenen verlangen, dass sie ihre

Prinzipien und Überzeugungen nur um ihrer körperlichen Unversehrtheit willen preisgaben?

»St. Precious wird ihnen seine Pforten verschließen und sie stets geschlossen lassen!«, erklärte Viscenti tapfer.

»Und sollten sie uns dennoch überrennen, wird unser Opfer nicht vergebens sein«, versicherte ihm Braumin. »Schon aus prinzipiellen Erwägungen muss sich die abellikanische Kirche um jeden Preis gegen De'Unnero stellen, denn jedes andere Verhalten hieße, alles aufgeben, was uns lieb und teuer ist.«

»Aber was ist mit der Stadt?«, gab Viscenti zu bedenken. »Können wir den ganz gewöhnlichen Bürgern das Gleiche abverlangen? Sollen wir etwa das Tor verriegeln, die Mauern bemannen und zulassen, dass die Bevölkerung von Palmaris von diesem neuen König hingemetzelt wird?«

Genau da lag der Haken. Wie sehr wünschte sich Braumin Herde in diesem Augenblick, König Danube hätte ihn nie zum Bischof von Palmaris ernannt!

»Ich denke schon, Ihr solltet ihm den Zutritt verwehren, oder doch zumindest seiner Armee«, erklärte Viscenti zu seiner Überraschung. »Wenn dieser Mann, der behauptet, König zu sein, herkommt, um zu verhandeln, dann solltet Ihr ihm dies zugestehen, in den anschließenden Gesprächen aber unmissverständlich klarstellen, dass Marcalo De'Unnero, verflucht sei sein Name, hier nicht willkommen ist. Vielleicht gelingt es uns, einen Keil zwischen sie zu treiben. Vielleicht können wir Aydrian sogar zu einem offeneren Gespräch mit seiner Mutter überreden.«

»Ihr verlangt, dass ich ein ziemlich großes Risiko eingehe«, erwiderte Braumin. »Was, wenn König Aydrian sich weigert zu verhandeln? Wenn er einfach die Öffnung der Tore verlangt? Sollen wir etwa riskieren, einen Krieg mit Ursal vom Zaun zu brechen?«

Bruder Viscenti lehnte sich zurück und wog die verschiedenen Möglichkeiten lange gegeneinander ab. »Ich würde vermuten, dass die Bevölkerung von Palmaris, vor die Wahl gestellt, sich bis zum letzten Mann, zur letzten Frau, gegen Aydrian zur Wehr setzen wird«, sagte er schließlich. »Diese Menschen waren Zeugen des Wunders von Avelyn. Es sind eben jene Behreneser, denen man in Palmaris eine Heimat geboten hat, als niemand sonst sie haben wollte – vergesst nicht, dass De'Unnero und seine Bruderschaft der Büßer sie in den Zeiten der Rotfleckenpest auf brutale Weise verfolgt haben! Es sind dieselben Menschen, die Zeugen der Torheit Markwarts und De'Unneros waren und die den Edelmut Elbryans, Jilseponies und Eurer Wenigkeit miterleben durften. Wenn Ihr bereit seid, für Eure Prinzipien in den Tod zu gehen, muss man ihnen dann nicht die gleiche Chance zugestehen?«

Die merkwürdige Ironie dieser Bemerkung, dass es geradezu seine Pflicht sei, der ihm anvertrauten Gemeinde Gelegenheit zu geben, sich niedermetzeln zu lassen, entlockte Bischof Braumin ein gequältes Lächeln.

Entschlossen ging er quer durch den Raum, schloss seinen lieben Freund in die Arme und gab ihm einen herzhaften Klaps auf den Rücken. Er war Bruder Viscenti in diesem Augenblick aufrichtig dankbar, denn er hatte ihm geholfen, das Durcheinander zu entwirren, das sich seiner Gedanken bemächtigt hatte.

»Jilseponie ist auf dem Weg zu Roger«, bemerkte Viscenti. »Ihr solltet sehen, wie leidenschaftlich Roger Flinkfinger reagiert, wenn er von den Geschehnissen in Ursal erfährt. Wenn Ihr es nicht tut, wird er Palmaris hinter sich vereinigen!«

Braumin schob Viscenti auf Armeslänge von sich. »Oder aber wir beide, wir drei, scharen die gesamte Region hinter uns, wie man es noch nie zuvor gesehen hat!«, sagte er mit einem entschlossenen Lächeln.

Hinter diesem entschlossenen Lächeln und dem gemeinsamen Schulterklopfen verbarg sich jedoch die bittere Erkenntnis, dass sich die Stadt Palmaris in den bevorstehenden finsteren Zeiten womöglich der größten Bedrohung aller Zeiten gegenübersah. Denn zuvor, als die Horden des geflügelten Dämons anzugreifen drohten und der faulige Gestank von Vater Markwart die Luft verpestete, hatte Palmaris in der mächtigeren Stadt Ursal stets einen Verbündeten gehabt.

Diesmal aber …

2. Warnungen im Wind

Nach dem wochenlangen Marsch über den Pfad der sternenlosen Nacht war das Gefühl der kühlen Brise auf ihren Gesichtern den beiden Elfen eine höchst willkommene Erfrischung. Diese Wanderung hatte sehr viel mehr Zeit in Anspruch genommen als ihre erste Reise nach Süden unter dem Gebirge hindurch, denn Belli'mar Juraviel und Cazzira aus Tymwyvenne hatten sich fest vorgenommen, die durch den Großen Gürtel hindurchführenden Pfade von Tymwyvenne nach To-gai, dem Land, das sich, so ihre Hoffnung, mittlerweile fest in Brynn Dharielles Hand befand, genau zu markieren. Juraviel hatte sich zwar in den Südlanden von der Hüterin getrennt, allerdings nur schweren Herzens und mit dem festen Vorsatz, ihre Fortschritte bei der Befreiung To-gais aus der Gewalt der behrenesischen Eroberer genauestens im Blick zu behalten.

Trotz dieser bohrenden Ungewissheit und seiner tief empfundenen Gefühle für Brynn hatte Belli'mar Juraviel seinen Entschluss, in den Norden zurückzukehren, noch immer nicht bereut. Seine Verantwortung galt in erster Linie seinem eigenen Volk, den Touel'alfar, und seiner Heimat Andur'Blough Inninness. Lady Dasslerond hatte Brynn mit dem Auftrag der Befreiung To-gais in den Süden entsandt, denn sie ging davon aus, dass die To-gai-ru ihrem Volk mehr Sympathie entgegenbringen würden als die Behreneser, und weil sie befürchtete, dass der Makel des geflügelten Dämons, jene Fäulnis, die längst begonnen hatte, ihr geliebtes Andur'Blough Inninness zu vergiften, die Touel'alfar schon in naher Zukunft zwingen könnte, über eben diese Route in den Süden zu fliehen.

Dieser Druck schien jetzt, nachdem er ein so vertrautes Verhältnis zu Cazzira entwickelt hatte, stark nachgelassen zu haben. Nicht etwa, weil die Gefahr durch den Makel des geflügelten Dämons für seine geliebte Heimat geringer geworden wäre, sondern weil er den Doc'alfar begegnet war, den vergessenen Vettern seines eigenen Volkes. Und je angenehmer sich seine Beziehung zu Cazzira gestaltete, desto fester glaubte er daran, dass die Elfen Koronas sich eines Tages wieder zu einem einzigen Volk vereinen würden.

Rein äußerlich waren die beiden Völker durchaus unterschiedlich. Obwohl beide ungefähr vier Fuß groß und von ähnlich geschmeidiger Statur, besaßen nur die Touel'alfar lichtdurchlässige Flügel, und während die Doc'alfar dunkles Haar und eine sehr helle Haut hatten, Folge des Lebens in der lichtlosen Welt ihrer nebelverhangenen heimischen Torfmoore, waren die Farben der Touel'alfar eher ein Ausdruck des Lebens unter hellem Tageslicht. Ihr blondes Haar, ihre strahlenden Augen und die helle Haut schienen vor innerer Wärme und goldenem Sonnenlicht nur so zu strahlen.

In den letzten Monaten aber war Belli'mar Juraviel zu tieferen, über ihre körperlichen Unterschiede hinausgehenden Einsichten über Cazzira gelangt und dabei auf eine den Touel'alfar recht verwandte Seele gestoßen. Sie waren ein Volk und pflegten eine ganz ähnliche Denkweise; die meist oberflächlichen körperlichen Unterschiede würden mit der Zeit verblassen, sobald ihre Gemeinschaften wieder vereint wären.

Das zumindest war Belli'mar Juraviels Hoffnung, so war sein Plan. Deshalb war er zusammen mit Cazzira und einem dritten, noch ungeborenen Elfen, der in Cazziras Bauch heranwuchs, durch das Gebirge in die Nordhänge unweit Tymwyvennes, der Heimat der Doc'alfar, zurückgekehrt.

»Das ist aber nicht derselbe Tunnel, den wir damals, vor

Jahren, zusammen mit Brynn betreten haben«, bemerkte Juraviel, während er blinzelnd das Gelände absuchte, die an das Licht nicht gewöhnten Augen zu schmalen Schlitzen verengt – dabei war es später Nachmittag, und die Sonne stand bereits dicht über dem Horizont.

»Aber wir müssen ganz in der Nähe sein«, beruhigte ihn Cazzira und deutete nach Nordwesten, auf einen unverwechselbaren, ein wenig an das runzelige Gesicht eines alten Mannes erinnernden Berggipfel. »Vielleicht sogar schon so nah, dass uns die Späher Tymwyvennes beobachten, ihre tödlichen Waffen griffbereit, um sich augenblicklich auf dich zu stürzen, solltest du es wagen, dich mir auf unschickliche Weise zu nähern«, fügte sie hinzu und blitzte ihn mit dem für sie typischen schelmischen Lächeln an.

»Die sollen nur kommen!«, stieß Juraviel theatralisch hervor und fiel über Cazzira her; fast hätte er sie, während sie beide ausgelassen lachten, erdrückt mit seiner liebevollen Umarmung. Er schob seine Geliebte auf Armeslänge von sich und sah ihr fest in ihre zartblauen Augen, die nicht minder beeindruckend waren als seine goldenen. Wie sehr hatte sich Belli'mar Juraviel in diese Doc'alfar verliebt! Und wenn er sie anschaute, wenn er sie betrachtete, wusste er, dass auch Lady Dasslerond eines Tages das Wundervolle daran erkennen und einsehen würde, wie vorteilhaft sich eine Wiedervereinigung mit ihren lange vergessenen Vettern für alle auswirken würde.

Einige Zeit darauf, der strahlend hell leuchtende Mond Sheila stand bereits über ihnen, bewegten sich die beiden Elfen an den tiefer gelegenen Hängen des Vorgebirges entlang und hielten sich dabei unter Cazziras Führung weitgehend Richtung Westen. An diesem Abend würden sie es nicht mehr bis nach Tymwyvenne schaffen, hatte sie Juraviel erklärt, aber sie war einigermaßen sicher, dass sie die prachtvollen Schnitzereien auf den mächtigen Toren der Elfenstadt gleich zu Beginn ihres zweiten Reisetages zu Gesicht bekommen würden.

Oberhalb des Torfmoors und der für das Gebiet rings um

Tymwyvenne typischen abgestorbenen Bäume schlugen sie ihr Lager auf. Sie gaben sich keine große Mühe, ihr Feuer zu verstecken, denn mittlerweile befanden sie sich im Reich der Doc'alfar und waren vor ungebetenen Besuchern sicher – es sei denn, diese stammten aus Cazziras Volk.

Die Nacht war vollkommen still, und es ging nur ein leichter Wind. Dieser Wind brachte eine leichte Kühle mit, die ihr großzügiges Lagerfeuer aber keine Mühe hatte fern zu halten.

»Wirst du bei König Eltiraaz darauf drängen, dass er uns sofort zu deinen Leuten weiterschickt?«, fragte Cazzira, als die beiden Seite an Seite nebeneinander lagen und den Mond und die Sterne betrachteten.

»Es wäre sicher besser, wenn wir beide den ersten Kontakt herstellen«, erklärte Juraviel. »Lady Dasslerond wird deinem Volk ebenso wenig Vertrauen entgegenbringen wie König Eltiraaz mir, als ich mich zum ersten Mal in euer Land wagte. Es ist geradezu ihre Pflicht, größte Vorsicht walten zu lassen, wenn es um das Wohl ihres Volkes geht.« Er wälzte sich auf die Seite, so dass er Cazzira direkt ansehen konnte, und schaute in ihre hellblauen Augen, an die er sein Herz verloren hatte. »Aber wenn sie dich sieht, werden sich ihre Vorbehalte sofort in Luft auflösen«, fügte er ruhig hinzu. »Du und ich, wir beide werden gemeinsam dafür sorgen, dass die alten Bande zwischen unseren Völkern wieder hergestellt werden, und zwar zum Wohl der Touel'alfar und der Doc'alfar.«

»Zum Wohl der Tylwyn Doc und der Tylwyn Tou, wolltest du wohl sagen«, versuchte Cazzira ihn aufzuziehen; sie hatte die Bezeichnungen der Doc'alfar für beide Völker benutzt und ebenso gezielt wie beiläufig ihr Volk zuerst genannt. Beim Sprechen war ihre Hand zu Juraviels Schulter hinübergewandert, und plötzlich packte er ihr Handgelenk, bog ihren Arm nach hinten und hielt ihn fest.

»Touel'alfar und Doc'alfar!«, verlangte er gebieterisch.

Lachend konterte Cazzira: »Und wenn ich mich weigere?«

»Dann werde ich mit dir machen, wonach mir gerade der

Sinn steht!«, antwortete Juraviel. »Es sei denn, natürlich, die geheimnisvollen Posten der Doc'alfar sind in der Nähe und bereit, dir sofort zu Hilfe zu eilen!«

»Dieselben geheimnisvollen Posten, die Belli'mar Juraviel schon bei seinem ersten Versuch, unser Land zu durchqueren, gefangen genommen haben, und zwar ohne die geringste Mühe!«, erwiderte Cazzira lachend.

»Ach!«, erwiderte Juraviel dramatisch und deutete mit gestrecktem Finger in die Luft. »Und woher willst du wissen, dass ich es nicht von Anfang an so geplant hatte? Mich gefangen nehmen zu lassen, damit ich dein Volk bestehlen kann?«

»Bestehlen?«

»Nun, dein Herz habe ich doch bereits gestohlen.«

»Mein Herz?«, wiederholte Cazzira mit ungläubigem Staunen. »Solltest du wahrhaftig so töricht sein, anzunehmen, ich hegte irgendwelche romantischen Gefühle für dich, Belli'mar Juraviel?«

Juraviel kehrte Cazzira in einer übertrieben theatralischen Geste den Rücken zu und fasste sich dabei an die Brust. »Aber du hast mein Herz mit einem Pfeil durchbohrt!«, klagte er. »Und mich zu Tode getroffen ...«

»Auf den Gedanken war ich auch schon gekommen«, rief plötzlich eine dritte Stimme und ließ die beiden aus ihrem Spiel aufschrecken. Juraviel sprang blitzschnell auf die Beine, während Cazzira sich auf ihre Ellbogen stützte.

Die Anspannung der beiden legte sich, als sie eine vertraute Gestalt in den Feuerschein treten sahen, Lozan Duk, Cazziras Begleiter bei Juraviels und Brynn Dharielles Gefangennahme. Er sah Cazzira sehr ähnlich, außer dass er in den Schultern etwas breiter war und anstelle ihrer hellen dunkle Augen hatte. Der Späher der Doc'alfar, einen neugierigen und sichtlich amüsierten Ausdruck im Gesicht, nahm sich lange Zeit, die beiden ausgiebig zu betrachten.

»Ich vermute mal, eure Reise in die Südlande war von Erfolg gekrönt«, sagte er schließlich. »Nur frage ich mich, ob die Hüterin, diese Brynn Dharielle, bei der Vereinigung der Stämme der To-gai-ru ebenso erfolgreich war wie offenbar ihr beide.«

Cazzira erhob sich und lief quer über die Lichtung, um ihren lieben alten Freund in die Arme zu schließen. Juraviel folgte ihr und ergriff herzlich die ihm von Lozan Duk dargebotene Hand.

»Du warst viel zu lange fort«, sagte Lozan Duk zu Cazzira. »Ohne dich kam mir das Land sehr einsam vor. Die Jagd auf Eindringlinge hat sehr viel weniger Spaß gemacht.« Als er geendet hatte, richtete er seinen Blick freundlich lächelnd auf Juraviel.

»Viel zu lange«, gab Cazzira ihm Recht. »Ich kann es kaum erwarten, Tymwyvenne endlich wiederzusehen.«

»Und doch wollt ihr nur kurz hier bleiben«, hakte Lozan Duk nach, während sein Blick von Cazzira zu Juraviel und wieder zurück wanderte.

»Wie lange spionierst du uns eigentlich schon hinterher?«, wollte Cazzira wissen.

Lozan Duk fing schallend an zu lachen. »Als ich das erste Mal auf euch stieß und sah, dass ihr beide zurückgekehrt wart, wollte ich gleich über euch herfallen, um euch beide willkommen zu heißen«, erklärte er. »Aber dann hatte ich auf einmal das Gefühl, euch damit in eurer Zweisamkeit zu stören, also machte ich wieder kehrt und beschloss, erst am nächsten Morgen wiederzukommen.«

»Und dann hast du gehört, wie ich Cazzira den Vorschlag machte, mich in meine Heimat zu begleiten«, schloss Juraviel.

Lozan Duk bedachte ihn mit einem ernsten Blick und nickte. »Du sprichst über Dinge von großer Tragweite, Belli'mar Juraviel von den Tylwyn Tou.«

»Und hoffentlich über sehr weit reichende Vorteile, sowohl für mein Volk als auch für deins«, entgegnete Juraviel.

Da Lozan Duk nichts Passendes darauf zu erwidern wusste, hielt er einen Moment inne, um seine liebste Freundin zu betrachten. Er und Cazzira waren viele Jahre lang gemeinsam auf die Jagd gegangen und einander auch sonst in den meisten Dingen partnerschaftlich verbunden gewesen. Eine Liebesbeziehung hatte zwischen ihnen nie bestanden, daher hatte sein Blick, als er sie jetzt eingehend betrachtete, auch nichts Eifersüchtiges, sondern war ausschließlich erfüllt von Dankbarkeit über ihre Rückkehr.

Dankbarkeit, die allerdings rasch in Neugier umschlug. »Da wäre noch etwas ...«, setzte der Elf an.

Cazziras Lächeln wurde nach und nach immer breiter, bis sie im Schein des Mondes über ihr ganzes zartes, hübsches Gesicht zu strahlen schien.

Plötzlich klappte Lozan Duks Unterkiefer herunter, und seine Augen folgten Cazziras Blick bis hinunter zur leichten Wölbung ihres Leibes. »Du bist doch nicht etwa ...?«

»Doch, bin ich«, erwiderte Cazzira. »Es wird das erste Kind seit einem Vierteljahrhundert sein, das in Tymwyvenne zur Welt kommt, es sei denn, in meiner Abwesenheit sind noch andere Kinder geboren worden.«

»Nicht dass ich wüsste.«

»Und es wird das erste gemeinsame Kind von Tylwyn Doc und Tylwyn Tou sein seit ...« Sie hielt inne und sah zu Juraviel.

»Seit länger, als selbst die ältesten Elfen zurückdenken können«, beendete er den Satz für sie.

»Aber was genau bedeutet das?«, fragte Lozan Duk, eine schlichte Frage, die aber für jeden Einzelnen von ihnen Verstrickungen auf unterschiedlichster Ebene beinhaltete. Sollte dieses Kind die Verbindung beider Völker verkörpern, gewissermaßen als Symbol ihrer Wiedervereinigung? Oder würde es ein Bastard werden, ein Mischling, der in keiner der beiden Gemeinschaften wirklich akzeptiert wurde?

»Es wird genau die Bedeutung haben, die wir ihm geben«, stellte Cazzira entschieden fest. »Das Kind ist ein Ergebnis der Liebe, wahrer, aufrichtiger Liebe zwischen Tylwyn Doc und Tylwyn Tou. Mögen daran niemals Zweifel aufkommen.«

Lozan Duk schüttelte nachdenklich den Kopf, während er

seine erstaunliche Freundin betrachtete, bis sein Blick allmählich zu Belli'mar Juraviel hinüberwanderte, diesem so ungewöhnlichen Besucher seines Landes.

»Und, wie denkt Ihr über das Kind?«, fragte Juraviel, nachdem er Lozans Miene nicht recht zu deuten wusste.

Der andere Elf brauchte eine Weile, um über die Frage nachzudenken und all die aufwühlenden Neuigkeiten zu verdauen. »Wenn Cazzira damit glücklich ist, bin ich es auch, Belli'mar Juraviel«, antwortete er schließlich. »Sie ist eine gute Freundin – vielleicht die beste, die ich jemals hatte – und ich werde ihr bei allen ihren Entscheidungen zur Seite stehen. Sie hat beschlossen, Euch zum Geliebten und Lebensgefährten zu nehmen, und sie hat Euch zum Vater ihres Kindes auserkoren. Mehr brauche ich über die Redlichkeit Eurer Absichten nicht zu wissen.« Als sein Blick auf Cazziras dicken Bauch fiel, war sein Lächeln voller Wärme. »Ein Kind von Cazzira kann nur ein wundervolles Wesen sein.«

»Das Gleiche gilt für ein Kind von Belli'mar Juraviel«, fügte Cazzira hinzu.

»Dann ist das Kind zweifach gesegnet«, erklärte Lozan Duk und breitete die Arme aus, eine Aufforderung, der Cazzira nur zu gerne nachkam.

Belli'mar Juraviel, ein wenig abseits, nickte hoffnungsfroh.

Kurz darauf übernahm Lozan Duk die Führung, verließ mit den beiden den Lagerplatz und schlug auf den nach Tymwyvenne führenden Pfaden ein forsches Tempo an. Wann immer sie unterwegs anderen Doc'alfar begegneten, hießen diese Cazzira und Juraviel mit offenen Armen willkommen.

Ganz so wie König Eltiraaz, als die Gefährten schließlich im großen Saal von Tymwyvenne vor seinen glänzenden Holzthron traten. Er sprang sofort von seinem königlichen Sitz auf und eilte Cazzira entgegen, um sie zu umarmen, ehe er auch Juraviel mit einem herzlichen Händedruck begrüßte.

»Wir haben uns viel zu erzählen«, sagte er, als er wieder auf seinem Thron Platz nahm. »Ich möchte über jeden Schritt Eurer Reise in den Süden unterrichtet werden und hoffe, alles ist gut ausgegangen; das gilt insbesondere für Brynn Dharielle, diese außergewöhnliche Menschenfrau, die die Tylwyn Doc immerhin dazu gebracht hat, ihr Verhalten gegenüber menschlichen Eindringlingen zu überdenken. Es wird Euch freuen zu hören, Belli'mar Juraviel, dass, seit Ihr mit Eurer Begleiterin durch unser Land gekommen seid, kein Menschenwesen mehr dem Torfmoor übergeben wurde.«

Juraviel freute sich tatsächlich sehr, das zu hören. Bei seiner ersten Begegnung mit den Doc'alfar waren er und Brynn noch von einer ganzen Armee von Zombies in Empfang genommen worden, die die Doc'alfar aus ungebeten in ihr Land eingedrungenen Menschen geschaffen hatten; Menschen, die man in einem Ritual dem Moor übergeben hatte, wodurch sie sich in Untote verwandelten.

»Auch die Menschen haben ihre Vorzüge«, erwiderte Juraviel zurück.

König Eltiraaz' Dornenkrone geriet heftig in Bewegung, als er ihm mit einem Nicken Recht gab. »Aber sie sind ein wankelmütiges Volk«, sagte er. »Was ihnen fehlt, ist die Beständigkeit der Tylwyn Doc. Während wir hier miteinander sprechen, befinden sich meine Kundschafter drüben im Osten, wo das Königreich der Menschen derzeit von gewaltigen Umwälzungen heimgesucht wird.« Er stieß einen schweren Seufzer aus. »Ich möchte nicht den Eindruck erwecken, als verstünde ich sie und ihre ganze Aufregung, aber vielleicht lernen wir ja noch dazu ... Aber genug davon«, fuhr er fort. »Ich nehme an, Ihr habt eine Menge zu erzählen, schließlich wart Ihr mehrere Jahre auf Wanderschaft. Wenn Ihr also bitte einfach ganz von vorne anfangen würdet.«

Die strahlende Cazzira wollte gerade zu erzählen beginnen, aber als sie zu Juraviel hinüberschaute und auch König Eltiraaz den Touel'alfar ansah, bemerkten beide den sorgenvollen Ausdruck auf dessen Gesicht.

»Was gibt es denn?«, drängte ihn der König der Doc'alfar.

»Von welchen Umwälzungen im Osten redet Ihr?«, wollte Juraviel wissen.

König Eltiraaz und die anderen Doc'alfar musterten ihn fragend, so als wäre ihnen völlig unverständlich, wieso das eine Rolle spielen sollte. »Im Königreich der Menschen kommt es ständig zu irgendwelchen Veränderungen«, erklärte Eltiraaz. »Ich bezweifle allerdings, ob dieser –«

»Bitte, sagt schon, was Ihr herausgefunden habt«, bedrängte ihn Juraviel, den plötzlich eine große Angst um seine Freundin Jilseponie überkam. »Ist denn Danube Brock Ursal nicht König des Bärenreiches?«

»Nach allem, was wir gehört haben, lebt er nicht mehr; aber Ihr müsst wissen, dass selbst die in den Sitten und Gebräuchen der Menschen am meisten bewanderten Kundschafter nicht jede Feinheit ihrer Sprache verstehen.«

Juraviel hielt dem durchdringenden Blick des Königs stand und hatte größte Mühe, ruhig weiterzuatmen. Irgendetwas in seinem Innern sagte ihm, dass seine Freunde, die er zurückgelassen hatte, in diese Geschichte verwickelt waren, und das vermutlich nicht zu ihrem Besten.

»König Danube ist tot«, fuhr Eltiraaz fort, »und seine Gemahlin, Königin Jilseponie –«

»Jilseponie ist Königin?«, sprudelte es aus Juraviel hervor. Die Vorstellung erschien ihm natürlich nicht völlig abwegig, denn bevor er Andur'Blough Inninness zusammen mit Brynn verlassen hatte, waren den Touel'alfar Gerüchte zu Ohren gekommen, König Danube habe Jilseponie mehrere Sommer lang den Hof gemacht.

»Ja, ich glaube, ihr Name war Jilseponie«, erklärte König Eltiraaz.

»War? Ist sie denn nicht mehr Königin?« Die Panik in Juraviels Stimme war nicht zu überhören.

»Sie hat die große Menschenstadt nach Danubes Tod verlassen«, erklärte König Eltiraaz. »Nach unseren Informationen war sie beim neuen König in Ungnade gefallen.«

»Und wer soll dieser neue König sein?«

»Sein Name lautete Aydrian«, erwiderte Eltiraaz, und Juraviel stockte der Atem. »Es handelt sich offenbar um eine neue Seitenlinie der königlichen Erbfolge«, fügte Eltiraaz als Erklärung hinzu. »Er entstammt nicht dem Geschlecht Ursals, sondern dem der Wyndons.«

Einen grauenhaften Moment lang hatte Belli'mar Juraviel das Gefühl, als würde ihm der Boden unter den Füßen weggezogen, so als tauche er ein in eine absurde Welt. Aydrian war König? Tief in seinem Innern wusste er, dass Lady Dasslerond etwas Derartiges niemals geplant hatte und dass, wenn es tatsächlich derselbe Aydrian war, den er in Andur'Blough Inninness gekannt hatte, der Sohn Elbryans und Jilseponies, etwas ganz entsetzlich schief gegangen war.

»Du kennst ihn?«, wollte Cazzira wissen.

Juraviel hörte sie kaum. »Ich flehe Euch an, König Eltiraaz, versucht, mehr über diese Geschehnisse in Erfahrung zu bringen, denn ich fürchte, sie werden überaus folgenschwere Konsequenzen für mein Volk haben.«

»Wie das?«

»Wenn dieser Aydrian tatsächlich der ist, der ich glaube, dann bestehen entweder sehr viel intimere Bande zwischen meinem Volk und den Menschen oder ihm droht von den Menschen größere Gefahr als je zuvor«, erwiderte Juraviel. »Ich muss unbedingt mehr über diesen neuen König der Menschen in Erfahrung bringen, und zwar schnell.«

Cazzira legte ihm die Hand auf den Arm, und als er sie daraufhin ansah, wurde ihm bewusst, dass man ihm die Verzweiflung in der Stimme deutlich angehört haben musste. Einen Moment lang blickte er sie hilflos an, dann wandte er sich wieder dem König der Doc'alfar zu. »Außerdem wird mein Aufenthalt hier, fürchte ich, nur von kurzer Dauer sein«, fuhr er fort. »Ich muss so schnell wie möglich zurück zu meinem Volk.« Sein Blick wanderte wieder zu Cazzira, die zur Bestätigung nickte. »Ich möchte Euch bitten, Cazzira und vielleicht auch noch einigen anderen aus Eurem Hofstaat die Erlaubnis zu geben, mich zu begleiten.«

König Eltiraaz machte ein erstauntes Gesicht. »Ich dachte, wir hätten uns vor langer Zeit darauf geeinigt, bei der Überwindung des alten Bruchs zwischen unseren Völkern entschieden behutsamer vorzugehen. Waren wir nicht darin übereingekommen, dass ein solches Zusammentreffen auf keinen Fall übereilt stattfinden dürfe?«

»Wenn Aydrian tatsächlich König der Menschen ist, habe ich große Angst um mein Volk«, gestand Juraviel. »Deshalb möchte ich Euch, König Eltiraaz, in dieser für uns möglicherweise sehr schwierigen Zeit um Hilfe für mein Volk bitten.«

»Damit ich mein eigenes Volk dadurch in Gefahr bringe?«, erwiderte der König der Doc'alfar, ohne zu zögern; sein Tonfall wurde plötzlich ernst.

Juraviel seufzte. »Ich muss unbedingt fort«, sagte er. »Und ich bitte Euch inständig, mich nicht daran zu hindern.«

»Aber zuerst werdet Ihr mir mehr über diesen Aydrian erzählen müssen«, beharrte König Eltiraaz.

Juraviel brauchte nicht lange, um darüber nachzudenken; schließlich war dieses Ansinnen nur zu verständlich.

»Ich werde Euch alles erzählen, was ich weiß, sowohl über Aydrian als auch über seine Eltern«, erklärte er.

»Und über Eure Befürchtungen und Ängste«, fügte der König der Doc'alfar hinzu, worauf Juraviel nickend einwilligte.

»Wir werden Euch außerdem von unserer Reise über den Pfad der sternenlosen Nacht, durch die Höhle des Drachen Pherol sowie das wilde Steppengebiet südlich des Gebirges berichten«, warf Cazzira ein. Sie sah zu Juraviel, dessen Miene ob dieses Vorhabens weit weniger Geduld verriet. Aber dann fügte Cazzira hinzu: »Außerdem werden wir Euch von anderen Entwicklungen erzählen, die Euch bei Eurer Entscheidung über Belli'mar Juraviels Heimkehr und die Rolle, die ich und andere aus unserem Volk auf dieser Reise spielen könnten, möglicherweise beeinflussen werden.«

Jetzt begriff Juraviel, worauf sie hinauswollte, und dass ihre Überlegung gar nicht so unvernünftig war. Cazzira wollte ihre Liebe und das in ihrem Bauch heranwachsende Kind als Druckmittel benutzen, damit ihr König den Dialog zwischen den Doc'alfar und den Touel'alfar eröffnete.

»Ganz recht«, bestätigte Juraviel. »Wir haben Euch viel mitzuteilen. Und ich möchte Euch bitten, noch während wir hier miteinander sprechen, zusätzliche Kundschafter auszusenden, um so viel wie möglich über König Aydrian und die Geschicke der Menschen in Erfahrung zu bringen.«

»Von welchen Menschenwesen sprecht Ihr, Belli'mar Juraviel?«, fragte König Eltiraaz. »Von denen im Osten oder denen im Süden?«

Juraviel ließ sich lange Zeit, um über die Frage nachzudenken, denn plötzlich dämmerte ihm, dass es überaus weitreichende Folgen haben konnte, wenn der Aydrian, den er kannte, tatsächlich König des Bärenreiches war. »Möglicherweise von beiden«, erwiderte er. »Fürs Erste jedoch würden wir gerne etwas über die dramatischen Umwälzungen innerhalb des Königreichs im Osten hören.«

3. Zwischen den Fronten

Die Heimkehr zu den Feuerbergen und in sein geliebtes Zuhause, die Wolkenfeste, das Kloster der geheimnisumwitterten Jhesta Tu, war Pagonel offenbar nicht vergönnt. Erschöpft und zerschunden und jedes der vier Jahrzehnte seines bisherigen Lebens spürbar in den Knochen, hatte er die nördliche Stadt Dharyan-Dharielle im Frühjahr in der Absicht verlassen, in das im fernen Süden gelegene Kloster zurückzukehren. Schließlich wusste er in Anbetracht der folgenschweren Ereignisse, die ganz Behren und To-gai ein neues Gesicht verliehen hatten, einiges zu berichten. Die Jhesta Tu hatten in

Brynn, der neuen Anführerin der To-gai-ru, eine Freundin und Verbündete gewonnen, und angesichts der chaotischen Zustände, die derzeit bei den Behrenesern herrschten, schien der Wolkenfeste eine friedliche Zukunft voller Wachstum und Wohlstand bevorzustehen.

Doch es waren exakt diese chaotischen Zustände, die Pagonel zu einer raschen Änderung seiner Pläne zwangen. Er hatte noch nicht einmal die Hälfte seiner Heimreise zurückgelegt, als er in der zurückeroberten Stadt Pruda die ersten Kriegsgerüchte aufschnappte. Offenbar waren entlang der gesamten Südküste Behrens Kämpfe ausgebrochen; jetzt, da die alles beherrschende Autorität des Chezru-Häuptlings nicht mehr existierte, hatten die Yatols Peridan und De Hamman ihre alte Fehde wieder aufleben lassen. War diese Nachricht allein für Pagonel schon beunruhigend genug, so kam sie dennoch nicht gänzlich unerwartet. Das zweite Gerücht über einen sich zusammenbrauenden Konflikt klang dagegen erheblich bedrohlicher.

Offenbar war der Yatol von Avaru Eesa, ein höchst unangenehmer Herrscher namens Tohen Bardoh, im Begriff, seine Macht auszuweiten. Er war beim Waffenstillstand zwischen To-gai und Behren, ausgehandelt zwischen Brynn und Yatol Mado Wadon, dem Sprecher der großen behrenesischen Stadt Jacintha, Wortführer der wichtigsten Gegenpartei gewesen. Bardoh hatte das Schlachtfeld vor den Toren Dharyan-Dharielles als verbitterter Mann verlassen, als Mann, der sich, darin waren sich alle am Waffenstillstand beteiligten Parteien einig, noch als überaus gefährlich erweisen könnte.

Die jetzigen Gerüchte schienen diese Vermutung zu untermauern. Wenn Bardoh tatsächlich im Begriff war, eine gewaltige Armee aufzustellen, dann würde diese sehr wahrscheinlich schon bald um die Stadt Jacintha und damit um das eigentliche Herz Behrens kämpfen, und von dieser Auseinandersetzung würde das Schicksal der Jhesta Tu sowie Brynns und ihrer Kampfgefährten unter den To-gai-ru gewiss nicht unberührt bleiben. Und Yatol Mado Wadon, logischer Nachfolger des toten Chezru-Häuptlings als Yatol von Jacintha, könnte bald von Yatol Tohen Bardoh herausgefordert werden, und zwar gewaltsam.

Bardoh waren die Jhesta Tu verhasst, und mehr als alles andere auf der Welt hasste er die unter dem Namen Drache von To-gai bekannte junge Hüterin Brynn Dharielle. Auf ihrem Feldzug zur Befreiung To-gais hatte sie seine Stadt Avaru Eesa erobert und ihn dabei nicht nur ein-, sondern sogar zweimal zum Gespött der Leute gemacht. Pagonel zweifelte nicht daran, dass seine Freundin, wenn Bardoh diese Auseinandersetzung für sich entschied und Jacintha in seine Gewalt brachte, in Dharyan-Dharielle schon bald erneut in einen Krieg hineingezogen werden würde – diesmal aber gegen einen Feind, der weitaus entschlossener war, sie tot zu sehen.

Pagonel war es Brynn ganz einfach schuldig, mehr über diese beunruhigenden Berichte in Erfahrung zu bringen und danach zu entscheiden, ob sie sich mit ihren Heeren an den Kämpfen beteiligen sollte, bevor das Schicksal Jacinthas besiegelt war. Schließlich hatte sie eine Art Übereinkunft mit Yatol Mado Wadon getroffen, indem sie Bardoh als Druckmittel gegen ihn benutzt und ihn gezwungen hatte, zu akzeptieren, dass sie die Kontrolle über Dharyan behielt. Hätte sie die Stadt nicht behalten dürfen, hätte Bardoh sie gewiss eingenommen und damit seine ohnehin bereits bedeutende Stellung unter den noch verbliebenen behrenesischen Führern ausgebaut. Für Yatol Wadon sei es günstiger, wenn sie die Stadt behalte, hatte sie ihm gegenüber mit Erfolg argumentiert, und als sie die eroberte und besetzte Stadt symbolisch in Dharyan-Dharielle umgetauft und ihren To-gai-ru-Namen der ehemals behrenesischen Bezeichnung hinzugefügt hatte, war dies in der Absicht geschehen, die Stadt zu einer Art symbolischen Brücke zu machen, über die die beiden Völker zueinander finden konnten.

Besäße er die Macht über Behren, würde Yatol Bardoh diese Brücke zweifellos mit einer Invasionsarmee im Gefolge überschreiten.

Der in sein traditionelles, in Rot und Orange gehaltenes Gewand gehüllte Mystiker der Jhesta Tu zog nicht wenige Blicke auf sich, als er die westlich von Jacintha gelegene Oase Dahdah durchquerte. Während der Jahrhunderte währenden Herrschaft der Yatols hatte es nur selten ein Jhesta Tu gewagt, das Gebiet Behrens zu durchwandern, jetzt aber trug Pagonel seine Kleider ganz offen, um die Reaktionen und damit die Bedeutung der jüngsten Veränderungen abschätzen zu können.

An diesem Tag befanden sich keine Soldaten in der Oase, was den Mystiker angesichts der Tatsache, dass die Armee im Begriff war, aus den vom Krieg arg mitgenommenen Regionen weiter westlich nach Hause zurückzukehren, überraschte. Im Stillen hatte er beinahe damit gerechnet, hier, an diesem sich anbietenden Rastplatz auf dem Rückweg nach Osten, auf den größten Teil der Garnison aus Jacintha zu stoßen.

Aber außer einigen Kaufleuten, deren Karawanen sich an verschiedenen Stellen rings um einen kleinen Weiher drängten, begegnete er niemandem.

»Einen schönen Tag«, begrüßte Pagonel einen Mann, einen Hufschmied, der sich gerade am entzündeten Huf eines beschlagenen Pferdes zu schaffen machte.

Der Mann hob den Kopf und sah ihn an, ehe ihm trotz seines deutlichen Bestrebens, ruhig und gefasst zu bleiben, der Unterkiefer herunterklappte.

»Ah, Ihr seid wohl der Bursche, der den Frieden ausgehandelt hat?«, erwiderte der Hufschmied in seinem mit einem starken Akzent durchsetzten Tonfall, einem Dialekt, der, das wusste Pagonel, in der Cosinnida-Region im Südosten Behrens zu finden war.

»Ich bin ein Mann, der sich dem Frieden verpflichtet fühlt, ganz recht«, erklärte Pagonel und deutete eine knappe Verbeugung an.

»Dann seid Ihr hier genau am falschen Ort!«, entgegnete der Hufschmied mit einem breiten Grinsen, ehe er prustend zu lachen anfing.

Pagonel ließ den Blick über die zahlreichen Karawanen schweifen, über den still daliegenden, sich leicht im Wind kräuselnden Weiher. »Ich kann hier keine Armeen in Schlachtaufstellung erkennen.«

»Noch nicht, aber das kann nicht mehr lange dauern«, erklärte der Hufschmied. »Dieser Yatol Bardoh ist ein überaus zorniger Mann. Wir sehen hier ständig Soldaten auf dem Rückweg nach Jacintha, aber viele andere werden es nicht schaffen. Und wenn, dann nur, um sich Yatol Bardoh anzuschließen, damit er, so hört man, Yatol Mado Wadons Platz einnehmen kann. Es ist sehr schlimm, daran gibt es keinen Zweifel.«

Pagonel war nicht wenig überrascht, dass der Mann sich ihm gegenüber so gesprächig zeigte. Behren befand sich zurzeit ganz offenkundig in einer Art Übergangsstadium, einer Zeit der Unsicherheit, in der das Wohlergehen aller von den Informationen abhing, die man bekam und weitergab. Während er mit dem Hufschmied zusammenstand, gesellten sich noch andere hinzu, die ihr Gespräch mit mehr als nur beiläufigem Interesse verfolgten.

»Wir sind alle unterwegs in diese neue Stadt«, erklärte der Hufschmied. Pagonel sah, dass einige der anderen Kaufleute nickten.

»Dharyan-Dharielle«, sagte der Mystiker.

»Dann kennt Ihr diesen Ort, ja?«

»Allerdings, und ich kann Euch versichern, dass die Frau, die dort als Gouverneurin regiert, Euch alle mit offenen Armen willkommen heißen wird«, erklärte Pagonel im Brustton der Überzeugung. »Brynn Dharielles Wunsch entsprechend soll ihre Stadt als Brücke zwischen Behrenesern und To-gai-ru dienen und auch in Zukunft eine offene Stadt bleiben, eine Art Umschlagplatz für Waren und Ideen. Ihr werdet sehen,

Eure Reise wird sich als überaus lohnend erweisen, das verspreche ich Euch.«

Eine Äußerung, die ihm bei den Männern und Frauen, denen ihre Nervosität über die wachsenden Spannungen innerhalb Behrens deutlich anzusehen war, allseits hoffnungsvolles Nicken eintrug.

»Ihr werdet heute Abend an meinem Tisch zu Gast sein«, erklärte der Hufschmied.

»Und bei mir!«, stimmte einer der Kaufleute ein.

»Bei mir auch!«, warf ein anderer ein, und so ging es reihum weiter.

Pagonel nahm gerne an, wusste er doch, dass ihm die von diesen nomadischen Kaufleuten gewonnenen Einblicke höchstwahrscheinlich ein sehr viel genaueres Bild von den tatsächlichen Geschehnissen innerhalb Behrens liefern würden als alles, was von den führenden Yatols zu erfahren war.

»Was sich derzeit in Behren tut, ist für den neuen König des Bärenreiches von allergrößter Wichtigkeit«, erklärte Meister Mackaront von St. Bondabruce, langjähriger Gesandter Abt Olins beim Chezru-Häuptling, dem neuen Oberhaupt der Yatols in Jacintha.

»Ich würde meinen, Euer neuer König Aydrian hat derzeit genug eigene Probleme«, erwiderte Yatol Mado Wadon mit unverhohlener Skepsis.

Mackaront ließ sich lange Zeit, sein Gegenüber und dessen Körperhaltung und Bewegungen zu betrachten. Mado Wadon war ein alter Mann, älter als Mackaront mit seinen fünfzig Jahren, dem soeben die Grundlage seiner gesamten Existenz – die Religion und Spiritualität, die sein Leben bestimmt hatten – unter den Füßen weggezogen worden war. Er war sichtlich verängstigt und zweifelte vermutlich längst an seinem Entschluss, der ihn dazu verleitet hatte, sich des Chezru-Häuptlings Yakim Douan zu entledigen. Als nach und nach immer mehr Berichte von der wachsenden Stärke Yatol Tohen

Bardohs nach Chom Deiru durchsickerten, dem Tempel der Yatols in Jacintha, hatte der Druck auf ihn spürbar zugenommen. In Anbetracht der zahllosen territorialen Streitigkeiten, die überall im zerfallenden Königreich ausbrachen, sah Mackaront seine Ängste als durchaus berechtigt an; offenbar schien Yatol Peridan den Umstand ausnutzen zu wollen, dass viele Soldaten seines Grenznachbarn während des Krieges im Westen gegen die To-gai-ru gewaltsam dienstverpflichtet worden und bislang nicht zurückgekehrt waren.

»Ihr müsst wissen, dass unser neuer König Aydrian bei seiner Thronbesteigung von keinem Geringeren als meinem Meister, Abt Olin, unterstützt wurde«, erwiderte Mackaront, ein Satz, den er im Verlauf dieser wichtigen Unterredung bereits mehrfach zum Besten gegeben hatte.

»Von Olin, einem engen Freund Chezru Douans«, merkte Mado Wadon an.

»Von Abt Olin, einem großen Freund Behrens«, beeilte sich Mackaront zu berichtigen. »Mein Meister suchte die Freundschaft Chezru Douans, weil dieser für ganz Behren sprach. Er verspürt keinen Zorn mehr über die Geschehnisse, die zum Niedergang seines Freundes führten, auch wenn ihn Douans Tod natürlich traurig stimmt.«

»Ein überaus pragmatisch denkender Mann.« Der Sarkasmus in Yatol Wadons Stimme war nicht zu überhören.

»Wie es ihn übrigens auch traurig stimmt zu hören, dass die Yatols darauf verzichtet haben, sich eingehender mit der Vereinigung der beiden Glaubensrichtungen, der abellikanischen Kirche und der Chezru-Religion, zu befassen, für die Yakim Douans ganzes Verhalten doch vorbildhaft zu sein schien«, fuhr Mackaront fort, worauf Mado Wadon erstaunt die Brauen hochzog.

»Douan war ein Betrüger und Mörder!«, ereiferte sich der Yatol. »Er hat diesen Edelstein dazu benutzt, die Körper von Ungeborenen zu rauben und sie in seiner Gier nach physischer Unsterblichkeit als seinen eigenen auszugeben! Ihr solltet gar nicht erst versuchen, ein solch abscheuliches Verbrechen zu rechtfertigen!«

»Das war keinesfalls meine Absicht«, erwiderte Mackaront, der während Wadons Wutausbruch die ganze Zeit langsam den Kopf geschüttelt hatte. »Dennoch könnt Ihr nicht bestreiten, dass die Aufdeckung der Machenschaften Yakim Douans Eure Religion bis in die Grundfesten erschüttert hat. Vielleicht wäre es ja an der Zeit, die Möglichkeiten eines Kompromisses auszuloten, eines Kompromisses zwischen –«

»Kommt nicht in Frage.«

Die Ablehnung traf Mackaront nicht unerwartet, und er merkte, dass er vielleicht ein wenig zu überhastet und direkt vorging. Im Grunde war es in diesem Moment gar nicht seine Aufgabe, Abt Olin das Fundament für seinen Aufstieg in die führende Position in Jacintha zu bereiten – vielmehr sollte er das Ausmaß der Verzweiflung Mado Wadons ausloten und diese Verzweiflung anschließend nutzen, um den Weg für die ersten Beutezüge in Behren zu ebnen.

»Vielleicht solltet Ihr an einem anderen Tag mit meinem Meister darüber diskutieren«, sagte Mackaront.

»Wohl kaum«, lautete die in einem unbeugsamen Ton vorgetragene Antwort.

Meister Mackaront, für den der zwangsläufig eingeschränkte Blickwinkel alteingesessener Kleriker kein Neuland war, nahm die Erwiderung mit einem Nicken zur Kenntnis.

»Davon abgesehen ist sich mein Meister bewusst, dass Ihr in größter Not seid«, erklärte Mackaront. »Er ist in erster Linie ein Freund Jacinthas und als dieser Euer Freund und Verbündeter.«

Yatol Mado Wadon behielt seine skeptische Miene bei, auch wenn Mackaront sah, dass die Fassade erste Risse bekam – Risse, das wusste er, geboren aus Verzweiflung.

»Abt Olin ist derzeit nicht ohne Mittel.«

»Ich könnte mir denken, dass König Aydrian alle diese Mittel dringend benötigt, wenn er ein so mächtiges Königreich wie das Bärenreich in seine Gewalt bringen will«, erwiderte der noch immer skeptische Yatol Wadon.

»Ein Aufstieg, der nahezu ohne Blutvergießen verlaufen ist und dazu beigetragen hat, Aydrians ohnehin beträchtliche Macht noch zu vergrößern, das versichere ich Euch«, erläuterte Mackaront. »Entel ist sicher – sicherer als Ihr Euch vorzustellen vermögt – und Abt Olins Stellung innerhalb der abellikanischen Kirche war nie strahlender. Wir haben noch Geldmittel übrig, die wir Euch in der Zeit der Not anbieten möchten.«

»Als Gegenleistung für was?«

»Als eine Geste der Freundschaft. Die Unruhen innerhalb der Chezru-Religion sind eine Quelle tiefer Besorgnis für Abt Olin, der stets der Ansicht war, dass die Positionen der abellikanischen Kirche und der Chezru-Religion keinesfalls so gegensätzlich sind, wie viele meinen. Abt Olin, der Jacintha ebenso zugetan ist wie Entel, wünscht sich Stabilität in Behren, denn die viel bedeutenderen Fragen, die die dramatischen Geschehnisse innerhalb der Chezru-Religion betreffen, können nur aus der Ruhe geordneter Verhältnisse heraus ergründet werden.«

»Und Euer Meister ist der Ansicht, er sollte bei dieser Diskussion mitreden dürfen?«

»Er wäre natürlich dankbar, wenn Ihr und Eure Glaubensbrüder ihn mit einbeziehen würdet«, antwortete Mackaront. »Abt Olin ist ein gebildeter, philosophisch denkender Mann, kein auf eine bestimmte Sichtweise beschränkter Ideologe, der glaubt, es gäbe nichts mehr hinzuzulernen. Stetes Nachfragen und Forschen führen zur Wahrheit, auch wenn dieser Weg noch viele Jahrhunderte lang beschritten werden muss.«

»Hehre Worte«, erwiderte Yatol Wadon, der sich noch immer einen Hauch von Sarkasmus bewahrte. »Aber Worte für einen anderen Tag. Verratet mir nun, was Ihr anzubieten habt.«

»Die Yatols Peridan und De Hamman werden auch in Zukunft nicht von ihren Streitereien lassen – und dagegen sind wir weitgehend machtlos«, erläuterte Mackaront, Worte, die Yatol Wadon, wie abzusehen, mit gerunzelter Stirn aufnahm. Ihm ging es schließlich vor allem darum, die Nebenkriegsschauplätze zu befrieden, damit Yatols wie die beiden Kriegsherren aus dem Süden von Jacintha ihm in seiner viel wichtigeren Angelegenheit zur Seite stehen konnten.

»Was wir aber tun können, ist, für eine gewisse Ausgeglichenheit in diesem Streit zu sorgen, damit sich keiner einen entscheidenden Vorteil verschaffen kann«, fuhr Mackaront fort. »Vertraut in diesem Punkt ganz auf mich. Es ist zu diesem Zweck bereits einiges in die Wege geleitet worden.«

»Ihr maßt Euch einiges an«, erwiderte Yatol Wadon, in dessen Stimme sich ein unverkennbarer Unterton von Ärger schlich.

»Wir sind gut unterrichtet«, berichtigte Mackaront, nicht gewillt, klein beizugeben. »Am günstigsten wäre es, sowohl für Euch als für Jacintha, sämtliche anderen Regionen aus der zu erwartenden persönlichen Fehde zwischen Euch und Yatol Bardoh herauszuhalten.«

Wadons Miene verriet, dass seine Überlegungen in diesem Punkt genau in die entgegengesetzte Richtung gingen.

»Falls Ihr Bardoh allein besiegt und Jacintha sichern könnt, wird Eure Position von niemandem in Frage gestellt werden«, fügte Mackaront als Erklärung hinzu. »Außerdem *werdet* Ihr Bardoh eine – entscheidende – Niederlage beibringen, denn mein Meister steht auf Eurer Seite.«

Er schloss mit einem Grinsen im Gesicht und sah Yatol Wadon dabei fest in die Augen. Er konnte deutlich sehen, dass Wadon seinen Anspruch gern zurückgenommen hätte, und zwar um jeden Preis.

Aber er konnte nicht.

Mackaront sah deutlich, dass Mado Wadon mit seinen angekündigten Plänen für Peridan und De Hamman nicht glücklich war und dass das Oberhaupt Jacinthas genau wusste, was hier gespielt wurde. Abt Olin setzte ihn unter Druck und erzwang seine Ergebenheit. Trotzdem, wie immer er darüber denken mochte, ihm waren die Hände gebunden.

Seine letzte Bemerkung – *denn mein Meister steht auf Eurer Seite* – war nichts anderes als eine kaum verhüllte Drohung. Wenn Mackaronts Meister nicht der Freund Wadons war, so die ziemlich unmissverständliche Anspielung, würde er sich rasch in einen Freund Yatol Bardohs verwandeln.

Kurz darauf verabschiedete sich Meister Mackaront mit einer höflichen und respektvollen Verbeugung. Schließlich wollte er in diesem Moment seinen Vorteil nicht allzu deutlich ausspielen.

Das würden die Zehntausenden Soldaten aus dem Bärenreich, die derzeit die östlichen Ausläufer des Großen Gürtels überquerten, die gewaltige Flotte von Piratenschiffen mit der Beilegung des Konflikts zwischen Peridan und De Hamman, sowie die Kriegsschiffflotte des Bärenreiches, die sich in diesem Augenblick im Hafen von Entel versammelte und sich auf den Transport von Aydrians Armee nach Jacintha vorbereitete, schon ganz von selbst besorgen.

Und anschließend würde Abt Olin auf den Plan treten, der Freund des siegreichen und tief in seiner Schuld stehenden Yatols Mado Wadon.

4. Das Ende der bekannten Welt

»Die *Saudi Jacintha*, das Schiff Kapitän Al'u'mets, hat Palmaris unter vollen Segeln verlassen«, informierte Herzog Bretherford seine Gäste an Bord der *Flusspalast*, des königlichen Schoners aus der Flotte des Bärenreiches. »Wir haben Grund zu der Annahme, dass sich einer der Meister von St. Precious, vermutlich Marlboro Viscenti, an Bord befindet.«

»Offenbar mit Ziel St. Mere-Abelle«, folgerte Herzog Kalas mit einem Seitenblick auf Aydrian.

Der junge König nickte und fing an zu grinsen. »Meine Mutter ist also bei ihnen eingetroffen und hat sie in heillose Aufregung versetzt, würde ich vermuten.«

»Dann dürfen wir also annehmen, dass die Nachricht Fio Bou-raiy erreicht hat«, warf Marcalo De'Unnero ein. »Die Abtei St. Mere-Abelle wird ihre Pforten fest verschließen.«

»Gut«, erwiderte Aydrian. »Sollen sie sich in ihrem Loch verkriechen. Auf diese Weise werden sie nur umso leichter zu fassen sein.«

»Worte eines Mannes, der noch nicht Zeuge der ungeheuren Macht geworden ist, die St. Mere-Abelle darstellt«, warnte der ehemalige Mönch in so bissigem Ton, dass alle rings um den Tisch überrascht die Brauen hochzogen.

Aydrians Grinsen wurde jedoch nur noch breiter. »Ihr zweifelt also noch immer und fürchtet Euch«, sagte er zu dem aufbrausenden De'Unnero. »Wann werdet Ihr mir endlich vertrauen?«

Mit der Frage verbanden sich bei weitem zu viele Einzelaspekte, als dass De'Unnero auch nur ansatzweise hätte darauf antworten können.

Herzog Bretherford, auf der anderen Seite des Tisches, räusperte sich.

Aydrian bedachte den eher klein gewachsenen Mann mit einem verschmitzten Grinsen. »Ihr könnt ganz offen sprechen«, forderte der junge König ihn auf, obwohl er ganz genau wusste, dass Bretherford nichts dergleichen tun würde – und dass er Bretherford, gäbe dieser offen zu, wie er über all dies dachte, auf der Stelle würde töten müssen. Herzog Bretherford war ein enger Freund König Danubes und der gesamten Linie aus Ursal gewesen. Er war es, der Prinz Midalis, viele Jahrzehnte zuvor, zum ersten Mal nach Vanguard gebracht hatte, als Midalis' und Danubes Vater noch König des Bärenreiches gewesen war.

Herzog Bretherford sah kurz zu Kalas, und Aydrian tat gut daran, seine Amüsiertheit über den Blickkontakt zwischen den beiden zu verbergen. Er hatte Kalas fest in der Hand, das wusste er, und Kalas hatte eine ganze Reihe der anderen Herzöge überredet, dem neuen König die Treue zu schwören. Soweit es Kalas betraf, war Aydrian die beste Wahl für das Bärenreich, vor allem, wenn es darum ging, dem Königreich wieder zu jener alten Größe zu verhelfen, die es einst, vor dem Unglück mit dem geflügelten Dämon, besessen hatte. Seine eher nostalgische Sicht eines glücklichen Königreiches, wie man es vor vielen Jahrzehnten kannte, war von vielen Herzögen mit Wohlwollen aufgenommen worden.

Andere dagegen, wie Bretherford – der zweitmächtigste Herzog des Königreiches, da er die gewaltige Flotte Ursals weitgehend kontrollierte –, waren mit beträchtlich weniger Begeisterung an König Aydrians Hof gereist.

»Offenbar scheint Ihr gewillt zu sein, Euren Feinden zu erlauben, ihre Kräfte zu sammeln«, bemerkte Bretherford. »Angeblich, weil Ihr Eures Sieges sicher seid, aber würde eine solche Strategie nicht unvermeidlich noch mehr Menschenleben kosten und diesen Konflikt, wenn es denn schon zu einem Krieg kommen muss, noch blutiger machen?«

Aydrian spürte deutlich, dass den anderen angesichts dieser Bemerkung der Atem stockte, die sich einem König gegenüber sicher nicht geziemte. Es war, das wusste Aydrian, eine Art Test. Er ließ sich Zeit, und während die Sekunden vergingen, dachte er sowohl über die Frage als auch seine Erwiderung genau nach – ein Verhalten, für das der ansonsten so sprunghafte und von sich überzeugte Aydrian Boudabras wahrlich nicht bekannt war.

»Es wird sich herausstellen, dass meine Mutter unseren Feinden eher hinderlich denn eine nützliche Verbündete sein wird«, begann er schließlich und blickte beim Sprechen in die Runde, sogar zu De'Unnero. »Und was die abellikanischen Mönche betrifft … nun, es ist sicher besser, wenn sie Kenntnis von den Ereignissen in Ursal erhalten. Ohne Zweifel haben sie bereits eine die Tatsachen verdrehende Version der Geschichte gehört, aber die sollte korrigiert werden, damit man sieht, wie es mit ihrer Treue zum Thron bestellt ist. Zwingt sie, sich für eine Seite zu entscheiden, und Schluss.« Der junge König hatte das verstohlene Grinsen sehr wohl bemerkt, das De'Unnero bei seinen Worten entglitt, ebenso wie den Ausdruck der Zufriedenheit, der sich auf Kalas' Gesicht breitmachte, denn dem Herzog war die Kirche verhasster als alles andere, und einen Überfall auf St. Mere-Abelle würde er gewiss begrüßen.

»Eine verdrehte Version?«, wagte Herzog Bretherford nachzufragen, worauf De'Unnero bereits widersprechen wollte.

Doch Aydrian bat um Ruhe. »All dies befindet sich noch im Anfangsstadium«, erklärte er. »Wir müssen noch sehr viel über diese Leute in Erfahrung bringen, bevor wir entscheiden können, ob sie Freund sind oder Feind. Setzen wir fürs Erste unseren ruhmvollen Marsch auf Palmaris fort. Die Stimmung in der Stadt wird uns eine Menge darüber verraten, was wir zu gewärtigen haben, wenn sich die Kunde meiner Thronbesteigung im ganzen Königreich verbreitet.«

Anschließend entließ er alle Anwesenden unter dem Vorwand, er sei müde, begab sich in seine Privatgemächer und legte sich auf sein Bett. Und während sein Körper dort ruhte, ging sein Geist auf Wanderschaft.

Mit Hilfe des mächtigen Seelensteins schlüpfte Aydrian aus seiner Körperhülle und schwebte unsichtbar über das Deck der *Flusspalast* zur Heckreling, wo Bretherford und Kalas in eine Unterhaltung vertieft waren.

»War es von Euch nicht etwas vorschnell, Prinz Midalis fallen zu lassen?«, fragte Bretherford soeben. »Und damit der Linie Ursals, die dem Bärenreich über viele Jahre gedient hat, vollends zu entsagen?«

»Ich habe mich mit eigenen Augen von der Redlichkeit unseres jungen Königs überzeugen können«, erwiderte Kalas ruhig. »Und ich glaube von ganzem Herzen, dass er der rechtmäßige Herrscher des Bärenreiches ist.«

»Ungeachtet Eurer Gefühle für seine Eltern?«

Herzog Kalas zuckte mit den Schultern. »Jilseponie verfügt zweifelsohne über gewisse Stärken, aber sie hat auch große Schwächen. Die Stärken hat sie an Aydrian weitervererbt. Aber wart nicht Ihr stets viel enger mit Jilseponie befreundet als ich?«

»Sie tat mir Leid«, erwiderte Bretherford. »Meine ganze Treue galt stets König Danube – und Eure auch, dachte ich.«

Interessiert verfolgte Aydrian, wie Herzog Kalas sich daraufhin straffte und eine unnachgiebige Haltung annahm.

»Ich bin geneigt, Jilseponie die Schuld an König Danubes Sturz zu geben«, erklärte er.

»Und gleichzeitig seid Ihr bereit, ihren Sohn zu akzeptieren.«

»Das entbehrt nicht einer gewisse Ironie«, räumte Kalas ein, »ist aber kein Widerspruch. Seine Verwandtschaft mit Jilseponie verhilft ihm zu seinem Anspruch auf den Thron, aber –«

»Noch vor Prinz Midalis?«, fiel Bretherford ihm ins Wort.

Kalas sah ihm durchdringend in die Augen. »Ihr solltet Acht geben, was Ihr sagt, mein Freund. Aydrian ist König des Bärenreiches, und er weiß die Macht Ursals hinter sich. Ich kann nur hoffen, dass Prinz Midalis dies irgendwann begreift und akzeptiert.«

»Und Prinz Torrence ebenso?«, fragte Bretherford.

Aydrian sah, wie Kalas bei der Erwähnung von Torrence Pemblebury leicht zusammenzuckte, war sich jedoch sicher, dass Herzog Bretherford dies nicht bemerkt hatte.

»Wir werden sehen«, antwortete Kalas. »Aydrian ist König. Er weiß die Allhearts und die Garnisonstruppen Ursals hinter sich, wie auch jene Armee, die ihn stets unterstützte und die Rechtmäßigkeit seiner Thronbesteigung längst erkannt hatte, noch bevor er in diese Position aufstieg. Er wird das Königreich festigen, entweder durch Verhandlungen oder durch Krieg, und er wird die abellikanische Kirche reformieren –«

»Ich würde vermuten, es ist diese Hoffnung, die Euch an ihn bindet«, unterbrach ihn Bretherford. Er beugte sich über die Heckreling und spuckte ins Wasser. »Hofft Ihr etwa, ein Krieg werde die den Visionen dieses verrückten Marcalo De'Unnero entsprechenden Veränderungen in der Kirche bringen?«, fragte er ungläubig. »Oder ist es einfach die Vorstellung eines Krieges innerhalb der abellikanischen Kirche, die Euch so in Begeisterung versetzt? Ist es das, alter Freund? Vielleicht gelingt es König Aydrian, die Position der Mönche zu schwächen und ihre Kirche an den Rand zu drängen. Ist es das, was Ihr anstrebt?«

Kalas stützte sich auf die Reling; offenbar hielt er es für unter seiner Würde, darauf etwas zu erwidern.

Aydrian konnte sich ein Schmunzeln nicht verkneifen, als er in seinen Körper zurückkehrte.

Der einarmige ehrwürdige Vater der abellikanischen Kirche saß in tadellos aufrechter Haltung auf seinem Stuhl; wie stets war sein graues Haar säuberlich gestutzt und perfekt frisiert. Aber noch nie hatte jemand aus dem Kreis um Fio Bou-raiy – weder der auf Besuch aus St. Gwendolyn eingetroffene Abt Glendenhook noch Machuso oder einer der anderen Meister aus St. Mere-Abelle und erst recht nicht Visconti, der die Neuigkeiten aus St. Precious mitgebracht hatte – ihn jemals so offenkundig erschüttert gesehen.

Sie befanden sich in dem gerade erst neu gestalteten Audienzsaal der mächtigen Abtei am Ostrand des Komplexes, der die Allerheiligenbucht überblickte. Ursprünglich hatte der riesige Saal aus drei separaten, übereinander liegenden Vorhallen bestanden, doch Bou-raiy, von der Vision einer sich erweiternden Kirche inspiriert, als eine seiner obersten Ordensschwestern als regierende Königin auf dem Thron saß, hatte sich etwas Prunkvolleres für die Abtei gewünscht,

Räumlichkeiten, in denen er den Adel und womöglich gar König Danube selbst empfangen und bewirten konnte. Und so hatte man Decken und Fußböden entfernt, wodurch eine gewaltige, sich bis zu einer Höhe von sechzig Fuß erhebende Halle mit einer imposanten Galerie entstanden war. Der Boden war mit schwarzen und weißen Marmorfliesen bedeckt; man betrat die Halle durch einen separaten Vorraum, dessen sich genau nach Westen öffnende, gewaltige Doppeltür sich links von Bou-raiys Thron und genau gegenüber dem eindrucksvollsten Konstruktionsdetail befand, einem übergroßen, kreisrunden, bleiverglasten Fenster, das man oberhalb der Galerie in die Ostwand eingelassen hatte. Das Muster dieses Fensters, gehalten in rosa, violettem, blauem und bernsteinfarbenem Glas, stellte den versteinerten Arm von Avelyn Desbris dar, der sich aus dem abgeflachten Gipfel des zerstörten Berges Aida in den Himmel reckte. Ein einarmiger Priester – unverkennbar Bou-raiy selbst –, das Gewand an einer Schulter abgebunden, kniete in gebeugter Körperhaltung vor diesem heiligen Ort, um die blutige Hand zu küssen.

Und tatsächlich, als Viscenti den Saal zum ersten Mal betreten hatte, hatte er beim Anblick dieses spektakulären Riesenfensters große Augen gemacht. Eine Mischung aus ehrfürchtiger Scheu und Ekel hatte ihn überkommen, denn es galt im gesamten Orden als offenes Geheimnis, dass Bou-raiy sich gegenüber dem damaligen ehrwürdigen Vater Agronguerre vehement sowohl gegen eine Reise zum Berg Aida als auch gegen eine Teilnahme am Bund von Avelyn ausgesprochen hatte.

Viscenti jedoch hatte seine ablehnende Haltung mit einem Achselzucken abgetan und sich daran erinnert, dass ihm für derart sinnlose Grübeleien schlicht die Zeit fehlte. Es war gut, erkannte er jetzt, dass Bou-raiy sich in aller Offenheit zu den Taten des hoffentlich bald heilig gesprochenen Avelyn bekannte. Angesichts der Nachrichten aus Ursal konnte die abellikanische Kirche diese Art von Unterstützung gut gebrauchen.

Bou-raiy hatte den Ausführungen von Meister Viscenti gelauscht, ohne ihn auch nur ein einziges Mal zu unterbrechen, als er von den gewaltigen Umwälzungen im weltlichen Bärenreich berichtete und den womöglich noch viel größeren, die der abellikanischen Kirche bevorstanden.

Über den riesigen Audienzsaal senkte sich beklommenes Schweigen.

»Es kann also kein Zweifel an der Identität der Mitverschwörer bestehen?«, brach Fio Bou-raiy schließlich die Stille. »Es waren tatsächlich Abt Olin und Marcalo De'Unnero, eben jener Mönch, der noch unter Markwart diente, jener Mönch, der sich mit einer Tigertatze vereinigte und von Jilseponie aus Palmaris vertrieben wurde, derselbe, der auch die abtrünnige Bruderschaft der Büßer zur Zeit der Pest anführte? Es war tatsächlich De'Unnero?«

»Nach Aussage Jilseponies, die diesen Mann besser kennt als jeder andere, war es eben dieser Marcalo De'Unnero«, bestätigte Viscenti unter wiederholten Zuckungen; allein schon die Nennung dieses vermaledeiten Namens schien seine Selbstbeherrschung fortgespült zu haben, mit der er seinen nervösen Tick normalerweise unterdrückte.

»Und was bedeutet das nun?«, fragte der beleibte Abt Glendenhook.

»Es bedeutet das Ende der uns bekannten Welt«, erklärte ein anderer Meister verdrießlich.

Fio Bou-raiy bedachte ihn mit einem seiner stets beeindruckenden kurzen Seitenblicke und widerlegte damit seine Behauptung, ehe er auch nur ein einziges Wort gesprochen hatte. »Es bedeutet, dass die Zeit des Friedens und des Wachstums für uns zu Ende ist – vorübergehend«, verbesserte er, die Stimme wieder ernst und gefestigt. »Es bedeutet, dass wir, die wahren Vertreter des Abellikaner-Ordens, damit rechnen müssen, von Informanten und Verrätern und vielleicht sogar von einer Armee jenes Throns belagert zu werden, den wir bislang stets als unseren Verbündeten betrachtet haben. Gewiss sind den Oberen von St. Mere-Abelle solche Widrigkeiten nichts Unvertrautes, Meister Donegal. Wir sind durch den Großen Krieg, durch die Zeit der großen Umwälzungen innerhalb unseres Ordens und durch die Pest einiges gewöhnt. Sollen wir so rasch aufgeben?«

»Ich bitte um Verzeihung, ehrwürdiger Vater«, sagte Meister Jorgen Donegal und machte eine unterwürfige Verbeugung. »Wenn Abt Olin tatsächlich im Bund mit dem neuen König des Bärenreiches ist, bezweifle ich, dass er der gegenwärtigen Führung in St. Mere-Abelle wohlwollend gegenübersteht.«

»Abt Olin ist in erster Linie Abellikaner«, erklärte Fio Bou-raiy. »Er weiß um seine Stellung und um seine Verantwortung gegenüber dieser Kirche.«

»Wenn Marcalo De'Unnero ihm zur Seite steht?«, hörte Marlboro Viscenti sich leise fragen. Bou-raiy empfand für De'Unnero nichts als Hass, und dieses Gefühl beruhte gewiss auf Gegenseitigkeit. Wenn Abt Olin tatsächlich mit dem berüchtigten ehemaligen Mönch im Bunde war, dann war er mit Sicherheit weder ein Freund von St. Mere-Abelle noch jenes Mannes, der derzeit die abellikanische Kirche verkörperte.

»Ursal wird Veränderungen innerhalb der Kirche fordern«, sagte Abt Glendenhook.

»Laut Jilseponie ist das dort bereits geschehen«, erwiderte Meister Viscenti. »Ihrer Einschätzung nach ist Abt Ohwan in St. Honce wieder eingesetzt worden, wenn auch nur als Unterstützung für De'Unnero, der selbst das Amt des Abtes anstrebt.«

»Es steht nicht in der Macht der Krone, Äbte zu bestimmen!«, ereiferte sich Glendenhook.

»Dann hat es also schon begonnen«, warf Fio Bou-raiy ein, bei dem sich die ersten Anzeichen eben jener Verzweiflung bemerkbar machten, die so überdeutlich aus Meister Donegals Stimme herauszuhören gewesen war. »Wenn das alles stimmt, dann müssen wir davon ausgehen, dass Abt Olin und seine Gefolgsleute bereits damit begonnen haben, die abellikanische Kirche ihren Vorstellungen entsprechend umzugestalten.«

»Nach Ansicht von Bischof Braumin Herde wird Ursal verlangen, dass Olin das Amt des ehrwürdigen Vaters übernimmt«, erklärte Meister Viscenti unverblümt, und obwohl jeder im Raum dies dem Diskussionsverlauf entsprechend erwartet hatte, rief die Tatsache, dies offen ausgesprochen zu hören, erstauntes, ja sogar entsetztes Keuchen hervor.

Fio Bou-raiy blieb jedoch standhaft und sah Meister Viscenti fest in die Augen. »Und wie denkt Bischof Braumin darüber?«, wollte er wissen.

Marlboro Viscenti nahm eine aufrechte Haltung ein, sein schmächtiger Körper schien geradezu über sich hinauszuwachsen. »Bischof Braumin hat Eure Wahl zum ehrwürdigen Vater unterstützt«, erinnerte ihn der Meister aus St. Precious. »Doch selbst wenn das nicht der Fall gewesen wäre, Bischof Braumin ist ein aufrechter Abellikaner, der niemals einen Mann unterstützen würde, der versucht, unsere Kirche mit Gewalt an sich zu reißen.«

Die Worte waren kaum ausgesprochen, als Viscenti bewusst wurde, wie absurd sie klingen mussten, denn waren nicht Braumin und alle anderen eben dadurch an die Macht gekommen? Nachdem Markwart auf Abwege geraten war, hatten Braumin und Viscenti an der Seite von Jilseponie und Elbryan gekämpft, um ihm die Kirche wieder zu entreißen.

»Nicht, dass die Kirche selbst auf Abwege geraten wäre«, beeilte sich Viscenti hinzuzufügen. »In den letzten beiden Jahrzehnten haben wir viel hinzugelernt, insbesondere durch das Wunder von Aida. Wir folgen dem Weg St. Abelles und des bald heilig gesprochenen Avelyn. Wir befolgen die Befehle von St. Mere-Abelle und Fio Bou-raiy im völligen Vertrauen darauf, dass diese Befehle in Übereinstimmung mit den Lehren stehen, auf denen unser Glaube fußt. Bischof Braumin würde in dieser Sache St. Mere-Abelle oder den ehrwürdigen

Vater Bou-raiy nicht einmal um den Preis seines eigenen Lebens im Stich lassen. Wenn Marcalo De'Unnero St. Precious zu betreten wünscht, dann nur als Eroberer oder aber in Ketten! Und dieser Punkt ist nicht verhandelbar!«

Die aufwühlende kleine Ansprache schien Fio Bou-raiy, aber auch allen anderen im Saal neuen Auftrieb zu geben.

»Ihr sagtet, De'Unnero und Herzog Kalas marschierten von Ursal aus in Richtung Palmaris«, hakte Bou-raiy nach.

»Das Letzte, was ich hörte, ehe Kapitän Al'u'met mich den Masur Delaval hinunterbrachte, war, dass sie flussaufwärts bereits bis auf halbem Weg nach Palmaris seien«, erklärte Viscenti. »Während sie Aydrian als neuen König ausrufen, verleiben sie sich ganze Landstriche ein. Dabei kam es nur zu einigen Scharmützeln, denn das Volk verfügt über keinen geeigneten Schlachtruf, um diesen verräterischen Thronräuber bloßzustellen. Vermutlich weiß nicht einmal Prinz Midalis in Vanguard vom Tod seines Bruders und seines Neffen Merwick, geschweige denn, dass sein anderer Neffe, der einzige andere Thronanwärter, als vermisst gilt. Kapitän Al'u'met ist derzeit auf dem Weg nach Vanguard; es wird jedoch Wochen, eventuell sogar Monate dauern, bis Midalis die Truppen für eine angemessene Reaktion zusammenstellen kann. Bis dahin dürfte sich in der ahnungslosen Bevölkerung nicht viel Widerstand gegen König Aydrian regen, erst recht nicht, da mittlerweile die Legionen Ursals und Entels hinter ihm stehen.«

Fio Bou-raiy verschränkte die Finger nachdenklich vor seinem Körper und brauchte lange, um diese Worte zu verdauen. »Dann müssen wir das Volk eben informieren«, entschied er. »Dann müssen wir uns eben gegen diesen Verrat behaupten und bis zu Prinz Midalis' Eintreffen alle Widerstandskräfte gegen diesen betrügerischen König mobilisieren.«

»Das wird Tausende das Leben kosten«, gab Meister Donegal zu bedenken.

Eigentlich stand es Viscenti nicht zu, in diesem Moment das Wort zu ergreifen, denn die Bemerkung war an Fio Bou-raiy gerichtet gewesen, aber im Gegensatz zu den anderen sprachen nicht nur seine Überzeugungen, sondern auch das Gewicht seiner früheren Taten für ihn, also antwortete er: »Es gibt Dinge, für die es sich zu sterben lohnt, Bruder.«

Fio Bou-raiy nahm eine noch steifere Haltung an und schenkte Viscenti ein anerkennendes Nicken. »Ihr müsst so schnell wie möglich nach St. Precious zurückkehren«, wies er den nervösen Meister an. »Erklärt Bischof Braumin, er muss Palmaris für diese Armee uneinnehmbar machen. Wenn Aydrian sich selbst zum König ausruft, dann ist die Armee, die er befehligt, weder die Armee des Bärenreiches noch die des Hauses Ursal, weshalb man ihr unter keinen Umständen Zutritt in die diesem Familienzweig treu ergebene Stadt gewähren darf.«

Starke Worte, das wusste Meister Viscenti, vor allem aus dem Mund jenes Mannes, der am meisten zu verlieren hatte, auch wenn er sich in dem bestgesicherten Bollwerk des Bärenreiches der gesamten Welt verhältnismäßig sicher wähnen durfte. Manche Dinge waren es gewiss wert, für sie zu sterben, und sie waren es wert, dass man anderen den Einsatz ihres Lebens abverlangte.

»Entsendet offizielle Gesandte an sämtliche Abteien außerhalb Ursals, auch nach St. Rontlemore«, wies Fio Bou-raiy Meister Donegal in Anspielung auf die zweite Abtei in Olins Heimatstadt Entel an, eine Einrichtung, die schon seit langem im Schatten der einflussreicheren Abtei St. Bondabruce und des mächtigen Abts Olin stand. »Sorgt dafür, dass niemand dort vergisst, wer dieser Marcalo De'Unnero in Wahrheit ist, und dass niemand in Abt Olins Vorgehen etwas anderes sieht als Verrat und Ketzerei.«

»Wissen wir denn sicher, dass Abt Olin nicht ganz höflich und mit einer Erklärung an uns herantritt?«, wagte Abt Glendenhook vorsichtig nachzufragen.

»Er hat seine Grenzen längst überschritten. Im Übrigen dürfte es ihm schwer fallen, Gründe vorzubringen, weshalb ich ihn nicht exkommunizieren sollte«, erklärte Fio Bou-raiy entschieden, was abermals nervöses Keuchen hervorrief, aber auch zustimmendes Raunen.

Meister Viscenti gehörte zu denen, die ihm beipflichteten; nach einer knappen Verbeugung bat er, sich verabschieden zu dürfen.

»Für Eure Rückkehr an den Masur Delaval könnt Ihr frei über unsere Wagen verfügen«, erklärte Fio Bou-raiy, worauf Viscenti sofort aufbrach, fest entschlossen, noch vor Anbruch der Dunkelheit wieder bei Bischof Braumin zu sein, einer Dunkelheit, die er nur als das Ende der ihm bekannten Welt zu sehen vermochte.

In seiner Privatkajüte an Bord der *Flusspalast* saß Herzog Bretherford vornübergebeugt auf der Kante seiner Koje und rieb sich zum wiederholten Mal mit den Händen über sein grau gewordenes Gesicht. Er hörte das geschäftige Treiben an Deck, sah den Lichtschein, der am Rand der dunklen Vorhänge hereinfiel, und nahm an, dass es bereits Morgen sein musste.

Wieder war eine Nacht vergangen, in der er nur unruhigen und immer wieder unterbrochenen Schlaf gefunden hatte. So ging das nun schon seit seiner Rückkehr nach Ursal, wohin er sofort nach der Nachricht von Danubes vorzeitigem Tod geeilt war.

Bretherfords Welt hatte sich mit einem Schlag verändert, und diese Veränderung überforderte ihn vollkommen. Stundenlang wälzte er sich unruhig hin und her, immer auf der Suche nach einer Stellung, in der man ihn akzeptieren würde, so wie es Kalas und vielen anderen Adligen aus Ursal gelungen war, aber bislang hatte er noch keine Lösung gefunden. Gerne wäre er an jenem schicksalsträchtigen Tag dabei gewesen und hätte die Geschehnisse persönlich miterlebt. Vielleicht wäre seine Bereitschaft dann größer gewesen, diesen jungen König und all die Versprechungen zu akzeptieren, von denen die anderen Adligen hinter vorgehaltener Hand erzählten.

Vielleicht hätte er Prinz Midalis dann in einem anderen Licht sehen können. Vielleicht …

Bretherford sah zu dem kleinen Tisch neben seiner Koje und zu der fast leeren Flasche mit dem daneben stehenden Glas.

Er hob das Glas ganz nah vor sein Gesicht, schwenkte es herum und verlor sich in der goldbraunen Flüssigkeit.

Schließlich stürzte er den Whiskey in einem Zug hinunter und wollte sich gerade einen weiteren einschenken, als ihn ein Klopfen an der Tür jählings innehalten ließ.

»Was gibt es denn?«, rief er mit müder Stimme.

Sein Ton und sein Benehmen änderten sich schlagartig, als die Tür aufgestoßen wurde und König Aydrian in die Kajüte trat.

»Mein König«, sprudelte Bretherford hervor, noch ehe er dazu kam, seine Worte zu überdenken. Er rutschte nervös hin und her und fuhr sich mit der Hand durch sein schütteres Haar. »Ich bin nicht darauf vorbereitet, Besucher zu empf–«

»Nur die Ruhe, mein lieber Herzog«, unterbrach ihn Aydrian, trat vollends ein und schloss die Tür hinter sich. »Ich würde gerne auf das Protokoll verzichten. Ich bin gekommen, um Euch um einen Gefallen zu bitten.«

Bretherford starrte ihn wie vom Donner gerührt an. Der König des Bärenreiches *bat* um einen Gefallen?

»Die Ereignisse haben sich ein wenig überstürzt«, begann Aydrian, ließ sich unaufgefordert auf einem Stuhl gegenüber Bretherfords Koje nieder und bat sein Gegenüber, als der sich so weit gefasst hatte, dass er den Versuch wagen konnte, aufzustehen und zu salutieren, mit einer Handbewegung, Platz zu behalten.

»Ihr wisst, dass Abt Olin nach Entel abgereist ist?«, fragte Aydrian.

»Ich nehme an, er ist bereits schon seit einiger Zeit unterwegs, ja.«

»Wisst Ihr auch, wohin er von dort aus will?«

»Nach Jacintha«, antwortete Bretherford. Aydrian nickte.

»Es geht um einen sehr riskanten Auftrag«, fuhr der junge König fort. »Man darf die Behreneser nicht unterschätzen. Sie haben das Zeug zu einem überaus mächtigen Gegner, auch wenn ich mir darüber im Klaren bin, dass sich dem Bärenreich nie wieder eine so günstige Möglichkeit bieten wird wie in diesem Augenblick, die Bande zu unseren Nachbarn im Süden zu festigen.«

Sie zu erobern, meint Ihr wohl, dachte Bretherford, verzog jedoch keine Miene.

»Abt Olin hat eine mächtige Flotte unter seinem Kommando, allerdings ist er gezwungen, deren Bewegungen mit denen einer Landstreitmacht abzustimmen«, erläuterte Aydrian. »Ich fürchte, das wird ein ziemlich kühnes Unterfangen, zumal Abt Olin derzeit, da mein ganzes Augenmerk so offenkundig entlang des Masur Delaval gefordert ist, mit nur geringer Unterstützung aus Ursal rechnen kann.«

Herzog Bretherford konnte nicht verhindern, dass seine Augen sich skeptisch verengten.

»Selbstverständlich handelt es sich bei Abt Olins Flotte – wie soll ich es vorsichtig ausdrücken – nicht um einen konventionellen Verband.«

»Piraten und Herumtreiber«, erkühnte sich Bretherford einzuwerfen. »Dieselben Hunde, die ich viele Jahre lang entlang unseres südlichen Küstenabschnitts gejagt habe.«

»Besser, man legt die Hunde an die Leine, was?«, entgegnete Aydrian.

Bretherford war davon nicht wirklich überzeugt, daher zog er es vor, nichts zu erwidern.

»Zugegeben, es wäre besser, wenn ich die Flotte aus Ursal entbehren könnte«, fuhr Aydrian fort. »Aber ich muss an Palmaris und St. Mere-Abelle denken, und danach geht es um Pireth Tulme, Pireth Dancard und Pireth Vanguard.«

»Ein ehrgeiziger Plan«, bemerkte Bretherford und hoffte, dass der Sarkasmus in seiner Stimme nicht so offenkundig war, dass Aydrian ihn auf der Stelle hinrichten ließ.

»Ein unumgänglicher«, verbesserte ihn Aydrian. »Genau wie unser Trachten nach dem Herzstück Behrens zu diesem Zeitpunkt. Und obendrein ein durchsetzbarer – und zwar in allen Punkten. Möglicherweise jedoch habe ich die fähigen Anführer unter meinem Kommando falsch eingeteilt – natürlich waren meine Kenntnisse über die Herzöge und Befehlshaber begrenzt, als die Entscheidung getroffen werden musste.«

»Ihr möchtet, dass ich per Schiff nach Entel reise?«, fragte Bretherford argwöhnisch.

»Derzeit kann ich die Schiffe nicht erübrigen, die erforderlich wären, um Euch sicher dorthin zu bringen«, erklärte Aydrian. »Daher wäre es mir lieber, wenn Ihr nach Entel *reitet*.«

»Was sollte das für einen Sinn haben?«, fragte Bretherford und erhob sich von seiner Koje, die Arme in einer hilflosen Geste ausgebreitet. »Wenn die Flotte auf dem Masur Delaval bleibt, wie soll ich dann –«

»Abt Olin verfügt über eine eigene Flotte von Kriegsschiffen«, erklärte Aydrian. »Ich brauche Euch dort, mein lieber Herzog. Ich brauche Euch, damit Ihr Euch Abt Olin anschließt, um das Kommando über seine Operationen auf hoher See zu übernehmen. Der heikle Charakter dieser Situation kann gar nicht genug betont werden, deshalb bin ich darauf angewiesen, dass nur die erfahrensten Befehlshaber, die ich auftreiben kann, Abt Olin unterstützen.«

Herzog Bretherford verschlug es fast die Sprache. König Aydrian hatte dies alles sehr geschickt dargestellt, tatsächlich jedoch zielte sein ganzer Auftritt darauf ab, Bretherford aus dem Zentrum des Geschehens an den Rand zu drängen.

»Mein König«, brachte der Herzog schließlich hervor. »Ihr redet immerfort von Abt Olins Flotte, in Wahrheit aber handelt es sich um nichts weiter als einen zusammengewürfelten Haufen gemeiner Lumpen, die einzig auf ihren persönlichen Vorteil aus sind.«

»Eben deswegen wird es keine leichte Aufgabe sein, sie Abt

Olins Erfordernissen entsprechend zu führen«, beeilte sich Aydrian zu erwidern. »Aber ich habe größtes Vertrauen in Euch, Herzog Bretherford. Wie Herzog Kalas mir versichert, gibt es für die Koordination von Flottenbewegungen im gesamten Königreich keinen fähigeren Mann als Euch. Die Verantwortung für das Leben Zehntausender Soldaten des Bärenreiches ruht auf Euren Schultern, ganz zu schweigen von den Plänen für Behren insgesamt. Sollte sich Abt Olins Mission als Fehlschlag erweisen, müssen wir damit rechnen, dass die behrenesischen Piraten die Unruhen innerhalb des Bärenreiches zum Anlass nehmen, entlang der gesamten Küste von Entel bis hinauf nach Mantis Arm anzugreifen.«

Das Ganze klang natürlich perfekt durchdacht, was gerade die Eleganz des Planes ausmachte, das wusste Bretherford. Ebenso war ihm klar, dass es dabei gar nicht um Olin ging, denn wenn Aydrian tatsächlich die möglichen Folgen für Jacintha und Behren fürchtete, hätte er den machtgierigen Abt einfach in Schach gehalten und abgewartet, bis das Bärenreich endgültig in seiner Gewalt war, ehe er den Blick nach Süden richtete. Nein, hier ging es ausschließlich darum, Bretherford aus dem Weg zu räumen und von Prinz Midalis fern zu halten, so viel war dem Herzog klar. Aydrian konnte bei Hofe fest auf Kalas zählen, was bedeutete, dass ihm die Allhearts unterstellt waren – und damit die Garnison aus Ursal sowie die Mehrheit der Kingsmen und vielleicht sogar die Küstenwache des südlichen Festlandes. Die Flotte aber – ebenso wie die Gewässer, die sie befuhr – war in diesem Zusammenhang weit weniger gesichert, daher musste Aydrian klar sein, dass der Herzog des Mirianischen Ozeans ebenso leicht eine schlagkräftige Streitmacht aus Verbündeten zu Prinz Midalis schaffen konnte, wie Kalas Aydrian die Landstreitkräfte zugeführt hatte.

Wie Aydrian seine Überlegungen auch formulierte, im Kern ging es stets darum, Bretherford vom Hauptteil der mächtigen Kriegsflotte des Bärenreiches fern zu halten.

Der Herzog war ein wenig überrascht, als ihm diese Wahrheit dämmerte. Wieso hatte Aydrian ihn nicht einfach seines Postens enthoben oder ihn sogar umbringen lassen? Warum diese Heuchelei, er habe eine wichtigere Aufgabe für ihn?

Als ihm dies nach und nach zu Bewusstsein kam, stieg Bretherfords Bewunderung für das taktische Talent des jungen Aydrian beträchtlich. Was die allgemeine Situation im Königreich betraf, war der Herzog noch unentschieden, und das hatte Aydrian klar erkannt. Deswegen wollte der junge König ihn auf einen Posten setzen, wo ihm sein Können von Nutzen war. Aydrian fürchtete sich vor ihm, das wusste Bretherford – er hatte Angst, er könnte die Flotte übernehmen und sie Midalis übergeben. Eine Befürchtung, die den Herzog des Mirianischen Ozeans gewiss nicht nach Entel begleiten würde, erst recht nicht, wenn der größte Teil seiner Flotte ohne ihn zurückblieb.

»Möglicherweise ist Eure Einschätzung meiner Kenntnisse in Bezug auf die Behreneser ein wenig übertrieben«, erwiderte Bretherford in dem Versuch, sich aus der Geschichte noch herauszuwinden.

»Ihr seid genau der richtige Mann, um Abt Olin auf dem Seeweg nach Jacintha Geleit zu geben«, sagte Aydrian entschieden. »Ihr werdet die Operationen seiner gesamten Marinekräfte entlang der behrenesischen Küste koordinieren und Abt Olin die Pläne für den Transport von Soldaten von Entel nach Jacintha oder in jede andere Küstenstadt seiner Wahl liefern.«

»Ihr wollt tatsächlich einen Herzog dem Kommando eines Abtes unterstellen?«

»Genau das habe ich soeben getan«, entgegnete Aydrian mit fester Stimme. Gekommen war er unter dem Vorwand, einen Gefallen zu erbitten, doch dies war unmissverständlich ein Befehl. »Ihr seid doch ein treuer Diener des Throns – oder etwa nicht?«

Sein kurzes Innehalten sowie sein Gesichtsausdruck verrieten Bretherford, dass Aydrian nicht gewillt war, seine vermeintlich rhetorische Frage ohne klare Antwort im Raum stehen zu lassen.

»Ich war mein ganzes Leben ein treuer Diener des Throns des Bärenreiches.«

Aydrian konnte sich ein Schmunzeln nicht verkneifen. »Und das gedenkt Ihr auch in Zukunft nicht zu ändern?«

Bretherford blickte dem jungen König fest und ohne mit der Wimper zu zucken in die Augen.

»Ich spreche von dem Thron, den ich, Aydrian Boudabras, beanspruche«, wurde Aydrian deutlicher, um jeder Ironie, jedem Missverständnis bei der verlangten Antwort vorzubeugen.

»Ich diene dem Thron von Ursal«, sagte Bretherford.

»In Jacintha wird die Stimme dieses Throns bald Abt Olin sein«, erklärte Aydrian. »Abt Olin reist auf meinen ausdrücklichen Wunsch als mein Gesandter nach Behren. Der Umstand, dass er ein abellikanischer Mönch ist, ist dabei nicht weiter von Belang. Er steht während dieser Zeit in meinen Diensten, und Ihr werdet Euch ihm gegenüber verantworten.«

Bretherford wollte noch etwas darauf erwidern, wollte eine Bemerkung vorbringen, zum Beispiel, dass Herzog Kalas womöglich nicht sonderlich erfreut wäre, von dieser überraschenden Entwicklung zu erfahren, doch Aydrians Miene verriet ihm unmissverständlich, dass hier kein Raum für Diskussionen war. Der junge König war nicht gekommen, um eine *Bitte* vorzubringen, er war gekommen, um Bretherford aus dem Weg zu räumen.

Vermutlich hätte er dankbar sein sollen, dass Aydrian diesen Ausweg gefunden hatte, statt ihn einfach ins Verlies werfen oder heimlich enthaupten zu lassen.

Trotzdem …

5. Dem Schicksal preisgegeben

Es kam wahrlich nicht oft vor, dass ein Mystiker der Jhesta Tu in Chom Deiru mit offenen Armen empfangen wurde, denn viele Jahrhunderte lang waren die Jhesta Tu von den Yatols der Ketzerei und Dämonenanbetung bezichtigt worden. Vor allem bei den Chezhou-Lei waren die Mystiker unbeliebt, jener behrenesischen Truppe von Elitekriegern, die sie als ihre Rivalen betrachteten.

Daher stand die erste Reaktion, als Pagonel, bekleidet mit seinem verräterischen Gewand, vor den Toren des Palasts der Chezru eintraf, ganz im Zeichen dieser alten Vorbehalte. Die beiden Krieger, die vor den mächtigen Toren des Gebäudes Wache hielten, starrten ihn mit offenem Mund und großen Augen an; sie mussten sich erst von ihrer anfänglichen Überraschung erholen, ehe sie die Spitzen ihrer Speere senkten und sie auf die Brust des Mystikers richteten.

»Friede«, begrüßte Pagonel sie und drehte seine leeren Hände in einer harmlosen Geste nach oben. »Mein Name ist Pagonel; ich bin ein guter Bekannter von Yatol Mado Wadon. Es war meine Wenigkeit, die die Forderungen der Yatols dem Drachen von To-gai übermittelt und damit den Krieg beendet hat.«

Noch während er sprach, wurden die Speere nach und nach zur Seite geschwenkt und schließlich ganz gesenkt, und als er geendet hatte, nickte einer der Posten dem anderen zu, der daraufhin im Innern des Palastes verschwand.

Wenige Augenblicke später wurde Pagonel durch das Tor geleitet, und obwohl er sofort von weiteren Posten umringt wurde, von denen nicht wenige ihm bedrohliche Blicke zuwarfen, erkannte der Mystiker sofort, dass er gut daran getan hatte, herzukommen, und dass man ihm tatsächlich die gewünschte Audienz bei Yatol Mado Wadon gewähren würde.

Sie brachten ihn in einen kleinen Warteraum und ließen ihn

dort zurück. Als sie gingen, hörte er, wie sie hinter sich die Tür verriegelten.

Pagonel lehnte sich mit dem Rücken an die Wand gegenüber der Tür, ließ sich in eine bequeme, kauernde Haltung hinabsinken und wartete. Als aus den Minuten eine Stunde wurde und er noch immer wartete, ließ er die auf seiner Reise nach Osten gewonnenen Eindrücke noch einmal Revue passieren und ging in dem Versuch, den Ernst der Lage in diesem von Unruhen erschütterten Land besser zu begreifen, sämtliche Geschehnisse und Gespräche in Gedanken noch einmal durch.

Schließlich öffnete sich die Tür, und zu Pagonels Überraschung war es Mado Wadon selbst, der den Raum betrat. Er war verhältnismäßig alt, mit schütterem Haar, das sich bis auf wenige, kaum nennenswerte Büschel gelichtet hatte, und schweren Lidern, die seine müden Augen halb verhüllten. Er bewegte seinen welken Körper gerade mal einen Schritt weit in den Raum hinein, ehe er kehrtmachte und Pagonel bedeutete, ihm zu folgen. Wortlos durchquerte der Yatol, Pagonel im Schlepptau, die gewölbten Flure Chom Deirus, vorbei an den bedeutendsten Kunstwerken der Chezru-Religion, deren Mosaike die großen Kämpfe innerhalb der behrenesischen Kirche und Kultur darstellten.

Wie hohl und bedeutungslos erschienen Pagonel viele dieser Wandbilder jetzt, nach den Enthüllungen über den einstigen Chezru-Häuptling! Yakim Douans Verbrechen, der sich mit Hilfe eines Seelensteins der Körper ungeborener Kinder bemächtigt hatte, um in neuer Leibeshülle weiterexistieren zu können, sprachen diesen riesigen Wandbildern Hohn, auf denen die Abellikaner aus dem Norden wegen der Verwendung eben dieser Edelsteine als Ketzer gebrandmarkt wurden. Yakim Douans beispielloser Betrug entwertete die unzähligen Chezru-Darstellungen ruhmvoller Transzendenz, jenes Vorganges, in dem die Chezru eine Weitergabe ihres Wissens und die Wiedergeburt einer neuen Stimme Gottes sahen, die unter den Kindern Behrens zu suchen war. Erst jetzt, als er durch diese Flure schritt und die Wandbilder, das Herzstück des Chezru-Glaubens, betrachtete, wurde Pagonel wirklich bewusst, welch tiefgreifende Veränderungen Yakim Douans Täuschungsmanöver diesem Land beschert hatte. Die Chezru-Religion war bis ins Mark erschüttert worden.

Welche Leere würde nun zwangsläufig darauf folgen?

Sie betraten ein kleines Privatgemach mit zwei Sesseln vor einem brennenden Kamin. Speisen und Getränke waren bereits auf einem dazwischen stehenden Tisch angerichtet worden.

»Ihr bringt Nachricht von Brynn Dharielle«, begann Yatol Mado Wadon das Gespräch, ehe Pagonel überhaupt Platz genommen hatte. Seine Stimme, die bei nahezu jeder Silbe zu brechen drohte, klang so alt und müde, dass es genau dem welken Äußeren des Mannes entsprach.

»Ich kam in der Hoffnung, von Euch eine Nachricht zu erhalten, die ich an sie weitergeben könnte«, erwiderte der Mystiker. »Die wachsenden Probleme innerhalb Eures Königreiches waren auf meiner Reise in den Süden nirgendwo zu übersehen, Yatol.«

»Yatol Bardoh hat nicht zu denen gehört, die Genesungswünsche übermittelt haben«, erwiderte Yatol Wadon trocken. »Er hat das Schlachtfeld vor den Toren Dharyans –«

»Dharyan-Dharielles«, verbesserte Pagonel.

»Dharyan-Dharielles«, pflichtete Yatol Wadon ihm bei. »Er hat das Schlachtfeld mit einem riesigen Tross von Soldaten verlassen, über die er frei verfügen kann und die alle nicht mehr wissen, als dass Jacintha von gewaltigen Unruhen heimgesucht wird. Die Männer sind verunsichert und in diesem Zustand anfällig für die Ideen von Yatol Tohen Bardoh.«

»Ideen, die sich, wie Ihr offenbar vermutet, weder auf die gegenwärtige Lage in Jacintha noch auf die derzeitige Führung vorteilhaft auswirken dürften«, folgerte der Mystiker.

»Tohen Bardoh war schon immer ein überaus ehrgeiziger Mann.«

»Nun, bis zu einem gewissen Grad haben wir das ja bereits besprochen«, bemerkte Pagonel. »Eure Einwilligung in eine gemeinsame, offene Stadt unter dem Kommando Brynn Dharielles hatte doch in erster Linie mit eben diesen Ängsten zu tun, oder irre ich mich da?«

»Und nun möchte ich inständig darum bitten, dass Eure Freundin, der Drache von To-gai, mich nicht enttäuscht. Es liegt im Interesse Brynn Dharielles und To-gais, dass die derzeitige Führung Jacinthas jede Bedrohung seitens Tohen Bardohs abwehrt. Sollte Behren unter seiner Führung vereinigt werden, wird er den Namenszusatz Dharielle nicht länger dulden. Er hat sich eindeutig gegen die Beendigung der Belagerung der Stadt ausgesprochen, und zwar sehr vehement. Das wisst Ihr ebenso gut wie ich.«

»Haltet Ihr ihn für stark genug, sich gegen die Krieger aus Jacintha zu stellen?«

»Viele dieser Krieger sind noch immer nicht vom Schlachtfeld vor Dharyan-Dharielle zurückgekehrt«, erklärte Yatol Wadon.

»Sie haben sich recht bereitwillig zurückgezogen, als die Nachricht aus Jacintha sie erreichte.«

»Richtig, aber ich versichere Euch, zu jenem Zeitpunkt gab es in ganz Behren nur wenige, die eine Fortsetzung des Krieges gegen den Drachen von To-gai wollten. Dies ist ein völlig anderes Thema. Derzeit herrscht überall im Königreich Krieg, weil alte Streitigkeiten wieder entflammt sind, ohne dass die Chezru imstande wären, sie einzudämmen.«

Pagonel lehnte sich zurück und dachte über das erschreckende Eingeständnis nach. Einen behrenesischen Anführer eine solche Schwäche im eigenen Land gegenüber einem Mitglied der Jhesta Tu eingestehen zu hören, war an sich schon unglaublich, aber da allgemein bekannt war, dass dieser Jhesta Tu obendrein auch noch im Bund mit To-gai stand, wirkte dieses Eingeständnis geradezu unfassbar.

Er ließ sich nach hinten sinken und verschränkte die Hände

vor dem Körper. Yatol Mado Wadons direkte und offene Art ihm gegenüber bestätigte nur das Ausmaß der Verzweiflung, das ihn offenkundig überkommen hatte. Dass er Pagonel überhaupt aus mehr als reiner Höflichkeit empfing, war ein eindeutiger Beweis dafür, dass er große Angst vor Bardoh hatte. Offenbar waren die Gerüchte, denen zufolge der Yatol von Avaru Eesa im Begriff war, eine gewaltige Armee aufzustellen, nicht übertrieben gewesen.

»Zurzeit stehen Brynn Dharielle weniger Mittel zur Verfügung, als Ihr womöglich glaubt«, erwiderte der Mystiker aufrichtig, zumal er wusste, dass diese Information Brynn in keiner Weise in Gefahr zu bringen vermochte. Yatol Wadon war derzeit gewiss nicht in der Lage, einen Angriff gegen sie auch nur zu erwägen.

»Allein schon ihr Drache –«

»Weniger, als Ihr womöglich glaubt«, fiel Pagonel ihm ins Wort. »Außerdem existiert kein formales Abkommen zwischen Dharyan-Dharielle und Jacintha.«

Plötzlich kam so etwas wie Leben in Yatol Mado Wadons müde Augen, er packte die Lehnen seines Stuhls mit beiden Händen, als wollte er jeden Moment aufspringen und sich auf den Mystiker stürzen.

»Ihre Haltung scheint jedoch eindeutig«, erklärte Pagonel, was Wadon ein wenig stutzen ließ. »Worum wolltet Ihr sie eigentlich bitten?«

Einen Moment lang schien es, als träfe diese einfache Frage Yatol Wadon völlig unvorbereitet, denn was konnte Brynn schon tun? Sie würde ihre Armee wohl kaum aus Dharyan-Dharielle abziehen und nach Jacintha marschieren lassen, um den dort herrschenden Yatol gegen einen anderen zu verteidigen.

»Mir ist mittlerweile klar geworden, dass sie kein Freund Yatol Bardohs ist«, antwortete Yatol Wadon ausweichend.

Pagonels einzige Reaktion auf diese ungeheure Untertreibung war ein Schmunzeln. Yatol Bardoh war es gewesen, der persönlich die Ermordung von Brynns Eltern angeordnet hatte. Er war der behrenesische Führer, der To-gai ein Jahrzehnt zuvor brutal erobert hatte, ein Mann, der sich nie anders als verächtlich über die To-gai-ru und ihre Traditionen geäußert hatte. Bardoh war vom Schlachtfeld vor den Toren Dharyan-Dharielles abgezogen, aber leicht war ihm dieser Schritt nicht gefallen, denn es war sein größter Wunsch gewesen, die Stadt zurückzuerobern und sich des Drachen von To-gai endgültig zu entledigen.

»Um Jacintha auf breiter Front anzugreifen, sollte es tatsächlich dazu kommen, müsste Yatol Bardoh die Nordstraße benutzen können«, erläuterte Yatol Mado Wadon. »Des Weiteren benötigte er die Oase Dahdah, da sonst die Versprechungen, mit denen er seine Soldaten bei Laune hält, bereits im Wüstensand verwehen würden.«

»Offenbar würdet Ihr es gerne sehen, wenn Yatol Bardoh bei seinem Vormarsch auf Jacintha ein zweiter Feind im Nacken säße«, stellte Pagonel fest.

»Oder bei seinem Vormarsch auf Dharyan-Dharielle«, beeilte sich Yatol Wadon zu erwidern. »Er hat es auf Jacintha abgesehen, zugegeben, aber sein Trachten nach der Stadt Brynn Dharielles entspringt weit persönlicheren Motiven, und womöglich steigert er sich in den Glauben hinein, die Rückeroberung Dharyans würde seine Position im Volk verbessern und seinen Vormarsch auf Jacintha umso einleuchtender erscheinen lassen.«

Eben dieser bestürzende Gedanke hatte Pagonel während seiner Reise nach Jacintha auf Schritt und Tritt begleitet.

»Es ist an der Zeit, den Dialog zwischen unseren beiden Städten aufzunehmen«, sagte Yatol Wadon.

Pagonel nickte. »Ein weiser Vorschlag, Yatol. Ich werde ihn Brynn Dharielle unterbreiten. Ihr werdet Eure Gesandten jedoch sofort bereitstellen müssen, damit sie mich begleiten können, denn ich fürchte, die Straße wird immer gefährlicher, je länger wir warten.«

»Sie sind bereits reisefertig«, erklärte ihm Yatol Wadon. »Wenn Ihr nicht völlig überraschend in Jacintha eingetroffen wärt, wären sie noch heute abgereist. Als ich von Eurer Ankunft hörte, hoffte ich, Ihr würdet Euch als offizieller Gesandter aus Dharyan-Dharielle vorstellen. Es wäre gelogen, wenn ich behauptete, ich sei nicht enttäuscht gewesen, als ich erfuhr, dass dem nicht so ist. Vermutlich ist die Rolle als Führerin für Eure Freundin noch etwas ungewohnt, was ihre Unkenntnis der wachsenden Gefahr verzeihlich macht.«

Wieder nickte Pagonel, auch wenn er mit der Einschätzung alles andere als einverstanden war. Der Streit mit Bardoh war gewiss eher Mado Wadons Kampf als Brynns, auch wenn ein Sieg Bardohs in dieser Auseinandersetzung schwerwiegende Folgen sowohl für Brynn als für ganz To-gai haben würde.

Trotzdem erschien es ihm derzeit wenig sinnvoll, mit Yatol Mado Wadon über diesen Punkt zu streiten.

Ihnen standen gewiss noch genügend andere Auseinandersetzungen bevor, dessen war Pagonel sich sicher.

6. Das Gewissen meldet sich

Aydrian schreckte in kalten Schweiß gebadet aus dem Schlaf. Er lag auf dem Rücken und starrte in die Dunkelheit, aber in diesem Dunkel bewegte sich etwas, und plötzlich begannen Bilder der toten Constance Pemblebury auf ihn einzustürmen, die mit ihren blassen Armen nach ihm zu greifen schien.

Hinter ihrem Rücken schwebte ein riesenhaftes Antlitz, länglich und schmerzverzerrt, das Aydrian trotz seiner Deformierung augenblicklich wiedererkannte, denn der Ausdruck auf König Danubes Gesicht, als sich an jenem schicksalsträchtigen Tag in Ursal die kalte Hand des Todes um sein Herz schloss, war ihm noch überdeutlich in Erinnerung.

Waren ihm die beiden Geister erschienen, weil sie ihn quälen wollten?

Der junge König schüttelte den Kopf, um vollends wach zu werden, worauf die Erscheinungen verschwanden und ihn alleine in der Dunkelheit zurückließen. »Es war nur ein Traum«, versuchte er sich einzureden.

Nach einer Weile hatte sich der junge Mann wieder so weit gefasst, dass er sich auf die Seite drehen konnte. Er hatte getötet. Er hatte Danube getötet, er hatte Merwick und Torrence getötet, ebenso wie den unglücklichen Kutscher und seine anderen Begleiter. All diese Menschen waren auf seinen Befehl hin umgebracht worden.

Die allermeiste Zeit verschwendete Aydrian keinerlei Gedanken auf derartige Dinge und hielt den Blick stattdessen auf den viel wichtigeren Weg gerichtet, der vor ihm lag, seinen Aufstieg zur Unsterblichkeit, die ihn über alle anderen erheben würde. An diesen Weg glaubte er, und zwar bedingungslos.

Der Preis jedoch …

Aydrian zuckte unwillkürlich zusammen, als er an die Toten dachte, die er auf seinem Weg bereits hinterlassen hatte. Viele hatten ihr Schicksal verdient – die Piraten zum Beispiel, die ihn auf dem Rückweg von Pimaninicuit zu hintergehen versucht hatten –, andere dagegen vielleicht nicht unbedingt. Schlimmer noch, Aydrian wusste nur zu gut, dass die bisherigen Opfer nur einen winzigen Bruchteil der Opfer darstellten, die der Krieg, der das Bärenreich unweigerlich erschüttern würde, und die Eroberung Behrens und Alpinadors noch fordern würden.

Von Schuldgefühlen und plötzlich aufkommenden Zweifeln getrieben, wälzte sich Aydrian aus dem Bett, verließ eiligen Schrittes das Haus, das er in diesem kleinen Dorf nördlich von Ursal erstanden hatte, und lief hinüber zu der Gruppe von Wagen, unter denen sich auch seine persönliche Kutsche befand. Mit unwirschen Bewegungen verscheuchte er die verwirrten und besorgt dreinblickenden Wachposten, kletterte in die Kutsche und schloss hinter sich den Schlag.

In dieser Nacht stand der Mond hoch am Himmel. Die Lichtverhältnisse hätten nicht besser sein können.

Aydrian zog einen kleinen Vorhang gegenüber seinem Sitzplatz zur Seite und legte den Spiegel frei, den er als Orakel benutzte; dann lehnte er sich zurück, starrte hinein und ließ seinen innersten Gedanken freien Lauf. Deutlich spürte er die Gewissensbisse, versuchte jedoch, sie nicht zu verdrängen, sondern sich mit ihnen auseinander zu setzen.

Jeder wahre Führer muss sich von seinem Gewissen leiten lassen.

Der Gedanke erschien wie aus dem Nichts und ließ Aydrian aufschrecken. Er ließ die Vorstellung auf sich einwirken und spürte, wie Panik in ihm hochstieg, als er über ihre Bedeutung nachzudenken begann.

Dann sah er in den Spiegel, auf die schattenhaften Umrisse, die undeutlich in der unteren linken Ecke Gestalt angenommen hatten.

Wogen von Schuldgefühlen überkamen ihn; und plötzlich vernahm er eine leise Stimme in seinem Innern, die ihn aufforderte, diesen in den sicheren Krieg mündenden Weg zu verlassen.

Im ersten Moment erschien ihm das alles vollkommen logisch. Gequält verzog er das Gesicht, als er sich vorstellte, wie der kalte Leichnam Torrence Pemblebury unter der ins Verlies führenden Treppe in Ursal vermoderte. In diesem Augenblick fühlte sich Aydrian dem Schicksal preisgegeben.

Einen flüchtigen Moment lang.

König Danube war ein Spieler in der Arena des Ruhms.

Unmittelbar darauf erschien der zweite Schatten, der sich im Spiegel zu einer noch größeren Gestalt auswuchs.

Wieder schoss dem jungen König dieser letzte Gedanke durch den Kopf. Auch Danube war König des Bärenreiches gewesen; auch Danube hatte Entscheidungen über Leben und Tod gefällt, war in den Krieg gezogen. Dieses Trachten nach

Ruhm, nach Unsterblichkeit, war ein unter den Menschen verbreiteter Wesenszug – auch wenn, das wusste Aydrian, nur wenige begriffen, um was es dabei wirklich ging.

Zumal sie alle miteinander sterben würden, ohne Ausnahme. Sollte er etwa die Verantwortung für all jene übernehmen, die bei seinem Aufstieg zum Thron und bei seinem Streben nach Unsterblichkeit auf der Strecke blieben? Sollte er sich in Schuldgefühlen ergehen, weil er besser als alle anderen die Wahrheit und Sinnlosigkeit menschlichen Trachtens verstand und einen Weg gefunden hatte, dieser vermeintlichen Unausweichlichkeit zu entgehen?

Plötzlich beschleunigte sich der Atem des jungen Königs, und er schloss fest die Augen gegen die Flut der grauenhaften Bilder, die ihn bestürmten, während er das alles auf sich einwirken ließ, während er an all die Menschen dachte, die bereits umgekommen waren, und an die sehr viel größere Zahl derer, die er auf seinem Weg noch vernichten würde. Er bestahl diese Menschen.

Um Tage? Wochen? Monate? Sogar Jahre?, fragte ihn der Schatten in seinem Kopf. Um wie viel betrog er all diese bedauernswerten Sterblichen tatsächlich? Und würden sie ihm nicht das gleiche Opfer abverlangen, sollten sie jemals, so wie er, das Rätsel der Ewigkeit und der Unsterblichkeit begreifen?

Aydrian schlug die Augen auf, schaute in den Spiegel und merkte, dass dort nur noch ein Schatten zu sehen war, der in der unteren rechten Ecke.

König Danube war ein Spieler in der Arena des Ruhms, hörte er abermals die Stimme in seinem Kopf. *Er hatte die gleichen Ziele wie du, nur war er dir an Stärke unterlegen*. Die Schlussfolgerung erschien ihm einleuchtend. Welch eine Selbstüberhebung Danubes, sich zum König des Bärenreiches auszurufen! Und überhaupt, wenn es ihm an der nötigen Stärke fehlte, sich dieser Herausforderung mit Erfolg zu stellen, dann war sein aufgeblasener Stolz ganz sicher fehl am Platz. Aydrians Stolz war vielleicht sogar noch ausgeprägter, aber tief in seinem Herzen wusste er, dass er die nötige Kraft besaß, ihm gerecht zu werden.

Kurze Zeit darauf verließ der sichtlich mitgenommene junge Mann seine Kutsche und begab sich zurück zu dem jüngst erworbenen Haus. Er fühlte sich etwas besser; fürs Erste waren die Dämonen der Schuld vertrieben.

Als er die Tür zu seinem Schlafzimmer öffnete, sah er dort zu seiner Überraschung Sadye sitzen. Vor ihr, auf dem kleinen Tischchen, brannte eine einzelne Kerze und tauchte sie in sanftes Licht, ein Licht, das übergangslos mit ihren blondbraunen Locken zu verschmelzen schien. Sie trug ein einfaches Nachthemd, das ihr gerade mal bis zur Mitte ihrer ebenmäßigen Waden reichte, und ihr Haar war ungekämmt.

Was sie nur noch verführerischer machte.

»Wo wart Ihr?«, fragte sie sofort. Die aufrichtige Sorge in ihrer Stimme war unüberhörbar.

Aydrian fasste sich an die Brust und machte ein fragendes Gesicht. »Ich?«

»Außer Euch sehe ich hier niemanden, Aydrian.«

»Ich war kurz draußen an der frischen Luft«, erklärte er und ging an ihr vorbei, um sich auf die Bettkante zu setzen. »Ich wollte ein wenig allein sein. Und nachdenken.«

»Nachdenken?«

Aydrian zuckte mit den Schultern.

»Um die Strategie auszuarbeiten?«

»Nein«, antwortete er knapp, den Blick zur Seite gewandt; als er einen Moment später wieder zu Sadye schaute, konnte er ihrem Gesicht ansehen, dass sie ehrlich besorgt war – und überaus neugierig.

Erneut zuckte er mit den Schultern.

»Morgen werden wir das Dorf Pomfreth erreichen«, sagte Sadye schließlich, höflich das offenkundig unangenehme Thema wechselnd. »Allen Berichten zufolge treffen die Bewohner Vorbereitungen für eine Feier zu Ehren ihres neuen Königs.«

Die Nachricht entlockte Aydrian ein zaghaftes Lächeln, ein Lächeln aufrichtiger Erleichterung. »Es freut mich, dass sie die Geschehnisse akzeptieren, ohne sich mir zu widersetzen«, erwiderte er. »Es täte mir in der Seele weh, ein einfaches Dorf dem Erdboden gleichzumachen.«

»Marcalo ist der Meinung, wir sollten vor Erreichen der Stadt Palmaris unbedingt noch eine große Schlacht schlagen«, erklärte Sadye. »Um dem gemeinen Volk des Königreiches zu zeigen, wie sinnlos jeder Widerstand gegen Euch wäre.«

»Manchmal glaube ich, De'Unnero liebt ganz einfach den Kampf«, erwiderte Aydrian. Er maß Sadye mit einem langen, ausgiebigen Blick, um ihre Reaktion auf diese Bemerkung abzuschätzen, ehe er ein wenig hilflos lachte und sie fragte: »Und warum seid Ihr eigentlich hier?«

»Ich hörte, Ihr hättet das Haus verlassen. Ich habe mir Sorgen gemacht«, antwortete sie.

Aydrian wollte sich gerade nach Marcalo erkundigen, als der ehemalige Mönch plötzlich in der Tür stand, nur leicht bekleidet und mit einem nicht übermäßig erfreuten Ausdruck im Gesicht. Er starrte erst Aydrian an, dann bedachte er Sadye mit einem stechenden Blick und musterte sie durchdringend.

Sichtlich verlegen erhob sich Sadye und zog das Nachthemd sittsam über ihre Knie. »Aydrian hatte das Haus verlassen«, erklärte sie dem Mönch. »Du solltest ihm vielleicht erklären, dass solche überraschenden und unangekündigten nächtlichen Ausflüge für uns alle schlimme Folgen haben können. Er ist der König, aber ich fürchte, er hat noch nicht ganz begriffen, was das bedeutet – und welche Bedeutung er für das Königreich hat, das er regiert.«

Während Sadyes kleinem Vortrag wanderte Marcalos Blick von ihr zu Aydrian, der gelegentlich nickte und ein zustimmendes Brummen hören ließ. Aber ganz so einfach wollte er sich dann doch nicht hinters Licht führen lassen, das spürte Aydrian. Marcalos Sorge galt in diesem Augenblick weniger der Tatsache, dass Aydrian das Haus, als vielmehr, dass Sadye ihr Bett verlassen hatte, um Aydrian in seinen privaten Räumlichkeiten aufzusuchen.

Trotz seines Zorns enthielt sich der Mönch jeder Bemerkung; stattdessen legte er Sadye beim Hinausgehen den Arm auf den Rücken, um sie auf diese Weise noch schneller aus dem Zimmer zu befördern.

Aydrian beugte sich vor, blies die Kerze aus und blieb anschließend noch eine Weile allein in der Dunkelheit sitzen. Einen kurzen Augenblick dachte er noch über De'Unnero und Sadye nach, was ihn eher amüsierte als besorgte, ehe seine Gedanken zu dem Dorf schweiften, das sie am nächsten Morgen erreichen würden, und er stellte fest, dass ihn Sadyes Bemerkung, es werde sich nach Meinung der Kundschafter widerstandslos der Herrschaft des neuen Königs unterwerfen, tatsächlich erleichterte.

Sicher, Herzog Kalas und seine Häscher waren imstande, jedes dieser stillen Dörfer mitsamt den armseligen Truppen, die sie aufzubieten vermochten, zu überrennen, trotzdem wäre es für alle Beteiligten besser, wenn sich die Leute auch weiterhin den Adel zum Vorbild nehmen würden; für Aydrians Herrschaft über das Königreich konnte das nur von Vorteil sein.

Und auch Aydrian täte gut daran, dies – seinem inneren Frieden und einem ungestörten Schlaf zuliebe – zu begreifen, auch wenn er es nicht offen zugab, nicht einmal sich selbst gegenüber.

Herzog Kalas und seine Allheart-Ritter, prächtig anzusehen in ihren kunstvoll gearbeiteten, silbern glänzenden Rüstungen, führten den Einmarsch nach Pomfreth an, so wie sie es seit Beginn des Triumphmarsches in jedem Dorf getan hatten. Etwas östlich davon, auf dem Masur Delaval, kreuzte die Flotte Ursals, darunter auch die *Flusspalast*. Und hinter den Reihen der Allheart-Brigade waren zehntausend Soldaten aufmarschiert, angetreten in einer eng geschlossenen Formation, der man die

Disziplin einer gut ausgebildeten Armee ansah. Genau in ihrer Mitte, auf einem prachtvollen schwarzen Hengst, saß König Aydrian, dessen Rüstung sogar die der Allhearts überstrahlte. Eigens angefertigt, von einem legendären Schmied angepasst und von Aydrian mit Hilfe mehrerer magischer Edelsteine verstärkt, vermochte keine Rüstung der ganzen Welt ihrem Träger besseren Schutz zu gewähren. Während die Rüstung der Allhearts aus einander überlappenden Silberplättchen bestand, war Aydrians sogar mit Gold besetzt. Rings um einen genau über Aydrians Herz eingesetzten Hämatit waren dunkle Jadesteine zu einem kreisförmigen Muster angeordnet. Sein schalenförmiger Helm war vielleicht nicht so übertrieben prunkvoll verziert wie Herzog Kalas' Federhelm, dafür war er so konstruiert, dass er dem Krieger völlige Rundumsicht gewährte. Mit Goldfutter ausgekleidet, verjüngte er sich zu Aydrians Hinterkopf und Nacken hin, vorne dagegen bedeckte er das Gesicht nur halb, bis zum Nasenrücken, während die Augen im Stile einer weit ausgeschnittenen Banditenmaske von schmalen, goldenen Bügeln eingefasst waren.

Zu Aydrians Rechter saß Marcalo De'Unnero im schlichten, braunen Gewand eines abellikanischen Ordensbruders, das Gesicht erstarrt zu einer Maske scheinbar immerwährender Verdrossenheit. Er hatte auf diesem Marsch eine ziemlich große Zahl jüngerer Ordensbrüder aus St. Honce mitgebracht, die größtenteils in den Kapellen jener Dörfer als Ersatz einspringen sollten, deren Dorfpriester die Veränderungen, die er der Kirche zu bescheren gedachte, entweder nicht zu würdigen wussten oder von vornherein ablehnten.

Links von Aydrian saß Sadye, ihre dreisaitige Laute über den Rücken geschlungen, während ihr der frische Wind das braune, inzwischen wieder recht lang gewordene Haar ins Gesicht wehte.

In der Ferne, von Norden her, hörten sie bereits den Jubel.

Sadye hob den Blick und sah Aydrian an, in dessen Gesicht sich unverkennbar Erleichterung abzeichnete. Offenbar entsprachen die Berichte der Wahrheit, und man würde ihn als allseits anerkannten König empfangen und nicht als feindlichen Eroberer.

Einen Moment verharrten sie noch auf ihren Pferden und warteten ab, bis Herzog Kalas mit seinem Gefolge wieder aus der Gruppe dicht gedrängt stehender Häuser hervorgaloppiert kam.

»Nehmt Aufstellung für den Marsch durchs Dorf«, wies Aydrian die Kommandanten an, die hinter ihm in einer Reihe auf ihren Pferden warteten. »Ihr werdet heute Nacht nördlich von Pomfreth kampieren. Beim ersten Tageslicht marschieren wir weiter.«

Die Kommandanten lösten sich augenblicklich aus ihrer Formation. Wie stets, wenn sie auf eine Ortschaft trafen, kamen zwei mögliche Vorgehensweisen in Betracht: durchmarschieren oder überrennen. Bislang war Letzteres noch nicht nötig gewesen. Trotzdem waren Aydrian und alle anderen sich darüber im Klaren, dass die Wahrscheinlichkeit, auf Widerstand zu treffen, wuchs, je weiter sie ihr Marsch nach Norden führte. Und am Ende dieser Straße in den Norden lag natürlich die Stadt Palmaris, deren Bischof Braumin sich wohl schwerlich so entgegenkommend zeigen würde.

Die fünfundsiebzig Allhearts galoppierten neben und hinter ihrem König auf ihre Positionen; mit einem Nicken zu De'Unnero und zu Sadye gab Aydrian das Zeichen für seinen triumphalen Einmarsch in das Dorf Pomfreth.

Die gesamte Bauernschaft säumte die durch den winzigen Ort führende Hauptstraße, bejubelte ausgelassen ihren »König Aydrian« und begrüßte den jungen Mann Tücher schwenkend, als der sein Pferd, den legendären Hengst Symphony – dasselbe Tier, auf dem sein Vater einst zum Barbakan geritten war, um den geflügelten Dämon zu besiegen –, gemächlichen Schritts durch die Ortschaft lenkte. Ab und zu nickte er der Bevölkerung zu, meist jedoch hielt er, entrückt und über allen anderen stehend, den Blick auf die vor ihm liegende Straße gerichtet. Das war es, was sie von ihrem König erwarteten, hatten De'Unnero und Kalas ihm übereinstimmend eingetrichtert. Das war es, was der verängstigte Pöbel jetzt von seinem König am dringendsten benötigte. Aydrian war die Grundlage ihrer gesamten Existenz. Er war keiner von ihnen und stand in seinem Rang so hoch, dass ihm niemand auch nur nahe kommen konnte – er war ihr Fleisch gewordener Gott. Er, der König, war das Symbol ihres Nationalgefühls, der Mann, dem sie vertrauten, der sie beschützen, ihre Grundbedürfnisse sicherstellen und sie in eine bessere Welt führen würde.

Daher hielt Aydrian den Blick meist starr nach vorn gerichtet, würdigte die Leute nur gelegentlich eines flüchtigen Blickes oder Nickens und versuchte, einen so königlichen und alles beherrschenden Eindruck zu machen wie nur irgend möglich.

»Der Pfarrer?«, hörte er Sadye mit leiser Stimme fragen, die hinter seinem Rücken mit Marcalo De'Unnero sprach.

Als er ihrem Blick folgte, bemerkte der junge König in der Ferne, hinter den Reihen der winkenden Bauersleute, einen Mann. Er stand an die weiße Holztür der kleinen abellikanischen Kapelle des Dorfes gelehnt; er jubelte nicht, und in seinem Gesicht war kein Lächeln zu erkennen.

Aydrian sah zu De'Unnero. »Der Bursche dort drüben muss wohl erst noch überzeugt werden«, bemerkte er mit leiser Stimme.

»Oder beerdigt«, erwiderte De'Unnero und ließ sein Pferd aus dem königlichen Gefolge ausscheren. Er bedeutete der Menge, Platz zu machen, dann lenkte er sein Pferd im Trab zu der Kapelle und dem einzelnen Mann.

Aydrian schenkte dem Vorgang keine weitere Beachtung; er verließ sich ganz darauf, dass Marcalo De'Unnero die Situation so handhabte, wie er es für richtig hielt. Aydrian hatte schon vor geraumer Zeit beschlossen, dass De'Unnero bei der seiner konservativen Vision entsprechenden Umgestaltung der abellikanischen Kirche den Ton angeben würde. Wie

De'Unnero die eroberte Kirche führte, war für den jungen König nicht von Interesse, solange ihm die Kirche bei der Umsetzung seiner umfassenden Eroberungspläne ein treuer Verbündeter blieb. Insgeheim hoffte Aydrian, De'Unnero werde die abellikanische Kirche ohne jede Rücksicht unterwerfen und sie damit zu einer Haltung zwingen, die im gemeinen Volk Angst verbreitete. Sollte die Kirche doch die Drecksarbeit übernehmen und das Volk bei der Stange halten, damit ihm selbst alle Möglichkeiten offen standen, ein von allen geliebter König zu werden. Sollte De'Unnero sich ruhig zu jenem Tyrannen entwickeln, dessen Existenz Aydrian bereits deutlich in seinem Herzen spürte; umso heller würde Aydrians Stern neben ihm erstrahlen.

Sein Gefolge blieb zurück, als Aydrian Symphony zur Mitte des Dorfplatzes lenkte. Prächtig anzusehen auf seinem vortrefflichen Hengst, ließ der junge König den Blick eine Weile forschend über die jüngste Schar seiner Anhänger schweifen und gewährte ihnen die Gunst seines Anblicks, während er das tatsächliche Ausmaß ihrer Begeisterung auszuloten versuchte. Wie in den anderen Städten auch war es vor allem Angst, die ihm entgegenschlug. Das gemeine Volk des Bärenreiches fürchtete sich vor der Veränderung. Für einfache Menschen hatte der gewohnheitsmäßige Lauf der Dinge etwas Tröstliches. Wie deutlich hatte Aydrian dies gleich nach seiner Flucht vor den boshaften Elfen zu spüren bekommen, als er sich bei den Dörflern eines nichts sagenden kleinen Marktfleckens mit Namen Festertool niedergelassen hatte. Die Menschen dort hatten in der Leere ihres unendlich eintönigen Alltagstrotts Trost gefunden. So ging es zu im gemeinen Volk, das hatte er damals sofort begriffen; um die Liebe dieser Menschen zu gewinnen, brauchte er nichts weiter zu tun, als ihnen eine gesicherte Existenz in ihrem kleinen Winkel seines Königreichs zu garantieren und auf seinem prächtigen Ross eine strahlende Figur abzugeben.

»Liebe Einwohner von Pomfreth«, begann er mit lauter,

volltönender Stimme. Wie er es gelernt hatte, hielt er den Blick über die Köpfe der Versammelten hinweg gerichtet und streckte den Arm theatralisch vor. »Ihr habt sicher vom Dahinscheiden des allseits verehrten Königs Danube gehört, eine Nachricht, die euch zweifellos ebenso traurig gestimmt hat wie jeden am Hof in Ursal.«

»Der König ist tot!«, rief jemand im hinteren Bereich der dicht gedrängten Menschenmenge, ein Mann, den Herzog Kalas, wie in jedem Ort zuvor, bereits vor dem Einmarsch der Armee in die Ortschaft eingeschleust hatte.

»Lange lebe der König!«, erschallte die entsprechende vielstimmige Antwort, ehe sie sich in steter Wiederholung zu einem immer stürmischer werdenden Jubelschrei für König Aydrian steigerte.

Aydrian saß schweigend da und lauschte der anschwellenden Begeisterung, bis diese abebbte und wieder in Stille überging.

»Mein Triumphmarsch, mit der Armee Ursals im Rücken, hat zum Ziel, euch Mut zu machen und euch allen zu versichern, dass es derzeit keinerlei Zwistigkeiten innerhalb des Königreiches gibt«, verkündete er. »König Danube ist tot, und ich, als Jilseponies Sohn, habe nach Recht und Gesetz und auf ausdrücklichen Wunsch des dahingeschiedenen Königs den Thron des Bärenreiches übernommen. Ihr seht mich in Begleitung von Herzog Kalas und den Allhearts sowie zahlreicher Adliger vom Hofe Ursals. Möge die Kunde sich im ganzen Land verbreiten, dass ein neuer und gerechter König den Thron bestiegen hat. Möge die Kunde sich von diesem Ort aus im ganzen Land verbreiten, dass König Aydrian ein Freund der Menschen des Bärenreiches ist und dass ich euch als euer König mit der gleichen Liebe und Zuneigung dienen werde wie mein würdiger Vorgänger, König Danube!«

Mehr brauchte er nicht zu sagen. Das Volk brach in ohrenbetäubenden Jubel aus und rief immer wieder seinen Namen. Seine Beteuerungen hatten jede Spur von Nervosität und

Ängstlichkeit vertrieben. Er hatte ihnen genau das erzählt, was sie in ihrer Verzweiflung unbedingt zu hören gehofft hatten.

Nun konnte er in der ruhigen Gewissheit weiterziehen, sein Königreich erneut um ein kleines Stück vergrößert zu haben.

Kurz darauf überließ man Aydrian das prachtvollste Gebäude im Ort – in Wirklichkeit eine eher unscheinbare Kate –, das er gemeinsam mit Sadye betrat, nicht ohne einen Blick zur Kapelle hinüberzuwerfen, in der Marcalo De'Unnero soeben mit dem Pfarrer verschwunden war.

»Die Erleichterung in Eurem Gesicht zeichnet sich mit jeder neuen Ortschaft deutlicher ab«, sagte Sadye, als sie alleine waren.

»Mit jeder Ortschaft entferne ich mich ein Stück weiter von Ursal, womit sich die Wahrscheinlichkeit erhöht, dass man dem Machtwechsel mit Widerstand begegnet.«

»Widerstand?«, fragte sie ungläubig. »Gegen eine Armee, wie Ihr sie in Eurem Gefolge mitführt? Herzog Kalas würde Pomfreth so rasch niederbrennen, dass Euer Durchmarsch dadurch kaum aufgehalten würde. Ja, vermutlich ginge es sogar schneller als mit der kleinen Ansprache, die man bei jedem Halt von Euch erwartet.«

Aydrians rasch mürrisch werdende Miene ließ sie abrupt verstummen. Sadye stemmte eine Hand in die Hüfte, beugte sich leicht vor und musterte den jungen König.

»Oder liegt es etwa daran«, fragte sie, »dass Ihr Angst habt, Menschen töten zu müssen?«

»Angst?«, wiederholte Aydrian mit der gleichen Ungläubigkeit, die zuvor in Sadyes Stimme gelegen hatte. »Nein, ich habe keine Angst, vor nichts und niemandem. Ich werde auch nicht zögern, jeden in Grund und Boden zu stampfen, der sich meinem Triumphmarsch, den ich vom einen Ende der Welt zum anderen durchzuführen gedenke, in den Weg zu stellen wagt. Aber ich möchte das Gemetzel so gering wie möglich halten, wenn Ihr versteht. Das Töten macht mir keinen Spaß –

dieses Vergnügen bleibt Männern wie Eurem Geliebten vorbehalten.«

Die Bemerkung ließ Sadye erstarren, obwohl weder sie noch Aydrian so recht zu wissen schienen, welcher Teil der Anspielung sie eigentlich gekränkt hatte – die Behauptung, De'Unnero habe Spaß am Töten, oder Aydrians schlichte Feststellung, dass De'Unnero ihr Liebhaber war.

»Ich werde tun, was ich tun muss«, erklärte Aydrian. »Mein Weg wird von bedeutenderen Vorhaben und Zielen bestimmt, als diese Bauern zu begreifen vermögen – Ziele, die nicht einmal die Adligen und Generäle nachvollziehen können.«

»So bedeutend, dass nicht einmal Marcalo sie verstehen kann?«, wollte Sadye wissen.

»Seine Ziele sind begrenzterer Natur«, erwiderte Aydrian. »Sein Handeln wird einzig vom Ausmaß seines Grolls gegen die abellikanische Kirche bestimmt. Es braucht nicht viel, um ihn zufrieden zu stellen. Als Preis genügt ihm St. Mere-Abelle sowie die Hinrichtung aller, die sich von seiner Vision der Kirche abgewendet haben. Die Antwort lautet also: ja, bedeutender, als dass Marcalo sie verstehen könnte.«

»Auch bedeutender, als dass ich sie verstehen könnte?«, hakte sie ohne das geringste Zögern nach.

Aydrian schien sie mit seinen blauen Augen, die so sehr denen seiner Mutter glichen, durchbohren zu wollen, als ein verschmitztes Lächeln über sein hübsches, willensstarkes Gesicht huschte.

Sadye drängte mit hochgezogenen Schultern auf eine Antwort.

»Nein«, erwiderte Aydrian und schüttelte den Kopf. »Ihr versteht mich, weil Ihr für Euch selbst nicht weniger verlangt. Das war es doch, was Euch in Marcalos Arme getrieben hat, nicht wahr? Der Wunsch nach Größe, nach einem aufregenderen und befriedigenderen Leben?«

Sadye, unsicher, worauf der junge König hinauswollte, legte die Stirn in Falten und nahm eine abwehrende Haltung ein.

»Ich frage mich, was werdet Ihr wohl tun, wenn Marcalos Vision ihn nach St. Mere-Abelle zieht?«, versuchte Aydrian sie aus der Reserve zu locken. »Oberste Ordensschwester Sadye, ist das Euer Ziel?«, fragte er lachend, doch Sadye schien den albernen Titel in diesem Augenblick nicht sonderlich amüsant zu finden.

»Wo werdet Ihr suchen, frage ich mich?«, fuhr Aydrian unbeeindruckt fort, ging um sie herum und streckte die Hand aus, um mit ihrem Haar zu spielen.

Nur um sich beim Geräusch nahender Schritte sofort wieder von ihr zu entfernen. Kurz darauf wurde die Tür aufgestoßen und Marcalo De'Unnero trat schwungvoll ins Zimmer.

»Der Ort hat sich unserer Übernahme ohne Schwierigkeiten ergeben«, berichtete der Mönch. »Dem Pfarrer traue ich allerdings nicht über den Weg. Nach außen hin gibt er den treuen Untertan, aber sollten unsere Feinde sich zu ihm verirren …«

Er hielt inne und schien Aydrian und dann Sadye mit seinem Blick durchbohren zu wollen. »Was hat das zu bedeuten?«, fragte er.

Sadye stieß einen tiefen Seufzer aus und brachte ein verlegenes Lachen zustande. »Unser junger Aydrian hier fühlte sich ziemlich in die Defensive gedrängt, als ich anmerkte, er habe erleichtert reagiert, als sich abzeichnete, dass heute nicht gekämpft werden würde«, erklärte sie, ehe sie mit einem schnellen Schritt zu De'Unnero ging und ihm spielerisch den Arm um die Hüfte legte.

De'Unnero schnaubte verächtlich. »Nun, wir sollten alle erleichtert sein«, sagte er ernst, »und zwar über jede Ortschaft, die sich mit Freuden auf Aydrians Seite schlägt. Kämpfen werden wir noch früh genug müssen – wahrscheinlich vor den Toren von Palmaris, wenn nicht schon eher. Je mehr Teile des Königreiches sich uns bereitwillig anschließen, desto nachdrücklicher lässt sich unser Anspruch gegenüber Prinz Midalis vertreten.«

»Und gegenüber Fio Bou-raiy«, sagte Aydrian, woraufhin De'Unnero ihm ein boshaftes Grinsen zuwarf.

»Unsere Freundin Sadye scheint sich allerdings zu langweilen«, bemerkte Aydrian beiläufig. »Sie ist geradezu versessen auf eine Schlacht. Nehmt Euch in Acht, Sadye«, warnte er. »Langeweile mag die treibende Kraft sein, eine höhere Stellung anzustreben, aber wer nicht weiß, was ihn dort wirklich erwartet, für den kann es schnell gefährlich werden.«

Die Ironie dieser Bemerkung angesichts ihrer Privatunterhaltung, zumal der neben ihr stehende De'Unnero auch noch bestätigend nickte, war Sadye keineswegs entgangen. Aber sie gönnte Aydrian die Genugtuung nicht, es sich anmerken zu lassen, daher lachte sie einfach zerstreut und ging, De'Unnero mit nach draußen ziehend.

Aydrian, ganz der ehrgeizige junge Mann, der stets bereit war, sich jeder Herausforderung zu stellen, ließ sie beim Hinausgehen keinen Moment aus den Augen.

7. Ins Leere laufen lassen

»Ich möchte, dass du mich begleitest«, wandte sich Jilseponie an Roger Flinkfinger, einen kleinwüchsigen Mann, den eine schlimme, wachstumshemmende Kinderkrankheit um ein Haar das Leben gekostet hätte. Trotz seiner geringen Körpergröße war Roger ein Mann von ausgeprägtem Charakter. Während des Krieges gegen die Günstlinge des geflügelten Dämons hatte Roger, einsamer Held eines verlorenen Volkes, sich als Fanal der Hoffnung erwiesen. Und während der Zerreißprobe im Kampf gegen Markwart hatte er fest an Jilseponies und Elbryans Seite gestanden. Unter Elbryans Schutz war Roger über sich hinausgewachsen und zu einem Freund geworden, wie ihn sich Jilseponie – Pony – nicht besser hätte wünschen können.

»Begleiten?«, fragte Roger zögernd und blickte kurz zur anderen Tischseite, wo seine Frau Dainsey schweigend zuschaute. Wie Roger wirkte sie wegen ihrer spindeldürren Glieder auf den ersten Blick etwas zerbrechlich. Um ein Haar wäre sie der Rotfleckenpest zum Opfer gefallen; sie hatte bereits in den letzten Zügen gelegen, als Jilseponie sie zum versteinerten Arm von Avelyn Desbris brachte, wo sie als Erste in den Genuss des Wunders von Aida kam. Doch obwohl sie die Pest besiegen konnte, hatte sie nie wieder zu ihrer früheren robusten Gesundheit zurückgefunden. Mittlerweile war ihr Haar grau und schütter, und ihre Augen lagen eingesunken in den Höhlen ihres knochigen Schädels.

»Zuerst einmal nach Dundalis«, erklärte Jilseponie. »Ich muss unbedingt Bradwarden finden. Anschließend dann nach Andur'Blough Inninness – obwohl ich diese Reise wohl eher alleine unternehmen werde.«

»Du willst tatsächlich zu den Elfen gehen und sie befragen?«, wollte Roger wissen.

»Wie könnte ich darauf verzichten?«

»Glaubst du wirklich, sie sind deine Freunde?« Kopfschüttelnd betonte Roger: »Sie sind es nicht. Die gegenwärtige Entwicklung ist der beste Beweis dafür, dass sie trotz aller –«

»Dasslerond ist mir eine Antwort schuldig!«, ereiferte sich Jilseponie; der Zorn, der dabei in ihren blauen Augen aufblitzte, ließ Roger leicht zusammenzucken. Doch dann wanderte der Blick des klein gewachsenen Mannes wieder zu Dainsey hinüber, die ihm aufmunternd zunickte, und er nahm seinen ganzen Mut zusammen.

»Lady Dasslerond ist nicht deine Freundin, Pony«, wiederholte er ruhig.

Jilseponie wollte bereits etwas erwidern, aber dann ließ sein plötzlich düsterer Tonfall, der offenbar andeuten sollte, er verfüge über Kenntnisse, von denen sie nichts ahnte, sie zögern.

»Als du in Ursal warst und dort als Königin regiert hast,

war eine Abordnung von Lady Dasslerond bei mir«, erklärte er ruhig.

»Du hast von Aydrian gewusst?« Da war es wieder, dieses zornige Blitzen in ihren Augen, plötzlich und unvermittelt; Jilseponie sprang sogar von ihrem Stuhl auf.

»Nein, natürlich nicht«, antwortete Roger und legte ihr beruhigend die Hände auf die Schultern. »Diese Abordnung von Lady Dasslerond hat mich in Ursal aufgesucht und mich gebeten, dich sorgfältig im Auge zu behalten. Dasslerond hat Angst vor dir, die hatte sie schon immer, denn du besitzt etwas, das du, in ihren Augen zumindest, eigentlich gar nicht besitzen dürftest.«

Jilseponie beruhigte sich wieder und ließ sich auf ihren Stuhl sinken. »Den *Bi'nelle dasada*«, überlegte sie laut. »Lady Dasslerond befürchtet – und diese Befürchtung hatte sie schon immer –, ich könnte die Soldaten des Bärenreiches im Schwerttanz der Elfen unterrichten.«

»Ihr Volk ist nicht sehr zahlreich«, gab Roger zu bedenken. »Es hat Angst um seine Existenz.«

»Und das gibt ihr das Recht, ein Kind aus dem Mutterleib zu stehlen?«, ereiferte sich Jilseponie, die Stimme vor Empörung wieder lauter.

»Natürlich nicht, das behauptet ja auch niemand«, warf Dainsey ein.

»Ich weiß, wie dir zumute sein muss –«, begann Roger.

»Nein, tust du nicht«, beharrte Jilseponie.

Roger gab ihr in diesem Punkt mit einem kurzen Nicken Recht. »Mitten unter uns gibt es einen Feind, der immer stärker wird«, sagte er. »Wieso willst du zu den Elfen gehen und noch einen Krieg vom Zaun brechen, wo bereits einer vor deiner Haustür tobt?«

»Das sind Fragen –«

»Die später geklärt werden können«, fiel Roger ihr ins Wort.

»Nein, sofort!«, entgegnete Jilseponie. »Dieser Krieg innerhalb der Grenzen des Königreiches ist nicht mein Krieg. Ich habe nicht mehr das geringste Bedürfnis, Krieg zu führen. Diesen De'Unnero soll der Teufel holen, und das wird auch geschehen, davon bin ich überzeugt, aber bis dahin sind er und Aydrian für das Volk des Bärenreiches ein Problem.«

»Und für dich nicht?«, fragte Roger, worauf sie ihn durchdringend ansah. »Willst du diese Menschen wirklich im Stich lassen? Dieselben Menschen, denen du dein ganzes Leben lang gedient hast?«

»Und denen ich alles gegeben habe, was ich zu geben hatte.«

»Dieser Verlust betrifft eher dich als sie«, erwiderte Roger.

Seine Worte trafen Jilseponie zutiefst, vermochten in diesem Moment aber, soweit es ihre derzeitigen Pläne betraf, keinen nennenswerten Sinneswandel zu bewirken. »Morgen früh werde ich nach Dundalis aufbrechen. Dabei wäre mir eure Gesellschaft höchst willkommen, aber wenn ihr nicht mitkommen wollt, reite ich auch allein.«

Mit diesen Worten erhob sie sich und verließ Chasewind Manor, das prächtigste Anwesen in ganz Palmaris und vormals Herrschaftssitz der Familie Bildeborough. Hier hatte Jilseponie gelebt, als sie, zuerst als Baronin, danach als Bischöfin, die Stadt regiert hatte; als sie dann später in den Süden gegangen war, um König Danube zu ehelichen, hatte sie die Verwaltung des Hauses Roger und Dainsey übertragen.

Sie hatte das Haus kaum verlassen und noch nicht einmal das Tor auf der anderen Hofseite erreicht, als sie das Getrappel galoppierender Pferde und das Geschrei einer aufgebrachten Menschenmenge hörte. Wie gelähmt von der wachsenden Unruhe in der Stadt – einem allgemeinen Aufruhr, der, das konnte sie sogar von hier, vom höher gelegenen Westrand aus erkennen, auf die gesamte Stadt übergegriffen hatte – blieb sie auf dem Gehweg vor Chasewind Manor stehen.

Regungslos verharrte sie und lauschte, bis sie sogar die Rufe der Herolde unterscheiden konnte.

Einen Augenblick später kamen auch Roger und Dainsey aus dem Haus gelaufen und gesellten sich zu ihr.

»Braumin hat die Leute aufgestachelt«, bemerkte Roger. »Er ist offenbar entschlossen zu kämpfen.«

»Und die Leute schließen sich dieser Entscheidung voller Begeisterung an«, setzte Dainsey hinzu.

Jilseponie sah die beiden an und wollte etwas erwidern, doch auf einmal waren die Rufe bereits ganz in der Nähe der Tore von Chasewind Manor zu hören; ein Reiter galoppierte mit dem Ruf »Lang lebe Prinz Midalis!« auf den Lippen vorüber, gefolgt von einem schmerzlichen »Tod dem Thronräuber Aydrian!«.

Jilseponie, das Gesicht erstarrt zu einer Maske aus Entsetzen und Wut, fuhr keuchend herum.

»So weit wird es nicht kommen«, versuchte Roger sie zu beruhigen, trat dicht neben sie und legte ihr einen Arm um die Hüfte. »Die Leute haben Angst, weiter nichts. Das ganze großmäulige Gehabe dieser Schreihälse dient lediglich dazu, die Leute für ihre Zwecke einzuspannen. Sie können unmöglich –«

Jilseponie hob die Hand und schnitt ihm das Wort ab. Sie wusste nur zu gut, wie wichtig solche starken Worte waren, wenn man gezwungen war, das Volk in Kürze aufzufordern, sich gegen eine ganze Armee zu behaupten.

Aber das machte den Stich nicht weniger schmerzlich.

»Ihr habt Euch also entschlossen zu kämpfen«, sagte Jilseponie, als sie wenig später in Bischof Braumins Arbeitszimmer in St. Precious mit ihm und Meister Viscenti zusammentraf.

»Die Entscheidung lag nie in unserer Hand«, erwiderte Braumin. »Ich habe lediglich auf dem großen Platz vor St. Precious Audienz gehalten.«

»Ohne mich oder Roger auf Chasewind Manor zu benachrichtigen?«

»Ich hatte ursprünglich gar nicht vor, mich in meiner Rede so eindeutig festzulegen«, erklärte ihr Braumin. Sie wusste sofort, dass er die Wahrheit sagte. »Ich wollte die versammelte

Menge lediglich auffordern, genau zu prüfen, wie sie in dieser Sache empfinden.«

»Wisst Ihr überhaupt, was Ihr da von den Menschen verlangt?«

»Ich weiß, was sie von mir verlangt haben«, erwiderte Braumin.

»Nachdem er den Leuten die Wahrheit über unseren selbst ernannten König und seinen Komplizen erzählt hatte, musste die Menge nicht länger überzeugt werden«, warf Meister Viscenti ein. »Die Leute werden niemals zulassen, dass Marcalo De'Unnero hierher zurückkehrt, es sei denn in Ketten!«

»Sie stehen treu zum Haus Ursal, dem die Krone gestohlen wurde«, fügte Braumin hinzu.

Jilseponie sah ihn durchdringend an und erkannte deutlich den Konflikt, der sich in seinem Inneren abspielte. Gewiss, er war ein wenig erleichtert, dass die Leute seine schlichte Darlegung der Tatsachen geradezu begierig aufgenommen und von da an die Dinge selbst in die Hand genommen hatten, aber dennoch war bei Braumin ein gewisses Maß an Schuldgefühlen und banger Sorge zurückgeblieben.

»Ihr wollt die Tore schließen und Aydrian den Einlass verwehren?«

Der Bischof von Palmaris warf sich in die Brust. »Allerdings.«

»Und was werdet Ihr tun, wenn Aydrian die Tore niederreißt?«

»Sollen wir uns vielleicht ergeben?«, fragte Braumin, der plötzlich erregt mit den Armen fuchtelnd auf und ab zu laufen begann. »Kann sich der Stärkste einfach ungestraft des Throns bemächtigen? Sind wir kein Land mehr, in dem Traditionen und Gesetze noch etwas gelten?«

Jetzt war es an Jilseponie, die Ruhe zu bewahren und ihren Standpunkt zu behaupten.

»Wenn Ihr an unserer Seite kämpft, haben wir vielleicht eine Chance«, sagte Braumin.

Er hatte den Satz noch nicht beendet, da schüttelte Jilseponie bereits den Kopf. »Ich habe Dinge zu erledigen, die mich sehr weit von hier fortführen werden; womöglich kehre ich nie mehr hierher zurück.«

»Ihr wollt uns in dieser finsteren Zeit im Stich lassen?«, warf Viscenti ein.

»Heute ist ein schwarzer Tag, das sehe ich nicht anders«, fügte Braumin hinzu. »Aber wer sind wir, wenn wir zulassen, dass unsere Todesängste unsere Prinzipien außer Kraft setzen? Wer sind wir, wenn wir die Tröstungen des Fleisches über den Frieden unserer Seele stellen? Wir wissen genau, was hier geschehen ist. Die Ungerechtigkeit ist schließlich nicht zu übersehen.«

»Und dieser Ungerechtigkeit wollt Ihr Euch widersetzen?«, fragte Jilseponie.

»Das solltet Ihr auch. Oder seid Ihr nicht mehr dieselbe Jilseponie, die selbst in auswegloser Lage fest an Elbryans Seite stand? Seid Ihr nicht mehr dieselbe Jilseponie, die eher ihr Leben hergegeben hätte, als in Gegenwart des besessenen Markwart ihren Prinzipien abzuschwören?«

Jilseponie betrachtete Braumin mit einem so flehentlichen, so verzweifelten Ausdruck, wie er ihn bei ihr noch nie gesehen hatte, und antwortete: »Er ist mein Sohn.«

»Dann haben wir nicht den Hauch einer Chance zu gewinnen!«, jammerte Viscenti und wandte sich abrupt ab, die Hände in einer verzweifelten Geste über den Kopf erhoben.

»Gewinnen könnt Ihr in keinem Fall«, sagte Jilseponie zu ihm. »Weder hier noch jetzt. Ihr habt gesehen, wie geschickt ich mit den Edelsteinen umzugehen weiß, und jetzt glaubt Ihr, diese Kräfte reichten aus, um ihm erfolgreich Widerstand zu leisten. Ich dagegen habe Aydrians Kräfte am eigenen Leib gespürt, und die sind meinen haushoch überlegen! Er wird die Tore von Palmaris einfach niederreißen, wenn man sie vor ihm verschließt.«

»Nun, dann lasst uns alle König Aydrian willkommen heißen!«, stieß Meister Viscenti theatralisch hervor, fuhr herum und sah ihr ins Gesicht. »Und De'Unnero gleich mit! Zum Henker mit den Traditionen von Kirche und Staat! Zum Henker mit –«

»Es gäbe noch einen dritten Weg, der Euch offen stünde«, wandte sich Jilseponie an Braumin.

Der Bischof warf Viscenti einen scharfen Seitenblick zu, der daraufhin sofort verstummte, ehe sie sich beide verblüfft Jilseponie zuwandten.

»Lasst Aydrian ins Leere laufen«, schlug Jilseponie vor. »Leistet ihm hier nur Widerstand, wenn es nicht anders geht, aber bietet dabei nicht alle Euch zur Verfügung stehenden Mittel auf. Erlaubt Eurer Front, auf ganzer Linie nachzugeben, bis hin nach Vanguard.«

Bischof Braumins Verblüffung nahm eher noch zu.

»Nur wenn die gesamte Bevölkerung des Bärenreiches vereint Widerstand leistet, besteht noch Hoffnung, Aydrian zu besiegen«, fuhr Jilseponie fort. »Er hat die Armee der Kingsmen zur Verfügung, mitsamt den Allhearts sowie einer vieltausendköpfigen Reserve, die er aus dem Gebiet rings um Entel zusammengezogen hat. Die Menschen sind einfach nicht gut genug unterrichtet, um seinen Herrschaftsanspruch zurückzuweisen, erst recht nicht, wenn diese Forderung mit vorgehaltener Lanze gestellt wird. Eine derart umfassende Ablehnung Aydrians kann, wenn überhaupt, nur dann entstehen, wenn Prinz Midalis öffentlich Anspruch auf den Thron erhebt.«

Das klang alles vollkommen logisch, nur …

»Ihr verlangt, dass ich ihm die Stadt kampflos übergebe?«, fragte Braumin.

»Ich bitte Euch lediglich, die Garnisonstruppen für Prinz Midalis zurückzuhalten«, korrigierte Jilseponie. »Denn bevor diese Geschichte zu Ende ist, wird er jeden Verbündeten brauchen, den er finden kann.«

»Ihr wollt zu ihm?«

Jilseponie trat einen Schritt zurück, ohne auf seine Frage zu antworten; so weit hatte sie noch gar nicht vorausgedacht. Augenblicke später schüttelte sie den Kopf. »Nein, ich kehre zurück in meine Heimat«, antwortete sie leise. »Im Augenblick brauche ich mein Zuhause.«

Meister Viscenti machte Anstalten, Einwände gegen diesen Plan zu erheben, doch Braumin, scharfsichtig wie stets, hatte erkannt, dass es nichts mehr zu sagen gab, und brachte ihn mit einem Wink zum Schweigen. Er fasste Jilseponie bei den Schultern und sah ihr in die Augen.

»Bitte verzeiht meine ... *unsere* Gefühllosigkeit«, sagte er in versöhnlichem Ton. »Ihr habt so ungeheuer viel durchgemacht. Ihr seid dem Volk des Bärenreiches nichts schuldig, meine liebe Freundin. Geht zurück in Eure Heimat und seht zu, dass Ihr wieder zu Kräften kommt.«

»Bischof!«, wollte Viscenti protestieren, jedoch Braumin schnitt ihm erneut mit erhobener Hand das Wort ab. Dann löste er sich von Jilseponie, begab sich mit ein paar schnellen Schritten zu seinem Schreibtisch und entnahm der obersten Schublade ein kleines Ledersäckchen.

»Nehmt dies hier mit«, bot er an und reichte Jilseponie den mit Edelsteinen gefüllten Beutel. Im ersten Moment schien sie ihn nicht annehmen zu wollen, doch Braumin drängte ihn ihr geradezu auf. »Benutzt die Steine, wie immer Ihr es für richtig haltet, oder auch nicht, ganz wie Ihr wollt. Aber mitnehmen müsst Ihr sie.« Er sah ihr tief in die Augen, mit dem fürsorglichen Blick eines engen Freundes, und nickte aufmunternd. »Nur für alle Fälle.«

Jilseponie nahm den Beutel entgegen, und die beiden Mönche entfernten sich Richtung Tür.

»Ihn ins Leere laufen lassen?«, fragte Bischof Braumin.

Jilseponie zuckte nur mit den Achseln, ehe sie erst den Raum und dann die Abtei verließ, die beiden Mönche im Schlepptau.

»Ich hoffe inständig, dass Ihr Euren Mut und Eure Kraft

wiederfinden und Euch unserem Kampf anschließen werdet«, erklärte Braumin ihr zum Abschied. »Wir haben hart dafür gekämpft, den Abellikaner-Orden für Avelyns Vision zu gewinnen und den einfachen Mann noch fester in den schützenden Schoß unserer Kirche aufzunehmen. Marcalo De'Unnero würde alles, was wir erreicht haben, in kürzester Zeit wieder zunichte machen, davon bin ich überzeugt.«

»Avelyns Vision?«, wiederholte Jilseponie mit einem Anflug von Skepsis in der Stimme, denn sie war nicht mal sicher, was diese »Vision Avelyns« überhaupt bedeuten sollte. Sie musste sofort an den »verrückten Mönch« denken, den betrunkenen Krakeeler, dem sie, noch zu Zeiten ihres Dienstes bei der Küstenwache, in einem Gasthaus unweit Pireth Tulmes begegnet war. An jenen Mann, der Bestesbulzibar in den Tiefen des Berges Aida um den Preis seines eigenen Lebens besiegt hatte. An jenen Mann, der sie im Gebrauch der Edelsteine unterwiesen hatte. Was würde Avelyn von all dem halten? Wäre er es womöglich längst ebenso leid wie sie?

In diesem Augenblick fuhr zur Überraschung aller ein Wagen vor; die drei drehten sich um und betrachteten den Fahrer, einen ziemlich kleinwüchsigen Mann.

»Steig ein«, rief Roger seiner Freundin zu. »Wir haben einen weiten Weg vor uns, und ich möchte heute noch ein gutes Stück vorankommen.«

Trotz ihrer gedrückten Stimmung und ihrer tief empfundenen Verzweiflung konnte sich Jilseponie Wyndon eines Lächelns nicht erwehren, als sie Roger und Dainsey in dem bereits für die Reise beladenen Wagen sitzen sah.

Für die lange Reise, die sie wieder nach Hause bringen würde.

8. Das geringere zweier Übel

»Sie tragen die Farben eines Truppenverbandes aus Jacintha«, unterrichtete der hoch gewachsene, schlanke Paroud Pagonel; Akzent und Name des Mannes verrieten dem Mystiker, dass er aus dem Südosten Behrens stammte, der Cosinnida-Region. Als Yatol Wadons Gehilfe ihn den drei Botschaftern aus Jacintha vorgestellt hatte, war der Mystiker ziemlich überrascht gewesen, einen Mann aus Cosinnida unter ihnen anzutreffen. Schließlich war Cosinnida die Provinz von Yatol Peridan, der Jacintha mit seinem Drängen auf einen Krieg gegen Yatol De Hamman in arge Bedrängnis gebracht hatte. Was dem Mystiker wieder einmal zeigte, wie chaotisch es derzeit, da die Fronten noch nicht wirklich geklärt waren, tatsächlich um die Lage in Behren bestellt war.

Die zwei Männer standen zusammen mit den beiden anderen Gesandten Yatol Wadons auf einer felsigen Klippe im Norden der Oase Dahdah. Vor ein paar Tagen hatten sie Jacintha mit dem Ziel Dharyan-Dharielle verlassen, um das Bündnis zwischen den beiden Städten zu bekräftigen, aber dann waren die vier, nachdem sie unterwegs von einigen Kaufleuten einen Tipp erhalten hatten, nach Norden und auf höher gelegenes Gelände abgeschwenkt.

Und tatsächlich, in die Oase Dahdah war eine Abteilung von nahezu dreihundert Soldaten in den Farben einer der Garnisonen aus Jacintha eingerückt.

»Vielleicht sind sie nur mit ihrer Heimkehr im Verzug und haben endlich ihren Weg gefunden«, suchte Pechter Dan Turk, der älteste der drei Gesandten, nach einer Erklärung. Er war von kleinem Wuchs, hatte dichtes graues Haar, das ihm bis auf die Schultern reichte, sowie einen großen grauen Schnauzer. Seine Haut war dunkel und wie bei so vielen Bewohnern der offenen Wüste schienen seine Augen zu einem immerwährenden Blinzeln zusammengekniffen.

»Ihr meint, sie sind bereits seit mehreren Monaten unterwegs?«, fragte voller Skepsis der Dritte der Gruppe aus Jacintha, ein muskulös gebauter Mann mit energischem Kinn namens Moripicus. »Selbst der dümmste Soldat weiß, dass die Sonne im Osten aufgeht, oder? Und da Jacintha an der Ostküste liegt, sollte es für sie keine allzu große Herausforderung gewesen sein, ihren Heimweg zu finden, oder?«

»Sie sind gar nicht auf dem Rückweg nach Jacintha«, erklärte der Mystiker. »Sie sind damit beschäftigt, ihre Wagen mit frischen Vorräten zu beladen – mit mehr Vorräten, als eine ganze Armee für den Marsch von hier nach Jacintha benötigen würde, erst recht, wenn dieser über die offene und bequeme Straße führt.«

Seine Einschätzung schien zutreffend zu sein, wie alle nach sorgfältigerem Hinsehen erkannten. Alles deutete darauf hin, dass die Abteilung nach Dahdah gekommen war, um Nachschub für einen längeren Marsch zu fassen, einen Marsch, der sie vermutlich mitten hinein in die öde, trockene Wüste führen würde.

»Bardoh?«, fragte Moripicus.

»Genau das müssen wir herausfinden«, antwortete Pagonel.

Pechter Dan Turk brach in schallendes Gelächter aus. »Wenn es sich tatsächlich um Verbündete von Yatol Bardoh handelt, werden ihnen Gesandte Yatol Mado Wadons wohl kaum willkommen sein!«

»Und noch weniger ein Mystiker der Jhesta Tu, möchte man meinen«, fügte Paroud hinzu.

Pagonel nickte, ohne jedoch etwas darauf zu erwidern. Einen Augenblick später machte er sich zu Fuß auf den Weg hinunter in die Oase.

»Wo wollt Ihr hin?«, wollte Moripicus wissen.

»Mir einige Antworten besorgen«, antwortete Pagonel. »Ihr drei könnt die Oase ebenfalls betreten, wenn Ihr wollt, aber geht erst auf der Straße ein Stück zurück nach Osten und nähert Euch dann ganz offen aus dieser Richtung. Zwischen uns gibt es keinerlei Verbindung, wir wissen auch nichts voneinander. Ich werde noch heute Nacht westlich der Oase wieder zu Euch stoßen.«

»Was werden wir jetzt also tun?«, wandte sich Paroud an die anderen, kaum dass Pagonel außer Sichtweite war.

»Wir könnten die Oase einfach im Norden umgehen und auf der Straße nach Westen auf den Mystiker warten«, schlug Pechter Dan Turk vor.

»Mit leeren Wasserschläuchen?«, fragte Moripicus.

»Aber wenigstens noch mit dem Kopf auf den Schultern!«, erwiderte Pechter Dan Turk.

»Die Kenntnis der Situation wird unser Verbündeter sein«, wies Moripicus ihn zurecht. »Wir kriechen vor diesen stinkenden To-gai-ru zu Kreuze, dabei wissen wir nicht einmal mit Sicherheit, ob Yatol Bardoh tatsächlich im Begriff ist, eine Streitmacht gegen Yatol Mado Wadon aufzustellen. Dort unten müssen wir nach Antworten suchen.«

»Ganz recht. Laufen wir ihnen einfach so ins offene Messer«, pflichtete Paroud ihm spöttisch bei. »Seid gegrüßt, Verräter! Wir sind Botschafter von Yatol Wadon, den ihr massakrieren wollt!«

Der Sarkasmus des Mannes aus Cosinnida veranlasste Moripicus zu einem scharfen Seitenblick.

»Wir sind nichts dergleichen«, warf Pechter Dan Turk ein. »Wir sind … Kaufleute. Genau, Kaufleute, die die Straßen rings um Jacintha bereisen.«

»Ohne Waren?«, erwiderte Moripicus trocken.

»Auf der Suche nach Waren!«, beharrte Pechter Dan Turk.

»Und ohne Geld?«, warf Paroud ein, ehe Moripicus auf diesen offenkundigen Mangel in ihrer Tarnung aufmerksam machen konnte.

»Wir … wir«, stammelte Pechter Dan Turk, krampfhaft auf der Suche nach einer Lösung, dann schüttelte er den Kopf und stieß hervor: »Wir haben unser Geld nicht weit von hier in der Wüste vergraben! Schließlich kann man nicht vorsichtig genug sein. Diebe gibt es hier zuhauf!«

»Großartig! Wenn wir das diesen raffgierigen Überläufern erzählen, treiben sie uns mit vorgehaltener Lanze hinaus in die Wüste, und wenn wir ihnen dann kein Geld geben können, stechen sie uns ab und überlassen unsere Leichen den Geiern!«

»Aber ...«, wollte Pechter Dan Turk widersprechen, doch Moripicus schnitt ihm das Wort ab.

»Wir sind Gelehrte.«

Die beiden anderen sahen ihn unschlüssig an.

»Wird zurzeit nicht die ehemalige Bibliothek von Pruda in Dharyan-Dharielle wieder aufgebaut?«, fragte Moripicus. »Also werden wir als Gelehrte auftreten, die auf dem Weg zur Bibliothek von Pruda sind, und sollten die Soldaten dort unten daran Anstoß nehmen, dass sich die Bibliothek jetzt in der Stadt des Drachen von To-gai befindet, werden wir ihnen einfach Recht geben und ihnen erklären, auch uns erfülle die Vorstellung mit Abscheu, dass die Werke unserer großen Gelehrten sich jetzt in den Händen dieser dreckigen To-gai-ru-Lumpen befinden.«

»Genau, wir wollen nichts weiter, als den Fortbestand dieser kostbaren Werke sichern«, fügte Paroud hinzu, dem mittlerweile ebenfalls dämmerte, welche Möglichkeiten sich ihnen damit eröffneten.

»Gelehrte, Gelehrte aus Pruda ohne irgendwelche politischen Absichten, die nichts weiter verbindet als der Hass auf die To-gai-ru«, sagte Moripicus.

»Die Tarnung dürfte nicht übermäßig schwer aufrechtzuerhalten sein«, gab Paroud ihm Recht, der die To-gai-ru tatsächlich nicht ausstehen konnte.

»Und wieso wollen wir dann überhaupt nach Dharyan-Dharielle?«, fragte Pechter Dan Turk, der offenbar nicht zugehört hatte. »In der Stadt wimmelt es doch nur so von To-gai-ru.«

Die beiden anderen wechselten einen Blick und verdrehten

die Augen, ehe sie sich auf den Weg zurück nach Südosten machten, um weit außer Sichtweite der Oase Dahdah wieder auf die Straße zurückzukehren.

Wie üblich befanden sich an diesem Tag mehrere Handelskarawanen in der Oase; trotzdem war es die Anwesenheit der Soldaten, die den ganzen Ort beherrschte. Sie waren überall, sowohl am Ufer des Weihers als auch mitten zwischen den Karawanen, wo man sie ungehindert gewähren ließ. Sie prüften die Waren und nahmen sich einfach, was immer ihnen brauchbar erschien.

Pagonel hatte das Oasengelände kaum betreten, als er auch schon deutlich ihre Blicke spürte. Obwohl er für seine gefährliche Rückkehr an diesen Ort sein Jhesta-Tu-Gewand abgelegt hatte, wirkte er inmitten des verdreckten Pöbels und der lauten Händler wie ein Fremdkörper. Sorgsam darauf bedacht, jeden Blickkontakt mit den Kriegern zu vermeiden, versuchte er, von vornherein jeder Auseinandersetzung aus dem Weg zu gehen. Er war hier, um Informationen zu sammeln, nicht um einen Streit vom Zaun zu brechen.

Geräuschlos durchquerte er den Schatten einer Dattelpalmenreihe in der Nähe eines Händlerwagens, dessen Besitzer offenbar soeben einen Soldaten zur Rede stellte.

»Ihr könnt Euch doch nicht einfach nehmen, was Ihr haben wollt!«, zeterte der Händler und versuchte dem Soldaten ein Seidenmuster zu entreißen, das dieser in den Händen hielt.

»Ich bin bewaffnet«, warnte der Soldat und zeigte ihm mit einem ekelhaften Grinsen seine Zähne.

Der Händler wich einen Schritt zurück und drohte ihm mit der geballten Faust. »Ich auch!«, weigerte er sich, klein beizugeben.

»Mag sein, aber hinter mir warten noch dreihundert andere Schwerter«, entgegnete der Soldat. Auf sein Nicken hin stürzten sich drei weitere Männer auf den bedauernswerten Kaufmann und drängten ihn, dabei die ganze Zeit lachend, unter wiederholten Fußtritten und Schlägen zu seinem Wagen zurück.

»Ich werde dafür sorgen, dass die Regierung in Jacintha davon erfährt!«, brüllte der Mann. »Ich habe Freunde in Chom Deiru!«

Offenbar hatten die Soldaten auf diese Bemerkung nur gewartet, auch wenn sie eine völlig andere Wirkung hatte als von dem Händler erhofft. Er drohte ihnen immer noch mit der erhobenen Faust, als der am nächsten stehende Soldat einen Dolch zückte und ihm diesen in die Seite rammte. Er stieß einen Schmerzensschrei aus und wich zurück – oder versuchte es zumindest, denn mittlerweile hatten die anderen zwei ebenfalls ihre Messer gezogen.

Zu dritt fielen sie über ihn her und stachen mehrmals auf ihn ein, sogar noch, als er bereits zu Boden sank.

Pagonel musste seine Instinkte gewaltsam unterdrücken, um sich nicht einzumischen; immer wieder ermahnte er sich, dass er damit sehr viel gravierendere Konsequenzen als die heimtückische Ermordung dieses einen Mannes heraufbeschwören würde.

»Bist du etwa ein Freund von diesem Burschen hier?«, wollte der Soldat mit den noch sauberen Händen und dem Seidenmuster wissen, als er sich umdrehte und sah, dass Pagonel den Zwischenfall beobachtete.

»Ich bin nur ein einfacher Reisender«, erwiderte der Jhesta Tu.

»Unterwegs wohin? Etwa nach Jacintha?«

»Von dort komme ich gerade«, antwortete Pagonel. »Jetzt will ich nach Westen.«

»Der Kerl hat rusches Blut in seinen Adern«, rief einer der Männer, die mittlerweile von dem toten Händler abgelassen hatten.

»Stimmt, der Kerl stinkt von Kopf bis Fuß nach Ru«, pflichtete ihm ein zweiter bei, worauf alle drei Anstalten machten, sich zu ihrem Kameraden zu gesellen, der die gestohlene Seide in Händen hielt. Zwei von ihnen schwärmten sogar ein Stück zur Seite aus, so als wollten sie den Mystiker in die Zange nehmen.

»Weißt du, was wir in Behren mit euch Rus machen?«, fragte einer der blutverschmierten Messerhelden und fuchtelte bedrohlich mit seiner Klinge.

Obwohl Pagonel dem großmäuligen Kerl auch weiterhin die nötige Aufmerksamkeit widmete, entging ihm nicht, dass just in diesem Augenblick seine drei Gefährten eintrafen und das Gelände der Oase von Osten her zu Fuß betraten. In dem Versuch, sich höflich, ja geradezu unterwürfig zu geben, grüßten sie jeden Soldaten, dem sie begegneten, mit einem freundlichen Nicken und einer kurzen Verbeugung; in Wahrheit jedoch erreichten sie damit nichts weiter, als die Aufmerksamkeit aller auf sich zu lenken.

Dank ihres forschen Tempos hatten sie die verschiedenen Soldatengrüppchen rasch hinter sich gelassen, aber dann bemerkte Paroud den von den Soldaten bedrängten Pagonel. Die drei blieben unvermittelt stehen und glotzten hinüber zu dem Mystiker.

»Ich will keinen Ärger, Freunde«, sagte Pagonel ruhig. »Ich komme soeben aus dem Süden, wo mir Gerüchte über einen Aufruhr zu Ohren gekommen sind. Wenn es gestattet ist, würden meine Meister gerne bei der Heilung der Wunden Behrens helfen.«

»Wunden?«, fragte der Soldat mit dem Seidentuch in der Hand, dann sah er zu seinen Freunden, und alle brachen in schallendes Gelächter aus. »Das Einzige, was Schaden genommen hat, sind die Schatztruhen der betrügerischen Chezru! Sie wurden in Stücke geschlagen, bis die Edelsteine und Geschmeide nur so aus ihnen herausgequollen sind.«

»Und zwar geradewegs in unsere offenen Hände!«, fügte ein anderer hinzu.

»Ihr marschiert Richtung Jacintha?«, erkundigte sich Pagonel.

»Du stellst zu viele Fragen«, erwiderte einer der Männer. »Wer ist überhaupt dein Meister?«

»Genau, verrate uns doch einfach, wem wir deine kopflose Leiche schicken müssen«, setzte ein anderer hinzu. Die beiden Soldaten, die ein Stück zur Seite ausgeschwärmt waren, kamen jetzt wieder näher und fuchtelten mit ihren Messern gefährlich nahe vor dem scheinbar unbewaffneten Mystiker herum.

Pagonel warf einen Blick zur Seite und sah eine weitere Gruppe von Soldaten, die sich seinen drei Reisegefährten mit schnellen Schritten näherte. Die drei hatten sie ebenfalls bereits bemerkt.

Plötzlich brach Paroud nach links aus und rannte laut schreiend wieder zurück, Richtung Osten. Um ein Haar wäre er eingefangen und vermutlich aufgeschlitzt worden, hätte Moripicus in diesem Moment nicht auf Pagonel gedeutet und laut gerufen: »Ein Jhesta Tu!«

Sämtliche Soldaten in der Nähe erstarrten auf der Stelle, und alle Augen wandten sich Pagonel zu.

Der Mystiker spürte, wie die beiden seitlich von ihm stehenden Soldaten noch ein Stück näher kamen und ihre Körper anspannten, als wollten sie sich jeden Moment auf ihn stürzen.

Er kam ihnen zuvor, ließ seine Hände nach oben schnellen und rammte ihnen die Außenseite seiner Fäuste ins Gesicht. Der Mann unmittelbar vor ihm riss sein Messer in einer wuchtigen Bewegung nach oben, ein Schnitt, der auf Pagonels Gesicht zielte.

Doch die Klinge sirrte über ihn hinweg und verfehlte den Mystiker, der sich in eine geduckte Haltung hatte fallen lassen.

Sofort schlug Pagonel mit seiner Rechten zu, traf den Soldaten hart an der Innenseite seines rechten Knies und riss ihm damit das Bein unter dem Körper weg. Eine schnelle Hüftdrehung, und Pagonel konnte ihm seinen linken Ellbogen gegen die Innenseite seines linken Knies schmettern und auch dieses

Bein zur Seite drücken, ehe er seinen Arm wieder senkrecht vor seinen Körper brachte und dem völlig verblüfften Mann mit einem geraden, harten Schlag zwischen die breit gespreizten Beine den Gnadenstoß versetzte.

Die Wucht des Schlages ließ den Soldaten glatt vom Boden abheben und nahm ihm aufgrund der Stelle, wo er traf, jedes Interesse, sich weiter am Kampf zu beteiligen. Der Mann sog vor Schmerz die Luft ein, fasste sich in die Leistengegend und sackte langsam seitlich zu Boden.

Pagonel bekam von alledem nichts mit. Er hatte seine Hand sofort wieder eng an den Körper gerissen und sich mit einem Hechtsprung nach rechts geworfen, wo er in perfektem Gleichgewicht leichtfüßig und wild entschlossen wieder auf die Beine kam, unmittelbar vor dem nächsten Soldaten. Den Unterarm bereits im Aufrichten nach vorn gestreckt, lenkte er dessen erbärmlichen Versuch, nach ihm zu stechen, zur Seite ab, ehe er ihm seinen Arm ins Gesicht schlug und ihn nach hinten taumeln ließ.

Pagonel war schon wieder auf dem Rückzug, als der Mann noch immer wankte, den Kopf von dem Schlag im Nacken, wodurch sein Hals eine prächtige Angriffsfläche bot.

Die Pagonel mit einer linken Geraden seiner gestreckten Hand zu nutzen wusste; er hielt sich aber immer noch zurück, um den Mann nicht auf der Stelle umzubringen.

Der Soldat torkelte keuchend nach hinten, und Pagonel wirbelte sofort herum, um die Attacke des Dritten abzuwehren.

Eigentlich eher, um darunter wegzutauchen, denn der Mystiker ließ sich plötzlich wieder fallen, drehte sich noch in der Abwärtsbewegung und brachte den vorwärts stürmenden Soldaten mit einem Tritt ins Straucheln.

Pagonel war längst wieder auf den Beinen, als der Mann mit den Armen rudernd und sich um die eigene Achse drehend zu Boden ging. Noch im Fallen trafen die Fäuste des Mystikers in einer schnellen Links-Rechts-Links-Kombination seine Brust, dann sprang Pagonel mit einem Satz zur Seite.

Das Ganze, so schien es, hatte nicht länger als einen Lidschlag gedauert, weshalb der Soldat mit dem Seidentuch in der Hand nach wie vor nicht einmal ansatzweise darauf vorbereitet war, sich zu verteidigen. Mit wildem Armgefuchtel versuchte er sich den Mystiker vom Leib zu halten, dabei hatte Pagonel es eigentlich gar nicht auf ihn abgesehen, sondern wollte ihn nur als Sprungbrett benutzen, um oben auf den Wagen des Händlers zu gelangen. Ein mächtiger Satz, und der Mystiker schnellte in die Höhe, setzte einen Fuß auf die Schulter des wild um sich schlagenden Mannes und gelangte von dort mühelos auf das Wagendach, wo er sich sofort zur anderen Seite hinüberwarf.

Paroud hatte Moripicus' Schrei gehört, und obwohl es ihm natürlich Leid tat, dass sein Freund Pagonel verraten hatte, war er mehr als froh über seine eigene Rettung. Denn die Soldaten, die sich augenblicklich an seine Fersen geheftet hatten, hielten schlagartig inne und wandten sich in die entgegengesetzte Richtung.

Völlig verängstigt mischte er sich unter eine Gruppe von Kaufleuten und Händlern, wühlte sich durch das Gedränge, kam auf der Rückseite der Wagen wieder zum Vorschein und hastete von dort aus hinunter zum etwas tiefer gelegenen Gelände am Ufer des Weihers. Dort angekommen, lief er am Wasser entlang und machte sich den Tumult zunutze, um die Oase vollends zu verlassen. So schnell ihn seine Füße trugen, rannte er auf der nach Osten führenden Straße denselben Weg zurück, den er gekommen war, die Sicherheit der Stadt Jacintha vor Augen.

Am anderen Ende der Oase hatte noch jemand das Durcheinander genutzt, um sich aus dem Staub zu machen; aber anders als sein Gefährte flüchtete Pechter Dan Turk Richtung Westen.

Moripicus verharrte einen Augenblick unschlüssig auf der Stelle und beobachtete Pagonels furiosen Fluchtversuch, dann flüsterte er ein leises »Verzeiht mir, Mystiker« und machte kehrt, um Pechter Dan Turk hinterherzurennen.

Aber er hatte sich kaum nach rechts herumgedreht, als er auch schon gegen die Brust eines Soldaten prallte, der seine leise Bitte um Verzeihung offenbar mitbekommen hatte und ihm den Weg versperrte.

Pagonel landete weich auf dem Boden und ließ sich seitwärts in den Sand fallen. Sofort änderte er seine Richtung, rollte sich unter den Wagen und kam genau in der Mitte auf dem Bauch zu liegen. Dort drückte er sich mit den Händen hoch, bis er mit dem Rücken gegen die Unterseite des Wagens stieß, dann stemmte er Hände und Füße nach außen und presste seinen Körper unter den Wagenboden.

Soldaten eilten an dem Wagen vorbei und schwärmten nach allen Richtungen aus, um ihn einzufangen. Zwei von ihnen waren sogar gewitzt genug, sich fallen zu lassen und einen Blick unter den Wagen zu riskieren, aber keiner kroch weit genug darunter und schaute nach oben, um den Mystiker in seiner gespreizten Körperhaltung in seinem Versteck zu entdecken.

Obwohl die Flut ausschwärmender Soldaten nach und nach verebbte, wusste Pagonel, dass er noch eine ganze Weile in dieser Stellung würde ausharren müssen.

Schließlich vernahm er ein tumultartiges Durcheinander unweit der Stelle, wo er mit den drei Männern aneinander geraten war, und hörte eine vertraute Stimme um Erbarmen flehen.

»Aber ich habe Euch doch gewarnt!«, bettelte Moripicus. »Ich hab Euch doch gesagt, er ist ein Jhesta Tu, oder?«

»Und woher wusstest du das?«, wollte ein wütender Soldat wissen.

Pagonel atmete tief durch. Der Tonfall des Soldaten ließ keinen Zweifel daran, dass die Geschichte für Moripicus kein gutes Ende nehmen würde. Der Mystiker ließ sich in den Sand fallen, landete auf Händen und Knien und spähte in die Richtung, aus der die Stimmen kamen.

Gerade noch rechtzeitig, um zu sehen, wie Moripicus mit Gewalt auf die Knie gedrückt wurde, während ein Soldat ihm den Kopf an den Haaren nach vorne zog und zwei andere ihm die Arme auf den Rücken bogen.

Pagonel wollte ihnen schon etwas zurufen und sich unter dem Wagen hervorwälzen, aber es war bereits zu spät; er konnte gerade noch die Augen abwenden, als ein weiterer Soldat sein mächtiges Krummschwert herabsausen ließ und den Mann enthauptete.

Bezeichnenderweise beschwor der Henker bei der Vollstreckung der Todesstrafe den Namen von »Chezru Tohen Bardoh«.

Pagonel suchte die Stelle kurz mit den Augen ab und versuchte, die beiden anderen Gesandten aus Jacintha ausfindig zu machen, doch sie waren nirgends zu entdecken. Erfüllt von schmerzlicher Trauer, presste sich der Mystiker wieder unter den Wagenboden und wartete den Schutz der Dunkelheit ab.

Pechter Dan Turk kauerte sich hinter eine Sanddüne; die frostige Nachtluft ließ ihn zittern, außerdem hatte er fürchterliche Angst, aus der mittlerweile weit hinter ihm liegenden Oase verfolgt zu werden. Dass Moripicus tot war, wusste er, obwohl er die Oase bei dessen Hinrichtung längst verlassen hatte und Richtung Westen rannte, und er wusste auch, dass ihm das gleiche Schicksal drohte, wenn ihn die Soldaten aufgriffen.

Was also tun?

Sein erster Gedanke war, nach Jacintha zurückzukehren, um Yatol Wadon von diesem tragischen Zwischenfall zu berichten, nur behagte ihm die Vorstellung nicht, an den Soldaten vorbeischleichen zu müssen.

Was also dann? Sollte er versuchen, sich bis nach Dharyan-

Dharielle durchzuschlagen? Die Aussicht, sich mit den ihm so fremden To-gai-ru abgeben zu müssen, erfüllte ihn schon seit geraumer Zeit mit Unbehagen, mittlerweile aber versetzte ihn die Vorstellung, ganz allein dorthin zu gehen, geradezu in Panik. Trotzdem, in diesem Augenblick, zusammengekauert im kalten Wüstensand, umgeben von den Geräuschen der Nacht, die Lagerfeuer der Streitmacht hell am ansonsten tiefschwarzen Osthimmel, wäre Pechter Dan Turk mehr als erleichtert gewesen, hätte er die Tore der Stadt des Drachen von To-gai vor sich gesehen.

Ein Geräusch seitlich von ihm ließ ihn zusammenfahren; sofort zuckten seine weit aufgerissenen Augen in die entsprechende Richtung. Zitternd und zusammengekauert versuchte er, sich noch tiefer in den Sand zu drücken.

Einen winzigen Moment lang erwiderte ein mattes Augenpaar seinen Blick, dann eilte das Tier, ein kleiner, hundeähnlicher Wüstenwolf, mit schnellen Trippelschritten davon, nicht ohne rasch noch einmal in seine Richtung zu schauen. Ein einzelner Wüstenwolf schien keine wirkliche Bedrohung, doch Pechter Dan Turk kannte die offene Wüste gut genug, um zu wissen, dass dort, wo es einen Wüstenwolf gab, gewöhnlich zehn weitere in der Nähe lauerten.

Ihm war klar, dass er diesen Ort verlassen und einen Platz finden musste, der einfach zu verteidigen war und wo er nicht von einem ganzen Rudel Wüstenwölfe gleichzeitig angefallen werden konnte. Er wollte unbedingt weg von hier, nahm seine ganze Willenskraft zusammen, um Arme und Beine aus ihrer kauernden Haltung zu lösen, aber es wollte ihm einfach nicht gelingen.

In diesem Moment legte sich eine Hand auf seine Schulter.

Pechter Dan Turk erstarrte, während ein stummer Schrei durch seinen krampfhaft angespannten Körper hallte. Sein Bein fühlte sich warm an, weil er sich gegen seinen Willen erleichtert hatte.

»Einer Eurer Gefährten ist tot«, raunte ihm Pagonel zu.

»Die Soldaten haben Moripicus im Namen von Chezru Bardoh hingerichtet.«

Pechter Dan Turk war so erleichtert, die vertraute Stimme des Mystikers zu hören, dass er die Bedeutung seiner Worte kaum verstand. Er schaffte es, den Kopf so weit herumzudrehen, dass er ihn im matten Licht der Sterne betrachten konnte. Übers ganze Gesicht strahlend und blöde nickend gelang es ihm schließlich, weiterzuatmen, wenn auch nur in kurzen, abgehackten Stößen.

Pagonel fasste ihn unterm Arm und half ihm auf die Beine. »Wir werden die ganze Nacht durchmarschieren müssen«, erklärte der Mystiker. »Wo ist Paroud?«

»Er ist nach Osten zurückgelaufen«, antwortete Pechter Dan Turk, noch immer wacklig auf den Beinen. »Gleich beim ersten Anzeichen von Ärger war er wie vom Erdboden verschwunden.«

»Das ist gut«, sagte der Mystiker. »Wollen wir hoffen, dass er sich in Sicherheit bringen konnte. Yatol Bardoh ist im Begriff, seine Truppen zu sammeln, und entzieht dabei Jacintha ein nicht unbeträchtliches Maß an Schlagkraft.«

Pechter Dan Turk sah ihn an, als hätte er nicht verstanden.

»Euer Gefährte wurde im Namen von *Chezru* Bardoh hingerichtet«, wiederholte Pagonel mit besonderer Betonung des unrechtmäßig erworbenen Titels.

Pechter Dan Turk schüttelte sich so heftig, dass es aussah, als würde er jeden Moment explodieren. »Das ist sehr schlimm«, sagte er. »Mehr als schlimm. Yatol Bardoh ist alles andere als ein gütiger Mensch.«

»Ich kenne ihn selbst nur zu gut«, erwiderte Pagonel. »Zum Glück kennt ihn auch Brynn Dharielle sehr gut; Jacintha kann also noch immer darauf hoffen, sich mit den To-gai-ru zu verbünden.«

Pechter Dan Turk nickte nervös, dann übernahm Pagonel die Führung, und sie marschierten zügig über den nachtdunklen Wüstensand.

9. Der zweite Preis

»Zwanzigtausend?«, wandte sich Marlboro Viscenti an Bischof Braumin. Die beiden Männer standen auf der südlichen Stadtmauer von Palmaris und blickten hinaus über das Farmland und die zahllosen Feuer, die an diesem Abend plötzlich aufgelodert waren, die Lagerfeuer der Armee König Aydrians.

»Schon möglich«, erwiderte Braumin, als sei dies im Grunde nicht weiter von Belang. Zahlen schienen tatsächlich kaum eine Rolle zu spielen, denn der Bischof hatte Jilseponies Rat beherzigt und plante, den Gegner ins Leere laufen zu lassen. Der größte Teil der Garnisonstruppen war mittlerweile zusammen mit einem Großteil der einhundert Ordensbrüder von St. Precious aus Palmaris abgezogen und hatte die Stadt auf Schleichwegen Richtung Norden verlassen, in der Hoffnung, sich Prinz Midalis anzuschließen, während dieser auf seinem unvermeidlichen Marsch von Vanguard aus vorrückte.

Die Entscheidung, Palmaris mehr oder weniger kampflos aufzugeben, war Braumin sehr schwer gefallen.

Er drehte sich um und richtete seinen Blick auf die Stadt. Er hatte die in Palmaris zurückgebliebenen Einwohner vor die Wahl gestellt, sich entweder dem Widerstand gegen den Triumphmarsch des Königs anzuschließen oder sich einfach, ohne irgendwelche Nachteile befürchten zu müssen, in ihren Häusern zu verbarrikadieren. Er war überrascht, wie viele sich für den Widerstand entschieden hatten.

Überrascht, aber auch ein wenig betrübt, denn er wusste, dass die Armeen Ursals sie überrennen würden.

Angespornt vom Kampfesmut und der Entschlossenheit der fünftausend Behreneser, von denen die meisten erst kürzlich, in den Jahren unmittelbar nach der Rotfleckenpest, in die Stadt gekommen waren, hatten die in Palmaris zurückgebliebenen Einwohner beschlossen, die Tore zu verriegeln und diesem Thronräuber mit Namen Aydrian jegliche Gastfreundschaft zu verweigern. Das Ausmaß ihrer Entschlossenheit, sich auf die Seite des Hauses Ursal und der abellikanischen Kirche Bischof Braumins zu schlagen, ließ diesen mittlerweile an seinem Entschluss zweifeln, nahezu eintausend Soldaten fortgeschickt zu haben.

Oder vielleicht hätte er sogar sämtliche Truppen fortschicken sollen und mit ihnen alle Bürger, die sich ihnen anschließen wollten – so dass der Thronräuber und der niederträchtige De'Unnero bei ihrem Einmarsch eine verlassene Stadt vorgefunden hätten!

Die Undurchführbarkeit all dieser Überlegungen entlockte dem Bischof ein düsteres Lachen. Nicht mehr lange, und der Herbst würde mit aller Macht einsetzen, und auch in den Gebieten nördlich von Palmaris, durch die der einzige Fluchtweg vor Aydrians Truppen führte, wurde es früh Winter. Hätte Braumin die Einwohner von Palmaris ins selbst gewählte Exil geführt, wäre dies für viele von ihnen das sichere Todesurteil gewesen, entweder weil sie verhungert oder weil sie auf der überaus beschwerlichen Straße den Unbilden der Witterung ausgesetzt wären. Und von denen, die sich tatsächlich bis zu Prinz Midalis hätten durchschlagen können, wären nur wenige imstande gewesen, ihn zu unterstützen; ihre Abhängigkeit von ihm hätte den Prinzen nur mit ins Verderben gerissen.

Daher also diese Doppelstrategie aus Rückzug und Verteidigung.

Für Braumin selbst hingegen kam ein Rückzug nicht in Frage. Er war fest entschlossen, gegen Aydrian – oder präziser, gegen De'Unnero – zu kämpfen, wenn es sein musste bis zum bitteren Ende. Kurz vor Sonnenuntergang war die Nachricht eingetroffen, die Flotte aus Ursal segle den Masur Delaval hinauf und werde den Fluss vermutlich noch vor dem Morgen abriegeln.

»Ihr werdet die Stadt noch einmal verlassen müssen«, wandte sich Braumin an Viscenti.

Der hagere Mann fuhr zu ihm herum. »Ich werde fest an Eurer Seite stehen!«, beharrte er.

»Aber nur als Zeuge«, korrigierte ihn Braumin. »Und zwar von der anderen Seite des Flusses aus. Ihr werdet bei unseren Ordensbrüdern in St. Mere-Abelle Zeugnis über das Schicksal von Palmaris und St. Precious ablegen.«

Viscenti schien noch heftiger zu zittern als gewöhnlich. »Das gehört zu Euren Pflichten als Bischof. Ihr – und nicht ein einfacher Meister wie ich – solltet nach St. Mere-Abelle gehen und den ehrwürdigen Vater Fio Bou-raiy drängen, mit allen zur Verfügung stehenden Mitteln gegen De'Unnero vorzugehen.«

»Es dürfte kaum Mühe kosten, Bou-raiy in diesem Sinne zu beeinflussen«, versicherte Braumin seinem Freund. »Meine Pflicht liegt hier, bei den Einwohnern von Palmaris.«

»Palmaris wird sich nicht lange gegen König Aydrian behaupten können.«

»Aber ich werde mir bis zum bitteren Ende treu bleiben«, erklärte Braumin. »Ich werde nicht nur für die Bevölkerung von Palmaris, sondern auch für meine Ordensbrüder ein Symbol der Hoffnung und des Widerstandes sein, wenn sie sich für den langen Kampf gegen De'Unnero wappnen. Meister Jojonah hat uns allen einst den Weg gewiesen, und ich werde dieses Signal aufgreifen und meinen Teil dazu beitragen, unser Volk durch diese lange finstere Zeit zu führen, die uns Aydrian beschert.«

Bei jedem Wort dieser düsteren und prophetischen Rede vermochte Viscenti nur den Kopf zu schütteln. Jojonah, von Markwart auf dem Scheiterhaufen verbrannt, galt als Märtyrer, dessen Ansehen für viele jüngere Ordensbrüder der abellikanischen Kirche wahrhaft vorbildhaften Charakter besessen hatte.

Was jedoch nichts an der Tatsache zu ändern vermochte, dass Jojonah nicht mehr lebte.

»Geht Ihr, ich werde hier bleiben«, beharrte Viscenti.

Als Braumin ihn daraufhin von Kopf bis Fuß musterte, war ihm jedes seiner fünfzig Lebensjahre deutlich anzusehen. »Ich bin nicht nur Abt von St. Precious«, erwiderte er ruhig und mit leiser Stimme. »Ich bin auch Bischof von Palmaris. Als dieser habe ich dem ehrwürdigen Vater Bou-raiy sowie König Danube und Königin Jilseponie die Treue geschworen. Vor allem aber den einfachen Bewohnern dieser Stadt, ob sie nun Abellikaner sind oder Chezru. Ich werde bleiben, Meister Viscenti, und erteile Euch hiermit den Befehl, noch heute Abend den Fluss zu überqueren, bevor die Flotte diesen Weg versperren kann. Ihr werdet Zeugnis ablegen vom Fall der Stadt Palmaris, vom Fall der Abtei St. Precious und meiner Wenigkeit. Ihr werdet nach St. Mere-Abelle gehen und dort Bericht erstatten, und vor allem werdet Ihr dafür sorgen, dass der Widerstand gegen Marcalo De'Unnero nicht erlahmt. Es gibt nur wenige, die ich mit dieser überaus wichtigen Mission zu betrauen wage, mein lieber Freund und Mitstreiter. Allein das Wissen, dass Ihr niemals aufgeben werdet, gibt mir die Kraft zu tun, was ich tun muss.«

Viscenti wollte widersprechen, doch Braumin legte ihm die Hände auf die Schultern, zog ihn an sich und schloss ihn fest in seine Arme.

»Geht jetzt«, bat er den klein gewachsenen Meister.

Meister Marlboro Viscenti hatte Tränen in den Augen, als er St. Precious kurz darauf heimlich durch den Hinterausgang verließ und mit seinen Begleitern zum Hauptdock von Palmaris hinuntereilte, wo ihn eine Gruppe behrenesischer Fischer erwartete, die ihn über den breiten Fluss setzen würden.

Als über dem Horizont im Osten der Morgen graute, offenbarte sich die vor den Toren der Stadt aufmarschierte Streitmacht den Bewohnern von Palmaris in ihrer ganzen funkelnden Pracht. Die Reihen der Soldaten erstreckten sich über die gesamte Länge der südlichen Stadtmauer und noch darüber hinaus. Ihre Banner flatterten in der morgendlichen Brise und markierten die verschiedenen Verbände oder stellten, wie im Fall der Allhearts, stolz ihre edlen Familienwappen zur Schau; ein Banner jedoch überstrahlte alle anderen: Bär und Tiger, die, aufgerichtet auf den Hinterbeinen, einander über ein Dreieck aus Immergrün hinweg anschauten. Wie bezeichnend erschien Bischof Braumin dieses Banner, diese Perversion, diese Verhöhnung der Wappen Danubes und des Abellikaner-Ordens! Danube war einst unter dem Zeichen des stolz aufgerichteten Bären geritten, und das Immergrün der Abellikaner wehte über den Wachtürmen von St. Mere-Abelle. Aydrian hatte beides in sein Wappen übernommen und noch den Tiger hinzugefügt – den Tiger, der, das wusste Braumin, für De'Unnero stand.

Die Ritter der Allhearts – in ihren glänzenden, prachtvollen Rüstungen, den besten der Welt, auf ihren kräftigen und durch nichts aus der Ruhe zu bringenden To-gai-Ponys – bildeten das Kernstück dieser Front aus Kingsmen, der königlichen Garde. Und in deren Mitte wiederum bot sich der prachtvollste Anblick überhaupt: der junge König Aydrian in seiner funkelnden, goldgefassten Rüstung, auf dem legendären Symphony, dem Pferd Elbryans, des Nachtvogels. Der mit einer Plattenrüstung und einer schwarzen, rot gesäumten Satteldecke versehene Hengst wirkte an diesem Tag nervös und stampfte wiederholt auf den Boden.

Ein Trompetensignal verkündete stolz die Ankunft des jungen Königs des Bärenreiches.

Für Braumin Herde, der auf der Brüstung nahe dem Südtor der Stadt stand, verhießen diese Trompeten nichts als Tod und Verderben.

Dann lösten sich drei Reiter aus der geschlossenen Schlachtformation und lenkten ihre kraftvollen Ponys im Trab auf Braumin und das Südtor zu. Kaum hatten sie vor dem Tor Halt gemacht, nahm der Reiter in der Mitte seinen federgeschmückten Helm ab und schüttelte sein schwarzes, lockiges Haar.

»Mein Name ist Targon Bree Kalas, Herzog von Westerhonce, ehedem Baron von Palmaris«, verkündete er.

»Ihr seid mir und auch den Bewohnern von Palmaris wohl bekannt«, kam Braumins Antwort, und erst in diesem Augenblick schien Kalas von dem Bischof Notiz zu nehmen. »Unter König Danube, als Kirche und Staat zum Wohl des Volkes des Bärenreiches vereinigt waren, waren wir Verbündete.«

»Bischof Herde! Ich überbringe Euch Grüße und wichtige Neuigkeiten!«, rief Kalas in einem Anflug plötzlichen Überschwangs.

»Dass König Danube tot ist«, erwiderte Braumin.

»Friede seiner Seele, und lang lebe der König!«, rief Herzog Kalas und deutete mit einer großen Geste seitlich hinter sich auf Aydrian.

»Warum marschiert Ihr mit einer solch gewaltigen Armee bis vor die Tore meiner Stadt, Herzog Kalas?«, fragte Braumin Herde, dessen Ton auf einmal etwas Forderndes hatte.

»Wir kommen als Begleitschutz des neuen und rechtmäßigen Königs, so Danubes eigene Worte, gesprochen am Tag seiner Eheschließung mit Jilseponie«, erklärte der Herzog. »Ihr seht vor Euch Aydrian, den Sohn Elbryans und Jilseponies! Den König des Bärenreiches!«

Braumin Herde ließ den Blick an der Reihe der zur Verteidigung der Stadt Palmaris angetretenen Soldaten entlangwandern und sah ihre verwirrten Gesichter. Sie waren mit dieser Situation ein wenig überfordert, das spürte der Bischof in diesem Augenblick sehr deutlich. Kalas' Worte entsprachen der Wahrheit, und doch forderte Braumin die Bevölkerung von Palmaris auf, den Nachkommen und Erben ihrer beiden größten Helden zurückzuweisen. Und das, nachdem er von diesen Leuten, diesen überaus tapferen Menschen, bereits verlangt hatte, sich ohne die Unterstützung ihrer eigenen Garnison gegen eine bestens ausgerüstete Armee zur Wehr zu setzen.

Dennoch waren sie alle angetreten, die Reihen fest geschlossen, und bemannten jeden Punkt der Mauer.

»Verratet mir eins, Herzog Kalas«, begann Braumin langsam und mit wohlüberlegter Ruhe. »Wie äußert sich Prinz Midalis über die Thronbesteigung des neuen Königs? Der aus dem Verborgenen kam und dessen Namen, würde ich vermuten, nur wenige nördlich von Ursal jemals gehört haben? Er ist ein Nachkomme Jilseponies und Elbryans, und doch wusste Jilseponie vor König Danubes Tod nichts von seiner Existenz.«

»Nun, in diesem Fall sollten wir froh sein, dass Gott uns mit dem Geschenk Aydrians gesegnet hat«, entgegnete Herzog Kalas. »Damit er uns durch diese finsteren Zeiten führt.«

»Und auf wessen weisen Rat darf dieser junge König zählen?«, fragte der Bischof. »Auf Euren gewiss, und das zu Recht. Aber verratet mir doch bitte, auf wessen noch? Wer ist das, der dort unmittelbar hinter dem jungen König auf seinem Ross sitzt?«

Selbst aus der Entfernung konnte Braumin Herde die plötzliche Anspannung in Herzog Kalas' Zügen erkennen.

»Könnte das vielleicht Marcalo De'Unnero sein, Herzog Kalas?«, hakte Braumin Herde augenblicklich nach und brachte damit jenen kritischen Punkt zur Sprache, der die Bevölkerung von Palmaris am meisten interessierte. Und tatsächlich, sofort hörte er, wie man sich den verfluchten Namen De'Unneros entlang der gesamten Mauer zuraunte. »Derselbe De'Unnero, der einst in Palmaris regierte? Derselbe Tyrann, der die Bevölkerung von Palmaris im Namen von Markwart mit Terror überzog?«

Die Fragen riefen Gemurmel und vereinzelt auch Empörung entlang der gesamten Stadtmauer hervor.

»König Aydrians Thronbesteigung erfolgte auf Betreiben König Danubes, der in seiner Weisheit –«, begann Herzog Kalas.

»Der sich, in Unkenntnis der Tatsache, dass Jilseponie bereits ein Kind geboren hatte, auf einen eigenen, mit seiner neuen Königin gezeugten Nachkommen bezog, so es jemals dazu kommen sollte!«, fiel Bischof Braumin ihm ins Wort. Jetzt war es heraus; er hatte Aydrians Anspruch auf den Thron öffentlich geleugnet und sich damit eindeutig gegen den Triumphmarsch des Möchtegern-Königs ausgesprochen. »Wir, die Bewohner von Palmaris, werden die Herrschaft König Aydrians nur anerkennen, wenn Prinz Midalis von Vanguard seinen Segen dazu gibt. Wir möchten Euch nun bitten, von uns unbehelligt nach Ursal zurückzukehren, bis Prinz Midalis, der Bruder König Danubes und bereits vor langer Zeit als dessen Erbe benannt, von Pireth Vanguard in den Süden reisen kann, um entweder selbst Anspruch auf den Thron zu erheben oder Aydrians Inthronisierung anzuerkennen. Dann – und nur dann – werden wir, die Bürger von Palmaris, der Krone Treue schwören.«

»Wir sind nicht hierher gekommen, um Verbündete zu gewinnen, Bischof Braumin Herde!«, tönte nun Herzog Kalas. »Ihr –« Mit einer ausholenden, theatralischen Armbewegung erfasste er die gesamte Zuhörerschaft. »Ihr alle habt der Krone des Bärenreiches die Treue geschworen. Wir sind in einer Zeit großer Feiern nach Norden geritten, um zu verkünden, dass die Krone im Einklang mit König Danubes persönlichen Wünschen und Worten auf König Aydrian Boudabras übergegangen ist. Öffnet nun Eure Tore, Bischof Braumin, und stellt Eure ketzerischen Äußerungen ein. Euer König ist gekommen, Euch seine Aufwartung zu machen!«

»Reitet wieder nach Hause, Herzog Kalas«, erwiderte Braumin Herde ohne das geringste Zögern. »Wir haben Eure Worte und Aydrians Thronforderung vernommen und lassen uns davon nicht beeindrucken. Insbesondere nicht in Anbetracht der Übernahme der abellikanischen Kirche, die in diesem Augenblick ihren Anfang nimmt.«

»Öffnet endlich Eure Tore und begrüßt Euren neuen König mit dem ihm gebührenden Respekt!«, warnte Herzog Kalas.

»Wenn Prinz Midalis zu uns kommt, wird man ihn hier entsprechend empfangen«, entgegnete Braumin.

Herzog Kalas musterte ihn mit einem langen, durchdringenden Blick, ehe er die Augen, verengt zu bedrohlich schmalen Schlitzen, forschend an der Stadtmauer entlangwandern ließ. »So also lautet die Entscheidung der Stadt Palmaris?«, fragte er und erhielt seine Antwort prompt in Gestalt eines gewaltigen Hohngeschreis, das ihn aufforderte, sich zu entfernen.

»Ganz wie Ihr wollt!«, wandte sich Herzog Kalas an Bischof Braumin. »Tragt Euren Totengräbern auf, sie sollen sich mit zusätzlichem Gerät eindecken.« Er setzte seinen prächtigen, federgeschmückten Helm wieder auf, riss sein Pferd abrupt herum und galoppierte, die beiden anderen Allhearts hinter sich, zurück in die Reihen Ursals.

»Das habt Ihr gut gemacht«, sagte der neben dem Bischof von Palmaris stehende Mann, und klopfte Braumin anerkennend auf die Schulter.

Dieser bedankte sich mit einem Nicken, obwohl er sich fragte, ob der Mann wohl auch dann noch so empfinden würde, wenn die Mauern von Palmaris in Schutt und Trümmern lagen.

»Hinter diesem Verrat steckt Jilseponie«, ereiferte sich Herzog Kalas, nachdem er auf seinen Platz an König Aydrians Seite zurückgekehrt war. »Ihr habt die Einflussmöglichkeiten dieser Hexe unterschätzt, und jetzt stehen wir vor verschlossenen Toren!«

»Vielleicht ist es eher ein Grund, ihr dankbar zu sein«, bemerkte Marcalo De'Unnero, worauf ihn der Herzog und alle Übrigen erstaunt ansahen.

»Wenn sich das gesamte Königreich bereitwillig auf König Aydrians Seite schlägt, bevor Prinz Midalis von Vanguard aus nach Süden marschieren kann, ist der Krieg vielleicht vorüber, ehe er überhaupt angefangen hat«, überlegte der Herzog. »Es wäre für uns alle besser, wenn –«

»Fürchtet Ihr einen Kampf so sehr?«, fiel ihm De'Unnero

ins Wort. »Vielleicht erweist sich Palmaris ja als unschätzbare Lektion für den Rest des Königreiches. Vielleicht ist es an der Zeit, dass wir den Menschen dieses Landes vor Augen führen, welch hohen Preis sie zahlen müssen, wenn sie sich gegen König Aydrian Boudabras stellen.«

Damit erntete er bei den Männern, die sich in Hörweite befanden, manch zustimmendes Kopfnicken, so dass Kalas von seiner Argumentation abließ und sich, auf Befehle wartend, Aydrian zuwandte.

Aydrian schien ihn mit seinen blauen Augen zu durchbohren, so als wollte er ihn an seine Begegnung mit dem Tod erinnern, an seine Reise in das Reich der Finsternis, aus dem Aydrian ihn wieder ins Leben zurückgeholt hatte. Diese Augen waren es, die Kalas zutiefst davon überzeugt hatten, dass Aydrian, und nicht etwa die erbärmliche abellikanische Kirche, im Besitz des Geheimnisses des Lebens nach dem Tode war.

»Lasst die Truppen gegen die Stadtmauer vorrücken, Herzog Kalas«, befahl Aydrian. »Öffnen sie die Tore nicht, werden wir sie aufbrechen.«

Der Herzog nickte gehorsam, dann gab er seinem Pony die Sporen, rief seine Kommandeure zusammen und traf Vorbereitungen für die erste Angriffswelle.

Die ganze Zeit über hatte sich die etwas abseits stehende Sadye still verhalten, nicht jedoch, ohne das Geschehen aufmerksam zu verfolgen, um sich ein genaues Bild von Aydrian zu machen. Sie hatte die Stärken des jungen Königs sofort erkannt und sah, welche Visionen er verfolgte. Er war allen in seiner Umgebung, auch De'Unnero, derart überlegen und sich seines Weges, der ihn zu noch größerem Ruhm führen würde, so gewiss, dass er nichts und niemanden fürchtete. Er war der wahre König des Bärenreiches und über dessen Grenzen hinaus, weshalb alle Welt das Haupt vor ihm neigen sollte.

Sadye atmete tief durch; sie konnte kaum glauben, welche Gedanken ihr soeben durch den Kopf geschossen waren. Aufmerksam betrachtete sie Aydrian, seine stechenden blauen Augen, die unter dem goldenen Rand seines Helms hervorspähten, sein blondes Haar, das darunter zum Vorschein kam. Sie betrachtete seine Rüstung, die prächtigste, die man sich nur vorstellen konnte, und wusste, dass der Mann, der sich unter diesen Metallschichten verbarg, sogar noch prachtvoller war.

Als sie sich endlich von ihren Schwärmereien losriss, fiel ihr an dem jungen, starken Aydrian noch ein anderer Zug auf, ein Ausdruck in seinen Augen, der kaum zu übersehen war. Ein leichter Anflug von Bedauern womöglich?

In diesem Moment setzte das Schmettern der Trompeten ein, und Tausende Infanteristen der Kingsmen begannen ihren Vormarsch auf die Stadt.

Sadye nahm ihre Laute zur Hand und begann zu spielen – ein Schlachtenlied.

Bischof Braumin beobachtete die anrückenden Truppen in bedrückter Stimmung. Jetzt gab es kein Zurück mehr, keine Reden, die man noch hätte halten können. Er hatte den Bewohnern von Palmaris die Wahrheit offen ins Gesicht gesagt, und die Menschen hatten sich entschlossen, dem jungen König Paroli zu bieten. Jetzt war der Augenblick gekommen, ihrem Entschluss Taten folgen zu lassen.

Die Soldaten rückten weiter vor; hinter der vordersten Linie hatten die Ritter der Allhearts, nahezu einhundert Mann stark, ihre kräftigen Ponys im Zentrum einer größeren Kavallerieformation zusammengezogen.

Auf der Mauer von Palmaris wurden ein paar vereinzelte Pfeile abgeschossen, ohne jedoch ihr Ziel, die noch viel zu weit entfernte Streitmacht, zu erreichen. Bischof Braumin wollte dem wirkungslosen Beschuss bereits Einhalt gebieten, überlegte es sich dann aber anders. Er wusste, die Männer waren nervös.

Von den Turmkatapulten segelten einige brennende Pechkugeln in hohem Bogen aus der Stadt; trotz ihrer größeren Wirkung gelang es auch ihnen nicht, jene abschreckende Wirkung zu erzeugen, die nötig gewesen wäre, um eine Streitmacht dieser Größe aufzuhalten.

Braumin wandte sich nach rechts und links, suchte die Stadtmauer mit den Augen ab. Man hatte die in der Stadt zurückgebliebenen Ordensbrüder von St. Precious mit speziellen Edelsteinen ausgerüstet und sie mit Spezialaufgaben bei der Unterstützung der Verteidiger betraut. Der größtmöglichen Durchschlagskraft wegen hatte Braumin sie an strategisch wichtigen Stellen platziert.

Um dort so viele Angreifer wie nur möglich zu töten.

Diese Erkenntnis wurde begleitet von Traurigkeit und Schuldgefühlen, so dass Braumin, dem Kriege und Konflikte alles andere als fremd waren, beträchtliche Mühe hatte, sich der aufkommenden Verzweiflung zu erwehren.

Anfänglich verlief der Vormarsch noch geordnet, doch dann betraten die Soldaten den Bereich, in dem sie sich plötzlich wirkungsvollem Abwehrfeuer ausgesetzt sahen. Ganze Serien von Pfeilsalven schwirrten von den Mauern in den Himmel und prasselten auf die Angreifer herab. Das erste Blut tränkte das Schlachtfeld vor der Stadt, und die ersten gequälten Schmerzensschreie zerrissen die Luft und schnitten Bischof Braumin ins Herz.

Dann ging der bedächtige Vormarsch plötzlich in einen Sturmangriff über; ihre martialischen Schlachtrufe auf den Lippen, griffen die Kingsmen nun mit voller Wucht an. Aber ungeachtet ihres prächtigen Äußeren, trotz ihres Ruhmes und ihrer militärischen Überlegenheit war die bis nach Palmaris vorgerückte Streitmacht nicht wirklich darauf vorbereitet, eine befestigte Stadt zu erstürmen. Sie führten keine Leitern mit sich, keine mit Enterhaken versehenen Stricke, weder Rammböcke noch Palisadentürme, um die Mauern zu erklimmen. Sie stürmten einfach johlend und brüllend heran und hatten es lediglich ihren schützenden Rüstungen zu verdanken, dass sich ihre Reihen beim Erreichen der Mauern nicht bereits stark gelichtet hatten.

Aber was nun?

Zahlreiche Speere wurden über die Mauern geschleudert, Pfeilsalven trafen die Verteidiger der Stadt, die in großer Zahl ums Leben kamen.

Aber dank der Unterstützung der Magie einsetzenden Mönche zeigte der Gegenbeschuss noch erheblich größere Wirkung. Bogenschützen beugten sich über die Mauerbrüstung und schossen hinunter in die wogende Menge.

Kingsmen drängten sich vor den massiven und verstärkten Stadttoren und versuchten sie einzudrücken, doch ohne Erfolg.

In diesem Moment erfolgte der Sturmangriff der Allhearts, und donnerndes Hufgetrappel ließ den Boden erzittern.

Braumins edelsteinbewehrte Mönche antworteten mit einem Sperrfeuer aus Blitzen und Flammen, das sie vor allem auf den Bereich unmittelbar vor den Toren richteten, wo zahlreiche Soldaten getötet wurden.

Einer der Mönche stürzte sich, den Namen Avelyns auf den Lippen, von der Stadtmauer, setzte, als er mitten im Gedränge landete, die Kräfte seines Edelsteins, eines Rubins, frei und zündete inmitten der Angreifer einen Feuerball, mit dem er diese und sich selbst vernichtete.

Als daraufhin lichterloh brennende Soldaten unter grauenvollem Kreischen versuchten, diesem Inferno zu entkommen, wandte Bischof Braumin den Blick ab und hatte größte Mühe, seine Tränen zu unterdrücken.

Aydrian verfolgte das Geschehen auf der anderen Seite des Schlachtfelds mit wachsender Besorgnis. Er sah sich einem Ansturm seines Gewissens ausgesetzt, das ihn aufforderte, diese Schlacht, den Triumphmarsch, ja überhaupt den Krieg, augenblicklich zu beenden, und ihn drängte, einen friedlichen Weg zu finden.

Sie sind nichts weiter als Schlachtvieh!, schrie völlig unvermittelt eine Stimme in seinem Kopf, dieselbe Stimme, die ihn quer über den Mirianischen Ozean bis nach Pimaninicuit getrieben hatte, um dort die Edelsteine zu beschaffen, dieselbe Stimme, die ihm den Weg nach Ursal gewiesen hatte. Es war die Stimme aus dem Spiegel, die Stimme des Orakels, jene Stimme, die ihm Dasslerонds Lüge und die Verheißung der in ihm schlummernden Kraft gezeigt hatte. *Sie widersetzen sich dir, weil sie Angst vor dir haben*, flüsterte sie ihm ein. *Sie leugnen die Wahrheit deiner Existenz, weil sie die Lüge ihres lächerlichen Glaubens fürchten!*

Unwissentlich begann Aydrian, der Stimme zu widersprechen; plötzlich kam er sich vor wie ein zweiter Schatten im selben Spiegel, ganz ähnlich den beiden verschwommenen Gestalten, die unaufhörlich miteinander stritten und die er im Orakel immerzu beobachtet hatte. Während ihm die eine stets geraten hatte, auf Dasslerond zu hören und die Weisheit der Elfen anzunehmen wie ein Geschenk, hatte ihm die andere stets von diesem Weg abgeraten.

Die zweite Stimme, jene Stimme, die jetzt zu ihm sprach, hatte ihn veranlasst, Andur'Blough Inninness weit hinter sich zu lassen, und schien, von diesen quälenden Augenblicken einmal abgesehen, von Aydrians Herz und Seele Besitz ergriffen zu haben.

Aber in Anbetracht der Szenen, die sich jetzt vor ihm abspielten, angesichts des Ansturms grauenhafter und entsetzlicher Bilder, angesichts der Schmerzensschreie, konnte Aydrians zweite Stimme nicht anders, als sein Vorgehen und seine Ziele in Frage zu stellen.

Mehrere Sekunden lang ließ ihn der verwirrende Konflikt bewegungsunfähig erstarren, ohne dass sich die geringste Spur einer Klärung abzeichnete. Dann auf einmal mischte sich noch eine dritte, sehr irdische Stimme von überraschender Klarheit und Gewissheit in das Zwiegespräch.

»Ihr überstrahlt sie alle mit Eurem Glanz!«, sprach Sadye

ihn an, lenkte ihr Pferd unmittelbar neben Symphony und legte ihm die Hand auf den Arm. »Ihr seid der Weg zu Ruhm und Größe! Lasst Euch durch das Geschrei der Massen nicht von diesem Weg abbringen!«

Aydrian sah sie überrascht an.

»All diese Menschen, die Bürger von Palmaris und auch die Soldaten Eurer Armee, sind längst tot!«, rief die junge Frau. »Sie sind schon den größten Teil ihres Lebens tot – sie haben es bloß noch nicht bemerkt!«

Ihr Blick verweilte noch einen Moment auf Aydrians Augen, ehe sie mit einem Nicken auf die Stadtmauern und die noch immer tobende Schlacht wies.

Aydrian gab Symphony die Sporen und ergriff Sturmwind, sein mit Edelsteinen besetztes Schwert.

Ein bläulich weißes Leuchten hüllte Ross und Reiter ein, dann verschwanden sie plötzlich mitsamt ihrer Aura inmitten eines explodierenden Feuerballs. Der Feuerball löste sich fast augenblicklich wieder auf, nicht aber die Flammen selbst, so dass Aydrian und Symphony lichterloh brennend weiter auf die Stadt zugaloppierten.

Bischof Braumin konnte das Schauspiel des heranstürmenden Aydrian Boudabras ebenso wenig ignorieren wie alle anderen, Verteidiger und Angreifer gleichermaßen. Schon wollte er mit lauter Stimme Order geben, sämtliche Verteidigungsbemühungen auf Aydrian zu konzentrieren, wollte seinen Bogenschützen und Ordensbrüdern den Befehl erteilen, ihre Angriffe ausnahmslos auf dieses eine Ziel zu richten. Wenn Aydrian fiele, würde dies alles dann nicht schlagartig jeden Sinn verlieren?

Aber bevor Bischof Braumin zu diesem Befehl ansetzen konnte und während Aydrian bereits die ersten Pfeilsalven entgegensirrten, überkam ihn plötzlich ein eigenartiges Gefühl, ein Summen in seinem Schädel, das er nur als weißes Rauschen hätte beschreiben können.

Verwirrt griff er nach seinem Graphit, hielt ihn vor sich in die Höhe und versuchte, Verbindung zu dessen Kräften aufzunehmen, um Aydrian einen Lichtblitz entgegenzuschleudern.

Doch irgendwie wollte es ihm nicht recht gelingen, er kam nicht gegen das summende weiße Rauschen an, das ihm jede Konzentration auf den Stein zu verwehren schien.

Braumin öffnete die Augen und erblickte den längst nicht mehr in Flammen stehenden Aydrian unmittelbar im Rücken des tumultartigen Gedränges vor den Toren. Der junge Scharlatan auf dem Königsthron hatte das Schwert hoch über den Kopf erhoben und schien in tiefer Konzentration versunken.

Braumin verstand. Im Griff des Schwertes war ein Sonnenstein eingelassen, der Stein der Antimagie, den Aydrian jetzt benutzte, um dieses weiße Rauschen zu erzeugen, das jede Magie unmöglich machte. Es war nicht das erste Mal, dass Braumin Zeuge eines solchen Vorfalls wurde, was ihn jedoch zutiefst verblüffte, war die Erkenntnis, dass Aydrians Woge aus Antimagie gar nicht auf ihn gerichtet war, sondern die Stadtmauer von Palmaris in ihrer gesamten Breite erfasste. Der junge Mann versagte allen Verteidigern die Anwendung magischer Kräfte und beraubte sie damit des größten Vorteils, den er und seine Ordensbrüder gegen die gepanzerten Soldaten der Krone in die Waagschale zu werfen vermochten.

»Das kann nicht sein«, stammelte Braumin. Er blickte an der Frontlinie entlang und sah die Verwirrung in den Gesichtern seiner Ordensbrüder, während sie auf ihre Edelsteine starrten, als seien sie einem Trugbild erlegen.

Ohne die Unterstützung der Magie begann sich das Blatt schon bald gegen die Verteidiger zu wenden. Die Kingsmen hatten ihre Taktik, das Stadttor zu durchbrechen, mittlerweile aufgegeben und sich zu defensiven Karrees formiert, um ihre Bogenschützen mit ihren gepanzerten Körpern und großen Schilden zu sichern, während diese ihr Sperrfeuer gegen die Mauern noch verstärkten.

Die bessere Ausbildung der Soldaten und die bei weitem stärkeren Bögen sorgten schließlich für die Wende in der Schlacht.

Und noch immer hielt die Woge aus Antimagie stand. Ein zweiter Mönch, offensichtlich einem Missverständnis erlegen, stürzte sich, einen Rubin in der Hand, von der Mauer; offenbar verfolgte er die gleiche Absicht wie sein inzwischen verbrannter Ordensbruder. Er schlug hart auf den Boden, jedoch ohne dass sich in seiner Hand ein Feuerball entzündet hätte.

Er war noch immer mit dem Edelstein beschäftigt, versuchte noch immer, dessen Magie heraufzubeschwören, als die Soldaten über ihn herfielen und ihn niedermetzelten.

»Das ist nicht möglich«, murmelte Braumin und ließ seinen Blick von den Edelsteinen zu Aydrian hinüberwandern, Jilseponies Sohn. In diesem Augenblick der Verzweiflung klang ihm plötzlich Jilseponies Warnung vor dessen ungeheuren Kräften in den Ohren. Sie hatte ihn gewarnt, Aydrians Kräfte seien ihm und allen anderen bei weitem überlegen.

Als hätte er das wachsende Erstaunen bei Braumin bemerkt, schlug Aydrian die Augen auf, sah hoch zum Bischof und zeigte ihm sogar ein flüchtiges Lächeln.

Dann plötzlich setzte sich Aydrian in Bewegung, senkte sein Schwert und richtete es auf die Stadttore. Das weiße Rauschen in Braumins Kopf ließ nach, doch er hatte kaum Gelegenheit, dies zu bemerken, als bereits ein gewaltiger Lichtblitz aus dem glühenden Schaft des prächtigen, von Elfenhand gefertigten Schwertes schoss und mit einem explosionsartigen Auflodern gegen die Tore von Palmaris prallte.

Metall zerschmolz in der glühenden Hitze, Stützpfeiler wurden auseinander gesprengt, und Augenblicke später waren die mächtigen Stadttore schlicht nicht mehr vorhanden und hatten einem Haufen rauchender Trümmer Platz gemacht.

Braumin riss entsetzt die Augen auf.

Die Verteidigung brach in sich zusammen, als die einfachen Bürger und Ordensbrüder Deckung suchend die Flucht ergriffen.

Und um jeden Gegenschlag schon im Ansatz zu unterbinden, kehrte auch das weiße Rauschen wieder zurück.

Bischof Braumin befand sich wieder in der Abtei St. Precious und ließ den Blick über den zentralen Platz der Stadt schweifen, der mittlerweile von der Armee aus Ursal besetzt worden war. In einigen Widerstandsnestern hatten die Kämpfe noch den ganzen Tag und bis tief in die Nacht angedauert, aber jetzt, am Morgen nach Aydrians Überfall, war in der Stadt wieder Ruhe eingekehrt.

Braumin vermochte sich kaum vorzustellen, wie viele Menschen dort draußen bei den Kämpfen ihr Leben gelassen hatten. Ihm war zu Ohren gekommen, die Soldaten aus Ursal hätten den dunkelhäutigen Behrenesern nur in den seltensten Fällen Pardon gewährt, und er empfand tiefe Scham, weil er sich mit einem Großteil seiner Ordensbrüder in die Abtei zurückgezogen hatte. Er hätte dort draußen mitten unter den Menschen bleiben und bis zum bitteren Ende kämpfen sollen.

Nein, hätte er nicht, ermahnte er sich. Nach dem Fall der Tore, als die Soldaten die Stadt stürmten, war die Schlacht mehr oder weniger entschieden gewesen. Hätte die gesamte Einwohnerschaft der Stadt zu den Waffen gegriffen und den Angriff der Allhearts und der Kingsmen erwidert, wäre sie bis zum letzten Mann, zur letzten Frau, zum letzten Kind niedergemetzelt worden. Also hatte sich Braumin an den zuvor festgelegten Plan gehalten. Da man zu keinem Zeitpunkt geglaubt hatte, die Stadt über einen längeren Zeitraum halten zu können, hatte der Bischof den Befehl erteilt, dass sich die Einwohner nach Erstürmen der Mauern sofort in ihre Häuser zurückziehen sollten.

Die Kämpfe hatten rasch auf St. Precious übergegriffen, genau wie Braumin es vorausgesehen hatte. Insgeheim hatte er dort auf zähen und für die Invasoren verlustreichen Widerstand gehofft, hatte gehofft, den ehrgeizigen Plänen des jungen Thronräubers einen harten Schlag versetzen zu können.

Doch nun, da die Soldaten ihren Belagerungsring um die Abtei geschlossen hatten und sich endlich im Einflussbereich seines Zorns befanden, waren sie umgeben von einem weißen Rauschen, das jede Verteidigung mit Hilfe magischer Kräfte verhinderte.

Zumal sie nicht unvorbereitet gekommen waren, wie Braumin jetzt erkennen musste. Sie hatten die auf der Stadtmauer von Palmaris befestigten Katapulte demontiert, sie zu den Ecken des Platzes geschafft und dort über Nacht wieder aufgebaut.

Der Bischof zuckte zusammen, als die ersten Wurfgeschosse gegen die Mauern von St. Precious prallten. Er sah hinüber zu Aydrian, der auf der anderen Seite des Platzes stand, sein Schwert entschlossen in den Himmel gereckt. Dann fiel sein Blick auf den neben ihm stehenden De'Unnero, der, äußerlich vollkommen ruhig, seinen Blick erwiderte.

»Braumin war schon immer ein ziemlich sturer Bock«, erklärte De'Unnero an Aydrian und Kalas gewandt, während das Bombardement von St. Precious seinen Lauf nahm. »Er wird sich niemals ergeben; eher ist er bereit, für seine Sache zu sterben. So war er schon, als er noch an der Seite Elbryans, Eures Vaters, gegen Markwart kämpfte.«

»Ist diese Charakterstärke nicht lobenswert?«, fragte Aydrian.

De'Unnero schnaubte. »Braumin ist ein Narr. Außerdem ist er vom rechten Weg abgewichen«, erklärte der Mönch. »Er hat Jojonah und Avelyn gedient und ihnen geholfen, diese lächerliche, hochstaplerische Kirche ins Leben zu rufen.«

»Beinahe so lächerlich wie ihre Vorgängerin«, bemerkte Herzog Kalas.

De'Unnero warf ihm einen finsteren Blick zu. »Die Menschen hier sind Braumin in tiefem Glauben verbunden«, fuhr er, an Aydrian gewandt, unbeirrt fort, sorgfältig darauf bedacht, Kalas dabei nicht anzusehen. »Wenn wir St. Precious niederreißen und ihn töten, werden sie das nicht so schnell vergessen; im Übrigen würde dies kein günstiges Licht auf jenen Mann werfen, der ihr König werden möchte.«

»Eben sagtet Ihr noch, es sei unmöglich, ihn umzustimmen«, warf Herzog Kalas ein.

De'Unnero wusste darauf nichts zu erwidern. Aydrian dagegen, der zwischen den beiden stand, lächelte bloß.

Bischof Braumin überkam ein Gefühl ungeheurer Erleichterung, als es ihm eine Weile später, nachdem das weiße Rauschen ein wenig abgeklungen war, endlich gelang, den Angreifern einen Lichtblitz entgegenzuschleudern. Offenbar waren Aydrians Kraft und Durchhaltevermögen doch Grenzen gesetzt, auch wenn diese Grenzen weit jenseits dessen lagen, was je ein anderer Sterblicher erreicht hatte.

Die Mönche konnten also wieder von ihrer Magie Gebrauch machen, doch offenbar hatten die Angreifer eben diese Wende vorhergesehen, denn auf einmal lag der Platz nahezu völlig verlassen da, während die Wurfmaschinen ihre Geschosse aus dem Schutz der umliegenden Gebäude heraus abfeuerten.

Braumin war sich darüber im Klaren, dass das Ende rasch näher rückte. St. Precious lag in Trümmern, und an mehreren Stellen waren Brände ausgebrochen. Und er wusste auch, dass es durchaus in Aydrians Macht stand, die Tore mit der gleichen Leichtigkeit einzudrücken, mit der er auch eine Bresche in die eigentliche Stadtmauer geschlagen hatte.

Bislang jedoch hatte er darauf verzichtet.

Braumin wusste weder ein noch aus. Gerade mal zwanzig Ordensbrüder befanden sich noch mit ihm in der Abtei, Männer, die längst alle Versuche eingestellt hatten, die zum Scheitern verurteilten Verteidigungsbemühungen aufrechtzuerhalten oder auch nur die Brände zu löschen. Sie hatten sich in der Hauptkapelle versammelt, um zu beten und gemeinsam mit Braumin das Ende abzuwarten.

Der Bischof schritt ihre Reihe ab und versicherte ihnen nochmals, dass Gott mit ihnen sei, ehe er den Kirchensaal verließ und sich zur Rückseite der Abtei begab.

An der hinteren Mauer der Abtei angekommen, blickte Bischof Braumin hinaus auf die vorbeiströmenden Wassermassen des Masur Delaval und zu den hoch aufragenden Masten der Kriegsschiffe aus Palmaris, die an den Docks festgemacht hatten, während Aydrian die Mauer erstürmte. Dort draußen, das wusste er, stand sein lieber Freund Viscenti und sah zu ihm herüber.

Braumin umschloss den Seelenstein fest mit seiner Hand und versenkte sich in ihn, dann schickte er seinen Geist auf Wanderschaft, über die dahinströmenden Fluten hinweg. Er wusste, St. Precious war verloren und die Stadt Palmaris gefallen. Aber daraus war eine Lehre zu ziehen, die unbedingt nach St. Mere-Abelle gelangen musste. Es lag eine Einschätzung Aydrians vor, die sich für die Ordensbrüder, die diese große Abtei, die mächtigste Festung des Bärenreiches, verteidigen mussten, im Falle eines Angriffs durch Aydrian als unschätzbar wertvoll erweisen würde.

Kurz darauf hatte Braumins Geist den untröstlichen Meister gefunden; er näherte sich ihm, wohl wissend, dass er ihm kaum mehr als ein wenig Trost spenden konnte. Markwart hatte die Edelsteine einst dazu benutzt, über viele Meilen hinweg Kontakt zu anderen aufzunehmen. Auch Jilseponie beherrschte diese Technik mit gewissen Einschränkungen, nicht aber Braumin. Er war im Umgang mit den Steinen nie sonderlich bewandert gewesen, daher konnte er jetzt nichts weiter tun, als sich Viscenti zu nähern und sich mit Herz und Seele auf das zu konzentrieren, was er gesehen hatte, in der Hoffnung, dem Meister einen gewissen Eindruck von der Stärke Aydrians zu vermitteln.

Viscenti reagierte auf Braumins Gegenwart, indem er plötzlich aufsprang und die Augen aufriss.

Braumin rief ihm etwas zu und konzentrierte sich dann ganz auf die Bilder von Aydrians erstaunlichen Fähigkeiten.

Er hielt die Verbindung aufrecht, so lange es ging, ohne auch nur die leiseste Ahnung zu haben, wie viele zusätzliche Informationen er Viscenti während dieses einseitigen Austauschs übermittelte.

Eine Stimme riss ihn aus seiner Konzentration.

Braumin wandte sich abrupt um und hätte fast das Gleichgewicht verloren, denn vor ihm stand Marcalo De'Unnero, ein schiefes Grinsen im Gesicht, einen Arm verwandelt in die blutverschmierte Pranke eines Tigers.

»So sehen wir uns also wieder, Bruder Braumin«, begrüßte ihn De'Unnero.

»Das Böse ist offenbar unausrottbar«, erwiderte der Bischof.

»Das möchte ich eher von Eurer Torheit behaupten«, sagte De'Unnero lachend. »Muss ich Euch erklären, dass es der König des Bärenreiches für geraten hält, Euch Eures Amtes als Bischof von Palmaris zu entheben?«

Braumin machte Anstalten, etwas zu erwidern, aber es fehlten ihm die rechten Worte, deshalb stand er einfach nur da und schüttelte den Kopf.

»Ihr wisst selbstverständlich, wer er ist«, fuhr De'Unnero fort. »Und Ihr wisst auch, dass Herzog Kalas seine Thronbesteigung nach bestem Wissen und Gewissen verkündet hat. Jilseponie war hier und hat Euch davon berichtet.«

»Sie hat mir die Wahrheit über diesen Aydrian, dieses Ungeheuer in Menschengestalt, erzählt«, erwiderte Braumin.

»Die Wahrheit?«, sagte De'Unnero nachdenklich, trat durch die Tür und machte einen Schritt zur Seite. »Ein ziemlich fragwürdiger Begriff. Ständig werden so viele Wahrheiten verkündet, ist es nicht so? Die Wahrheit von Markwart, die Wahrheit von Avelyn, die Wahrheit von Abtvater Fio Bou-raiy. Nun, im letzteren Fall könnte Abt Olin möglicherweise anderer Meinung sein.«

»Es steht ihm nicht zu, anderer Meinung zu sein als das Abtkollegium.«

»Da es sich zweifellos um ein unfehlbares Gremium handelt«, sagte De'Unnero. »Dies ist Eure Wahrheit, Bruder Braumin: Aydrian, Sohn von Jilseponie und Elbryan, ist König des Bärenreiches. Der Adel unterstützt ihn, ebenso die Armee und erst recht die Kirche.«

Braumin starrte ihn ungläubig an.

»Oh, nicht die hochstaplerische Kirche Fio Bou-raiys und des auf Abwege geratenen Braumin Herde. Sondern die wahre abellikanische Kirche, die nach dem Unglück mit Namen Avelyn wieder auferstanden ist. Aydrian ist König des Bärenreiches. Das, Bruder Braumin, ist die Wahrheit.«

Braumin schien den verhassten De'Unnero mit seinem Blick durchbohren zu wollen.

»Es ist eine Schande, dass Ihr das nicht einzusehen vermögt«, fuhr De'Unnero fort. »Dass wir Feinde sind, habt Ihr Euch allein selbst zuzuschreiben.«

Braumin hätte ob dieser Bemerkung beinahe laut aufgelacht.

»Ich hasse Euch nicht, Bruder, obwohl ich weiß, dass Ihr auf einem Irrweg seid«, sagte De'Unnero. »Ich biete Euch jetzt die Chance, Euer Tun noch einmal zu überdenken und Euch zu der erhabeneren abellikanischen Kirche zu bekennen, die es früher einmal gab.«

»Verschont mich mit Euren Lügen!«, fiel ihm Braumin ins Wort, und als De'Unnero daraufhin abermals lachte, fügte er hinzu: »Und mit Eurer angeblichen Gnade!«

Braumin wollte losstürmen und sich auf den Mönch werfen, obwohl er genau wusste, dass es für De'Unnero ein Leichtes wäre, sich seiner zu entledigen, doch dann betrat eine weitere Person den Raum, und er hielt abrupt inne.

»Begrüßt Euren neuen König«, stellte De'Unnero, dem der

Angriffsversuch nicht einmal ein Wimpernzucken wert gewesen war, den Mann vor.

»Seid gegrüßt, Bruder Braumin«, sagte Aydrian. »Ich habe schon viel von Euch gehört.«

»Hebt Euch Eure Schmeicheleien für jene auf, die nicht begreifen wollen, wer Aydrian wirklich ist«, konterte Braumin mit aller ihm zur Verfügung stehenden Heftigkeit, obwohl ihn der Anblick des jungen Königs in seiner silbern glänzenden und goldgesäumten Rüstung mit ihren funkelnden, in den Brustharnisch eingelassenen Edelsteinen zutiefst verunsicherte. »Wie könnt Ihr es wagen, als Eroberer herzukommen?«

»Wie könnt Ihr es wagen, mir den Einlass zu verweigern?«, erwiderte Aydrian ruhig.

»Wenn Ihr der rechtmäßige König seid, habt Ihr von uns nichts zu befürchten, denn sobald Prinz Midalis Euch akzeptiert, werden die Bewohner von Palmaris –«

Braumin, unfähig zu atmen, brach unvermittelt ab, als sich eine unsichtbare Hand um seinen Hals legte. Der magische Griff packte mit ungeheurer Kraft zu, schnürte ihm brutal die Luft ab und hob ihn sogar auf die Zehenspitzen.

Im ersten Moment glaubte Braumin, sein letztes Stündlein habe geschlagen, doch plötzlich entließ ihn Aydrians magische Hand wieder aus ihrem Griff. Er wäre fast gestürzt, und fasste sich mit den Händen an die Kehle.

»Bruder Braumin«, begann Aydrian in ruhigem, sehr bestimmtem Ton. »Die Bevölkerung von Palmaris und das Volk des Bärenreiches werden mich entweder als König akzeptieren, oder sie werden beseitigt werden. So einfach ist das.«

»Ermordet, wolltet Ihr wohl sagen«, stieß Braumin keuchend hervor.

»Es ist die Pflicht eines Königs, sein Königreich zu verteidigen«, warf De'Unnero ein.

»Ihr könntet aber dazu beitragen, diese Tragödie zu verhindern«, erklärte Aydrian. »Es muss nicht zwangsläufig mit Gewaltanwendung und Tod enden.«

Braumin hob den Kopf und sah ihn an, während sich die Augen des nun ehemaligen Bischofs zu schmalen Schlitzen verengten. »Mit Euren Machenschaften wollt Ihr nur meine Zustimmung erpressen, in der Hoffnung, Palmaris trotz aller Zweifel zu sichern, die gewiss noch zunehmen werden, sobald der rechtmäßige König von Vanguard aus nach Süden marschiert«, stieß er seine Schlussfolgerung Wort für Wort und mit äußerster Verachtung hervor. »Aus meinem Mund werdet Ihr kein Wort zur Unterstützung eines Thronräubers hören!«

Aydrian lächelte und sah erst De'Unnero an, dann wieder Braumin, ehe er, ein immer breiter werdendes Grinsen im Gesicht, einen grauen Stein von der gleichen Farbe wie der in Braumins Hand in die Höhe hielt.

»Ihr werdet genau das sagen, was Aydrian von Euch verlangt«, erwiderte De'Unnero.

Teil Zwei

Eine rätselhafte Hand greift um sich

Die Stimme war bei mir auf dem Schlachtfeld und sagte mir, was ich zu tun hätte. Es war dieselbe Stimme, die ich bereits im Spiegel des Orakels gehört hatte.

Ich weiß bis heute nicht, von wem sie stammt!

Von den Touel'alfar habe ich gelernt, dass Menschen nicht unsterblich sind. Ich bin also dazu verdammt zu sterben, sowohl mein Körper als auch mein Bewusstsein. Ich selbst und alle meine Artgenossen werden dereinst wieder im Nichts versinken. Und doch haben mir die Touel'alfar gleichzeitig den Umgang mit dem Orakel beigebracht, jenen meditativen Zustand, der es mir erlaubt, meinen Weg durch das Dunkel zu finden. Angeblich werde ich beim Orakel von meinen Vorfahren angeleitet, von Elbryan, dem Nachtvogel, meinem Vater. Aber wenn Elbryan gar nicht mehr existiert, wenn sein Bewusstsein verloren ist, zerfallen wie sein Körper, wie kann ich dann später noch mit ihm Verbindung aufnehmen? Oder tue ich das gar nicht? Ist das Orakel am Ende nur ein Ort, der mir einen tieferen Einblick in meinen eigenen Verstand ermöglicht? Zumindest glaubte ich das ursprünglich. War meine Vermutung womöglich von Anfang an richtig gewesen?

Genau das ist es, was mich so verwirrt, denn aus eigener Erfahrung weiß ich, dass Elbryans Bewusstsein weiterlebt.

Als ich sein Grab aufsuchte und Anspruch auf Sturmwind und Falkenschwinge erhob, ist es mir gelungen, diesen Geist zu kontaktieren und zum Leben zu erwecken. Um ein Haar hätte ich ihn vollständig aus dem Reich des Todes befreit, was mir gewiss auch gelungen wäre, wenn ich mich entschieden hätte, diesen Weg weiterzuverfolgen.

Ist es vielleicht so, dass die Seele weiterexistiert, jedoch im Nichts gefangen ist, sofern kein Lebender sie erlöst, so wie beim Orakel oder an jenem Tag auf dem kalten Feld vor Elbryans Grab? Werden wir im Tod zu vagen, kauernden, in der Falle hockenden Gestalten, bloßen Schatten unseres früheren Seins, darauf angewiesen, dass ein bewusst und aus freiem Willen handelndes Wesen die Kraft aufbringt, uns vorübergehend aus den Klauen des Todes zu befreien?

Ein interessanter Gedanke, denn wenn er zutrifft, bergen die Edelsteine dann vielleicht einen Weg, wie ich dem Tod ein Schnippchen schlagen kann? Wie ich sogar länger leben kann als Lady Dasslerond, womöglich gar für immer? Enthalten die Edelsteine eine Möglichkeit, den Menschen um mich herum das ewige Leben zu bieten?

Herzog Kalas scheint dieser Auffassung zu sein, schließlich ist es der einzige Grund, weshalb er mir so ergeben dient. Einerseits weiß Kalas, dass ich ein Usurpator bin, der den Thron der Familie seines geliebten Freundes und Königs gestohlen hat. Kalas hasst meine Mutter und war gewiss kein Freund meines Vaters, außerdem ist – oder besser: war – der Herzog der unerschütterlichen Überzeugung, der Thron solle den wenigen Auserwählten vorbehalten bleiben, deren exquisite Erziehung sie auf das Amt des Königs vorbereitet. Trotzdem habe ich keinen Grund, an seiner Loyalität zu zweifeln – nicht einen Augenblick. Herzog Kalas ist ein fester Bestandteil meines Hofes, denn er war bereits durch meine Hand gestorben, als ich ihm das Leben wiedergab. Herzog Kalas, der schon vor langer Zeit den Glauben an die abellika-

nische Kirche und überhaupt jeden Glauben verloren hatte, glaubt in mir die Verheißung – oder doch zumindest die Hoffnung – auf Unsterblichkeit zu erkennen.

Er wird sich niemals gegen mich stellen.

Kann ich ihm seinen größten Wunsch erfüllen? Bin ich der Weg zu ewigem Leben? Ich weiß es wirklich nicht. Zweimal bereits habe ich mich auf ein Ringen mit dem Tod eingelassen, und in keinem der beiden Fälle war ich übermäßig beeindruckt von dem Griff, mit dem das Jenseits die Seele des Verstorbenen gefangen hielt. Und vielleicht ist da noch mehr, etwas Greifbares, Physisches – eine Einheit von Geist, Körper und Seele, der Schmerz und Alter nichts anhaben können. Der Schatten im Spiegel hat dementsprechende Anspielungen gemacht, hat mir mit leiser Stimme angedeutet, es sei mir dank der Kräfte des Hämatits möglich, diese Einheit zu erlangen, einen Zustand, der mich unerreichbar macht für Speere, Krankheit und sogar den Tod. Vielleicht werde ich meine Antworten finden, soweit es meine Unsterblichkeit und die der anderen betrifft. Vielleicht finde ich meine und überhaupt alle Antworten im Innern des Strudels eines Seelensteins.

Dies alles, fürchte ich, ist zu verwirrend, zu aufwühlend. In einem Punkt jedoch bin ich ganz sicher: nur die Großen, die Mächtigen werden in Erinnerung bleiben. Die Menschen, die über dem gemeinen Volk, ja sogar über den Königen stehen, sind es, von denen man noch nach Jahren, Jahrzehnten oder gar Jahrhunderten sprechen wird.

Ich bin dazu bestimmt zu herrschen. Das weiß ich. Die Stimme auf dem Feld, ob es nun die Elbryans war oder lediglich ein Ausdruck meiner eigenen Gedanken, hat die Wahrheit gesagt. Lieber wäre es mir, wenn mein Triumphmarsch friedlich verliefe. Das Töten macht mir keinen Spaß. Aber ich weiß, ich bin im Begriff, die Welt unter meiner Führung zu einem besseren Ort zu machen. Ich weiß, bin ich erst König der gesamten Menschheit, wird die Welt endlich tieferen

Frieden und größeren Reichtum kennen lernen als je zuvor. Dieses Ziel ist es wert, das Blut der Unwissenden zu vergießen. Wer also im Namen König Aydrians stirbt, opfert sein Leben für die Erschaffung einer besseren Welt.

Dieses Wissen, diese Zuversicht ist es, die es mir erlaubt, das Geschrei der Sterbenden zu überhören. In diesem Gefühl schicksalhafter Bestimmung erkenne ich meinen Weg auf der Straße des Lebens.

Aber da war noch eine andere Stimme, an jenem Tag auf dem Schlachtfeld vor den Toren von Palmaris. Als ich zögerte, stand jemand neben mir und rief mir etwas in Erinnerung.

Mittlerweile hat Sadye begriffen, warum mein Triumphmarsch so wichtig ist. Sadye, die kluge Sadye, kennt den grundlegenden Unterschied zwischen Sterblichkeit und Unsterblichkeit, zwischen Leben und Überleben, zwischen stimulierender Erregung und sterbenslangweiliger Routine. Sie fürchtet sich vor nichts und scheut keine Herausforderung. Sie hat Marcalo De'Unnero an sich gebunden, **weil** *er der Wertiger war, und nicht etwa trotzdem. Ihr ganzes Leben spielt sich in unmittelbarer Tuchfühlung zur Katastrophe ab, denn sie weiß, dass ein Mensch nur dort wirklich lebendig ist. Sie zwingt mich zu einer immerwährenden Gratwanderung, und je stärker der Wind, der in unserem Rücken bläst und uns in den Abgrund zu wehen droht, desto strahlender das Lächeln auf ihrem Gesicht.*

Sadye weiß, worauf es ankommt.

König Aydrian Boudabras

10. Sein Einflussbereich wächst

Seit Menschengedenken schon hatte das Flötenspiel des Waldgeistes die Wälder der Waldlande rings um die Ortschaften Dundalis, Weedy Meadow und Weltenend heimgesucht. Und so war es auch in dieser Nacht, als die zarte Melodie durch die Bäume wehte und dabei so völlig ein Teil der Nacht zu sein schien, dass viele Bürger von Dundalis sie überhaupt nicht mehr beachteten, es sei denn, ein Freund machte sie darauf aufmerksam.

Die drei Besucher in der Stadt dagegen bemerkten das Flötenspiel des Waldgeistes sofort, als es von der abendlichen Brise herangetragen wurde, denn sie waren in der Hoffnung hergekommen, eben jenen Flötenspieler aufzuspüren.

»Das ist Bradwarden«, sagte Roger Flinkfinger mit einem ehrfürchtigen Unterton in der Stimme. »Es tut gut, endlich wieder seine Musik zu hören.«

»Ich denke, da wird dir Pony gewiss zustimmen«, bemerkte Dainsey schmunzelnd. Dabei sah sie zu Pony und lenkte dadurch auch Rogers Blick auf sie.

Pony saß mit geschlossenen Augen auf der Veranda der Geselligen Runde, dem einzigen Gasthaus der Stadt, und wiegte sich sanft im Rhythmus der Musik.

Roger und Dainsey wechselten einen Blick und lächelten, als sie sahen, dass in den gequälten Zügen von Ponys ehedem so schönem Gesicht wieder so etwas wie Ruhe eingekehrt war. Lange ließen sie sie dort sitzen und das Mondlicht und die Melodie genießen, bevor Roger schließlich sagte: »Bradwarden kann nicht weit sein.«

Pony schlug schläfrig die Augen auf und sah zu den beiden hinüber.

»Sollen wir aufbrechen?«, fragte Roger sie.

Einen winzigen Augenblick zögerte Pony, dann schüttelte sie den Kopf. »Wir gehen nicht alle zusammen«, antwortete sie. »Ich möchte erst einmal alleine mit Bradwarden sprechen.«

Roger gelang es, seine Gekränktheit zu unterdrücken, ehe man sie ihm zu deutlich im Gesicht ansehen konnte.

»Aber natürlich!«, sagte Dainsey. »Aber dann solltest du jetzt gleich aufbrechen. Nach allem, was ich über ihn gehört habe, ist es nicht Bradwardens Art, sich lange an ein und demselben Ort aufzuhalten.«

»Da hast du richtig gehört«, gab Pony ihr Recht, ehe sie sich von dem Holzstuhl erhob, ihre Kniehosen und die Jacke glatt strich und ganz bewusst den Beutel mit Edelsteinen zurechtrückte, der rechts an ihrer Hüfte am Gürtel hing. Sie nickte ihren beiden Freunden zu, dann machte sie sich auf den Weg und sprang die wenigen Stufen zur Hauptstraße des Weilers Dundalis hinunter. Ein letzter Blick auf das still daliegende, nächtliche Dundalis, dann marschierte sie los.

Der nächtliche Wald umfing sie mit seiner nahezu undurchdringlichen Dunkelheit, doch Pony verspürte nicht das geringste Angstgefühl. Dies waren die Lieblingsplätze ihrer Kindheit, hier waren sie und Elbryan dieselben Pfade entlanggelaufen, auf denen sie auch jetzt ging. Ein gutes Stück außerhalb der Stadt, die Luft rings um sie her durchdrungen vom Klang der Musik, schien sie ihrem Ziel, Bradwarden zu finden, noch keinen Schritt näher zu sein als eben, da sie noch auf der Veranda gesessen hatte. Das war Teil von Bradwardens Magie. Sein Lied verschmolz mit der Gesamtheit aller nächtlichen Geräusche und kam anscheinend nie aus einer bestimmten Richtung. Es war einfach eine schöne Melodie, die von überallher zwischen den Bäumen hervorzudringen schien. Obwohl Pony stehen blieb und sich langsam im Kreis drehte, vermochte sie nicht einmal ansatzweise die Richtung des Flötenspielers auszumachen.

Mit einem entschlossenen Nicken, eine Erinnerung an das,

was Dasslerond ihr angetan hatte, griff sie in ihren Beutel mit den Edelsteinen und holte einen Hämatit, einen Seelenstein, hervor. Sie drückte ihn fest an ihre Brust, schloss die Augen und konzentrierte sich ganz auf das Gefühl sanfter Griffigkeit, das der graue Stein verströmte. Er vermittelte eine Intensität, die ihn von allen anderen verzauberten Edelsteinen abhob, eine einladende Reichhaltigkeit, in deren grauen Strudel Pony ihre Gedanken und schließlich ihr ganzes Sein eindringen ließ.

Sie löste sich aus der sterblichen Hülle ihres Körpers und schwebte davon, sah sich noch einmal nach sich selbst um, wie sie völlig regungslos dastand, den Stein fest an ihre Brust gepresst, der zum Bindeglied zwischen ihrem Körper und ihrer Seele geworden war.

Befreit von den Banden ihres sterblichen Körpers, ließ Pony sich von derselben nächtlichen Brise davontragen, die auch die Melodie des Zentauren heranwehte. Sie stieg hoch hinauf, weit über das Blätterdach, und schlug kraft ihres Willens ein flottes Tempo an, mit dem sie die Entfernung rascher überbrückte als selbst auf dem kräftigen Symphony.

Als sie Bradwarden schließlich fand, durchflutete ein Gefühl alles durchdringender Wärme ihr Herz, genau wie damals, bei ihrem ersten Wiedersehen mit Braumin und Roger. Da stand er, achthundert Pfund schwer und nichts als Muskeln. Ein nichts ahnender Beobachter hätte ihn aus der Entfernung für einen hoch gewachsenen Reiter auf einem etwas zu klein geratenen, braunen Pferd halten können, aus der Nähe aber sah man sofort, dass Ross und Reiter eine Einheit bildeten, denn Bradwardens muskulöser menschlicher Oberkörper wuchs dort empor, wo eigentlich der Hals seines Pferdeunterleibs hätte beginnen sollen.

Der Zentaur hatte, ganz in seine eigene Musik versunken, die Augen geschlossen, der Dudelsack klemmte unter seinem kräftigen Arm, während er die Finger über die zahlreichen Öffnungen seines Flötenhalses fliegen ließ. Sein Haar war noch immer schwarz und buschig, und obwohl er inzwischen älter geworden war, ließen seine sich deutlich abzeichnenden Muskeln keine Spur von Schlaffheit erkennen. Alles in allem wirkte der Zentaur, als könnte er mit seinem kräftigen Arm ebenso mühelos Steine zermalmen, wie er die Luft aus seinem Dudelsack presste.

Ponys Geist schwebte hinab und verharrte ein paar Augenblicke neben ihm in der Luft, bis der Zentaur, der ihre Gegenwart offenbar spürte, seine durchdringenden Augen weit aufriss. Sein Lied endete mit schriller Disharmonie.

Der Zentaur sah sich nach allen Seiten um; er schien plötzlich auf der Hut und machte einen leicht verwirrten Eindruck.

Pony wagte nicht, ihren Geist näher an ihn heranzuführen. Eine der großen Gefahren bei der Geisteswanderung bestand im allgegenwärtigen Bedürfnis des Geistes, in einen physischen Körper hineinzuschlüpfen. Geisteswanderung war eine Vorstufe der Inbesitznahme, und Inbesitznahme, das wusste Pony, war nicht auf die leichte Schulter zu nehmen. Immerhin, sie traute sich, ihre Hand nach Bradwarden auszustrecken und ihm damit eine Woge von Wärme und Freundlichkeit zu bescheren.

»Was? Das kann ja wohl nicht sein«, murmelte er. Dann kniff er die Augen zusammen und sah sich neugierig um, denn das Gefühl war bereits wieder abgeklungen.

Jetzt, da sie Bradwarden aufgespürt hatte, verschwendete Pony keine Zeit; kaum war ihr Geist durch den Seelenstein in ihren physischen Körper zurückgekehrt, machte sie sich sofort wieder auf den Weg. Sie hatte sich die Strecke genau gemerkt, außerdem war ihr das Gelände so vertraut, dass sie die Zeit genau abschätzen konnte, die sie brauchen würde, um zu dem Flöte spielenden Zentaur zu gelangen. Als sie ihn das Lied wiederaufnehmen hörte, wuchs ihre Zuversicht, Bradwarden so weit beruhigt zu haben, dass er sich nicht von der Stelle rühren würde, und ein verhaltenes Lächeln erschien auf ihrem Gesicht.

Kurz darauf hörte das Flötenspiel abermals auf, diesmal jedoch nicht, weil Bradwarden die Gegenwart eines Geistes gespürt hatte, sondern vielmehr, weil er die Nähe einer lieben alten Freundin fühlte.

»Tja, hab mich schon oft gefragt, ob ich dich jemals wiedersehen würde, Pony aus Dundalis!«, sagte er, als sie vor ihm aus dem Schatten der Bäume trat.

Ponys Mund begann sich zu bewegen, aber vor lauter Freude brachte sie in diesem Augenblick kein einziges Wort heraus, also überquerte sie rasch die kleine Lichtung, warf sich dem Zentaur in die Arme und drückte ihn fest an sich.

»Die Königin ist ohne Begleitung ihrer Armee unterwegs?«, wunderte sich Bradwarden, als es ihm endlich gelang, sie auf Armeslänge von sich wegzuschieben. »Darüber dürfte dein Gemahl nicht sonderlich erfreut sein ...«

Plötzlich hielt er inne und musterte sie stirnrunzelnd.

»Mein Gemahl lebt nicht mehr«, erklärte Pony. »König Danube weilt nicht mehr in dieser Welt.«

»Dann bist du also unterwegs, um Prinz Midalis zu suchen«, vermutete der Zentaur in einem Ton, der für Pony einen viel sagenden Beiklang hatte, verriet er ihr doch, dass ihn ihre Worte sorgenvoller stimmten, als es eigentlich der Fall sein sollte.

»Sobald Prinz Midalis hier durchmarschiert, werde ich an der Spitze seiner Armee reiten«, erwiderte Jilseponie. »Und diese Armee sollte über eine beträchtliche Stärke verfügen, wenn er sich ernsthaft Hoffnungen auf eine Rückeroberung des Throns machen möchte, der von Rechts wegen ihm zusteht.«

Bradwarden bedachte sie mit einem wissenden Blick und nickte langsam.

»Du hast von ihm gewusst«, stellte Pony fest.

»Midalis?«

Pony schüttelte den Kopf und trat einen Schritt zurück, außer Reichweite des Zentauren. »Spiel hier nicht den Ahnungslosen, Bradwarden. Dafür sind wir schon zu lange befreundet. Wie vielen Feinden haben wir bereits gemeinsam die Stirn geboten? Hast du Elbryan und mich nicht höchstpersönlich nach unserem Kampf gegen den geflügelten Dämon beim Barbakan gerettet?«

»Oh, erinnere mich bloß nicht daran!«, jammerte der Zentaur übertrieben theatralisch: »Du hast ja keine Ahnung, wie weh es tut, wenn einem ein Berg auf den Kopf fällt. Du hast –«

Er hielt abrupt inne, als er merkte, dass Pony ihn durchdringend ansah; offenbar war sie nicht bereit hinzunehmen, dass er das Thema wechselte und sich einfach so aus der Affäre zog.

»Du hast von ihm gewusst«, wiederholte Pony in scharfem Ton. »Und damit meine ich nicht etwa Prinz Midalis. Ich spreche von Aydrian, meinem Sohn. Und du wusstest von ihm.«

Bradwardens Lippen wurden so schmal, dass sie beinahe hinter seinem dichten Bart und seinem Schnauzer zu verschwinden schienen.

»Aber ja!«, sagte Pony vorwurfsvoll. »Trotzdem hast du mir nichts erzählt! Warst du etwa schon die ganze Zeit mit Lady Dasslerond im Bunde? Hat es dir überhaupt nichts ausgemacht, jemanden zu hintergehen, den du deine Freundin nennst?«

»Du irrst dich!«, rief Bradwarden. »Ich bin deinem Jungen vor zwei Jahren begegnet, als der Winter gerade in den Frühling überzugehen begann. Er trug Sturmwind und Falkenschwinge bei sich und hatte Symphony so weit, dass er ihm vertraute.«

»Davon habe ich auch gehört«, erwiderte Pony verbittert.

»Es ist für alle Kreaturen dieser Welt ein trauriger Tag, wenn Symphony sich auf die Seite dieses Burschen schlägt«, klagte der Zentaur. »Ansonsten, nein, ich hatte bei dieser Geschichte nichts mit Lady Dasslerond zu schaffen, und obwohl ich nie an der Klugheit der Touel'alfar gezweifelt habe, ist noch nie ein so schwerwiegender Fehler gemacht worden.«

»Du wusstest es also schon seit Jahren und bist nie zu mir

gekommen, um mir davon zu erzählen?«, erwiderte Pony im Tonfall der zutiefst gekränkten Freundin, die Stimme durchdrungen von Traurigkeit und Enttäuschung.

»Und wie hätte ich das tun sollen?«, erwiderte der Zentaur. »Glaubst du vielleicht, ich könnte einfach nach Ursal hineingaloppieren und sagen, ich wollte die Königin sprechen?«

Pony sah ihn seufzend an und zuckte hilflos mit den Achseln.

»Aber du hast natürlich Recht«, räumte der Zentaur ein. »Ich hätte mich schon mehr bemühen müssen. Aber eins musst du mir glauben, Pony, meine Freundin. Dein Sohn hat nicht Bradwardens Segen.«

Pony zuckte erneut mit den Achseln, dann trat sie einen Schritt auf ihn zu und nahm den Zentaur fest in die Arme. Und obwohl die Umarmung eigentlich ihm zeigen sollte, dass alles vergeben war, und sie ihn trösten wollte, fühlte sich tatsächlich eher sie getröstet, als der Zentaur seine kräftigen Arme um sie legte und sie fester an sich zog. Schon kamen die ersten Tränen, und sie ließ ihnen freien Lauf. Ihr Oberkörper bebte unter ihrem Schluchzen, doch Bradwarden hielt sie weiter an sich gedrückt.

Nach einer Weile löste sich Jilseponie von dem Zentaur, wischte sich die Tränen aus dem Gesicht und ließ ein kleines, verlegenes Lachen hören.

»Was bin ich nur für ein albernes, altes Weib geworden«, sagte sie.

»Ach, Unsinn«, erwiderte der Zentaur, ohne zu zögern. »Wenn du dich jetzt ein wenig alt fühlst, dann nehm ich mal an, dass du jedes Recht dazu hast. Kaum einer hat so viel Leid gesehen wie du, Pony.«

»Dabei ist dies erst der Anfang, fürchte ich.«

»Unsinn, für dich – für uns – ist es nichts als ein weiteres Problem, das wir beseitigen müssen, meinst du nicht auch?«

Pony sah ihn erstaunt an. »Du meinst, ich soll gegen meinen eigenen Sohn kämpfen?«

Bradwarden machte sich nicht mal die Mühe, darauf etwas zu erwidern.

Aber Pony hatte verstanden und fügte sich mit einem resignierten Seufzen in ihr Schicksal.

»Prinz Midalis wird so schnell wie möglich herkommen, um die Dinge wieder zurechtzurücken, aber dabei wird er sich darauf verlassen müssen, dass du zu ihm hältst«, sagte der Zentaur.

»So wie ich deine Unterstützung brauche, damit ich nicht zusammenbreche«, erwiderte sie.

Der Zentaur zeigte ihr sein typisches, selbstsicheres Lächeln und versprach ihr augenzwinkernd: »Ich werde schon dafür sorgen, dass dir kein Berg auf den Kopf fällt.«

»Hütet Euch davor, die Garnisonstruppen von Palmaris zu unterschätzen«, warnte Herzog Kalas. »Die zahllosen schweren Prüfungen der letzten Jahre haben sie gestählt, und ihre Anführer sind kampferprobte Männer.«

»Wir sind durchaus imstande, sie aufzuspüren und rasch zu beseitigen«, widersprach Marcalo De'Unnero. »Sogar noch bevor sie durch Caer Tinella kommen, wenn wir uns beeilen.«

Aydrian, der den beiden am Tisch gegenübersaß, ließ sich auf seinem Stuhl nach hinten sinken. Sie alle waren sich sicher, dass Bischof Braumin sich hier in Palmaris eines üblen Tricks bedient und einen Großteil seiner gut ausgebildeten Truppen vor dem Eintreffen von Aydrians Streitkräften durch das Nordtor aus der Stadt geschmuggelt hatte. Und zwar unmittelbar davor, nach dem, was der junge König und seine Männer bei der Befragung der Einwohner der eroberten Stadt hatten in Erfahrung bringen können. Jetzt, wenige Tage nach dem Fall von St. Precious, konnten sie davon ausgehen, dass die geflüchteten Garnisonstruppen sich längst auf dem Weg nach Caer Tinella und Landsdown befanden, den beiden größten Städten nördlich von Palmaris, auf halbem Weg zwischen der großen Stadt und dem Gebiet der Waldlande, aus dem Aydrians Eltern stammten.

»Wir müssen unverzüglich handeln«, beschwor De'Unnero Aydrian. »Wir haben schon viel zu lange gezögert.«

»Die Sicherung der Stadt Palmaris hat absoluten Vorrang«, erklärte Herzog Kalas. »Der Winter wird schon bald über diese Region hereinbrechen; bis dahin müssen wir die Stadt völlig unter Kontrolle haben, und alles muss reibungslos funktionieren.«

Aydrian nickte. Diesen Punkt hatten sie bereits ausgiebig diskutiert. Für die Festigung seiner Herrschaft über das Königreich hatten die Sicherung der Stadt Palmaris und die Schaffung geordneter Verhältnisse oberste Priorität. Die Menschen hier würden sich Aydrian nur dann verbunden fühlen, wenn er ihr Leben nicht allzu sehr beeinträchtigte. Aus diesem Grund hatte er seinen Soldaten, als sie nach der Eroberung der Stadt durch die Straßen zogen, größte Zurückhaltung auferlegt. Die Eroberung von Palmaris war unter minimalen Verlusten und noch geringeren Auswirkungen für die Bevölkerung vonstatten gegangen. Man hatte die bei der Eroberung Gefangengenommenen einen nach dem anderen verhört und anschließend nahezu ausnahmslos wieder freigelassen. Aydrians Soldaten hatten ihnen erklärt, sie könnten nach Hause gehen und sich um ihre Familien kümmern, damit sie begriffen, dass der neue und rechtmäßige König des Bärenreiches ein gerechter und ehrenvoller Mann war, der keinerlei Rachegefühle gegenüber den fehlgeleiteten Seelen hegte, die es gewagt hatten, sich ihm zu widersetzen.

»Ihr wollt einer feindlichen Armee gestatten, durch die Randgebiete des eroberten Landes zu marschieren?«, wandte sich De'Unnero fragend an Kalas. »Diese Soldaten dieser Garnisonstruppen haben noch Familie in der Stadt. Meint Ihr nicht, sie werden versuchen zurückzukommen und ihre Häuser wieder in Besitz zu nehmen?«

Kalas lachte, als sei dies nicht weiter von Belang.

In diesem Punkt musste De'Unnero ihm Recht geben. Sie verfügten im Gebiet rings um Palmaris über zehntausend Kingsmen, darunter auch die Allheart-Ritter. Im Schutz der starken Stadtmauern hätten die Garnisonstruppen aus Palmaris Aydrian womöglich heftigen Widerstand leisten können, jetzt aber, da sie gezwungen wären, als Eroberer aufzutreten, hätten sie kaum eine Chance.

»Sie werden nicht zurückkommen«, sagte Herzog Kalas an Aydrian gewandt. »Sie sind in den Norden geflohen und werden vermutlich versuchen, Prinz Midalis als Anführer zu gewinnen, aber sie werden Vanguard nicht vor den ersten Winterstürmen erreichen. Lasst sie ruhig ziehen! Dann hat Prinz Midalis während der schwierigen Wintermonate nur noch mehr Mäuler zu stopfen. Es wird ein zerlumpter und heimwehkranker Haufen sein, mit dem er gegen Palmaris zieht, dessen könnt Ihr sicher sein.«

Aydrian nickte; die Überlegung erschien ihm durchaus schlüssig. Günstigsten Schätzungen zufolge waren nur ein paar hundert Soldaten nach Norden geflohen, und das war keine Zahl, die ihn übermäßig besorgt stimmen musste. Er hatte Palmaris in seiner Gewalt, und nichts anderes war sein Ziel gewesen. Jetzt konnte er die unmittelbare Umgebung der Stadt sichern, im Norden womöglich sogar bis hinauf nach Caer Tinella und Landsdown.

Doch die eigentliche Beute, die Aydrian sogar noch mehr begehrte als De'Unnero die Abtei St. Mere-Abelle, lag nicht im Norden, sondern im Westen.

Selbstverständlich hatte er seine Kommandanten bislang noch nicht über diesen kleinen Abstecher unterrichtet.

»Prinz Midalis wird nur dann für uns gefährlich bleiben, wenn es ihm gelingt, die Schwachstellen in unserer immer breiter werdenden Front auszumachen«, erklärte Aydrian. »Er wird versuchen, hinter unserem Rücken zuzuschlagen, oder jedenfalls dort, wo sich unsere Hauptstreitmacht gerade nicht befindet. Und das wird er nicht vor Anbruch des Winters können. Sichern wir also unseren Einflussbereich von Entel bis Ursal und von Ursal bis Palmaris«, erklärte der junge König. »Zeigen wir den Menschen dieses bevölkerungsreichsten Teils des Bärenreiches, dass Aydrians Königreich ihnen Frieden und Wohlstand beschert, schließlich ist das alles, was sie wollen. Wie ihr König heißt, interessiert sie wenig; was sie interessiert, ist, dass sie etwas zu essen auf dem Tisch stehen haben.«

»Midalis' Anspruch auf den Thron ist keine unbedeutende Kleinigkeit«, gab De'Unnero zu bedenken. »Er wird viele ermutigen, sich uns zu widersetzen.«

»Je länger wir ihn von Palmaris fern halten können, desto bescheidener wird seine ermutigende Wirkung ausfallen«, warf Herzog Kalas ein. Er sah zu Aydrian und schenkte ihm ein wissendes Grinsen. »Es ist überaus wichtig, dass wir die Marschroute des Prinzen in Erfahrung bringen und ihm so viele Steine wie möglich in den Weg legen. Je weiter entfernt von Ursal wir gegen Midalis kämpfen, desto weniger Unterstützung wird er finden.«

Diese Diskussionen über die weltlichen Aspekte des Königreiches lasteten schwer auf De'Unneros kräftigen Schultern; er wirkte nervös und angespannt.

»Nur Geduld, mein Freund«, sagte Aydrian zu ihm. »Wir werden St. Mere-Abelle schon sehr bald ins Visier nehmen.«

»Nicht bald genug für mich«, gestand De'Unnero.

»Wir sind im Augenblick noch nicht so weit«, warf Herzog Kalas ein. »Ihr könnt mir glauben, wenn ich sage, ich sehne den Fall von St. Mere-Abelle ebenso herbei wie Ihr! Aber zuerst müssen wir die Herrschaft über die Seewege gewinnen, und das ist angesichts des nahenden Winters ein Ding der Unmöglichkeit. Außerdem gilt es, Prinz Midalis zu isolieren.«

»Wir werden die Herrschaft über das Meer gewinnen und über Mantis Arm«, versicherte Aydrian den beiden Männern. »Wenn wir gegen St. Mere-Abelle marschieren, dann sowohl von Osten als auch von Westen, und zwar, nachdem alle anderen Abteien des Bärenreiches, außer St. Belfour in Vanguard, fest in unserer Hand sind. Von außerhalb kann Fio Bou-raiy keine Unterstützung erwarten.«

Marcalo De'Unnero nickte und hatte einige Mühe, sich den in seinem Innern schwelenden Ärger nicht anmerken zu lassen. Natürlich war ihm der Plan bekannt, schließlich war er schon lange vor Aydrians Thronbesteigung Teil seiner – und Olins – ausgeklügelten Strategie gewesen. Doch dann hatte Aydrian, indem er Olin mit plumpesten Mitteln verführte, denen der alte Narr nicht wiederstehen konnte, diesen Plan geändert, ohne ihn um Rat zu fragen. Wie wollte Aydrian den Vorstoß entlang der Ostküste des Bärenreiches bewerkstelligen, solange seine gesamte Söldnerarmee noch im Süden, bei Jacintha, gebunden war?

»Die Zeit ist unser Verbündeter, nicht unser Feind«, wandte Aydrian sich an den Mönch, als hätte er seine Gedanken erraten. »Eine Kirche muss von außen, nicht von innen heraus erhalten werden, und je mehr Abteien wir von unserer Sichtweise überzeugen, desto schneller schrumpft der Einfluss des derzeitigen ehrwürdigen Vaters. Wir werden zu den Leuten sprechen, während Bou-raiy in den finsteren Korridoren von St. Mere-Abelle verfault.«

Er hielt inne, nickte und lehnte sich dann mit einem Lächeln zurück, so als liefe alles nach Plan.

Aydrian bedeutete dem Kurier mit einem Wink, sich zu entfernen, und als dieser Einwände vorzubringen begann, setzte der junge König eine überaus bedrohliche Miene auf.

Der Kurier verließ ohne weitere Verzögerung den Raum.

»Abt Olin hat ihn offenbar in den Norden geschickt, damit er uns findet, bevor er Yorkey County halb durchquert hat«, sagte De'Unnero.

Aydrian warf dem Mönch einen Blick zu, der eher amüsiert als besorgt wirkte. Der Kurier war mit einem dringenden Gesuch Abt Olins nach Palmaris gekommen, in dem dieser darum bat, man möge ihm für seine Aufgaben in Jacintha zusätzliche Truppen zur Verfügung stellen.

»Dabei kann Olin nicht einmal genau wissen, in welcher Verfassung sich die vor ihm stehenden Truppen befinden«, bemerkte Aydrian.

»Wahrscheinlich hat er Wind davon bekommen, dass einige Söldner, die wir auf unserem Marsch nach Ursal angeheuert hatten, wieder nach Hause zurückgekehrt sind«, überlegte De'Unnero, dem nicht entgangen war, dass Aydrian es vermied, Olin bei seinem Titel zu nennen.

»Das war zu erwarten gewesen.«

»Abt Olin begehrt die Stadt Jacintha mehr, als Ihr vermutlich ahnt«, fuhr De'Unnero fort.

»Er verfügt über zehntausend Söldner, eine Flotte blutrünstiger Piraten, mehrere Kriegsschiffe aus Ursal mit gut ausgebildeten Mannschaften und über die zweitausend Mann starke Garnison aus Entel, die in puncto Erfahrung und Ausbildung nur von den Allhearts übertroffen wird. Wenn es ihm mit Hilfe dieser Streitmacht nicht gelingt, eine innerlich zerrissene Nation in seine Gewalt zu bringen, dann hat er unseren Respekt wohl kaum verdient.«

Und wieder überraschte De'Unnero das Ausmaß der Geringschätzung, die der junge König offenbar für Olin empfand. »Ihr solltet Jacintha nicht auf die leichte Schulter nehmen«, warnte er.

»Nach allem, was man hört, sind die Behreneser derzeit damit beschäftigt, einander gegenseitig abzuschlachten.«

»Das mag wohl sein, aber das kann sich rasch ändern, wenn eine große ausländische Armee in die Küstenstadt einmarschiert. Abt Olin ist ein vorsichtiger Mann. Wir haben immer noch keinerlei Informationen über den Zustand der Küstenwache, die die Stellungen an der Ostküste besetzt hält. Wenn sie nicht zu Euch überlaufen, wird Abt Olin gezwungen sein, seine Garnison dort zu belassen, wo sie derzeit steht, um jeden denkbaren feindlichen Übergriff abzuwehren.«

»Die Küstenwache würde sich niemals gegen Entel stellen!«, entgegnete Aydrian. »Sie zählt gerade mal ein paar hundert Mann, vorausgesetzt, alle schließen sich dieser Aktion an, und Entel ist eine große Stadt. Außerdem halten die abellikanischen Ordensbrüder in Entel zu Olin.«

»Die Ordensbrüder von St. Bondabruce, gewiss«, erklärte De'Unnero. »Es gibt aber noch eine zweite Abtei, St. Rontlemore, deren Abt und Ordensbrüder Abt Olin noch nie sonderlich freundlich gesinnt waren.«

»Eine unbedeutende Abtei, verglichen mit St. Bondabruce«, wandte Aydrian ein.

In diesem Punkt gab De'Unnero ihm mit einem Nicken Recht. Tatsächlich schien es ihm, als verfügte Abt Olin über mehr als genug Streitkräfte für die Durchführung seines Auftrags, als bestünde jetzt tatsächlich eine Chance für das Bärenreich, sich maßgeblich in die Staatsgeschäfte Behrens einzumischen. Olin verfügte außerdem über einen großen Vorrat an nicht-magischen Edelsteinen von der Insel Pimaninicuit, und mit Hilfe dieser gewaltigen Mittel sollte es für den Abt ein Leichtes sein, seine Streitkräfte, falls erforderlich, um das Zwei- bis Dreifache aufzustocken.

Dennoch empfand es der Mönch als befremdlich, wie sehr die Angelegenheit Aydrian mittlerweile aufzuregen schien.

»Ich fürchte, es könnte nötig werden, dass ich persönlich dorthin reise«, erwiderte Aydrian.

»Dort wäre es wärmer, erst recht, wenn es hier endgültig Winter wird. Midalis dürfte uns vor Ende des Frühjahrs kaum Schwierigkeiten bereiten, vermutlich sogar erst Mitte des Sommers oder noch später. Wenn die Vorgänge in Jacintha tatsächlich Eure Anwesenheit erfordern …«

»Nein!«, erwiderte Aydrian entschieden, in einem Ton, der den Mönch verblüffte. »Ich habe hier dringende Geschäfte zu erledigen.«

De'Unnero bedachte ihn mit einem forschenden Blick. »Und die wären?«

Aydrian tat, als wollte er etwas darauf erwidern, hielt dann aber plötzlich inne und winkte ab. »Es wird sich alles fügen, und zwar schon bald«, sagte er. »Wenn Abt Olin mich tatsächlich braucht, werde ich ihm zu Hilfe eilen, und zwar schnell.«

»Selbst auf dem Pferd, das Ihr Euer Eigen nennt, werdet Ihr bis Entel einen Monat oder länger brauchen.«

»Es gibt Mittel und Wege, ein Pferd schneller zu machen«, versicherte Aydrian dem Mönch. »Die Edelsteine bieten verschiedene Möglichkeiten, anderen die Kraft zu rauben und sie auf das Pferd zu übertragen; und Symphony ist dafür überaus empfänglich.«

»Dann also zwei Wochen«, räumte De'Unnero ein.

»Vorausgesetzt, ich werde wirklich gebraucht; ich hoffe aber, so weit wird es gar nicht kommen.«

»Wenn Ihr geht, dann in dem Wissen, dass wir die Lage in Westerhonce vollkommen unter Kontrolle haben«, sagte der Mönch. »Die beiden Städte im Norden werden in Kürze in Kalas Hände fallen, und anschließend wird er weiter nach Westen vorstoßen und das gesamte Land in seine Gewalt bringen.«

Aydrian nickte, und damit wandte De'Unnero sich zum Gehen. Ihm stand mit der Vernehmung der gefangen genommenen Ordensbrüder von St. Precious noch immer einiges an Arbeit bevor. Mehrere von ihnen hatten durchblicken lassen, sie seien möglicherweise bereit zu konvertieren, die meisten aber hatten sich, wie nicht anders zu erwarten, hartnäckig geweigert.

»Wenn ich nach Jacintha reite, werdet Ihr mich nicht begleiten können«, sagte Aydrian unvermittelt.

De'Unnero wandte sich um und betrachtete den jungen König misstrauisch, vor allem wegen seines überraschenden Tons.

»Ich werde auf keinen Fall zulassen, dass Herzog Kalas mit einer solchen Streitmacht alleine hier zurückbleibt«, sagte Aydrian; eine Erklärung, die ebenso logisch wie letztendlich wenig überzeugend war.

»Ich verspüre nicht den geringsten Wunsch, irgendwo anders hin zu reisen als nach Osten«, versicherte ihm De'Unnero. »Und zwar bis vor die Tore von St. Mere-Abelle, wo ich meinen Orden und meine Kirche im Namen St. Abelles zurückverlangen werde.«

Aydrian pflichtete ihm mit einem weiteren Nicken bei, doch als De'Unnero sich abermals zum Gehen wandte, überraschte er den Mönch erneut, indem er hinzusetzte: »Ich sähe es allerdings sehr gerne, wenn Sadye mich begleiten würde.«

Das unverblümte Ansinnen ließ De'Unnero auf der Stelle erstarren. Es folgte eine Stille, in der er sämtliche Blicke, die er Sadye Aydrian in den letzten Tagen – nein, schon während der letzten Wochen – hatte schenken sehen, noch einmal Revue passieren ließ. Sadye stand Aydrian altersmäßig viel näher, und sofort wurde ihm klar, was die Aufmerksamkeit der Bardin am ehesten geweckt, was auf sie den größten Reiz ausgeübt haben musste. Sie war vernarrt in Macht und liebte die Gefahr. Sie hatte De'Unnero vor allem wegen des ungeheuren Reizes, den die Beschäftigung mit einer so gefährlichen Kreatur wie dem Wertiger bot, mit offenen Armen aufgenommen. Wenn das bei ihr Voraussetzung für sinnliche Begierden war, wie sollte sich jemand wie Sadye dann nicht zu Aydrian Boudabras hingezogen fühlen? Er war jung und gut aussehend und einer der stärksten Krieger der Welt. Er war der König, dessen Machtbereich schon bald die gesamte bekannte Welt umfassen würde. Und er war gefährlich; ja, das hatte De'Unnero jetzt in aller Deutlichkeit erkannt. Aydrian war ein überaus gefährlicher junger Mann, dessen Selbstvertrauen mit jedem Tag wuchs.

Der Mönch wandte sich langsam um, um seinen Verbündeten zu betrachten, der einst – wenn auch längst nicht mehr – sein Schüler gewesen war.

»Ihr wollt, dass Sadye mich verlässt, um Euch zu begleiten?«

»So ist es.« Es klang so einfach, als sei es längst beschlossene Sache.

De'Unnero wollte einen Streit zu diesem Zeitpunkt um jeden Preis vermeiden. »Ich kann unmöglich auf Euer beider Gesellschaft verzichten«, sagte er. »Immerhin gibt es das kleine Problem des Wertigers, das bedacht sein will.«

»Ich kann Euch die vollkommene Beherrschung der Bestie garantieren«, versprach Aydrian.

De'Unneros Augen verengten sich skeptisch.

»Aber gewiss«, versuchte Aydrian seine Zweifel auszuräumen. »Ich weiß Eure menschliche Natur zu finden, deshalb kann ich die Bestie in Eurem Innern jederzeit in ihre Schranken weisen. Ich könnte Euch zeigen, wie es gemacht wird, und Euch gleichzeitig beibringen, wie man mit Hilfe der Edelsteine das gewünschte Niveau innerer Ausgeglichenheit erzeugt.«

De'Unnero erwiderte nichts.

»Ich biete Euch die Freiheit«, fügte Aydrian nach einer längeren Pause hinzu, als noch immer keine Reaktion des völlig verblüfften Mönchs erfolgte. »Ich biete Euch die Unabhängigkeit von mir.«

Noch immer erwiderte De'Unnero nichts.

»Irgendwann musste es doch einmal so weit kommen, meint Ihr nicht?«, fragte Aydrian. »Schließlich kann ich, wenn die Abtei erst erobert ist, nicht bei Euch in St. Mere-Abelle bleiben. Ich nehme an, Ihr wollt von dieser mächtigen Zentralabtei aus über die abellikanische Kirche des Bärenreiches herrschen, während Abt Olin die abellikanische Kirche Behrens entweder von Jacintha oder von Entel aus regiert. Sollte es zu diesem Sieg kommen, werdet Ihr ohnehin lernen müssen, die Bestie in Eurem Innern eigenhändig zu beherrschen.«

»Und als Gegenleistung soll ich Euch die Frau überlassen, die ich liebe?«, lautete seine ungläubige Erwiderung.

»Letztendlich liegt es ganz allein bei ihr, zu entscheiden, welchen Weg sie gehen will«, erklärte Aydrian kalt.

»Sie hat sich längst entschieden.« Damit wandte sich der Mönch abermals zum Gehen.

»Was für ein Leben könnt Ihr ihr denn in St. Mere-Abelle bieten?«, rief Aydrian ihm nach, eine letzte ätzende Bemerkung, die De'Unnero zutiefst verletzte. Denn er hatte ja Recht, was für eine Art Leben würde Sadye in den düsteren Korridoren dieser von Männern dominierten Abtei führen?

Der Mönch wusste nichts darauf zu erwidern. Er verließ den Raum, doch Aydrians Stimme holte ihn noch einmal ein.

»Ich dagegen biete ihr die Welt«, rief ihm der junge König hinterher. »Und zwar die *ganze*!«

11. Stellung beziehen

Ein eiskalter, kräftiger Wind blies Belli'mar Juraviel ins Gesicht, während der Pfad sich in endlosen Biegungen zum Nordhang des Berges hinaufwand. Das Gelände vor ihm stürzte jählings in die Tiefe, bis hinunter zu einer undurchdringlichen, grauen Nebelschicht, unter der sich ein ausgedehntes Tal verbarg.

Wie vertraut Juraviel diese Pfade seiner Heimat waren; wie gut kannte er das vor ihm liegende Tal Andur'Blough Inninness mit seiner Baumstadt Caer'alfar, der Heimat der Touel'alfar! Nahezu fünf Jahre war er fort gewesen, und auch in den beiden Jahrzehnten davor hatte er seine Heimat des Öfteren für längere Zeit verlassen.

Jetzt aber tat es gut, wieder daheim zu sein, auch wenn das Gespenst Aydrians, König Aydrians, seine Freude merklich trübte.

Er blickte den Pfad zurück und sah seine Gefährten, ausnahmslos Doc'alfar, sich den Pfad hinaufkämpfen.

»Was hast du nur getan?«, erklang plötzlich eine aufgeregte Stimme in den Bäumen links von Juraviel, lange bevor seine Gefährten zu ihm aufgeschlossen hatten.

Trotz des ungewöhnlich schroffen Tons erkannte Juraviel

die Stimme von To'el Dallia sofort wieder. Er drehte sich um und ließ den Blick forschend am Waldrand entlangwandern, bis er die Frau, eine Angehörige seines Volkes, inmitten des Dickichts aus Zweigen entdeckte.

»Das sind unsere lange verloren geglaubten Vettern, unsere entfernten Verwandten«, erwiderte Juraviel mit ernstem, fast feierlichem Unterton.

To'el Dallia kletterte zum Ende des Zweigs, bis sie Juraviel ganz nahe war, und musterte ihn von Kopf bis Fuß. Gerne hätte sie ihm gesagt, sie freue sich, ihn zu sehen – die vertraute Herzlichkeit stand deutlich in ihr waches, aufgewecktes Gesicht geschrieben. Aber da war auch ein dunkler Schatten, der sich über ihre Züge gelegt hatte, Ausdruck ihrer tiefen Sorge.

»Dies ist wohl kaum der rechte Augenblick, Fremde nach Andur'Blough Inninness mitzubringen«, erklärte To'el Dallia vorwurfsvoll. »Geh sofort zu ihnen und sag, sie sollen umkehren, und zwar auf der Stelle!«

Fast hätte Juraviel über diese aberwitzige Aufforderung gelacht – hätte er nicht den Anflug tiefer Besorgnis gespürt, die im Ton seiner Freundin mitschwang. Denn einen passenden Augenblick, Fremde nach Andur'Blough Inninness mitzubringen, gab es natürlich nicht. Von den Touel'alfar selbst einmal abgesehen, hatte man nur ganz wenigen Personen gestattet, die Schönheit des Elfentals zu bewundern, und das waren ausnahmslos auszubildende Hüter oder andere unerwartete Besucher gewesen, denen man in Zeiten großer Not Unterschlupf gewährt hatte, so wie im Falle der menschlichen Begleiter Juraviels, ausnahmslos Flüchtlinge, die der geflügelte Dämon damals, vor vielen Jahren, auf offener Straße angegriffen hatte. Im Zuge dieses letzten unerwarteten und unerwünschten Übergriffs war auch der Dämon Bestesbulzibar in das Elfental gelangt, und das ungeheure Schandmal, das diese Kreatur zurückgelassen hatte, die immer weiter um sich greifende Fäulnis auf diesem wunderschönen Land, hatte wiederum dazu geführt …

Nun, zu der gegenwärtigen Situation, das wurde Juraviel jetzt klar. Die Gegenwart des Dämons im Elfental, sein Zeichen der Schande und die um sich greifende Fäulnis hatten Lady Dasslerond dazu bewogen, Brynn in den Süden zu schicken, um To-gai zu befreien und damit den möglichen Fluchtweg der Touel'alfar zu sichern, sollten diese jemals gezwungen sein, ihr Tal zu verlassen. Wegen dieses Schandmals hatte Juraviel Brynn nach Süden begleitet, obwohl ein Hüter normalerweise allein losgezogen wäre. Seine Gegenwart hatte die junge Frau vor den sonst – jedenfalls gegenüber Menschen – so grausamen Doc'alfar gerettet. Wegen dieses Schandmals hatte Dasslerond Jilseponies Neugeborenes geraubt und bei sich aufgezogen, um es als Waffe gegen diese teuflische Krankheit benutzen zu können.

All das war Folge jenes einen Zwischenfalls, damals auf der Straße.

Mit einem hilflosen Schulterzucken fügte sich Juraviel in die Erkenntnis, dass die Folgen – vorausgesetzt, die Gerüchte, die er über Aydrians Aufstieg im Osten gehört hatte, stimmten tatsächlich – gerade erst begonnen hatten, sich abzuzeichnen.

In diesem Moment blickte er zu To'el Dallia, die noch immer sichtbar war, obwohl sie sich ein Stück zurückgezogen hatte, und bemerkte den fragenden, ja geradezu verblüfften Ausdruck auf ihrem Gesicht. Als hätte sie seinen durchdringenden Blick gespürt, wandte sich die Frau noch einmal zu ihm um und wiederholte ihre Frage: »Was hast du nur getan?«

»Ich habe unsere Vettern mit nach Hause gebracht«, antwortete Juraviel. Er deutete mit seinem Arm Richtung Süden, auf die näher kommende Gruppe. »Ich möchte dir Cazzira vorstellen, meine Frau, sowie König Eltiraaz, das Oberhaupt der Doc'alfar aus Tymwyvenne, der sich uns höchstpersönlich angeschlossen hat.«

Die Namen sagten To'el Dallia natürlich überhaupt nichts, mit einer Ausnahme. »Die Doc'alfar?«, wiederholte sie ungläubig, vor Atemlosigkeit und Verblüffung kaum fähig, den Namen über ihre Lippen zu bringen; offenbar hatte sie nicht einmal mitbekommen, dass Juraviel ihr eine der Fremden soeben als seine Ehefrau vorgestellt hatte.

Neugierige Blicke, manche davon überaus besorgt, sowie ein kalter Wind begleiteten Kapitän Al'u'met auf Schritt und Tritt.

Der aus Behren stammende Seemann zeigte sich allerdings nicht minder neugierig, als er sich zu den Rehhautzelten und den blonden Menschen umdrehte. Diese Leute wirkten in seinen Augen wie Riesen. Obwohl selbst nicht eben kleinwüchsig kam sich Al'u'met hier, in den südlichen Regionen Alpinadors, wie ein Zwerg vor. Jetzt wurde dem guten Kapitän auch sehr viel klarer, warum den kriegerischen Barbaren Alpinadors ein solch außergewöhnlicher Ruhm vorauseilte. Die Arme keines einzigen Mannes in diesem winzigen Dorf waren dünner als Al'u'mets Oberschenkel, mit Ausnahme seiner Begleiter aus dem Bärenreich natürlich, zu denen auch Prinz Midalis und Abt Haney aus St. Belfour gehörten. Für den Kapitän war dies eine eher beunruhigende Erfahrung, Prinz Midalis dagegen schien sich in der Siedlung bestens auszukennen und wurde von den meisten Barbaren offenbar wiedererkannt. Midalis hatte sich sein königliches Auftreten bewahrt; obwohl bereits in den Vierzigern, besaß er noch immer die Konstitution und Energie eines fünfzehn Jahre jüngeren Mannes. Er sah seinem Bruder, König Danube, sehr ähnlich, obwohl er schon immer von schlankerem Körperbau gewesen war als der stämmige König. Beide besaßen das dichte, schwarze Haar des Hauses Ursal sowie die gleichen stechenden, blauen Augen, unter deren durchdringendem Blick die meisten Männer zu schrumpfen schienen. Midalis hatte sich mittlerweile einen Bart wachsen lassen, der die untere Hälfte seines markanten Kinns bedeckte.

Neben ihm schien Abt Haney von geradezu zerbrechlicher

Statur. Schlank und von gepflegtem Äußeren, bewegte er sich weitaus steifbeiniger als Midalis, eine Folge unzähliger Stunden, die er sitzend mit Feder und Tinte an seinem Schreibtisch verbracht hatte. Sein Haupthaar war bereits gelichtet, was ihm eine geradezu lächerlich hohe Stirn bescherte; zudem hatte eines seiner Augen eine gewisse Trägheit entwickelt, die es ein wenig schlaff wirken ließ. Aber obwohl die letzten Jahre nicht eben freundlich zu ihm gewesen waren, verriet die Haltung des Abts Würde und Selbstsicherheit.

Plötzlich wurde dem hoch gewachsenen und dunkelhäutigen Al'u'met bewusst, welch ungleiches Trio sie bildeten.

Ein selbst für alpinadoranische Maßstäbe hünenhafter Mann kam aus einem im rückwärtigen Teil der Siedlung gelegenen Zelt hervor. Sein langes Haar war auf einer Seite mit einer eingeflochtenen Feder verziert. Er trug einen ärmellosen Überwurf aus Rehhaut und hatte einen Lederriemen um seinen rechten Oberarm gebunden, der seine gewaltigen Muskeln noch betonte.

Sein Gesicht strahlte Kraft und Ernsthaftigkeit, geradezu Strenge aus, trotzdem ging ein Lächeln über seine Lippen, als er die Besucher gewahrte.

»Bruinhelde!«, begrüßte ihn Prinz Midalis. »Es ist so lange her, mein Bruder!«

Der hoch gewachsene Mann trat vor, um den Prinzen zu begrüßen. Erst gaben sie sich nur die Hand, doch dann zog der Barbar Midalis an sich und schloss ihn fest in die Arme. Allerdings, vom Erscheinen eines Behreneser in Alpinador offenbar ebenso überrascht wie die übrigen Dorfbewohner, nicht ohne des Öfteren zu Al'u'met hinüberzusehen.

»Es war wohl nicht sonderlich schwer, uns zu finden, was?«, sagte der Hüne. »Wenn schon ein einfacher Südländer unseren Spuren folgen kann, sollten wir sie auf unseren Wanderungen wohl besser verwischen.«

»Das war nur möglich, weil dieser Südländer von Andacanavar aus dem Norden ausgebildet wurde«, beeilte sich Prinz

Midalis zu erwidern, worauf das Lächeln im Gesicht des Barbaren noch ein wenig breiter wurde. »Wo steckt unser Freund eigentlich in diesen Tagen?«

»Er bereist die Nordlande«, erwiderte Bruinhelde und hielt dann abrupt inne. »Verzeiht«, bat er, machte eine halbe Körperdrehung und deutete mit einer einladenden Handbewegung auf sein Zelt. »Seid meine Gäste. Wir werden ausgiebig speisen und uns einen ordentlichen Schluck Met genehmigen.«

Prinz Midalis nahm mit einem Nicken an und bedeutete seinen Freunden, ihm ins Zelt zu folgen; nacheinander tauchten sie unter dem Zelteingang aus Rehhaut hindurch. Obwohl Bruinhelde der Anführer sämtlicher Stämme des südlichen Alpinadors war, war das Zelt, was Luxus oder Zierrat betraf, eher bescheiden eingerichtet. Allerdings gab es einen reichlichen Vorrat an bequemen Fellen, und es dauerte nicht lange, bis Bruinheldes Gehilfen sein Versprechen wahr machten und große Platten mit Speisen und mit starkem alpinadoranischem Met gefüllte Schläuche brachten.

»Abt Haney kennt Ihr ja«, begann Prinz Midalis, worauf der Anführer der Barbaren nickte und ihm einen herzlichen Blick zuwarf. »Außerdem möchte ich Euch Kapitän Al'u'met von der *Saudi Jacintha* vorstellen, einem Handelsschiff, dessen Heimathafen die prächtige Stadt Palmaris ist.«

»Genießt die Annehmlichkeiten meines Volkes«, erwiderte der Barbar höflich. »Ihr hattet einen weiten Weg vom Wasser bis hierher. Trotzdem erinnere ich mich an Euch, von der Hochzeit zwischen König Danube und Jilseponie.«

Al'u'met, sichtlich beeindruckt, machte eine leichte Verbeugung.

»Kapitän Al'u'met hat mich aufgesucht, um mir eine überaus beunruhigende Nachricht zu bestätigen, mein Freund«, erklärte Prinz Midalis. »Die Nachricht vom Tod meines Bruders.«

»Das schneidet mir ins Herz«, erwiderte der Barbar mit einem ernsten Blick zu Midalis. »Ich habe König Danube zu meinen Freunden gezählt.«

»Das ist noch nicht alles«, begann Prinz Midalis mit einem kurzen Seitenblick auf den Kapitän, der mit den Nachrichten über Aydrian Boudabras und Marcalo De'Unnero nach Vanguard gesegelt war. »Und ich fürchte, dies wird Euch ebenfalls ins Herz schneiden. Wir sind zu Euch gekommen, weil Euer Volk unbedingt wissen muss, was sich im Königreich im Süden tut. Wir haben Euch aufgesucht, weil wir bezweifeln, dass der Hochstapler auf dem Thron des Bärenreiches die Grenzen unserer Länder respektieren wird.«

»Ein Hochstapler auf dem Thron?«, wiederholte Bruinhelde, sein Ton eine Mischung aus Verblüffung und Verärgerung. »Aber was ist mit Jilseponie? Und mit Euch selbst?«

Der Prinz wandte sich an Al'u'met und gab ihm ein Zeichen, er möge beginnen, worauf der Kapitän die Geschichte der Ereignisse in den Südlanden noch einmal in allen Einzelheiten erzählte.

Über zwei Stunden lauschte Bruinhelde in gespannter Aufmerksamkeit, und als Al'u'met endete, saß der alpinadoranische Anführer lange Zeit schweigend da, um das Gehörte zu verdauen. »Welche Forderung stellt Ihr an unsere Freundschaft?«, wandte er sich schließlich an Midalis.

Der Prinz sah zu seinen beiden Freunden und dann wieder zu Bruinhelde; schon sein Blick verriet seine aufrichtige Dankbarkeit gegenüber diesem großen Kriegerführer, weil dieser sich überhaupt dazu herabließ, diese Frage zu stellen.

Das Problem war nur, dass Midalis ihm in diesen verwirrenden Zeiten nicht wirklich eine Antwort darauf geben konnte.

Als Meister Viscenti dem Masur Delaval und Palmaris schließlich den Rücken kehrte, um seine zweite Reise nach St. Mere-Abelle anzutreten, tat er dies nur äußerst widerstrebend. Der Mönch hatte lange am Ostufer des großen, träge dahinströmenden Flusses ausgeharrt und alle interessanten Neuigkeiten in sich aufgenommen, die über das Wasser gedrungen waren. Aber nachdem sich Palmaris schließlich in der Hand von Aydrians Truppen befand, hatte die Flotte Kurs Richtung Osten genommen, um die Städte entlang des Flussufers zu sichern und außerdem große Verbände von Kingsmen an Land zu setzen, die in der gesamten Region sofort zu Erkundungseinsätzen aufbrachen.

Marlboro Viscenti geriet in einen gewaltigen Flüchtlingstreck, der im Begriff war, sich zur Abtei St. Mere-Abelle abzusetzen, und als er schließlich selbst in der mächtigen, alten Abtei eintraf, fand er vor ihren Toren eine riesige Zeltstadt vor, in der nahezu ebenso viele Menschen hausten wie zu Zeiten der großen Rotfleckenpest. Die Menschen hatten Angst, das sah Viscenti sofort. Sie waren verwirrt und verzweifelt, weswegen sie sich an die einzige verlässliche Einrichtung hielten, zu der sie jetzt noch Vertrauen hatten.

Er fragte sich, ob Fio Bou-raiy, damals nicht gerade als Freund der Pestopfer bekannt geworden, sich diesmal gegenüber den Menschenmassen großzügiger zeigen würde.

Drinnen fand Viscenti die mächtige Abtei in einem Zustand hektischer Betriebsamkeit vor; weil sich auf Schritt und Tritt Ordensbrüder um ihn scharten und Informationen von ihm erbaten, kam er kaum voran. Er hielt sich mit seinen Äußerungen zurück und erzählte nur so viel, dass man ihn passieren ließ, denn bereits am Tor der Abtei war er von Abgesandten des ehrwürdigen Vaters in Empfang genommen worden, die ihn sofort zu einer Audienz gebeten hatten. Mit Hilfe einiger Vertrauter des ehrwürdigen Vaters gelang es dem Besucher schließlich, sich bis zum privaten Audienzzimmer durchzuschlagen.

Fio Bou-raiy war an diesem Tag offenbar in gedrückter Stimmung. Er begrüßte Viscenti mit finsterer Miene und der schlichten Frage: »Was ist passiert?«

»Aydrian«, lautete die ebenso schlichte Antwort des Mönches aus St. Precious, ehe er alles erzählte, was er über den Fall der Stadt Palmaris wusste.

Kaum hatte er den Bericht über die eigentliche Schlacht beendet, als Fio Bou-raiy ihn bereits unterbrach. »Uns ist zu Ohren gekommen, Bischof Braumin habe sich für diesen neuen König ausgesprochen. Und auch für Abt Olin und Marcalo De'Unnero.« Die Verärgerung, die aus diesen Worten sprach, war nicht zu überhören und ein sicheres Zeichen, dass der sonst so argwöhnische Bou-raiy die Geschichten über Braumins Kapitulation in vollem Umfang glaubte.

Meister Viscenti schlug die Augen nieder, denn ihm waren von zahllosen Flüchtlingen aus der Stadt die gleichen Geschichten zugetragen worden. Angeblich, so die Informanten aus dem eroberten Palmaris, hätten sie mit eigenen Ohren gehört, wie Bischof Braumin Aydrian im Amt bestätigt habe.

»Davon habe ich ebenfalls gehört«, räumte der nervöse Meister ein. »Seit dem Fall der Stadt Palmaris beschäftigt mich kaum etwas anderes.«

»Ist sie gefallen oder hat sie kapituliert?«, hakte Bou-raiy unerbittlich nach.

»Gefallen!«, beharrte Meister Viscenti. »Ich habe es mit eigenen Augen gesehen. Die Bevölkerung von Palmaris wurde trotz ihres heroischen Kampfes überwältigt. Die Ordensbrüder von St. Precious leisteten überaus hartnäckigen Widerstand, bis die Flammen bereits an den Mauern der Abtei emporzüngelten und Aydrians Truppen sich schließlich gewaltsam Zutritt verschafften.«

»Ihr habt dies alles mit eigenen Augen gesehen, und dennoch konntet Ihr entkommen?«

»Vieles habe ich vom anderen Flussufer aus beobachtet, und was ich nur vermuten konnte, wurde mir von den aus der Stadt fliehenden Menschen bestätigt«, erwiderte Viscenti.

»Von denselben Leuten, die behaupten, Bischof Braumin habe den neuen König und den neuen ehrwürdigen Vater offiziell anerkannt?«

Viscenti wollte schon einen hilflosen Seufzer ausstoßen, verneinte dann aber mit einiger Überzeugung. »Nein«, wiederholte er noch einmal, worauf sich die Geschehnisse in seiner Erinnerung etwas klarer abzuzeichnen begannen. »Die Berichte über die offizielle Anerkennung durch Bischof Braumin trafen erst später ein. Vermutlich handelt es sich dabei um eine gezielte Desinformationskampagne dieses Hochstaplers auf dem Thron. Vielleicht wurden diese Leute, die von der Tragödie berichteten, ganz bewusst benutzt, um –«

»Spione?«, fiel ihm Fio Bou-raiy ins Wort und schüttelte den Kopf. »Nein, Meister Viscenti. Ihr seid zweifellos mehr oder weniger denselben Leuten begegnet wie ich. Sie sind in lauterer Absicht hergekommen, und ihre Verwirrung ist echt. Zumal viele von ihnen die gleiche Geschichte erzählen.«

Jetzt seufzte Viscenti doch.

»Und wie erklärt Ihr Euch das?«, fragte Fio Bou-raiy. »Hat Bischof Braumin den Glauben verloren? Ist das noch derselbe Mann, der sich Markwart widersetzte?«

»Aber gewiss!«, beharrte Meister Viscenti.

»Wie erklärt Ihr es Euch dann?«, wollte der ehrwürdige Vater wissen.

Meister Viscenti schlug verlegen die Augen nieder, denn obwohl er die Berichte so vieler nicht anzweifelte, hatte er nicht die leiseste Ahnung, was dort vorgefallen sein mochte.

Selbstverständlich konnten sich weder Viscenti noch Fio Bou-raiy oder sonst einer der Anwesenden im Raum vorstellen, dass Aydrian Boudabras' Macht mit dem Seelenstein ausreichte, um vom Körper eines so gebildeten und hervorragenden Mannes wie Bischof Braumin Herde Besitz zu ergreifen und diesen zu zwingen, ihm nach dem Mund zu reden.

»Demnach werdet Ihr also eher auf uns angewiesen sein als umgekehrt«, stellte König Eltiraaz fest, nachdem Lady Dasslerond ihn und Juraviel darüber aufgeklärt hatte, was es mit dem neuen König des Bärenreiches tatsächlich auf sich hatte.

Juraviel, der die – nicht sehr weit auseinander liegenden – Sprachen der Doc'alfar und der Touel'alfar mittlerweile fließend beherrschte, war bei der Übersetzung von Eltiraaz' Worten sehr darauf bedacht, jede noch so feine Schwankung im Tonfall korrekt wiederzugeben, zumal Eltiraaz sich weder herablassend verhielt noch gewillt schien, sich aufgrund seiner Machtstellung Vorteile zu verschaffen. Er hatte lediglich eine Feststellung getroffen, und das in einer Weise, die keinen Zweifel an der Bereitschaft seines Volkes aufkommen ließ, den Touel'alfar in diesen gefährlichen Zeiten beizustehen.

Das hatte Juraviel in der ersten Woche nach seiner Rückkehr gegenüber Lady Dasslerond immer wieder betont. Anfangs war sie sehr erbost gewesen über seine Dreistigkeit, Fremde in ihr verborgenes Tal mitzubringen, auch wenn die Erklärung, um wen es sich dabei handelte, sie gewiss ebenso verblüfft hatte wie alle übrigen Touel'alfar, von denen nur wenige es für möglich gehalten hatten, dass die Doc'alfar überlebt haben könnten.

Im Laufe der Woche hatte Dasslerond dann zunehmend eingesehen, dass Juraviels Entscheidung, Cazzira und den König der Doc'alfar mitzubringen, richtig gewesen war; ein Eingeständnis, das allein Juraviel bereits zeigte, für wie gefährlich die stets besorgte Lady die Situation mit Aydrian hielt.

»Wenn sich meine schlimmsten Vermutungen über Aydrian bestätigen, werdet Ihr einsehen, dass wir uns beide in derselben Notlage befinden«, hielt es Lady Dasslerond dennoch für angebracht zu kontern.

Juraviel bemerkte, wie Cazzira, die seine Muttersprache inzwischen ebenso gut beherrschte wie er die ihre, das Gesicht verzog. Er nickte ihr kurz zu, zum Zeichen, dass Lady Dasslerонds Erwiderung mitnichten ein Ausdruck der Verstimmung war, dann übersetzte er korrekt für König Eltiraaz und erklärte in einem kurzen Kommentar, er halte es ebenfalls für richtig, dass sie jetzt zueinander gefunden hatten.

König Eltiraaz musterte lange die Herrscherin von Caer'alfar. »Wie wollen wir weiter vorgehen?«, fragte er schließlich. »Wenn dieser junge Aydrian tatsächlich so mächtig und von Rache besessen ist, wie Ihr zu glauben scheint, und er über Zehntausende menschlicher Krieger gebietet, was können wir dann schon tun?«

Darauf wusste auch Lady Dasslerond keine unmittelbare Antwort, trotzdem sagte sie: »Wir müssen uns von Aydrian, so gut es geht, fern halten. Und wir müssen so viel wie möglich über seine Person und seine Ziele in Erfahrung bringen. Durchaus denkbar, dass wir Verbündete für unseren Kampf finden – seine Mutter zum Beispiel.«

»Und was ist mit Brynn?«, fragte Juraviel. »Sie sollte ebenfalls unterrichtet werden.«

Lady Dasslerond dachte eine Weile über diese Möglichkeit nach; sie fragte sich, ob sich durch Brynn Dharielles Aufstieg irgendwelche Perspektiven ergaben, eine Rückzugsmöglichkeit für sämtliche Elfen etwa oder eine mögliche Verbündete im Kampf gegen Aydrian.

»Sind die Doc'alfar mit dem *brista'qu'veni* vertraut?«, fragte sie Juraviel in Anspielung auf die magische Kunst der Elfen, ihre Stimmen dem Abendwind anzuvertrauen, der diese als leises Flüstern über große Strecken zu ihren Artgenossen trug, die diese Nachrichten dann entschlüsseln konnten.

Juraviel wollte gerade zur Übersetzung der Frage ansetzen, als Eltiraaz ihn mit einem kurzen Wink unterbrach; er hatte offenbar verstanden und nickte.

»Es gibt eine Möglichkeit, diese Technik zu vervollkommnen«, fügte der König von Tymwyvenne hinzu, griff in seine Tasche und förderte einen violett schimmernden Saphir zu Tage, einen Edelstein, der nicht minder spektakulär war als der, den Lady Dasslerond besaß. Der Doc'alfar hielt ihn in die Höhe, um ihn Dasslerond zu zeigen. »*A'bu'kin Dinoniel*«, sagte er ernst. »Der Edelstein der Nebel und der Lüfte.«

»*Tel'ne'kin Dinoniel*«, erwiderte Lady Dasslerond, holte ihrerseits einen funkelnden Edelstein hervor und hielt ihn neben dem Saphir in die Höhe. »Der Edelstein des kostbaren Landes.«

»Getrennt und entzweit am Tag der Trennung von Tou und Doc«, fuhr Eltiraaz fort und wandte sich zu den überrascht dreinblickenden Zuschauern um. »Der Smaragd ist ein Geschenk an die Tou, auf dass sie ihr Tal stets sicher verwahren und in Ehren halten mögen. Der Saphir wiederum ist ein Geschenk an die Doc, auf dass die alles verhüllenden Nebel sie auf ihrem Rückzug begleiten. Zwischen diesen beiden brüderlichen Steinen besteht eine Verwandtschaft, die einst auch ihre Besitzer in Harmonie miteinander verband, den Lord und die Lady von Andur'Blough Inninness.«

»Dann lasst uns diese Verwandtschaft wieder mit neuem Leben füllen, mein königlicher Vetter«, schlug Dasslerond vor. »Und lasst uns eine Verbindung von Norden nach Süden herstellen, von Andur'Blough Inninness bis nach Tymwyvenne.«

»Und anschließend noch weiter südlich, durch das Gebirge und die Höhle von Pherol bis zu den Steppen To-gais und den Ohren Brynn Dharielles«, fügte König Eltiraaz hinzu.

»Wird der Drache das zulassen?«, fragte Dasslerond.

»Er hat eine freundliche Natur, auch wenn er vielleicht die eine oder andere Geschichte verlangen wird, um uns Durchlass zu gewähren«, erklärte Juraviel. »Und natürlich ist Pherols Schatz für jeden absolut tabu. Wenn er aber etwas in seinem Besitz hat, das für unsere Sache wertvoll ist, ließe er sich vielleicht überreden, es uns zu überlassen.«

»Ein Drache, der den Alfar etwas freiwillig überlässt«, sagte Dasslerond nachdenklich. »Das scheint kaum vorstellbar.«

Eltiraaz, ihr gegenüber, hatte verstanden und lachte amüsiert. »Tylwyn Doc und Tylwyn Tou, vereint im Kampf für ein gemeinsames Ziel«, erwiderte er, und dann wiederholte er, in perfekter Aussprache, Dassleronds Worte: »Das scheint kaum vorstellbar.«

Lady Dasslerond akzeptierte es mit einem großzügigen Achselzucken.

Die Touel'alfar waren vollzählig auf dem weiten Feld außerhalb Caer'alfars in einem Kreis angetreten, demselben Feld, auf dem einst Brynn zur Hüterin ernannt worden war. Im Mittelpunkt des Kreises, der auch Cazzira und die anderen Besucher der Doc'alfar umschloss, standen Lady Dasslerond und König Eltiraaz einander Auge in Auge gegenüber. Die Versammelten hatten ein gemeinsames Lied aus längst vergangenen Zeiten angestimmt, als die beiden Völker der Tou noch vereint gewesen waren, und das den Touel'alfar ebenso bekannt war wie den Doc'alfar.

»So wie wir einst auseinander gerissen wurden, so wollen wir uns nun wieder vereinen«, erklärte Lady Dasslerond.

»Nicht als zwei Völker, sondern als eines«, erwiderte Eltiraaz.

»Von unterschiedlichem Äußeren, im Herzen jedoch eins«, sprach Dasslerond.

»Mit gleicher Entschlossenheit und ebensolchen Zielen.«

Als Erste begann Lady Dasslerond, ihre Hand mit dem deutlich sichtbaren Smaragd in die Höhe zu recken. Eltiraaz folgte ihrem Beispiel, bis ihre Hände, Seite an Seite, über den Köpfen aller schwebten. In der Dunkelheit der Nacht begannen die Edelsteine zu leuchten – von innen heraus, erkannte Juraviel, und nicht etwa, weil sie das Licht des aufgehenden Mondes widerspiegelten.

Lady Dasslerond reckte den Edelstein empor, bis er sich genau über ihrem Kopf befand, und rief: »*A'bu'kin Dinoniel*!« Das war natürlich der Name von Eltiraaz' Edelstein, doch als die Besitzerin des Brudersteins die Worte sprach, begann der Smaragd plötzlich zu pulsieren und einen Ring aus grünem Licht auszusenden. Der Lichtring senkte sich herab, umhüllte Lady Dasslerond und legte sich ihr zu Füßen auf die Erde.

»*Tel'ne'kin Dinoniel*!«, verkündete Eltiraaz, hob den Saphir über seinen Kopf, bis ein purpurn pulsierender Ring von dem Edelstein ausging und sich auf ganz ähnliche Weise dem König der Doc'alfar um die Füße legte.

Die beiden ließen ihre Aussprüche zu einem sich stets wiederholenden Sprechgesang verschmelzen, bis immer mehr Ringe entstanden und sich in einer wahren Kaskade um ihre allmählich undeutlich werdenden Gestalten legten. Dann begannen die beiden Oberhäupter sich im Kreis zu drehen und traten dabei immer weiter nach außen, so dass die Ringe sich dehnten und einander gelegentlich berührten.

König Eltiraaz streckte die Hand nach Lady Dasslerond aus, die diese ergriff, ehe sie sich von ihm hinüberziehen ließ; dabei drehten sich beide noch immer im Kreis, den Namen des verzauberten Edelsteins des jeweils anderen auf den Lippen, während sich eine wahre Flut aus purpurnen und grünen Ringen um sie legte.

»A'bu'eh'tel'kin Dinoniel«, intonierten beide dann gemeinsam, ein Begriff, der sich, als Edelstein der Erde, der Luft und des Nebels, auf beide gleichzeitig bezog; sofort gerieten die Ringe in Bewegung, verschmolzen miteinander, schienen in einer Art Tanz zum Leben zu erwachen und drehten sich in stetem Auf und Ab um die beiden Kreisenden.

Trotz der unzähligen Gefahren, denen sie sich gegenübersahen, konnte Juraviel nicht umhin, in diesem erhebenden Augenblick so etwas wie Freude zu empfinden.

Seine schwangere Frau vom Volk der Doc'alfar stand neben ihm und drückte wortlos seine Hand.

12. Von Verbündeten umgeben?

Brynn strich mit der Hand über die drei tief eingefurchten Kratzer in der Wand. Sie hatte Pherol gebeten, den Rückweg zu seiner Höhle mit einer Reihe von Zeichen zu markieren, die sich der Drache und sie selbst ausgedacht hatten. Das hatte er offenbar getan; jede Gabelung war mit deutlich sichtbaren Krallenspuren gekennzeichnet. Einige davon zeigten den richtigen Weg an, andere wiederum dienten der Irreführung, aber natürlich waren Brynn die kaum merklichen Unterschiede in den Wegweisern des Drachen bekannt.

Sie hatte das Zeichensystem gemeinsam mit dem Drachen in der Hoffnung entwickelt, es nie wirklich benutzen zu müssen. Der bloße Gedanke an Pherol rief bei ihr überaus gemischte Gefühle hervor. Einerseits war er ihr bei der Befreiung To-gais unbestreitbar eine große Hilfe gewesen; ohne ihn hätte sie die Pläne der Behreneser niemals so nachhaltig durchkreuzen können. Und das nicht nur wegen seiner unbestreitbaren Fähigkeiten im Kampf: Pherol hatte es Brynn auch ermöglicht, ihre Krieger rasch über die steilen Klippen jenes Landbruchs zu transportieren, der To-gai von Behren trennte. Dank seiner ungeheuren Schnelligkeit hatte Brynn darüber hinaus die Versorgung ihrer Truppen während ihres Aufenthalts in der lebensfeindlichen offenen Wüste aufrechterhalten können.

Ohne Pherol hätte Brynn die Behreneser niemals besiegen, hätte sie niemals jenen Waffenstillstand erzwingen können, der den Stämmen der To-gai-ru endlich wieder Freiheit gebracht und die Umbenennung der Stadt Dharyan in Dharyan-Dharielle zur Folge gehabt hatte, wo derzeit eine Begegnungsstätte der Kulturen entstand, in der Handelsgüter und gegenseitige Einsichten ausgetauscht werden konnten. Diese Stadt, so Brynns feste Überzeugung, würde zum Bindeglied zwischen ihren beiden Völkern werden und als leuchtendes Beispiel dafür dienen, dass Behren und To-gai als zwei unabhängige und einander ergänzende Länder friedlich nebeneinander existieren konnten.

Aber die Dienste des Drachen hatten ihren Preis gekostet – einen Preis mit schrecklichen Folgen für Brynn Dharielle. Um die Behreneser zu besiegen, war sie gezwungen gewesen, den ungeheuren Kräften des Drachen freien Lauf zu lassen, und diese erschreckende, wahllos zuschlagende Brutalität hatte sie bis in die Grundfesten ihres Gewissens erschüttert. Sie hatte zusehen müssen, wie Pherol ganze Siedlungen dem Erdboden gleichmachte und belebte Straßen in Feuerhöllen verwandelte. Sie hatte die verzweifelten Schreie der Sterbenden gehört – und hörte sie noch immer, denn sie verfolgten sie bis in ihre Träume. Brynns größte Angst war nicht, die Behreneser könnten ihr Volk ein zweites Mal erobern, sondern dass sie gezwungen sein würde, den Drachen noch einmal um Hilfe zu bitten und diese Grauen erregende Waffe ein weiteres Mal auf die Menschheit loszulassen.

Hier, weitab des Geschehens, in den entlegenen nördlichen Gefilden To-gais, mit Pagonel an ihrer Seite, hatte sie sich und dem Mystiker geschworen, Pherol nur zu Kundschafterdiensten aus seiner Höhle zu holen, und ihn vielleicht noch als Drohmittel in der Hinterhand zu behalten, um Yatol Tohen Bardoh in Schach zu halten.

Jede einzelne Krallenspur in diesem endlosen unterirdischen Gang erinnerte sie an die schiere Kraft des Drachen; bei jeder Krallenspur lief es ihr eiskalt über den Rücken.

Aber sie gab nicht auf; sie verdrängte alle aufkommenden Schuldgefühle und führte sich noch einmal in aller Deutlichkeit den Gewinn vor Augen, den sie Pherol zu verdanken hatte. Ihr Volk war befreit; nicht nur, dass es sich nun wieder auf die alten Sitten und Gebräuche der To-gai-ru besann, dank Dharyan-Dharielle war es auch im Begriff, sich höhere Ziele zu setzen, die moderne Welt zu erkunden und deren Errungenschaften ganz beiläufig in die eigene Kultur einfließen zu lassen. Die Kinder der To-gai-ru lernten in Dharyan-Dharielle jetzt sogar lesen – in der großen, neuen Bibliothek, die Brynn aus den Überresten der einstmals so berühmten Bibliothek von Pruda zusammengestellt hatte.

Ihre Rückkehr hierher jedoch, um Pherol erneut für ihre Ziele zu gewinnen, ließ sie immer wieder daran denken, dass alle diese Vorteile nur um einen bestimmten Preis hatten erzielt werden können.

»Du wirst niemals eine ausreichend große Armee zusammenbekommen, um Yatol Bardoh an der Eroberung Jacinthas zu hindern, sollte er tatsächlich gegen diese Stadt vorgehen«, erinnerte Pagonel sie, so als hätte er ihre Gedanken erraten. »Dafür müsstest du ganz To-gai auf die Beine bringen. Glaubst du wirklich, die Menschen würden einem Aufruf zur Verteidigung Behrens Folge leisten? Könntest du das überhaupt ernsthaft von ihnen verlangen?«

Brynn stand schweigend im flackernden Schein der Fackel und sah ihn an. Natürlich waren sie dies alles längst durchgegangen, nachdem Pagonel und Pechter Dan Turk mit der Nachricht von Bardohs wachsender Macht in Dharyan-Dharielle eingetroffen waren. Sie hatten noch die Verteidigung von Dharyan-Dharielle organisiert, anschließend waren Brynn und der Mystiker sofort aufgebrochen und zum Eingang des Pfades der sternenlosen Nacht geeilt. Die Verteidigung der Stadt hatten sie ihrem bewährten Berater Tanalk Grenk anvertraut, ebenso wie die Mobilmachung der to-gairuschen Reiter, auch wenn sie noch nicht recht wusste, wie sie diese Armee überhaupt einsetzen sollte.

»Ich bin zuversichtlich, dass wir unsere Stadt gegen Bardoh halten können«, erwiderte sie, auch wenn das eigentlich nicht die Frage des Mystikers beantwortete, denn eine Antwort darauf wusste sie nicht.

»Dein Volk hat seine Freiheit zurückerlangt, und es wäre schon eine umfassende Invasion der Behreneser nötig, um sie ihnen wieder zu nehmen«, pflichtete Pagonel ihr bei. »Im Übrigen glaube ich nicht, dass Yatol Bardoh derzeit gegen Dharyan-Dharielle marschieren wird. Und sollte er diesen Fehler tatsächlich begehen, nun, dann wird sich eben ganz To-gai gegen ihn erheben. Das weiß er. Er hat zu viel zu verlieren, zumal sein eigentliches Ziel im Osten, an der Küste, liegt. Wenn du wirklich, wie im Waffenstillstandsabkommen angedeutet,

Yatol Mado Wadon zu Hilfe eilen willst – was auf lange Sicht gesehen gewiss den größeren Nutzen für dein Volk verspricht –, dann wirst du Pherol brauchen«, schloss der Mystiker.

»Auf lange Sicht?«

»Du wirst kaum bestreiten können, dass Tohen Bardoh sein Augenmerk schon sehr bald auf Dharyan-Dharielle richten wird, wenn er erst einmal in Jacintha gesiegt hat.«

Brynn machte Anstalten, etwas zu erwidern, wollte widersprechen, behielt ihre Entgegnung dann aber doch für sich. Pagonel hatte ja Recht. Natürlich hatte er Recht, und so ungern sie es zugab, das Leid, das Pherol schon bald wieder über das Land bringen mochte, würde geradezu verblassen angesichts der Tragödie, diesem Widerling Tohen Bardoh die Herrschaft über Behren zu überlassen und ihm zu erlauben, das Königreich seinen imperialistischen Vorstellungen entsprechend zu einen.

Entschlossen lief sie weiter und ermahnte sich, dass ihre Zeit allmählich knapp wurde. Nach allem, was sie wusste, konnte der Kampf um Jacintha bereits voll entbrannt sein.

Später am selben Tag vernahmen die beiden die ohrenbetäubenden Schnarchgeräusche eines schlafenden Drachen.

Kurz darauf traten sie aus dem immer enger werdenden Gang in eine weitere Höhle voller Münzen und unterschiedlichster anderer Gegenstände, die im Schein ihrer Fackeln funkelten. Es war nicht die Haupthöhle des Drachen, das wusste Brynn, denn dort war sie ihm gemeinsam mit Juraviel und Cazzira zum ersten Mal begegnet; sie war erheblich größer und barg weit mehr Schätze, während diese Höhle hier kaum genug Platz für den Drachen selbst bot. Andere Ausgänge waren nirgends zu sehen, obwohl die Seitenwände der Höhle vollkommen glatt und senkrecht in die Höhe wuchsen und oben ein Felsvorsprung zu erkennen war.

Brynn sah zu ihrem Begleiter, der die Berge glitzernder Gegenstände neugierig betrachtete. Als sie seinem Blick folgte, sah sie sofort, was sein Interesse geweckt hatte. Kaum einer der Gegenstände hier war wirklich wertvoll – selbst die Münzen waren größtenteils nur aus Silber oder Kupfer.

»Sieh einer an!«, grollte es plötzlich über ihnen, ehe ein schleifendes Geräusch aus jenem Gang, den sie soeben verlassen hatten – ein Fallgatter oder Steinquader vielleicht –, verriet, dass sie in eine Falle getappt waren.

Brynn fuhr instinktiv zur Öffnung des Ganges herum und sah, dass sie tatsächlich von einem massiven Gesteinsbrocken versperrt war. Noch in der Drehung zog sie ihr Elfenschwert und ließ dessen Klinge mit einem bloßen Gedanken an den im Heft eingelassenen Rubin in Flammen aufgehen. Als ihre Augen hektisch suchend umherzuckten, bemerkte sie, dass Pagonel wie vom Erdboden verschluckt war; schließlich wanderte ihr Blick nach oben und sie sah ihren Angreifer.

»Pherol!«, rief sie, als der mächtige Drachenkopf sich über den Felsvorsprung schob und der lange Drachenhals sich zu ihr hinunterschlängelte.

Überrascht hielt der Drache inne und riss seine Reptilienaugen auf. Mit einem Schnauben stieß er Rauch durch seine Nasenlöcher. »Sieh an, die kleine Frau!«, begrüßte er sie, sein Ton schlagartig verändert. »Das ist schon das zweite Mal, dass ich dich versehentlich für eine Diebin halte!«

Der Drache musterte sie von Kopf bis Fuß, so dass Brynn angesichts der Herkunft des größten Teils ihrer Rüstung sowie des Schwertes, das sie bei sich trug, nur mit den Achseln zucken konnte.

»Nur dass du beim ersten Mal tatsächlich eine warst, nicht wahr, kleine Frau?«, sagte Pherol mit einem amüsierten Lachen, das von einem Flammenstoß mitsamt Rauchwolke durch seine Nüstern begleitet wurde.

»Ich habe mir die Sachen nur ausgeliehen«, korrigierte ihn Brynn und schob das Schwert zurück in die Scheide. »Auf Lebenszeit – und zwar meine Lebenszeit –, was für eine Kreatur wie dich nicht übermäßig lang sein dürfte!«

»Nun, da mag was dran sein«, gab der Drache ihr Recht. »Betrachte die Gegenstände als deinen Besitz, als eine Aufmerksamkeit Pherols für die Menschenfrau, die ihm so viele vortreffliche Geschichten und Erinnerungen geschenkt hat! Sei also nochmals gegrüßt, kleine Frau. Es tut gut, dich hier zu sehen. Ich bin allerdings überrascht, dass du es vorgezogen hast, allein zu kommen.«

Brynn sah sich um.

»Ganz allein nicht, großer Lindwurm«, sagte Pagonel und trat aus den Schatten; man konnte tatsächlich den Eindruck haben, als tauche er plötzlich aus dem Nichts auf. Für Brynn und den Drachen, denen die Eigenheiten des Jhesta Tu mittlerweile vertraut waren, hielt sich die Überraschung allerdings in Grenzen.

»Sieh an, der Mystiker, willkommen!«, dröhnte Pherol. »Wie findest du meine Falle? Als Drache kann man gar nicht vorsichtig genug sein, musst du wissen, ist das eigene Versteck erst einmal überall bekannt. Unter euch Menschen gibt es ziemlich viele Diebe.«

»Und da du diese Reichtümer ausnahmslos redlich verdient hast –«, warf Pagonel trocken ein.

»Das ist das Gesetz der Drachen, Mystiker«, erläuterte Pherol im gleichen Tonfall. »Verspeise den Besitzer und behalte alles für dich, was an seinem Körper glitzert.«

Pagonel sah sich um. »Offenbar hattest du in letzter Zeit genug zu fressen.«

»Das hier?«, fragte der Drache ungläubig. »Das ist nichts als wertloser Tand!« Er senkte den Kopf fast bis zum Boden. »Klettert auf meinen Hals, damit ich euch zu meiner eigentlichen Schatzkammer bringen kann, Freunde.«

Kaum waren sie in der größeren Höhle oberhalb des Felsvorsprungs angelangt, trat der Drache einen Schritt zurück und ging daran, seine äußere Gestalt zu verändern; Knochen knackten, brachen entzwei und veränderten ihre Position, bis Pherol nicht mehr viel größer war als die beiden Menschen, obwohl er nach wie vor eine sehr viel mächtigere Aura verströmte.

»Kommt her und staunt, welch prächtige Beute ich gemacht habe«, lud der Drache sie ein.

Pagonel zuliebe gestattete ihm Brynn, sie durch mehrere mit Schätzen aus allen Zeiten gefüllte Kammern zu führen, Höhlen voller glitzernder Goldmünzen, Edelsteine und Juwelen. Jede Höhle war erfüllt vom Gefunkel prunkvoll gearbeiteter Rüstungsteile und blinkender Waffen, von eleganten, leicht gekrümmten Chezhou-Lei-Schwertern aus gefalztem Metall, bis hin zu den schwereren Breitschwertern, wie man sie im Bärenreich bevorzugte. Ab und zu blieb der Drache vor einem Einzelstück stehen und erzählte von der großen Schlacht, in der er eben dieses Prachtstück erbeutet hatte. Es waren wahrlich phantastisch anmutende Geschichten, aus einer Welt lange vor Brynns und Pagonels Zeit, lange bevor die Urahnen ihrer Eltern das Licht der Welt erblickt hatten.

»Ich hoffe doch, ihr habt eine neue Geschichte mitgebracht«, sagte der Drache, als der Rundgang sich dem Ende zuneigte.

Brynn sah zu Pagonel. »Ja, so könnte man es ausdrücken«, erwiderte sie. »Vielleicht sogar ein neues Abenteuer.«

Wieder bekam der Drache große Augen, und als seine Überraschung nachließ, sah er Brynn fragend an. »So schnell schon, kleine Frau?«, fragte er. »Was für einen Streit hast du denn diesmal vom Zaun gebrochen?«

Obwohl sie eben diesen Gesichtsausdruck in den letzten Jahren schon des Öfteren gesehen hatte, konnte Brynn nicht anders, sie musste schmunzeln, als sie bei der Vorstellung ihres neuen Freundes den Ausdruck auf Pechter Dan Turks Gesicht bemerkte.

Natürlich hatte Pechter Dan Turk längst von dem Lindwurm gehört – schließlich trug Brynn den Namen »Drache von To-gai« nicht ohne Grund –, aber diesem gewaltigen

Lindwurm unmittelbar vor den Toren der Stadt Dharyan-Dharielle plötzlich Auge in Auge gegenüberzustehen, war dennoch etwas völlig anderes, als ihn von weitem zu sehen oder gar nur irgendwelche Geschichten über ihn zu hören.

»Ich habe den Sattel so eingerichtet, dass er drei Personen aufnehmen kann«, erklärte Brynn an den Mann gewandt.

Pechter Dan Turk wären fast die Augen aus dem Kopf gefallen; instinktiv trat er einen Schritt zurück und machte entsetzt eine abwehrende Armbewegung.

»Ihr habt mich um Hilfe bei der Rettung Jacinthas gebeten«, sagte Brynn vorwurfsvoll. »Hier ist sie.«

»Wir sollen auf diesem … diesem Ungetüm reiten?«

»Wir haben den weiten Weg aus dem tiefsten Nordwesten To-gais nach Dharyan-Dharielle in einem einzigen Tag zurückgelegt«, warf Pagonel ein. »Allein schon Pherols Schnelligkeit wird uns bei der Entscheidung, wie wir weiter vorgehen wollen, eine große Hilfe sein; außerdem erlaubt sie uns einen raschen Gedankenaustausch mit Yatol Wadon, damit wir unsere Vorgehensweise im Kampf gegen Yatol Bardoh abstimmen können.«

Es war unmöglich festzustellen, ob der sichtlich fassungslose Mann überhaupt ein Ohr für diese Argumente hatte, denn Pechter Dan Turk stand da wie benommen, schüttelte den Kopf und murmelte leise »Pherol«, die Arme abwehrend vor dem Körper.

»Pherol?«, wiederholte er einen Moment darauf etwas gefasster. »Wollt Ihr damit etwa sagen, dieses Ungetüm hat einen Namen?«

Pherol verengte bedrohlich seine Reptilienaugen und gab ein verhaltenes, an eine ferne Lawine erinnerndes Knurren von sich.

»In To-gai kennen wir eine ganze Reihe von Sprichwörtern, in denen davon die Rede ist, wie klug es sei, niemals einen Drachen zu beleidigen«, lautete Brynns trockener Kommentar.

»Ich würde vermuten, in allen Ländern der Menschen denkt man ähnlich«, pflichtete Pagonel ihr bei.

»Darf ich ihn fressen?«, fragte Pherol, worauf der bedauernswerte Gesandte aus Jacintha aussah, als würde er auf der Stelle zusammenbrechen.

»Genug davon«, ging Brynn im nächsten Augenblick dazwischen. Energisch trat sie einen Schritt vor, passierte den gesenkten Kopf des Drachen, trat neben dessen Schulter, packte dort einen Lederriemen und zog sich in einer einzigen, fließenden Bewegung hinauf. »Kommt einfach mit«, forderte sie die beiden anderen auf. »Der Tag ist noch jung. Sehen wir nach, wie weit Tohen Bardoh bislang vorangekommen ist.«

Nachdem sie den sich sträubenden und verängstigten Pechter Dan Turk mit sanfter Gewalt in den dritten Sitz des Sattels gehievt hatten, brachen sie auf und schlugen sofort ein gewaltiges Tempo an. Pherol glitt vorbei an der Stadt Dharyan-Dharielle, wo die eine Hälfte der Menschen beim Anblick des Lindwurms verängstigt den Kopf einzog, während die andere begeistert in Jubel ausbrach. Gerade wie die Flugbahn eines Pfeils setzte der Drache seinen Weg entlang der nach Osten führenden Straße fort.

Schon am nächsten Tag erreichten die vier die Oase Dahdah, wo zu ihrer Überraschung nichts darauf hindeutete, dass Yatol Bardohs Streitkräfte diesen Ort jemals passiert hatten; nicht einmal die abtrünnigen Truppenverbände aus Jacintha waren noch zu sehen, denen Pagonel und Pechter Dan Turk nach Verlassen der Stadt Mado Wadons über den Weg gelaufen waren. Brynn befürchtete das Schlimmste, deshalb trieb sie den Drachen noch in derselben Nacht weiter bis in die Nähe der großen behrenesischen Stadt, wo sie ihn im Schutz der Dunkelheit in den niedrigen Vorbergen Jacinthas landen ließ.

Pagonel und Pechter Dan Turk brachen sofort auf, Brynn jedoch blieb zurück, mit der Erklärung, sie und der Drache würden erst einmal weiter die Gegend auskundschaften und später an der vereinbarten Stelle wieder zu ihnen stoßen.

Der Mystiker bedachte Brynn mit einem wissenden Blick und lächelte ihr anerkennend zu, bevor er ging. Er verstand sie nur zu gut. Brynn wollte sie nicht begleiten, weil sie in diesem Fall Pherol, solange sie in Jacintha zu tun hatten, hätte frei umherziehen lassen müssen.

In der Gegend lebten viel zu viele unschuldige Menschen, als dass Brynn das hätte zulassen können.

»Die Stadt befindet sich nach wie vor in Mado Wadons Hand«, berichtete Pagonel bei seiner Rückkehr zu Brynn und Pherol. Der Mystiker war jedoch nicht allein gekommen, sondern hatte noch einen zweiten Abgesandten mitgebracht, Paroud, der ihn und Pechter Dan Turk begleitete. Während Pagonel sich Brynn näherte, um ihr Bericht zu erstatten, war Pechter Dan Turk am Rand der kleinen Lichtung stehen geblieben und versuchte, seinen sichtlich nervösen Begleiter mit der Bemerkung, alles sei in Ordnung, der Drache, der große Pherol, sei ein Freund und kein Feind, zu überreden, sich ebenfalls zu zeigen.

Schließlich trat der verständlicherweise verängstigte Paroud unter einer ganzen Reihe tiefer und geradezu lächerlich höflicher Verbeugungen, die Brynn und dem Drachen galten, vor.

»Dann haben sich die Unruhen innerhalb Behrens also gelegt«, folgerte Brynn. »Und wir können Pherol nach Hause schicken.«

Der Drache knurrte verärgert; die Vorstellung schien ihn nicht sonderlich froh zu stimmen.

»Im Gegenteil, die Lage hat sich eher verschlimmert«, stieß Paroud hervor, der ganz überraschend seine Stimme wiedergefunden hatte. »Yatol Bardoh hat sich mit den Truppen Yatol Peridans aus der Region Cosinnida, meiner Heimat tief unten im Süden, verbündet. Er ... sie beide bedrohen jetzt Yatol De

Hamman, und wenn sie ihn erst überrannt haben, wird sie nichts mehr auf ihrem Vormarsch nach Jacintha aufhalten können!«

»Dass Yatol Peridan sich Yatol Bardoh so bereitwillig angeschlossen hat, lässt für Yatol Wadon und die Stadt Jacintha in der Tat nichts Gutes ahnen«, pflichtete Pagonel ihm bei. »Ich fürchte, ihre vereinten Streitkräfte werden sich als recht gewaltig erweisen.«

Brynn sah den Mystiker durchdringend an; es war eine stumme Bitte um Rat. Was sollte sie tun? Konnte sie einfach nach Dharyan-Dharielle gehen und eine Streitmacht aufstellen, um mit Mado Wadon gemeinsame Sache zu machen und ihn in seinem Kampf zu unterstützen? Wie konnte sie ihr Volk um etwas Derartiges bitten, nachdem die Behreneser ganz To-gai mehr als ein Jahrzehnt brutal unterdrückt hatten?

»Wir dürfen uns auf keinen Fall zu irgendwelchen voreiligen Schritten hinreißen lassen«, wandte sich Pagonel an die beiden nervösen Gesandten, obschon er im Grunde insgeheim auf Brynns offenkundige Bedenken antwortete. »Geht zu Eurem Yatol Wadon und erbittet seinen Rat, wie Brynn sich verhalten soll.«

»Er hat uns bereits unmissverständlich klargemacht, welche Art von Hilfe er benötigt!«, protestierte Paroud. »Er braucht dringend Soldaten, so viele To-gai aufstellen kann, und das schnell!«

»Ihr nehmt Euch einiges heraus«, fuhr Brynn ihn barsch an und nahm ihm damit ein wenig den Wind aus den Segeln. Irgendetwas an diesem Paroud behagte ihr nicht sonderlich. Die Behreneser waren lange Zeit ein Volk von Stämmen gewesen, deren Treue in erster Linie ihrer Region innerhalb des Königreiches galt. Paroud stammte offensichtlich aus Cosinnida, und doch war er hier und forderte geradezu leidenschaftlich Unterstützung im Kampf gegen seinen herrschenden Yatol. Womöglich verfolgte er insgeheim selbst ehrgeizige Ziele, überlegte Brynn. Vielleicht glaubte Paroud, Yatol

Mado Wadon würde schnell handeln und Yatol Peridan durch einen vertrauenswürdigeren Mann aus Cosinnida ersetzen.

Das alles betraf Brynn natürlich nicht wirklich, aber wenn sie über die geheimen Machenschaften nachdachte, die der Grund für die chaotischen Zustände in Behren waren, fühlte sie sich einmal mehr verpflichtet, mit größter Behutsamkeit vorzugehen.

»Es wird sich zeigen, dass die Lage sehr leicht zu beeinflussen ist«, warf Pagonel ein, dessen Gedanken offenbar in die gleiche Richtung gingen wie ihre. »Lasst uns so viel wie möglich in Erfahrung bringen. Vielleicht setzt ein Besuch von Brynn und Pherol Yatol Bardohs Plänen – und Yatol Peridans Bereitschaft, sich mit einem so schlecht beratenen Verbündeten zusammenzutun – ja einen Dämpfer auf.«

»Vielleicht«, war alles, was Brynn dazu sagen mochte; sie ließ den Gesandten Paroud keinen Moment aus den Augen. Ihre Langmut gegenüber anmaßenden Behrenesern war nicht übermäßig ausgeprägt, und obschon sie Behren gerne unter der Herrschaft eines Mannes wie Mado Wadon sähe, der die Klugheit eines Friedensschlusses mit den To-gai-ru eingesehen hatte, hatte ihre Freundschaft letzten Endes Grenzen.

Auf einem Kriegsschiff unweit des Hafens von Jacintha, das unter der Flagge des Königreichs im Norden segelte, lauschten Abt Olin und Herzog Bretherford aufmerksam Meister Mackaront, der eine ganz ähnliche Geschichte über die sich verändernde Lage südlich der großen behrenesischen Stadt zu berichten wusste.

»Mado Wadon ist völlig verängstigt«, sagte Mackaront. »Er weiß sehr wohl, dass Bardohs Vormarsch nicht aufzuhalten sein wird, sobald Yatol De Hammans Truppen erst einmal aufgerieben sind. Mittlerweile bittet Mado Wadon schon ganz offen um jedwede Hilfe, die wir ihm bieten können, und in ganz Jacintha machen Gerüchte die Runde, er suche auch im Westen Hilfe, beim Drachen von To-gai und bei ihren leidenschaftlich kämpfenden Kriegern.«

»Und, haben die To-gai-ru in irgendeiner Weise auf dieses Ersuchen reagiert?«, wollte Abt Olin wissen. Die Vorstellung, Jacintha könnte sich die dringend benötigte Hilfe anderweitig beschaffen, hatte ihm das selbstgefällige Grinsen aus dem Gesicht gewischt. Er besaß eine Flotte mit Kriegern, die bereit waren, im Süden einer angreifenden Armee an Land zu gehen, darüber hinaus zehntausend weitere Krieger, die jederzeit von den Bergen im Norden vorrücken konnten, um die Angreifer in eine tödliche Zange zu nehmen.

»Nein«, erwiderte Mackaront. »Bislang liegen keine Berichte vor, denen zufolge sich eine Armee über die Nordstraße von Dharyan-Dharielle hierher bewegt. Es darf bezweifelt werden, ob Brynn Dharielle in der Lage ist, rechtzeitig eine Armee aufzustellen, die groß genug ist, um Yatol Bardos Vormarsch aufzuhalten.« Er ließ ein zuversichtliches Lachen hören. »Ebenso darf bezweifelt werden, ob Brynn Dharielle in der Lage ist, ihre Krieger für irgendwelche Ziele zu begeistern, die auf eine Unterstützung Behrens hinauslaufen. Der Hass zwischen den beiden Völkern geht sehr tief, das kann ich Euch versichern, trotz dieses erzwungenen Waffenstillstands.«

Diese höchst willkommenen Neuigkeiten entlockten Abt Olin ein boshaftes Schmunzeln.

»Daher bittet Euch Mado Wadon, sich ihm so bald als möglich anzuschließen«, fuhr Mackaront fort, doch Abt Olin schnitt ihm das Wort ab.

Er blickte zu Herzog Bretherford. »Habt Ihr mit Maisha Darou gesprochen?«

Der Herzog nickte. »Wie Ihr erwartet habt, ist Yatol Peridan an ihn herangetreten und hat ihm, gleich nach Besiegelung das Bündnisses mit Yatol Bardoh, befohlen, seine Anstrengungen zu verdoppeln.«

»Und, ist er sich über seine zukünftig erweiterte Rolle im Klaren?«

»Ein paar Säcke voller Edelsteine haben den Kopf eines Piraten noch stets von Bedenken frei gemacht«, erwiderte Herzog Bretherford verdrießlich.

Abt Olin lachte und blickte wieder zu Mackaront. »Da seht Ihr es.«

»Dann kann ich Yatol Wadon also versichern –«

»Gar nichts könnt Ihr«, beeilte sich Abt Olin ihn zu berichtigen. »Yatol Wadon wird warten, bis ich den richtigen Zeitpunkt für gekommen halte. Jacinthas Verzweiflung ist unser Verbündeter.« Er musterte die beiden Männer. »Yatol Wadon wird uns mit offenen Armen willkommen heißen. Ich werde als Retter Jacinthas auftreten, und genau das wird uns den Rückhalt verschaffen, den wir brauchen.«

»Um die Behreneser zur abellikanischen Religion zu bekehren?«, fragte ein sichtlich skeptischer Herzog Bretherford, der schon seit seiner Ankunft in Entelin düsterer Stimmung war, und das, obwohl Abt Olin ihm *Rontlemores Traum* als Flaggschiff überlassen hatte, ein Schiff, das in Ursals Flotte an Stattlichkeit und Größe seinesgleichen suchte, die *Flusspalast* eingeschlossen.

»Um die gemeinsame Basis unserer beiden Religionen zu festigen«, verbesserte ihn Abt Olin.

»Damit Ihr sie Eurer Gemeinde einverleiben könnt?«, erwiderte der Herzog.

»Die Auslegung überlasse ich ganz Euch«, erklärte Abt Olin. »Euren König Aydrian gelüstet es nach Behren, also werden wir ihm Behren liefern. So einfach ist das.«

Herzog Bretherford nickte und erhob seinen Krug pflichtschuldig zu einem Toast. Ihm war durchaus bewusst, dass es hierbei mehr um Olin als um Aydrian ging. Gewiss, der junge König war ehrgeizig, gleichwohl hatte der Übergriff auf Behren – noch dazu, bevor die ungeheuren Probleme innerhalb des Bärenreiches aus der Welt geschafft waren – eher etwas mit den krankhaften Begehrlichkeiten Abt Olins zu tun.

Herzog Bretherford waren die Verhältnisse am Hof von Ursal lang genug vertraut gewesen, um zu begreifen, dass Aydrian beschlossen hatte, Abt Olin ebenso kaltzustellen wie zuvor bereits seine Wenigkeit. Und was wäre besser geeignet als Köder für Olin als die Stadt Jacintha sowie die umliegenden Ländereien? Bretherford konnte nicht bestreiten, dass diesem Schachzug eine gewisse Wirksamkeit eigen war, denn er bezweifelte nicht, dass die zur Verteidigung Jacinthas aufgestellten Truppen des Bärenreiches sich als mehr denn ausreichend erweisen und es Abt Olin erlauben würden, nach der Macht zu greifen. Trotz alledem hatte sich ein bohrender Zweifel in den Gedanken des Herzogs des Mirianischen Ozeans festgesetzt, ein Zweifel, der ihn seit dem Machtwechsel im Bärenreich nicht mehr losgelassen hatte.

Und der eng mit dem Namen Prinz Midalis verknüpft war.

13. Im Schutz der Dunkelheit

»Das ist doch völliger Wahnsinn«, raunte Roger. »Du wirst uns in den sicheren Tod schicken.«

Bradwarden verzichtete auf eine Antwort; der Zentaur war viel zu sehr damit beschäftigt, das bemerkenswerte und unerwartete Schauspiel zu beobachten, das sich vor ihnen entfaltete.

Soeben war die übermächtige Allheart-Brigade, im Verband mit den Legionen der Kingsmen aus Ursal, im Begriff, die Ortschaften Caer Tinella und Landsdown zu überrennen. Widerstand hatte es praktisch nicht gegeben, denn die Soldaten, die sich auf dem Marsch aus der eroberten Stadt Palmaris nach Norden befanden, waren bei ihrem Vordringen in beiden Orten auf eine bereits stark geschrumpfte Bevölkerung gestoßen.

»Du hast sie doch vorgewarnt, oder?«, fragte Bradwarden.

»In den Ortschaften selbst waren wir nicht«, antwortete Roger. »Pony wollte so schnell wie möglich nach Dundalis, deswegen haben wir auf unserem Ritt nach Norden alle Städte gemieden.«

»Nun, irgendjemand muss aber dort gewesen sein«, hakte der Zentaur nach.

»Vielleicht die Garnison aus Palmaris«, überlegte Roger. »Viele von ihnen hatten die Stadt gleich nach uns verlassen. Bestimmt haben sie hier Halt gemacht und der Bevölkerung geraten, die Ortschaften zu verlassen.«

»Oder den neuen König freundlich zu empfangen«, sagte Bradwarden. »Wie's scheint, hat eine ganze Menge von ihnen genau das getan. Ich frag mich nur, wohin die Geflohenen verschwunden sind. Nach Dundalis jedenfalls nicht, sonst wären wir ihnen auf der Straße begegnet.«

»Nach Vanguard«, sagte Roger. »Sie sind mit der Garnison aus Palmaris nach Osten gezogen, um sich Prinz Midalis anzuschließen.«

»Dann dürften sie einen langen und kalten Marsch vor sich haben. Es wird dieses Jahr früh Winter werden, erst recht in den Waldgebieten nördlich des Golfes.« Der Zentaur sah sich nach allen Seiten um, bis sein Blick wieder auf Roger fiel. »Heute Abend wirst du dort hinuntergehen und so tun, als seist du ein einfacher Bürger dieses Ortes.«

»Da hinunter?«, fragte Roger ungläubig. »Ist dir eigentlich klar, wem ich dort unten über den Weg laufen könnte? Wahrscheinlich ist Marcalo De'Unnero ganz in der Nähe, und wenn nicht er, dann ganz gewiss Herzog Kalas. Er kennt mich. Wenn ich mich in Caer Tinella oder Landsdown blicken lasse, komme ich bestimmt nicht so schnell zurück.«

»Was anderes wird uns wohl nicht übrig bleiben.«

»Uns?«

»Na, jedenfalls dir. Wir brauchen dringend mehr Informationen, wenn wir bis nach Palmaris kommen und dort irgendwas bewirken wollen«, erklärte der Zentaur.

»Dann schleichen wir uns in die Außenbezirke und versuchen dort in Erfahrung zu bringen, was wir können«, schlug

Roger vor. »Wachposten geben gerne an und können nichts für sich behalten. Ich gehe hinunter und suche mir in der Nähe einer Gruppe ein Versteck, dann werden wir alles erfahren, was wir wissen müssen.«

Als er geendet hatte, schnippte er mit den Fingern, lächelte Bradwarden noch einmal zu und wollte sich dann Richtung Ortschaft entfernen.

»Du wirst mitten in den Ort hineingehen«, wies Bradwarden ihn an. »Geh zum Schankraum in Caer Tinella; dort wirst du bei einem Gläschen mehr zu hören bekommen als bei den halb erfrorenen und schlecht gelaunten Posten in einer ganzen Nacht.«

Roger starrte Bradwarden an, doch dessen Miene duldete keinerlei Widerspruch.

Mit einem Seufzer machte sich der klein gewachsene Mann auf den Weg.

Er ließ die Kapuze seines Umhangs hochgeschlagen, zog sie aber nicht so tief ins Gesicht, dass es so aussah, als wollte er nicht erkannt werden. Roger war schon immer ein ziemlich einfallsreicher Bursche gewesen; in den Zeiten des Großen Krieges hatte er all sein Geschick im Sichunsichtbarmachen und Klauen sowie sein überzeugendes Auftreten dazu benutzt, eine Gruppe von Flüchtlingen aus eben diesen Ortschaften in ein sicheres Versteck zu bringen und mit Lebensmitteln zu versorgen. Bevor Elbryan und Pony gekommen waren, um die vom Glück verlassene Schar der Dörfler in einem größeren Verband gegen die Günstlinge des geflügelten Dämons zu führen, hatte Roger Flinkfinger für sie und ihre Sicherheit gesorgt, meist, indem er irgendwelche Pauris austrickste.

Aber das waren bloß Pauris gewesen – zu allem entschlossene und zähe Zwerge, gewiss, trotzdem …

Hier jedoch hatte er es mit Marcalo De'Unnero zu tun.

Schon der Gedanke an diesen Mann ließ Roger einen eiskalten Schauer über den Rücken laufen. Sollte De'Unnero sich tatsächlich hier befinden und Roger zufällig erkennen, dann vermochte nichts auf der Welt ihn noch zu retten, nicht Bradwarden und auch nicht Pony.

Je länger er sich durch die Straßen Caer Tinellas bewegte, in denen mehr Soldaten als Bürger unterwegs waren, desto mehr ließ seine Befangenheit nach. Schließlich war er hier zu Hause; dies war der Ort, an dem er aufgewachsen war.

Er näherte sich dem Schankraum, wie Bradwarden es ihm aufgetragen hatte, aber als er vor der Tür stand, musste er feststellen, dass das Lokal nahezu menschenleer war. Einer Eingebung folgend bog Roger links ab und lief mit hastigen Schritten eine Seitenstraße entlang, die ihn zum Haus eines alten Freundes führte.

Als auf sein leises Klopfen niemand antwortete, sah er sich kurz um, um sich zu vergewissern, dass er nicht beobachtet wurde, dann knackte er lautlos das Türschloss und schlüpfte hinein. Nichts im Haus deutete auf einen überhasteten Aufbruch hin, und als er Teile der Rüstung des Mannes sowie ein prachtvolles Schwert seitlich am offenen Kamin lehnen sah, war sich Roger ziemlich sicher, dass sein Freund die Stadt nicht verlassen hatte.

Was auch nur logisch wäre, das wusste Roger, da es überhaupt nicht zu dem Besitzer dieses Hauses, Captain Shamus Kilronney, gepasst hätte, sich vor einem Kampf zu drücken.

Roger ging nach nebenan ins Wohnzimmer, ließ sich in einen Sessel fallen, der unmittelbar vor dem kalten Kamin stand, und wartete.

Ein, zwei Stunden verstrichen, und Roger wurde immer nervöser. Schon begann er sich zu fragen, ob Shamus vielleicht etwas zugestoßen war. Hatte er zu lautstark gegen den neuen König protestiert und war in eine Gefängniszelle geworfen worden?

Gerade hatte sich Roger dazu durchgerungen, zu gehen und es herauszufinden – er war sogar schon von seinem Platz aufgestanden und befand sich auf dem Weg zur Tür –, als diese plötzlich aufgestoßen wurde und ein überaus erschöpft wirkender Shamus Kilronney ins Zimmer trat. Er warf seinen Hut gleich neben dem Eingang auf den Tisch und zog einen Stuhl heran, als wollte er sich hinsetzen, ehe er unvermittelt und in einem für den normalerweise so gefassten Mann völlig untypischen Wutanfall den Stuhl quer durch den Raum schleuderte, wo er krachend an der Wand zersplitterte.

»Ich nehme an, es ist nicht gut gelaufen!«, gab Roger sich zu erkennen und trat aus dem Schatten.

Seine Stimme ließ Shamus erschrocken zusammenfahren; sofort nahm er eine Verteidigungshaltung ein, wurde jedoch merklich entspannter, als er Roger erkannte.

»Was zum Teufel hast du hier verloren?«, fragte der ehemalige Soldat barsch, der früher Kommandant eines in Palmaris Dienst tuenden Truppenkontingents der Kingsmen gewesen war.

»Ich freue mich auch, dich wiederzusehen«, lautete Rogers trockene Antwort.

Shamus' Gesicht nahm schlagartig einen fassungslosen, völlig verwirrten Ausdruck an. »Natürlich«, stammelte er dann, ging auf seinen alten Freund zu und streckte ihm die Hand entgegen. »Roger!«, rief er und drückte ihn, statt ihm die Hand zu schütteln, mit beiden Armen fest an sich.

Sein gesamtes Verhalten war vollkommen untypisch für Shamus Kilronney, ein Umstand, der Roger einiges über die derzeitige Situation in Caer Tinella verriet.

»Wie schnell sich die Welt verändert«, sagte Shamus, ließ sich auf einem Stuhl nieder und winkte Roger, ihm gegenüber Platz zu nehmen. »Sag schon, wo steckt Jilseponie? Ist sie nach König Danubes überraschendem Tod in Sicherheit? Ist sie ...?«

Roger machte eine beschwichtigende Handbewegung, um ihn zu beruhigen. »In Sicherheit? Das schon«, antwortete er. »Zumindest körperlich ist sie unversehrt; aber machen wir uns nichts vor, als die Wahrheit über Aydrian ans Licht kam, war das für sie ein großer Schock.«

»Dann stimmt es also?«, fragte Shamus und beugte sich vor. »Der neue König ist tatsächlich ihr Sohn?«

»Sozusagen«, räumte Roger widerwillig ein. »Aber obwohl Elbryans und Jilseponies Blut in seinen Adern fließt, hat er seine Verwandtschaft mit den beiden bislang durch keine seiner Taten untermauert.«

»Ich weiß nicht, wohin das alles führen soll«, sagte Shamus. »Ins Verderben, so viel scheint sicher. Prinz Midalis wird sich niemals kampflos geschlagen geben; das gesamte Königreich wird auseinander gerissen werden!«

»War Aydrian schon in Caer Tinella?«

»Er zieht es vor, in Palmaris zu bleiben.«

»Und Marcalo De'Unnero?«, hakte Roger nach und beugte sich auf seinem Stuhl nach vorn. »Hat er sich schon hier blicken lassen?«

»De'Unnero?«, murmelte der verwirrte Shamus, der aussah, als würde er jeden Moment vornüberkippen. »Was hat Marcalo De'Unnero damit zu tun?«

»Wer ist hier König Aydrians Stellvertreter?«

»Herzog Kalas, der Oberbefehlshaber der Allhearts.«

»Und der gute Herzog hat es noch nicht für angebracht gehalten, Euch zu erzählen, wer Aydrians wichtigster Berater ist?«

»De'Unnero?«, wiederholte Shamus. »Lebt der denn überhaupt noch?«

»De'Unnero war es, der für Aydrians Aufstieg in Ursal gesorgt hat«, erklärte Roger.

»Das ist völlig ausgeschlossen!«

»Jilseponie hat es mir selbst erzählt«, bekräftigte Roger. »Ein Irrtum ist ausgeschlossen. Wenn er sich derzeit nicht hier aufhält, ist er vermutlich bei Aydrian in Palmaris geblieben. Das hoffe ich zumindest«, fügte er hinzu und konnte nicht umhin, sich nervös nach allen Seiten umzusehen. »Besser so, als mit ansehen zu müssen, wie er, halb Mensch, halb Bestie, die gesamte Gegend unsicher macht.«

Shamus Kilronney fuhr sich mehrmals mit der Hand durch sein schütter gewordenes, ergrauendes Haar, so als versuche er, all die bestürzenden Neuigkeiten zu begreifen, die in den letzten Tagen über ihn hereingebrochen waren. »Das ergibt doch alles keinen Sinn«, sagte er schließlich. »Herzog Kalas ist kein schlechter Mensch, und doch scheint alles darauf hinzudeuten, dass er sich vom Haus Ursal abgewandt hat. Und warum in aller Welt sollte er sich ausgerechnet mit diesem Marcalo De'Unnero verbündet haben?«

»Hat er das denn?«

Die vage Hoffnung schien Shamus Kilronney ganz in ihren Bann zu ziehen, allerdings nur für einen Augenblick, dann nickte er. »Er hat diese beiden Ortschaften in König Aydrians Namen erobert; außerdem haben die Soldaten aus Palmaris, die vor ein paar Wochen hier durchgekommen sind, darauf beharrt, der Triumphmarsch des neuen Königs nach Palmaris sei von Anfang bis Ende von Herzog Kalas angeführt worden.«

Roger konnte nur mit den Achseln zucken.

»Ich soll Herzog Kalas noch heute Abend treffen – womöglich ist er in diesem Augenblick bereits auf dem Weg hierher«, erklärte Shamus. »Setz dich doch einfach zu uns, vielleicht können wir das Rätsel gemeinsam lösen.«

»Wohl kaum«, erwiderte Roger mit einem amüsierten Lachen. »Kalas konnte mich noch nie besonders leiden, und Jilseponie hasst er ganz besonders.«

»Wir könnten versuchen, ihn zur Vernunft zu bringen ...«

»Er würde mich in Ketten legen und, wenn ich Glück habe, wieder nach Palmaris verfrachten lassen«, sagte Roger. »Nein, ich verspüre nicht das geringste Bedürfnis, Leuten wie Kalas Auge in Auge gegenüberzutreten.« Als er geendet hatte, erhob er sich von seinem Platz und trat an das mit einem Vorhang versehene Fenster gleich neben der Tür. Er zog den Vorhang ein kleines Stück zurück und spähte hinaus – und sah eine Gruppe von Soldaten näher kommen.

»Kalas?«, fragte Shamus.

Roger nickte. »Ich möchte dich bitten, mich nicht zu verraten«, erklärte er. »Ich kann nicht sagen, wie die Geschichte ausgehen wird, alter Freund, aber ich bezweifle, dass ich mich jemals mit Leuten wie diesem Herzog Targon Bree Kalas zusammentun werde.«

»Dann mach, dass du verschwindest, und zwar schnell«, willigte Shamus ein, worauf Roger rasch aus dem Raum schlüpfte, im selben Moment, als ein lautes Klopfen von der Tür herüberdröhnte.

Shamus ließ sich ein paar Augenblicke Zeit, um Roger einen kleinen Vorsprung zu geben, dann ging er hinüber zur Tür und machte auf. Ein Trupp Soldaten betrat den Raum mit einem respektvollen Nicken zu Shamus, drängte jedoch an ihm vorbei ins Haus. Sie schwärmten sofort aus und begannen, jeden Winkel und jeden Schrank zu durchsuchen, rissen sämtliche Decken vom Bett, ließen sich auf Hände und Knie fallen und spähten unter alles, was genügend Bodenfreiheit aufwies, um sich darunter zu zwängen.

Shamus wollte schon protestieren, besann sich dann jedoch eines Besseren. Er hatte den größten Teil seines Lebens bei den Kingsmen verbracht, hatte unter Baron Bildeborough von Palmaris und anderen Würdenträgern gedient, deshalb wusste er, dass die Männer lediglich taten, wofür man sie ausgebildet hatte: ein Gebäude vor dem Eintreffen ihres Herrn zu sichern.

Herzog Kalas, selbstsicher wie eh und je, wartete gar nicht erst das Zeichen zur Entwarnung ab, sondern trat schwungvoll ein.

»Herzog Kalas«, begrüßte Shamus ihn mit einer tiefen Verbeugung. »Es ist lange her, viel zu lange.« Er vernahm ein lautes Poltern aus dem Nebenzimmer und hoffte inständig, dass man Roger nicht gefunden hatte.

»Es überrascht mich, Euch hier anzutreffen, Captain Kilronney«, gestand der Herzog, während er am Tisch Platz nahm und Shamus bedeutete, es ihm gleichzutun.

»Ich bin hier zu Hause«, erwiderte Shamus. »Wo sollte ich sonst sein?«

»Unterwegs mit Jilseponie und anderen Gesinnungsfreunden«, entgegnete der Herzog mit unverblümter Offenheit. »Es wäre nicht das erste Mal, dass Ihr Euch zusammen mit ihr gegen die Krone verbündet hättet.«

Die Beleidigung traf ihn natürlich nicht unerwartet. Damals, in jenen finsteren Zeiten, hatte Shamus tatsächlich fest zu Elbryan und Jilseponie gestanden und war sogar mit Elbryan am Barbakan gewesen, als Herzog Kalas und Marcalo De'Unnero mit einer Armee dort angerückt waren, um den Hüter gefangen zu nehmen.

In diesem Augenblick kehrten die anderen Soldaten ins Zimmer zurück; zu Shamus' großer Erleichterung ohne Roger Flinkfinger im Schlepptau.

»Ich gebe zu, ich stand auf ihrer und Elbryans Seite«, erwiderte Shamus, nicht bereit, klein beizugeben. »Aber Jilseponie hat sich niemals gegen die Krone gestellt. Das solltet Ihr eigentlich wissen, Herzog Kalas. Sie hat recht daran getan, sich gegen Markwart aufzulehnen, im Übrigen –«

»Erspart mir eine Auflistung von Jilseponies Tugenden«, unterbrach ihn Herzog Kalas. »Ich habe in den letzten Jahren schon viel zu viel von ihr und über sie gehört. Ich kann nur hoffen, dass sie in die Wälder geflohen ist und von einem Bären aufgefressen wurde.«

»Oder vielleicht von einem Tiger?«

Die unmissverständliche Anspielung auf De'Unnero ließ Kalas schlagartig eine aufrechtere Haltung einnehmen; seine Augen wurden zu bedrohlich schmalen Schlitzen.

»Ja, ich habe von Marcalo De'Unneros unerwarteter Rückkehr gehört«, bestätigte Shamus. »Ich gebe allerdings zu, ich bin mehr als nur ein wenig überrascht zu hören, dass er und Herzog Kalas wieder auf derselben Seite stehen.«

»Es geht hier nicht um Marcalo De'Unnero«, erwiderte Herzog Kalas ungehalten; sein barscher Ton verriet deutlich, wie empfindlich er auf den abtrünnigen Mönch reagierte. »Es geht darum, dem Bärenreich wieder zu seiner alten Größe zu verhelfen, dafür zu sorgen –«

»Dass der Name Ursal reingewaschen wird?«

»Captain Kilronney«, mahnte Herzog Kalas mit einer Ruhe und Gelassenheit, die für Shamus kaum hätte bedrohlicher klingen können.

Er hob beschwichtigend die Hände, zum Zeichen, dass er bereit war, das Thema fallen zu lassen.

»Ich versichere Euch, die Entwicklung der Ereignisse überrascht mich ebenso wie Euch«, fuhr Herzog Kalas fort. »Gleichwohl bin ich mir vollkommen sicher, dass unser Land unter Aydrians Führung aufblühen wird wie nie zuvor.«

»Woher wollt Ihr das wissen?«

Herzog Kalas suchte umständlich nach Worten, ehe er schließlich mit den Schultern zuckte. »In ihm steckt mehr als in jedem anderen Mann, der mir bislang begegnet ist«, erklärte er ruhig. Shamus beobachtete ihn aufmerksam, denn so bescheiden hatte er den sonst so stolzen und unbeugsamen Mann noch nie erlebt. »Wenn je ein Mann dazu geboren wurde, König zu sein, dann ganz gewiss Aydrian.«

»Seine Herkunft ist zweifellos beeindruckend«, bestätigte Shamus, worauf Kalas' Miene sich verfinsterte.

»Er ist über die zahllosen Unzulänglichkeiten sowohl seiner Mutter als auch seines Vaters erhaben«, sagte der Herzog energisch. »Aber bitte, erzählt mir von seiner Mutter. Ist Jilseponie durch diesen Ort gekommen?«

»Ist sie nicht, und bevor Ihr eingetroffen seid und ich die Nachricht erhielt, sie sei unterwegs, befürchtete ich, sie säße noch immer in Ursal im Gefängnis.«

»Wollt Ihr damit etwa andeuten, die Garnisonstruppen aus Palmaris seien nicht hier durchgekommen?«, fragte Herzog Kalas misstrauisch.

»Doch, sind sie, nur wussten sie nicht viel zu berichten«, erwiderte Shamus. »Ich habe sie allerdings auch nicht gründlich befragt, da sie es auf ihrem Weg in den Nordosten offenbar recht eilig hatten. Vermutlich wollen sie nach Vanguard.«

»Und ein Großteil der Bürger hat sich ihnen angeschlossen.« Es war eine Feststellung, keine Frage.

»So ist es. Prinz Midalis und König Danube haben in dieser Gegend große Loyalität geweckt, wenn auch nicht mehr als Jilseponie Wyndon.«

Wieder bedachte Kalas ihn mit einem finsteren Blick.

»Nehmt Euch in Acht, mein lieber Herzog«, warnte Shamus. »Hier oben, nördlich von Palmaris, hat der Name Jilseponie noch immer einen guten Klang, ganz gleich, wie ihr Ruf in der Stadt oder entlang der Straße nach Süden sein mag. Die Menschen in Caer Tinella und Landsdown wissen noch sehr gut, was sie ihr und Elbryan zu verdanken haben.«

»Aus eben diesem Grund würde ich vermuten, dass die uns vorliegenden Berichte zutreffend sind, denen zufolge sie Palmaris in nördlicher Richtung verlassen hat«, erwiderte Herzog Kalas. »Und doch behauptet Ihr, sie sei nicht durch diesen Ort gekommen.«

»Ist sie auch nicht; wenn es so gewesen wäre, hätte ich sie gewiss gesehen und mit ihr gesprochen. Und ich versichere Euch, das war nicht der Fall.«

Herzog Kalas sah Shamus einen Moment lang durchdringend an, ehe er, offenbar zufrieden, nickte.

»Dass sie nicht durch diese Ortschaften gekommen ist, bedeutet noch lange nicht, dass sie hier nicht vorbeigekommen ist«, erklärte Shamus. »Sie hat sich in Caer Tinella noch nie heimisch gefühlt.«

»Es wäre also möglich, dass sie sich weiter nördlich aufhält«, sagte Herzog Kalas. »Oben in Dundalis.«

»Werdet Ihr in dieselbe Richtung marschieren?«

»Nein«, antwortete Kalas, ohne zu zögern. »Das entspräche nicht meinem Auftrag. Die Waldlande sind derzeit ohne jede Bedeutung.«

»Nicht einmal, wenn sich Jilseponie dort aufhält?«

»Ziel meiner Reise ist es nicht, Jilseponie zu suchen«, erklärte Kalas. »Sollte ich diese Hexe niemals wiedersehen, wäre ich zeit meines Lebens ein glücklicher Mann. Mein Befehl lautete, diese Ortschaften für König Aydrian in Besitz zu nehmen, und das habe ich getan. Jetzt werde ich mit den Allhearts und den anderen Truppen weiter nach Westen ziehen, um das gesamte Gebiet rings um Palmaris zu sichern, wo man Aydrian mittlerweile begeistert willkommen heißt. Selbst Bischof Braumin hat sich wohlwollend über den neuen König geäußert.«

Shamus nickte, auch wenn ihn diese Bemerkung mehr als nur ein wenig überraschte. War nicht gerade Braumin in all den Jahren einer der treuesten Freunde Jilseponies gewesen?

»Ich bin nicht zum Plaudern hergekommen«, sagte Herzog Kalas unvermittelt. »Wie ich sehe, hat Euch die Bevölkerung dieser zwei Orte zum Anführer ausersehen.«

»So würde ich das nicht ausdrücken.«

»Aber ich; und ich muss sagen, es überrascht mich nicht«, erwiderte Herzog Kalas. »König Danube hat Euren Abschied von den Kingsmen und aus den Diensten der Krone als großen Verlust empfunden. Jahrelang waren viele von uns der Ansicht, im Machtgefüge des Königreiches stünde Euch eine strahlende Zukunft bevor, sogar noch nach Eurem Entschluss, Euch auf die Seite Elbryans und Jilseponies zu schlagen.«

Shamus hätte gerne noch einmal darauf hingewiesen, dass er in diesem Punkt Recht behalten habe, besann sich dann aber eines Besseren. Schließlich wusste er, wie halsstarrig Herzog Kalas sein konnte, und dass er den Mythos, der sich um die Helden des Nordens rankte, bis zum heutigen Tag nicht akzeptierte.

»Kurzum, ich möchte, dass Ihr in den Dienst des Königreiches zurückkehrt«, fuhr Kalas fort, als Widerspruch ausblieb. »Ich sage dies mit voller Überzeugung: König Aydrian wird das Bärenreich zu bislang ungekannter Größe führen; aber so überragend er selbst auch sein mag, er wird auf fähige Führungspersönlichkeiten angewiesen sein.«

Shamus war sich nur vage des Umstands bewusst, dass ihn in diesem Augenblick schon die kleinste Brise hätte umwerfen können. Ausgerechnet Herzog Kalas so voll des Lobes über einen anderen reden zu hören, entsprach so gar nicht dem Wesen dieses stolzen Mannes, ja, es war nahezu unvorstellbar.

»Ich habe mich längst zur Ruhe gesetzt«, brachte Shamus schließlich mit Mühe hervor. »Es reizt mich nicht sonderlich, wieder über die Straßen zu marschieren, mein Herzog.«

»Von Straßen war auch nicht die Rede«, entgegnete Kalas. »Worauf es mir ankommt, ist eine stabile Situation in den Orten hier, und ich bin der festen Überzeugung, dass Ihr diese garantieren könnt – im Namen Eures Königs Aydrian.«

»Und gegen Prinz Midalis?«

»Die Frage ist nur recht und billig«, erwiderte Kalas. »Und ich bete, dass es niemals so weit kommt, denn wenn Midalis sich gegen Aydrian stellt, wird das sein Untergang sein. Aber sollte es tatsächlich zum Krieg kommen, werden wir sie die Tragödie bis zum bitteren Ende spielen lassen. Fürs Erste möchte ich den Bewohnern von Caer Tinella und Landsdown lediglich zusichern, dass alles beim Alten bleibt. Damit hoffe ich all jene zurücklocken zu können, die aufgrund irgendwelcher unbegründeter Ängste geflohen sind. Aydrian ist kein Eroberer, sondern ein König, der sein Land über alles liebt.«

Die Bemerkung hatte in mehrerer Hinsicht einen hohlen Beiklang, Shamus konnte jedoch nicht bestreiten, dass er froh war, sie zu hören. Ob seine Treue nun Jilseponie galt oder dem Adel in Ursal, spielte in diesem Zusammenhang keine Rolle – das war eine Frage, die sich in diesem Augenblick ohnehin nicht klären ließ, da er weder die ehemalige Königin noch deren Sohn gesehen hatte. Was im Augenblick für Shamus Kilronney wirklich zählte, war exakt das, was Herzog Kalas soeben angesprochen hatte: die stabile Situation in Caer Tinella und Landsdown.

»Es hat schon viel zu viel Krieg gegeben«, sagte Shamus.

»Umso standhafter solltet Ihr ihn meiden, sobald er Euch

zu nahe kommt«, riet Herzog Kalas. »Sorgt für Ruhe und Sicherheit in diesen beiden Ortschaften. Macht der Bevölkerung klar, dass König Aydrian kein Feind ist, sondern ein Verbündeter, der sein Volk um keinen Preis im Stich lassen wird.«

»Warum seid Ihr dann mit einer ganzen Armee hergekommen, Herzog Kalas?«, erkühnte sich Shamus zu fragen. »Wenn es stimmt, was Ihr sagt, warum habt Ihr dann nicht einfach einen Kurier mit der Nachricht geschickt und um Unterstützung für den neuen König geworben?«

»Weil es vermutlich zum Krieg kommen wird und wir nicht genau wissen, wann wir darin verwickelt werden«, erklärte der Herzog. »Ein nicht unbeträchtlicher Teil der Garnisonstruppen hat unter dem Einfluss irriger Loyalitäten die Stadt Palmaris verlassen. Wir wissen nicht, wann wir auf sie treffen werden.«

»Und Ihr möchtet sichergehen, dass sie in Caer Tinella und Landsdown während der Wintermonate nicht willkommen sind«, folgerte Shamus.

»Ich bezweifle, dass sie sich hier in der Nähe aufhalten«, sagte Kalas. »Trotzdem, ja, diese Kleinigkeit gilt es zu bedenken. Ich werde diesen Ort schon bald verlassen haben, allerdings werde ich Truppen zurücklassen, einmal zur Sicherung der Orte selbst, aber auch, um den Menschen hier durch die schwierigen Wintermonate zu helfen. Ich möchte, dass Ihr sie bei dieser Aufgabe unterstützt.«

Shamus Kilronney betrachtete den Herzog durchdringend. Er wusste, im Grunde hatte er in dieser Angelegenheit kaum eine Wahl. Seine Loyalität galt in erster Linie diesen beiden Ortschaften, die er jetzt sein Zuhause nannte. Sie gegen die großen Heere Ursals in den Krieg zu führen, käme einem Selbstmord gleich und würde in einem völligen Desaster enden.

Lange Zeit verstrich, ohne dass Shamus antwortete.

»Allerdings wart Ihr Jilseponies Freund, nicht De'Unneros«, sagte Herzog Kalas schließlich.

»Ich war nicht mehr ein Freund De'Unneros als Ihr«, konterte Shamus geschickt.

»Wohl wahr«, sagte Kalas. »Dann kann ich König Aydrian also ausrichten, dass Captain Kilronney die Orte Caer Tinella und Landsdown in seinem Namen halten wird?«

Shamus dachte einen Augenblick darüber nach, ehe er erwiderte: »Wer uns nicht feindlich gegenübertritt, dem werden auch wir nicht feindlich gegenübertreten.«

Offenbar genügte dies Kalas als Zusicherung, denn er erhob sich und bedeutete seinen Soldaten, auf dem Weg hinaus voranzugehen. »Die Truppen, die ich Euch hier lasse, werden zahlenmäßig nicht eben reichlich bemessen sein«, erklärte er. »Es gehört nicht zu Euren Pflichten, Prinz Midalis anzugreifen, sollte er in diese Richtung reiten – was als sicher gilt –, sondern Reiter in alle Himmelsrichtungen zu schicken, damit wir uns um geeignete Verteidigungsmaßnahmen südlich von hier in Palmaris kümmern können.«

»Wir wollen hier keine kriegerische Auseinandersetzung«, versicherte ihm Shamus. »Aber gebt mir bitte Euer Wort, dass Ihr Jilseponie nicht suchen werdet.«

»Alte Loyalitäten haben ein zähes Leben, was?«, erwiderte Herzog Kalas mit einem amüsierten Lachen, ehe er hinzufügte: »Marcalo De'Unnero war nicht eben erfreut über Aydrians Entscheidung, sie in die Waldlande ziehen zu lassen – wenn sie denn dorthin geflohen ist. Er hätte nichts lieber getan, als sie mit allen Mitteln zu verfolgen. Ich persönlich hoffe, sie verschwindet von der Bildfläche und lässt sich nie wieder blicken.«

Shamus zog eine Grimasse und hielt Kalas' stechendem Blick stand, ließ sich aber zu keiner Erwiderung hinreißen.

Es war besser gelaufen als erwartet, trotzdem war der Captain mehr als froh, als er die Tür hinter dem hinausgehenden Herzog schließen und ins Wohnzimmer zurückkehren konnte.

Er trat gerade ins Zimmer, als ein vollkommen rußverschmierter Roger Flinkfinger aus dem Schornstein kletterte.

»Hast du mitgehört?«

»Jedes Wort«, antwortete Roger. »Auch wenn mein Körper bereits unter den Zipperlein der mittleren Jahre leidet, mein Gehör ist noch intakt, glaub mir. Erst recht, wenn das Thema mir so sehr am Herzen liegt.« Roger klopfte sich ab und ließ ein kurzes Lachen hören. »Ich bin erstaunt, dass Herzog Kalas so schnell Vertrauen zu dir gefasst hat. Offenbar ist ihm bekannt, dass diese beiden Orte zum Dreh- und Angelpunkt eines jeden Vormarschs von Prinz Midalis werden könnten – zumal es längst nicht mehr die kleinen, unbedeutenden Weiler sind wie noch zu Zeiten des geflügelten Dämons. Mittlerweile fühlen sich hier mehr als fünftausend Menschen zu Hause, von denen mehr als die Hälfte, darunter zahlreiche zu allem entschlossene Krieger, bereits unterwegs ist, um sich Prinz Midalis anzuschließen.«

»Herzog Kalas vertraut mir keineswegs, aber er weiß, dass ich als Soldat an meinen Treueschwur gebunden bin«, erklärte Shamus. »Vermutlich wird er einer ganzen Reihe von Personen innerhalb der hier verbleibenden Streitmacht den Befehl erteilen, ein besonderes Auge auf mich zu halten; und ich hege keinen Zweifel, dass sie mich beim ersten Anzeichen, ich könnte mich Prinz Midalis zuwenden, in Ketten legen und nach Ursal bringen werden.«

Roger sah ihn durchdringend an; jede Spur eines Lächelns war lange verflogen.

»Überleg dir genau, welche Haltung du in dieser Frage einnimmst, Roger Flinkfinger«, warnte ihn Shamus. »Und bitte, sorg dafür, dass Jilseponie nichts zustößt. Ich fürchte, dieser Krieg wird nicht leicht zu gewinnen sein, zumal die Gegner diesmal nicht mehr so eindeutig einzuordnen sind wie damals bei den Günstlingen des geflügelten Dämons. Triff eine kluge Entscheidung, uns allen zuliebe!«

»Du kannst unmöglich glauben, Aydrians Anspruch sei in irgendeiner Weise rechtmäßig.«

Shamus zuckte mit den Achseln, so als spiele das im Grunde keine Rolle. »Ursal ist weit weg«, sagte er. »Wäre König Danube bereits vor einigen Jahren gestorben, wäre unser Leben hier vermutlich kaum anders verlaufen als jetzt. Was für einen Unterschied macht das schon, solange dieser Aydrian sich nicht als Tyrann entpuppt, der erdrückende Steuern erhebt und die Landbevölkerung zum Frondienst presst.«

»So würde der Shamus, den ich kannte, niemals reden!«, rief Roger.

»Mag sein. Aber so redet ein Mann, der schon zu viele Schlachten erlebt hat.«

»Empfindest du etwa keine Loyalität gegenüber König Danube?«

»Früher, ja.«

»Und gegenüber seinem Bruder, seinem rechtmäßigen Nachfolger?«

Wieder zuckte Shamus mit den Achseln. »Wir wissen derzeit nichts über Prinz Midalis' Pläne. Soll ich etwa einen Aufstand gegen die Ritter der Allhearts und das Heer der Kingsmen vom Zaun brechen? Möchtest du, dass ich meine Leute in ein Gemetzel führe, oder wieder zurück in die Wildnis der Wälder, um sich dort vor einem Gegner zu verstecken, den zu besiegen wir nicht einmal hoffen können? Außerdem, woher sollen wir wissen, dass der junge Aydrian sich nicht als wahrer Nachkomme Elbryans und Jilseponies entpuppt, und zwar sowohl nach seinem Geblüt als auch in seiner Gesinnung?«, fuhr er fort. »Sollte das der Fall sein, stehen dem Bärenreich womöglich goldene Zeiten bevor.«

Roger vermochte darin eine gewisse Logik zu erkennen, wie es auch sinnvoll schien, Herzog Kalas' überlegenen Truppen derzeit keinen Widerstand zu leisten. Trotzdem konterte er, und zwar überaus geschickt, indem er den ehemaligen Kingsman an Aydrians Komplizen erinnerte und einfach dessen Namen nannte: »Marcalo De'Unnero.«

Shamus gab sich mit einem Nicken und einem verlegenen Lächeln geschlagen, das rasch einem Stirnrunzeln wich.

Wie so viele andere im Königreich wollte er an seinen Hoffnungen festhalten, das sah Roger durchaus, doch diese Hoffnungen ruhten auf den Schultern eines Mannes, der unter der Bevormundung eines Ungeheuers in Menschengestalt an die Macht gekommen war; und über dessen Untaten in der Vergangenheit konnte man nicht einfach hinwegsehen.

Noch vor der Morgendämmerung kehrte Roger wieder in den Wald zurück, wo er Bradwarden an der vereinbarten Stelle traf. Er berichtete dem Zentaur von den Geschehnissen; dieser hörte aufmerksam und unter ständigem Nicken zu, gab aber ansonsten durch nichts zu verstehen, ob er damit einverstanden war oder nicht.

Roger, der eine etwas heftigere Reaktion der ansonsten so leicht erregbaren Kreatur erwartet hatte, sagte mit Nachdruck: »Sie weigern sich, eindeutig Stellung zu beziehen.«

»Und sie tun gut daran«, erwiderte der Zentaur. »Shamus Kilronney wird seine Leute nicht in ein Gemetzel führen, und wenn du tatsächlich glaubst, sie hätten bei einem Kampf mit den Truppen Ursals auch nur den Hauch einer Chance, dann täuschst du dich.«

»Wir müssen unbedingt etwas unternehmen«, wandte Roger ein.

»Im Gegenteil, wir werden erst einmal abwarten«, erwiderte der Zentaur. »Ehe dies vorüber ist, werden wir noch von Prinz Midalis hören, lass dir das gesagt sein; aber erst muss er den Krieg beginnen. Danach können wir dann entscheiden, auf wessen Seite wir uns schlagen wollen.«

Roger hielt inne und dachte einen Moment darüber nach. Shamus' Warnung, sich genau zu überlegen, zu wem er halten wolle, klang ihm noch immer in den Ohren. »Und bis dahin sollen wir gar nichts tun?«, fragte er.

»Ha, zu tun haben wir reichlich«, antwortete Bradwarden. »Oben im Norden wartet eine Freundin, die uns braucht, und unten im Süden haben wir einen Freund, der noch viel tiefer im Schlamassel steckt. Ich stehe zu meinen Freunden, ganz gleich, was es kostet, und du genauso, wenn du der Roger Flinkfinger bist, den ich kenne.«

Roger musterte ihn fragend und schien nicht recht zu begreifen. Die Anspielung auf Pony war ihm natürlich nicht entgangen, aber wer mochte dieser Freund im Süden sein? Etwa Braumin Herde? Glaubte der Zentaur, er und Roger hätten auch nur die leiseste Chance, sich bis zu ihm durchzuschlagen, vorausgesetzt, er lebte überhaupt noch?

»Steig auf meinen Rücken«, wies der Zentaur ihn an. »Bis Palmaris haben wir einen langen Weg vor uns, und ich habe vor, mich zu beeilen.«

Roger, immer noch konsterniert, tat wie ihm geheißen; dann stürmte der Zentaur los, dass die Grasnarbe unter seinen Hufen brockenweise in die Höhe geschleudert wurde.

»Ich denke mal, es ist gar nicht so schlecht, dass wir so viele Soldaten im Rücken haben«, rief Bradwarden über die Schulter hinweg. »Dann brauchen wir uns, wenn wir in der Stadt angekommen sind, wenigstens nicht mit so vielen herumzuschlagen.«

Aber Roger hatte alle Hände voll damit zu tun, sich festzuhalten.

14. Die Last der Verantwortung

Brynn ließ den Blick über die versammelten Reiter der To-gai-ru schweifen, die hinter Tanalk Grenk Aufstellung genommen hatten; es waren mehrere Hundert. Er hatte sie aus Dharyan-Dharielle abgezogen und zur Unterstützung ihrer geliebten Anführerin, des Drachen von To-gai, über die Straße hierher gebracht.

Sie warf einen skeptischen Blick hinüber zu Pagonel und Pherol, der vorübergehend seine menschenähnliche Gestalt als zweifüßiger Echsenmann angenommen hatte. Sie befanden sich jetzt wieder im Westen des Landes, näher an Dharyan-Dharielle als an Jacintha.

»Es sind nicht annähernd so viele, wie ich gehofft hatte«, sagte Paroud kurz angebunden. »Aber es sind schließlich Krieger der Ru … der To-gai-ru, und die sind bekannt für ihre Entschlossenheit.«

»Während wir hier miteinander reden, sind bereits unzählige weitere auf dem Weg nach Dharyan-Dharielle«, erwiderte Tanalk Grenk. »Zweifelt Ihr etwa an der Stärke To-gais, nachdem es Euer Königreich niedergerungen hat?«

Paroud wollte etwas darauf erwidern, doch Brynn schnitt ihm mit einem knappen »Das reicht!« das Wort ab.

Sie sah wieder zu Pagonel und bat ihn mit einem stummen Blick um Hilfe. Was sollte sie tun? Sollte sie diese Armee Jacintha zu Hilfe eilen lassen, um die behrenesischen Truppen dann mit immer weiteren To-gai-ru zu verstärken, die auf ihren Ruf hin aus To-gai herbeigeritten kamen? Der Wortwechsel zwischen Grenk und Paroud hatte sie noch einmal auf nachdrückliche Weise an die Feindschaft der beiden Völker erinnert, an das grundlegende Misstrauen zwischen ihnen, das viele Jahrhunderte zurückreichte. War es unter diesen Voraussetzungen in Ordnung, wenn Brynn von ihren Landsleuten verlangte, ihr Leben für die Sache Behrens zu opfern, für die Sicherheit eines Yatol-Priesters, der nur zu bereit gewesen war, dem vorherigen, imperialistisch denkenden Chezru-Häuptling zu dienen? Hatte Yatol Mado Wadon die Entscheidung des Chezru-Häuptlings, To-gai zu überfallen und Brynns Volk zu unterwerfen, auch nur in Frage zu stellen gewagt?

Und doch konnte sie nicht bestreiten, dass der andere Spieler in dem Drama, das sich derzeit in Behren abspielte, ein Mann war, den sie noch weit mehr hasste. Yatol Bardoh war die treibende Kraft bei dieser Invasion gewesen, ein brutaler, gnadenloser Mann, der die To-gai-ru ohne das geringste Zögern niedergemetzelt hatte.

Unter ihnen auch Brynns Eltern.

Sie schloss die Augen und versuchte sich wieder zu beruhigen. Sie wollte persönliche Rache an Bardoh, aber reichte das als Begründung, um ganz To-gai in den behrenesischen Bürgerkrieg hineinzuziehen?

Eine sanfte Berührung auf ihrem Arm ließ sie die Augen wieder öffnen. Pagonel bedeutete ihr, ihm ein Stück zur Seite zu folgen, wo sie das Problem unter vier Augen besprechen konnten.

»Es wäre geradezu tollkühn, Yatol Bardohs Streitkräfte innerhalb der Stadt Jacintha in einen Kampf zu verwickeln, falls sie die Stadtmauer durchbrechen«, warnte der Mystiker. »Deine Krieger sind besser gerüstet für den Kampf in der offenen Wüste und auf den Landstraßen. Du solltest sie einsetzen, um Bardohs Truppen in kleineren Scharmützeln allmählich aufzureiben.« Er hielt inne und betrachtete lange Brynns skeptisches Gesicht. »Vorausgesetzt, du willst sie überhaupt einsetzen«, fügte er hinzu.

»Hätte ich denn ein Recht darauf?«

»Sie betrachten dich als ihre Anführerin«, erwiderte Pagonel. »Wenn du ihnen den Befehl gibst, in den Krieg zu ziehen, dann werden sie es auch tun.«

»Was ich meinte, war, könnte ich es reinen Gewissens und im Hinblick auf das Wohl To-gais von ihnen verlangen?«, versuchte Brynn sich präziser auszudrücken.

»Wäre es für To-gai etwa vorteilhaft, wenn Bardoh die Herrschaft über Behren an sich reißt?«, erwiderte Pagonel. »Schließlich hat er nie einen Hehl aus seinen weiteren Plänen für dein Heimatland gemacht.«

Das war unbestritten, und genau da lag auch Brynns Dilemma. Wenn sie es zuließ, dass dieser Bürgerkrieg fortgeführt wurde und Tohen Bardoh am Ende als Sieger daraus hervorging, würde To-gai erneut um seine Freiheit kämpfen müssen. Und Bardohs erster Schachzug wäre sicherlich der Versuch, Dharyan-Dharielle für Behren zurückzuerobern.

Und ebenso unbestritten war, dass Brynn sich ihrer eigenen Grenzen in diesem Zusammenhang bewusst war. Sie drehte sich zu der Reitertruppe um. Hätte es überhaupt Auswirkungen auf den Ausgang, wenn sie sich mit ihren Kriegern in diesen Konflikt einmischte?

Eben das war der strittige Punkt – und das Argument, das schließlich in Brynns Überlegungen den Ausschlag gab. Sie sah zu Pagonel und zeigte ihm mit einem Nicken, dass sie verstanden hatte, ehe sie sich wieder zurück zu den anderen begab, die auf der Straße warteten. Während der letzten Wochen hatte sie diesem Augenblick der Entscheidung aus dem Weg zu gehen versucht. Den gesamten Weg zu Pherols Höhle und wieder zurück hatte sich Brynn noch der Hoffnung hingegeben, Mado Wadon würde Tohen Bardoh besiegen und das Problem aus der Welt schaffen, ehe sie in der Frage, ob sie To-gai nun in diesen Krieg hineinziehen wollte oder nicht, öffentlich Stellung beziehen musste.

Jetzt hatte sie keine Zeit mehr.

»Reitet zurück nach Dharyan-Dharielle und sammelt sämtliche dort eintreffenden Truppen«, wies sie Tanalk Grenk an.

»Dann solltet Ihr Euch aber beeilen!«, riet Paroud. »Wenn Ihr tatsächlich eine größere Streitmacht zusammenstellen wollt, müsst Ihr es sofort tun, sonst könnte es für Yatol Wadon zu spät sein!«

Brynn sah ihn kurz an, wandte sich dann aber wieder ihrem Kommandanten zu. »Ihr organisiert die Verteidigung Dharyan-Dharielles sowie sämtlicher nach To-gai führenden Straßen und Wege«, befahl sie. »Sollte Yatol Bardoh sich als siegreich erweisen, wird er sich sofort gegen uns wenden, daran zweifle ich keine Sekunde. Aber wir werden auf ihn vorbereitet sein!«

»Das werden wir!«, versprach Tanalk Grenk.

»Was ist das nun wieder für ein Unfug?«, wollte Paroud wissen, als ihm allmählich dämmerte, was das alles zu bedeuten hatte. »Wollt Ihr uns etwa in unserer Stunde der Not im Stich lassen?«

»Euch im Stich lassen?«, wiederholte Brynn verständnislos.

»Erst heuchelt Ihr Freundschaft mit Yatol Wadon, um Eure Ziele durchzusetzen, aber sobald diese Freundschaft auf die Probe gestellt wird –«

»Freundschaft?«, fiel Brynn ihm ins Wort. »Ich habe weder behauptet, mit Yatol Wadon befreundet zu sein, noch habe ich eine solche Freundschaft vorgetäuscht.«

Paroud fing an zu stammeln und überschlug sich beinahe in seinem wild gestikulierenden Protest. »Als Yatol Bardoh vor Euren Toren stand … als Ihr dringend Hilfe brauchtet … war es da nicht Yatol Mado Wadon, der –«

»Der die Garnisonstruppen aus Jacintha zurückbeordert und die Armee zurückgezogen hat, weil er keinen weiteren verlustreichen Kampf riskieren wollte?«, beendete Brynn den Satz für ihn. »Lasst Euch eins gesagt sein: Ich bin kein Feind Eures Yatol Wadon. Aber mir ist ebenso klar wie Euch, dass sein Entschluss, auf eine Schlacht bei Dharyan zu verzichten, einzig seinem eigenen und dem Vorteil Behrens diente.«

»Er hat Euch die Stadt überlassen!«, schrie Paroud sie an. »Eine behrenesische Stadt!«

»Weil er nur die Wahl zwischen mir und Yatol Bardoh hatte, der ihn, darüber war er sich im Klaren, bei der nächstbesten Gelegenheit angreifen würde!«, entgegnete Brynn. »Nein, mein Entschluss steht fest, und er wird dem Wohle To-gais dienen.« Sie sah zu Tanalk Grenk und bedeutete ihm mit einem Nicken, er könne sich nun entfernen. Dieser senkte ehrerbietig das Kinn, dann riss er sein gescheckte Pony herum und begann mit der Einteilung der Krieger für den Heimritt.

Paroud wollte erneut protestieren, doch Brynn trat unmittelbar vor ihn hin und musterte ihn mit kaltem Blick.

»Ich werde die To-gai-ru niemals bitten, ihr Blut zum Wohle von Behrenesern zu vergießen«, erklärte sie vollkommen ruhig. »Nicht, solange die Grausamkeit der Behreneser ihnen noch so frisch im Gedächtnis ist. Wenn Euer Yatol Wadon ein echtes Bündnis, vielleicht sogar eine Freundschaft zwischen unseren beiden Völkern wünscht, dann ist es seine verdammte Pflicht, für diese Freundschaft auch etwas zu tun.«

Lange verharrte Paroud vollkommen regungslos, dann flüsterte er: »Es dürfte Yatol Wadon schwer fallen, einen solchen Kurs einzuschlagen, wenn er nicht mehr lebt.«

»Das wäre überaus bedauerlich«, erwiderte Brynn. »Und ich werde alles in meiner Macht Stehende tun, um das zu verhindern.«

Auf Parouds Gesicht zeichnete sich Verwirrung ab. »Aber eben sagtet Ihr noch –«

»Dass ich meine eigenen Leute niemals darum bitten würde, ihr Blut für Behren herzugeben«, erklärte sie. »Aber was mich persönlich betrifft, geht diese Fehde mit Yatol Bardoh sehr viel tiefer.«

»Als einzelne Frau?«, getraute sich Pechter Dan Turk seiner offenkundigen Skepsis Luft zu machen. »Ihr seid eine Kriegerin, gewiss, aber eben doch keine Armee.«

»Eine einzelne Frau und ein Jhesta Tu«, erwiderte Brynn mit einem Blick auf Pagonel, der grimmig nickte.

Ein Stück abseits ließ Pherol ein entschlossenes Knurren hören.

»Und ein Drache«, fügte Pagonel hinzu.

Es begann als dünner Strom aus verzweifelten, niedergeschlagenen Flüchtlingen, die sich einzeln oder in kleinen Gruppen über die Straße aus dem Süden heraufschleppten. Doch schon bald schwoll dieses Rinnsal an zu einer wahren Menschenflut, die sich zwischen den baufälligen Hütten des Elendsviertels außerhalb des eigentlichen Stadtgebiets von Jacintha hindurch bis vor die Mauern wälzte. Es waren die Bewohner von Avrou Das und Paerith, den beiden größten Städten in Yatol De Hammans Herrschaftsgebiet. Mit der Befragung der ersten Flüchtlinge war noch nicht einmal begonnen worden, da hatte Yatol Mado Wadon die Bedeutung dieses Aufmarsches bereits verstanden.

De Hammans Provinz war von den vereinten Streitkräften Bardohs und Peridans überrannt worden, so dass diese verbündeten Armeen nun nichts mehr von den Mauern Jacinthas trennte. Schließlich gab Yatol Wadon Order, die Tore zu verriegeln, doch der Menschenstrom riss deswegen keineswegs ab, denn es gab weit und breit keinen anderen Ort, wohin sie sich hätten wenden können. Zu Tausenden drängten sie sich auf den brachliegenden Feldern vor den Toren und zwischen den baufälligen Bretterbuden außerhalb der befestigten Mauern der Stadt. Es waren verzweifelte Menschen, die kaum Lebensmittel oder Wasser hatten und denen man die Hoffnungslosigkeit in den leblosen Augen anzusehen vermochte.

In der zweiten Nacht nach Beginn dieser erschreckenden Prozession kehrten Kundschafter mit der Nachricht in die Stadt zurück, am Himmel südlich der Stadt sei deutlich ein heller Lichtschein zu erkennen. Mado Wadon wusste sofort, dass Avrou Das in Flammen stand.

Kurz darauf brachte man einen der Flüchtlinge herein, der den Yatol von Jacintha zu sprechen wünschte. Der Mann war so zerschunden und verdreckt, dass Yatol Mado Wadon ihn zuerst gar nicht erkannte – bis er schließlich den Mund aufmachte.

»Ich hatte von Jacintha Solidarität erwartet«, sagte er mit von Kummer, Schmerz und Müdigkeit schwerer Stimme.

»Yatol De Hamman!«, entfuhr es Mado Wadon. Er trat dicht an den Mann heran und legte ihm eine Hand auf die dreckverschmierte Wange. »Wir haben nichts davon gewusst.«

»Nun, immerhin dürftet Ihr gewusst haben, dass Tohen Bardoh eine gewaltige Streitmacht aufgestellt hat und damit nach Süden marschiert ist«, entgegnete De Hamman.

»Aber zu welchem Zweck?«

»Liegt das nicht auf der Hand?«, konterte De Hamman.

»Mein Land liegt in Trümmern, meine Städte brennen. Viele meiner Krieger waren bereits von ihrem langen Kampf gegen Peridan erschöpft, und eine noch größere Zahl war von Avrou Das abgezogen worden, um Chezru Douan bei seinem unüberlegten Krieg im Westen zu unterstützen.«

»Aber ich konnte doch unmöglich etwas von Tohen Bardohs Plänen wissen«, protestierte Yatol Wadon. »Er hätte sich, statt mit Peridan, doch ebenso gut mit Euch verbünden können.« Auch wenn dies nicht gänzlich gelogen war, die Argumentation des Yatols war alles andere als stichhaltig. Yatol Bardoh hatte mit seinen Plänen für Jacintha von Beginn dieses Aufstands an nicht hinter dem Berg gehalten, und vor diesem Hintergrund stand eigentlich fest, dass der Vormarsch seiner Truppen nach Süden in ein Bündnis mit Peridan münden würde, der gegen den von Jacintha unterstützten De Hamman kämpfte.

Doch aus welchem Grund auch immer, der verzweifelte Yatol De Hamman beharrte nicht weiter auf diesem Punkt.

»Wir hatten ihnen nichts entgegenzusetzen«, sagte der völlig am Boden zerstörte Mann. »Sie waren vollkommen unerwartet auf dem Feld südlich von Paerith aufgetaucht; aufgrund der Verstärkung durch Yatol Bardoh waren Peridans Truppen fünfmal so zahlreich wie meine eigenen Krieger. Viele verließen einfach ihre Posten und desertierten, und wer zurückblieb, wurde niedergemetzelt. Noch am selben Tag ging Paerith in Flammen auf. Ich habe noch versucht, die Verteidigung von Avrou Das zu organisieren, aber –« Er schüttelte hilflos den Kopf, ehe er die Augen schloss und unter heftigem Schluchzen in Tränen ausbrach.

»Wir werden ihnen Einhalt gebieten«, versprach Yatol Wadon. »Wir werden sie zurücktreiben und ihnen die an Euch und Euren Leuten verübten Gräuel heimzahlen. Des Weiteren werde ich Euch beim Wiederaufbau Eurer Städte behilflich sein, mein Freund. Mein Wort darauf!«

Das schien Yatol De Hamman ein wenig zu trösten. Schniefend unterdrückte er seine Tränen, sah zu Mado Wadon und nickte ihm zu, erfüllt von neuer Hoffnung.

Daraufhin bedeutete der Yatol von Jacintha seinen Bediensteten, Yatol De Hamman in ein Privatgemach zu geleiten, wo er sich waschen und ein wenig ausruhen konnte, ehe er selbst sich ebenfalls, von Schlachtszenen und Bildern des brennenden Jacintha verfolgt, in sein Schlafgemach begab.

In dieser Nacht machte er kein Auge zu.

Und als am nächsten Morgen die Kundschafter mit einer präziseren Beurteilung der Ereignisse südlich der Stadt zurückkamen, ahnte Yatol Wadon, dass er möglicherweise noch sehr lange keinen Schlaf finden würde.

»Avaru Eesa, Pruda, Alzuth, Teramen«, zählte Rabia Awou jene Ortschaften auf – nahezu sämtliche größeren Städte im Westen Behrens –, die sich Yatol Bardohs Marsch auf Jacintha angeschlossen hatten.

Als schließlich auch der Name Cosinnida fiel, Yatol Peridans Herrschaftsgebiet im Südosten des Königreiches, schloss Yatol Wadon die Augen. Die Quelle dieser Informationen – Rabia Awou – verbot es Wadon, sie als unbedeutend abzutun. Rabia Awou galt als Jacinthas bester Kundschafter, ein intelligenter Mann, der sich zu tarnen verstand und dabei nicht nur sein Äußeres, sondern sein ganzes Auftreten veränderte und sich dadurch Zugang selbst in die geheimsten Zirkel zu verschaffen vermochte. Einmal, vor langer Zeit, hatte Chezru Douan ihn bei der Unterwanderung eines an den Docks von Jacintha tätigen Diebesrings eingesetzt; damals hatte der kleinwüchsige, schlanke und dunkelhäutige Mann hervorragende Arbeit geleistet. Seine Informationen waren geradezu perfekt gewesen.

»Pruda?«, fragte er dann doch voller Skepsis nach, denn die Stadt Pruda, das ehemalige Gelehrtenzentrum Behrens, hatte sich in kriegerischen Auseinandersetzungen bislang stets neutral verhalten.

»Die Bevölkerung von Pruda verübelt es Euch, dass Ihr

Brynn Dharielle erlaubt habt, das ihrer geliebten Stadt gestohlene Inventar der Bibliothek zu behalten«, erklärte Rabia.

Wadon sah ihn fassungslos an. »Wie hätte ich es denn zurückholen sollen?«, fragte er. »Oder haben die ehrbaren Bürger Prudas vielleicht die Absicht, beim Marsch auf Dharyan-Dharielle und gegen den Drachen von To-gai die Vorhut zu bilden?«

Rabia Awou zuckte mit den Achseln, als ginge ihn das im Grunde nichts an, was natürlich auch stimmte. »Sie suchen einen Sündenbock, dem sie die Schuld für den ungeheuren Verlust in die Schuhe schieben können«, erklärte er. »Und dieser Sündenbock seid Ihr.«

»Yatol De Hamman hat behauptet, die vereinigte Armee, die den Kampf gegen ihn eröffnete, sei seinen Truppen fünffach überlegen gewesen ...«

»Dann kann es sich nicht einmal um die Hälfte von Bardohs Armee gehandelt haben«, erwiderte Rabia Awou düster, eine Feststellung, deren Bedeutung Yatol Wadon beinahe den Atem verschlug.

Auf einmal wurde ihm klar, dass Jacintha verloren war.

Kaum noch eines klaren Gedankens fähig, wandte er sich zur Seite, zum Ostfenster des Zimmers, und blickte über die Bucht zu den winzigen Punkten am Horizont.

Im frühabendlichen Zwielicht konnten Brynn und ihre Gefährten deutlich erkennen, wo die Flüchtlingskolonnen endeten und wo die Woge der sie verfolgenden Krieger begann. Pherol setzte sie und ihre drei Begleiter auf einer hohen Sanddüne ab, von der aus man die von Norden nach Süden führende Küstenstraße gut überblicken konnte. Im Süden waren die Flammen, die in Avrou Das wüteten, deutlich zu erkennen; aber noch eindringlicher als dieses Trauerspiel waren die entsetzten Schreie, die über die flache Sandebene zu ihnen drangen.

»Schnappt Euch Eure Bestie und eilt ihnen endlich zu Hilfe!«, drängte Paroud Brynn. »Oder wollt Ihr einfach hier herumstehen und tatenlos zusehen, wie all diese Menschen ums Leben kommen? Habt Ihr denn weder Gewissen noch Mitgefühl?«

Pherol, hinter seinem Rücken, ließ ein leises, grollendes Knurren ertönen, und Paroud drehte sich langsam um, um den Drachen zu betrachten.

»Wenn du mich noch einmal als Bestie bezeichnest, werde ich dich verspeisen«, versprach Pherol, worauf der Botschafter Jacinthas den Eindruck machte, als würde er auf der Stelle in Ohnmacht fallen.

»Tohen Bardoh verfügt über Mittel und Wege, sich gegen Pherol zur Wehr zu setzen«, erwiderte Brynn. Die Bemerkung sollte ihr offenbar nicht nur helfen, ihre eigenen Gedanken zu ordnen, sondern auch den anderen ihr Verhalten erklären. »Ich möchte vermeiden, den Drachen offen zu zeigen, bevor Bardohs Truppen voll in die Kämpfe verwickelt sind.«

»Ich werde sie alle verspeisen«, verkündete Pherol; als Paroud daraufhin auf den Drachen zeigte und dabei zu Brynn hinübersah, als sähe er sich durch die Bemerkung des Drachen bestätigt, fügte dieser rasch hinzu: »Und Paroud zuerst.«

Wieder schien er weiche Knie zu bekommen.

»Wir werden nach Süden fliegen«, entschied Brynn. »So wie ich Tohen Bardoh kenne, werden wir ihn dort irgendwo hinter seinen Linien finden, wo er sich versteckt hält, bis ihm der Sieg nicht mehr zu nehmen ist.« Als sie geendet hatte, sah sie zu Pagonel, und der Mystiker nickte zum Zeichen, dass er einverstanden war.

Bei Anbruch der Dämmerung war der Drache wieder unterwegs; erst flog er in einer Kehre zurück nach Westen, ehe er nach Süden abschwenkte und nur ganz allmählich wieder Kurs Richtung Osten nahm, um seinen Rundflug hinter Bardohs Linien zu vollenden.

Brynn konnte sich die Position der Lagerfeuer aus dieser Höhe gut merken.

»Ihr erdreistet Euch tatsächlich, mich persönlich hierher, mitten auf den Fluss, zu bitten?«, sagte Yatol Wadon bebend vor Verärgerung. Nicht genug damit, dass man ihn gezwungen hatte, in ein winziges Beiboot zu steigen und den weiten Weg bis hinaus zur *Rontlemores Traum* zurückzulegen, um sich mit dem Abt von St. Bondabruce zu treffen, jetzt weigerte sich dieser auch noch, ihm eine Audienz unter vier Augen zu gewähren. Herzog Bretherford und Meister Mackaront, die rechts und links von Abt Olin Platz genommen hatten, waren ebenfalls anwesend; Wadon hingegen hatte man die Kajüte nur allein betreten lassen.

»Ihr solltet Euch glücklich schätzen, dass es hier draußen einen Ort gibt, an dem man Euch empfängt«, erwiderte Abt Olin, ein überlegenes Grinsen im Gesicht, mit einem kurzen Seitenblick auf seine beiden Untergebenen.

Wadon, frustriert und verängstigt, hielt sich an Mackaront. »Ihr habt mir zugesichert, es würden bereits Vorkehrungen getroffen! Ihr habt mir versprochen, Abt Olin unterstütze Jacintha bereits. Wo sind nun die Soldaten, Meister Mackaront? Wo ist die Unterstützung, die wir dringend benötigen, jetzt, da Yatol Bardohs Armee nur noch einen Tagesmarsch von Jacintha entfernt ist?«

Mackaront, ein Grinsen im Gesicht, das dem Olins in nichts nachstand, wandte sich ehrerbietig seinem Abt zu.

»Unser Einfluss reicht weiter, als Ihr ahnt, mein Freund«, erklärte Olin. »Aber warum sollte ich Soldaten des Bärenreiches für Jacintha in die Schlacht werfen, ohne auch nur zu wissen, ob die Stadt unserer Hilfe würdig ist? Ich bin weder bereit, meine Landsleute in den Tod zu schicken, noch begeistert mich die Aussicht, unseren tapferen König Aydrian nach dem Krieg über seine Verluste unterrichten zu müssen – nach einem Krieg, an dem teilzunehmen wir bislang nicht einmal aufgefordert wurden.«

In diesem Augenblick schienen Yatol Mado Wadon sämtliche Lebensgeister zu verlassen; geschlagen ließ er die Schultern hängen. »Verlangt Ihr etwa, dass ich Euch auf Knien bitte?«, fragte er düster.

Abt Olin warf ihm einen verächtlichen Blick zu. »Euer Flehen wäre ohne praktischen Nutzen für uns.«

»Was verlangt Ihr dann, Abt Olin?«, fragte Yatol Wadon. »Was muss ich Euch als Gegenleistung für Eure Hilfe geben? Euch ist doch sicher klar, dass es eine Festigung Eurer Position bedeuten würde, wenn ich in Jacintha regiere. Wenn Ihr die Stadt stattdessen von Yatol Bardoh erobern lasst –«

»Mit Verlaub, Yatol, das sehe ich völlig anders«, unterbrach ihn Olin. »Ich kenne Yatol Bardoh seit Jahren, und zwischen uns bestand stets ein inniges Verhältnis. Er war gegenüber Chezru Douans Übereinkünften mit Entel stets aufgeschlossener als viele in dessen eigenem Palast Chom Deiru.«

Die letzte Bemerkung ließ Yatol Wadon unweigerlich zusammenzucken, denn die Anspielung war durchaus zutreffend, insbesondere was seine Person betraf.

»Und doch seid Ihr noch immer hier, und ich habe Meister Mackaronts Äußerungen, an denen ich mich orientieren kann«, fuhr der verzweifelte Yatol fort. »Ihr seid bereit, einzugreifen und gegen Yatol Bardoh vorzugehen – so lauteten Eure eigenen Worte. Also verschont mich bitte mit diesen rätselhaften Wortklaubereien, mein lieber Abt, und sagt mir ganz offen, was Ihr verlangt.«

Abt Olin beugte sich unvermittelt vor. »Ich werde Bardohs Streitkräfte zurückschlagen und Jacintha für Euch retten«, erklärte er. »Und als Belohnung verlange ich einen Platz an Eurer Seite in Chom Deiru.«

»Für einen mehr oder weniger ist dort immer Platz –«

»Ich meinte nicht als Euer Gast, Yatol«, stellte Abt Olin klar. »Sondern als Euch Gleichgestellter!«

Yatol Mado Wadon wurde bleich und blinzelte mehrmals, so als hätte er nicht richtig verstanden.

»Gemeinsam werden wir einen Bund schmieden, aus Abellikanern und Chezru«, erläuterte Abt Olin. »Ihr und ich, wir werden die Gemeinsamkeiten unserer beiden Religionen ausloten und auf dieser Grundlage eine vollkommen neue Religion erschaffen.«

»Ihr wollt die abellikanische Kirche nach Behren bringen!«, rief Yatol Wadon vorwurfsvoll, denn er hatte die schmeichlerische Zurückhaltung seines Gegenübers durchschaut.

Abt Olin brachte sich in seinem Sessel wieder in eine bequeme Position und sah erneut zu seinen beiden Kommandanten. »Ich biete Euch eine Stellung an meiner Seite«, sagte er. »Eine Stellung, die Euch jeden Luxus und Komfort bietet.«

»In der ich nicht mehr bin als ein Handlanger, der Euch Glaubwürdigkeit verleihen soll, meint Ihr wohl!«

»Und wenn ich nun genau das meinte?«, entgegnete Abt Olin. »Eure Religion ist bis in ihre Grundfesten erschüttert, wie Ihr sehr wohl wisst. Die Enthüllungen über Yakim Douans Täuschungsmanöver haben Chezru allen falschen Scheins beraubt. Ihr verurteilt ganz offen die Edelsteine der abellikanischen Kirche, und doch hat Euer Oberhaupt, Eure Stimme Gottes, versucht, mit Hilfe eben dieser Steine Unsterblichkeit zu erlangen. Glaubt Ihr allen Ernstes, die Chezru-Religion würde das überleben?

Deshalb biete ich Euch eine Alternative«, fuhr Abt Olin fort. »Gemeinsam könnte es uns gelingen, das Vertrauen des behrenesischen Volkes zurückzugewinnen. Überlegt ganz genau, welche Möglichkeiten Euch noch offen stehen, ehe Ihr mein Angebot übereilt ausschlagt, Yatol. Wenn ich Bardoh für Euch besiege, wird Jacintha überleben. Bleibe ich dagegen hier draußen auf dem Fluss … nun, ich sehe schon jetzt vor meinem inneren Auge, wie hoch die Flammen über Jacintha in den Himmel lodern werden.«

Yatol Wadon sah sich nervös um wie ein in die Enge getriebenes Tier. Dann, plötzlich, schien er abermals in sich zusammenzusinken, so als hätte er jedes Interesse verloren, sich noch länger zu widersetzen. »Gebietet ihm Einhalt«, wandte er sich mit Flüsterstimme bittend an Olin.

Abt Olins Grinsen wurde breiter, bis es fast von einem Ohr zum anderen reichte. »Ich kämpfe hier um einen Platz in Chom Deiru«, erklärte er dem Yatol. »Wenn eine so hohe Belohnung winkt, pflege ich alles zu geben.«

Abt Olin wandte sich Bretherford zu und nickte kurz, worauf der Herzog sich erhob und den Raum verließ. An der Tür hielt er inne und drehte sich noch einmal zu Olin um, einen mehrdeutigen Ausdruck im Gesicht, wie schon die ganze Zeit seit Aydrians Thronbesteigung und dieser ziellosen und unerwarteten Reise.

»Kehrt zurück in Eure ... Eure Stadt, Yatol Wadon, und gebt Euren Bogenschützen den Befehl, nicht zu schießen, wenn die Krieger des Bärenreiches an Eurer Westmauer aufmarschieren«, erklärte Abt Olin. »Lasst Eure Truppen ausschließlich entlang der Südmauer der Stadt Aufstellung nehmen.«

»Entlang der Südmauer und der Hafenanlagen«, erwiderte Yatol Wadon. »Uns wurde berichtet, dass Yatol Peridan eine gewaltige Flotte zusammengezogen hat.«

Abt Olin und Meister Mackaront begannen zu lachen. »Ausschließlich entlang der Südmauer, mein guter Yatol«, betonte er. »In Euren Hafenanlagen wird es nicht zum Kampf kommen.«

Yatol Wadon, der nicht begriff, starrte ihn unverwandt an.

Doch Abt Olin lachte nur erneut, ohne irgendeine Erklärung abzugeben.

Inmitten der baufälligen Bretterbuden unmittelbar vor der Südmauer Jacinthas wurden Schreie laut, und kurz darauf brachen die ersten Feuersbrünste aus.

Yatol Mado Wadon und seine Gehilfen verfolgten das beginnende Gemetzel vom Glockenturm Chom Deirus. Die Heere Bardohs und Peridans – viele der Männer in den Farben der Garnison Jacinthas! – drangen zwischen die Gebäude vor und metzelten die verdreckten Bauern nieder, als diese in wilder Panik zu fliehen versuchten.

Eine gewaltige, teils aus Bürgern, teils aus Bauern und Flüchtlingen bestehende Menschenmenge schob sich auf die Südmauer der eigentlichen Stadt zu, trommelte mit bloßen Fäusten gegen das Mauerwerk und drängte mit aller Macht gegen das Tor; viele wurden von der verängstigten, aufgebrachten Menge zu Tode getrampelt.

»Befehlt ihnen, sie sollen sich wehren!«, schrie Yatol Mado Wadon die Umstehenden an. »Treibt sie an! Überschüttet sie von den Mauern aus mit siedendem Öl, wenn ihr sie nicht anders dazu bewegen könnt, sich gegen Bardohs Männer zur Wehr zu setzen!«

»Sie haben keine Waffen, mit denen sie gegen die Soldaten kämpfen könnten, Yatol«, versuchte einer seiner Gefolgsleute zu erklären, doch der alte, wutschnaubende Wadon brachte ihn mit einem Schlag ins Gesicht zum Schweigen, ehe er mit zusammengebissenen Zähnen knurrte: »Befehlt ihnen, sie sollen kämpfen.«

Das Geschrei wurde zusehends heftiger, wie auch der Ansturm gegen die Mauer, ein Schlachtverlauf, wusste Yatol Wadon, der genau den Absichten der Feinde Jacinthas entsprach. Bardoh, der Gnadenlose, verheizte die Bauern als Futter, indem er die Soldaten Jacinthas zwang, ihre Pfeile auf ihre sinnlos anrennenden Leiber zu verschießen oder sie mit Öl zu überschütten. Bardoh hatte Hunderte Menschen in einen lebenden Rammbock verwandelt, indem er sich ihre panische Angst zunutze machte.

Yatol Wadon richtete den Blick hinaus aufs Meer, wo sich mittlerweile eine Flotte von Kriegsschiffen ins Blickfeld schob. Es waren nicht etwa die wendigen Piratenschiffe, derer sich, Berichten zufolge, Peridan bediente, sondern die schwereren Kriegsschiffe des Bärenreiches. Von seinem hoch gelegenen Ausguck konnte Wadon deutlich die Signalgasten am Bug erkennen, die große, rote Flaggen schwenkten.

Der Yatol wandte den Blick zurück nach Norden, zu den Bergen. »So beeilt Euch doch, Abt Olin«, murmelte er.

Unterdessen waren die Schreie im Süden der Stadt abgeklungen, und Yatol Wadon vernahm die Rufe seiner auf der Brustwehr platzierten Kommandanten. Innerhalb von Sekunden war die Schlacht voll entbrannt; die Verteidiger der Stadt schossen mit ihren Bögen über die Mauer, die Artilleristen feuerten ihre Katapulte ab, die riesige Kugeln aus brennendem Pech in hohem Bogen Richtung Süden schleuderten. Doch Bardoh und Peridan waren darauf vorbereitet, und ihr Gegenfeuer war nicht minder verheerend; dies galt insbesondere für das Sperrfeuer von einer fernen, hohen Sanddüne aus, das mit einer einzigen Salve weite Teile der Stadtmauer in Trümmer legte.

Yatol Wadon hielt sich die Hand über die Augen, um sie vor der gleißenden Helligkeit zu schützen, und spähte nach Südwesten, hinüber zu eben dieser Düne und der Formation von Katapulten, die man dort in Stellung gebracht hatte.

Augenblicke später flog die zweite Salve heran, eine Kombination aus Felsbrocken und brennenden Fackeln, und Sekunden später gingen mehrere Gebäude entlang der Südmauer von Jacintha in Flammen auf.

»Jetzt beginnt der eigentliche Vorstoß!«, verkündete Abu Das Abu, der Unterkommandant der Landungstruppen Yatol Peridans. Der fettleibige Mann hatte es sich in einem gewaltigen gepolsterten Sessel bequem gemacht, den man eigens konstruiert hatte, um seine Leibesfülle aufzunehmen. Ehemals selbst ein hervorragender Krieger, den man sogar eines Chezhou-Lei für ebenbürtig gehalten hatte, war Abu Das Abu vor vielen Jahren bei einem tragischen Wagenunglück schwer verletzt worden und hatte die Kontrolle über seinen Unterleib verloren. In der rauen behrenesischen Gesellschaft wäre eine solch behindernde Verletzung eigentlich einem Todesurteil gleichgekommen, doch Abu Das Abu verfügte über eine derart ausgeprägte Schlachterfahrung, dass Yatol Peridan ihn all die Jahre in seinen Diensten behalten hatte. Abu Das Abu war es auch gewesen, der Peridan in der Anfangszeit des Konflikts mit Yatol De Hamman mit dem Anführer der Piraten, Maisha Darou, zusammengebracht hatte, ein Bündnis, das Peridan zum entscheidenden Vorteil über den Yatol aus dem Norden verholfen hatte.

Und nun, da sie die größere Verheißung der Stadt Jacintha, ja ganz Behrens, unmittelbar vor Augen hatten, schien sich dieses Bündnis abermals auszuzahlen, denn Maisha Darou hatte Peridans Gesuch mit der Entsendung einer gewaltigen Flotte beantwortet.

Abu Das Abu verfügte derzeit über mehr als fünftausend Krieger an Bord dieser rasch nordwärts segelnden Schiffe; es war das Gegenstück zu dem Infanterieangriff, der sich bereits den südlichen Bezirken Jacinthas und der dortigen Stadtmauer näherte.

»Wir werden abwarten, bis die Schlacht in vollem Gange ist, und dann Kurs auf die Hafenanlagen nehmen«, wies Abu Das Abu Maisha Darou an. »Peridan und Bardoh werden die Stadt mächtig unter Druck setzen. Jacintha wird jeden einzelnen Krieger benötigen, um die Mauern zu halten. Somit dürfte der Hafen für uns zur leichten Beute werden!«

Maisha Darou erwiderte das Grinsen des fettleibigen Mannes. »Wenn wir von Norden her einlaufen, können wir die günstige Strömung nutzen«, sagte er. »Dazu müssen wir Kurs aufs offene Meer nehmen, um von den Spähern auf den Docks nicht gesehen zu werden. Sie werden mit einem Angriff vom Meer rechnen, allerdings von Süden her.«

Abu Das Abu sah ihn misstrauisch an, sagte aber nichts. »Ich kenne diese Gewässer genau«, erklärte der Pirat und gab dem dicken Mann einen Klaps auf die Schulter. »Haben wir die südliche Küstenströmung erst passiert, werdet Ihr erstaunt sein, welch flotte Fahrt wir machen. Außerdem gibt es dort einen Strudel sowie einen durch die Flut bedingten Gegenstrom, der uns schneller als ein To-gai-Pony in den Hafen von Jacintha tragen wird.«

»Gegenstrom?«, wiederholte Abu Das Abu skeptisch. »Den Ausdruck habe ich noch nie gehört.«

Doch Maisha Darous Antwort beschränkte sich auf ein knappes: »Ihr werdet schon sehen.« Damit entfernte sich der Pirat, nicht ohne seinem Steuermann noch rasch einen Kurs hart Steuerbord zu befehlen, der die Schiffe hinaus in die tieferen Gewässer des Mirianischen Ozeans abdrehen ließ.

Genau den Anweisungen Herzog Bretherfords entsprechend.

»Wie Ihr seht, Yatol Peridan, wird alles präzise ausgeführt«, sagte Yatol Bardoh selbstgefällig, während er das Anrennen gegen die Südmauer Jacinthas von einer Stellung auf dem hohen Kamm beobachtete, unmittelbar neben seiner gewaltigen Batterie aus Katapulten und riesigen, Speere schleudernden Wurfmaschinen. »Sobald Euer Abu Das Abu seine Truppen im Hafen an Land setzt, wird die gesamte Verteidigung Jacinthas in sich zusammenbrechen, und die Stadt gehört uns.«

Peridan machte Anstalten, etwas zu erwidern, zog dann aber instinktiv den Kopf ein, als die Katapulte unmittelbar neben ihnen eine weitere Salve abfeuerten. Die ungeheure Wirkung dieser Geschützbatterien ließ ihn erstaunt den Kopf schütteln. Sie waren zweifellos Yatol Bardohs Trumpfkarte, so wie Abu Das Abus Landungstruppen Peridans Trumpf waren. Bardoh hatte unzählige Wochen bei seinen Truppen verbracht und sich um nichts anderes als um den Bau dieser gewaltigen Kriegsmaschinen gekümmert. Ihre Durchschlagskraft würde Jacintha in Kürze in die Knie zwingen, das hatte er Peridan fest zugesagt, und außerdem diesen lästigen Drachen von To-gai aus der behrenesischen Stadt Dharyan vertreiben – was in Bardohs Augen das eigentliche Ziel war, wusste Peridan.

Selbst aus dieser Entfernung konnte er erkennen, dass die Verteidiger mächtig unter Druck gerieten. Mittlerweile waren Teile der Ummauerung zerstört, und Feuersbrünste hatten zu wüten begonnen. Das gesamte Gelände vor der Mauer war mit toten Bauern und beklagenswerten Flüchtlingen übersät, die noch vor Peridans und Bardohs Angriff in Scharen aus den Ortschaften De Hammans herbeigeströmt waren. Wenn nur Abu Das Abu endlich bei den Docks eintreffen würde …

Peridan wusste, dass er längst hätte dort sein sollen, aber noch immer deutete am Ostrand der Stadt nichts auf irgendwelche Kampfhandlungen hin; allerdings fehlte ihm von seinem Standort aus auch der rechte Überblick, um dies korrekt beurteilen zu können.

Eine ungeheure Erleichterung überkam ihn, als er einen Adjutanten, der ihm schon von weitem zurief, im Hafen seien Schiffe eingetroffen, in scharfem Tempo auf den Kamm der Düne zureiten sah.

»Abu Das Abu«, sagte Peridan zu Bardoh, worauf der Yatol von Avaru Eesa ein boshaftes Grinsen zeigte und anerkennend nickte.

»Schiffe haben den Hafen erreicht!«, rief der Bote erneut, während sein Pferd sich die Düne hinaufkämpfte. »Große Kriegsschiffe unter der Flagge von Tiger und Bär!«

Das Lächeln auf den Gesichtern der beiden Yatols erlosch schlagartig.

»Aus dem Bärenreich?«, fragte Yatol Bardoh den Boten, der soeben abgesprungen war, um die letzten Meter bis zum großen Anführer auf allen vieren zurückzulegen.

»So ist es, Yatol«, antwortete der Bote. »Es handelt sich ohne jeden Zweifel um Krieger des Bärenreiches. Hinter vorgehaltener Hand erzählt man sich, Abt Olin befinde sich unter ihnen.«

»Und wo liegt unsere Flotte?«, blaffte Bardoh den Boten an und fuhr noch im Sprechen herum, um Yatol Peridan dieselbe Frage entgegenzuschleudern.

»Ich weiß es nicht!«, antwortete der verängstigte Bote.

In seiner Wut drehte Yatol Bardoh sich um und gab Ung Lik

Dy, seinem persönlichen Leibwächter von den Chezhou-Lei, einen Wink, worauf der muskelbepackte Mann augenblicklich einen Schritt vortrat und in einer einzigen, fließenden Bewegung das sanft geschwungene Krummschwert aus der Scheide auf seinem Rücken riss und den Kopf des Boten von dessen Körper trennte – so ungeheuer schnell, dass diesem nicht mal Zeit blieb, um aufzuschreien.

Der Kopf rollte durch den Staub und blieb dann so liegen, dass man den Eindruck haben konnte, er starre seinen kopflosen Körper an, der erst in diesem Moment zu wanken und in sich zusammenzusinken begann, worauf sich Augen und Mund des Boten gleichzeitig weiteten, als begreife er erst im Augenblick seines Todes, was soeben geschehen war.

»Ihr habt mir versichert, auf diesen Abu Das Abu sei Verlass, Yatol«, knurrte Bardoh Peridan an.

»Wahrscheinlich ist er in diesem Augenblick dabei, die Kriegsschiffe des Bärenreiches zu umfahren, um sie dann im Hafenbecken zu versenken«, stammelte Peridan, dessen Blick die ganze Zeit, während er sprach, zwischen Ung Lik Dy und dem körperlosen Kopf des Boten hin und her flackerte.

»Aber was haben sie hier verloren?«, wollte Bardoh wissen, und noch bevor Yatol Peridan darauf antworten oder Bardoh ihn weiter bedrängen konnte, erklang der an- und abschwellende Ton eines von einer ungeheuer großen Zahl von Hörnern geblasenen Signals.

Die beiden Männer, wie alle anderen auf dem Kamm der Düne auch, fuhren herum; selbst aus dieser Entfernung war der Anblick der angreifenden Krieger des Bärenreiches geradezu lähmend.

Die Infanterie marschierte, mit ineinander verzahnten Schilden und im Licht der frühen Morgensonne blinkenden Speerspitzen, in fest geschlossener Formation an der Westmauer Jacinthas vorbei; an ihrer Flanke ritt eine Kavallerieeinheit von mindestens eintausend Mann, die komplett, Ross wie Reiter, gepanzert war.

»Wie ist das möglich!«, rief Peridan mit entsetzt aufgerissenen Augen.

»Er hat sich mit dem Bärenreich verbündet!«, schrie Tohen Bardoh. »Der Narr benimmt sich genau wie sein Vorgänger, der es auch eher mit den abellikanischen Edelsteinzauberern hielt als mit seinen eigenen Landsleuten und seiner Religion. Aber diesen Verrat wird er nicht überleben, trotz seiner Verbündeten.«

Er funkelte Peridan wütend an. »Befehlt den vollständigen Rückzug bis hierher auf den Kamm. Gegen die Krieger des Bärenreiches in ihren schweren Rüstungen haben wir in einer offenen Feldschlacht keine Chance; sie dagegen können kaum hoffen, uns über längere Zeit zu verfolgen. Möge ihnen die glühende Sonne ihre Kräfte rauben! Wenn sie hier oben auf dem Kamm eintreffen, werden sie sich vor Erschöpfung kaum noch auf den Beinen halten können. Dann werden wir ihren Angriff erwidern!« Bardoh wandte sich an die Mannschaften der Katapulte. »Bestreicht die unmittelbare Umgebung der Krieger aus dem Bärenreich mit brennendem Pech und haltet Euch bereit, die Katapulte jederzeit fortzurollen. Wir wissen nicht, mit wem sich dieser Schurke Wadon sonst noch zusammengetan hat!«

Kaum hatte er geendet, wurden sämtliche Männer, die in seine Richtung sahen, plötzlich leichenblass; die Augen weit aufgerissen, starrten sie mit offenem Mund in den Himmel. Schließlich erkannte auch Tohen Bardoh, wen Yatol Wadon als weiteren Verbündeten gewonnen hatte – ein Riesendrache stürzte sich soeben auf ihre Reihen hinab.

Mit einem lauten Aufschrei verließen die Behreneser ihre Stellungen und stoben in alle Himmelsrichtungen auseinander, als der Drache sich im Sturzflug den Katapulten näherte. Peridan stolperte den Dünenhang hinunter, und als Bardoh Anstalten machte, ihm zu folgen, wurde er von seinem Chezhou-Lei-Krieger am Arm festgehalten und in die Richtung des angreifenden Lindwurms zurückgerissen, in der richtigen Annahme, dass der Drache ihrer Bewegung nicht würde folgen können und glatt über sie hinwegschießen würde.

»Bardoh!«, schrie Brynn, als sie den verhassten Mann erspähte. Aber ihr war sofort klar, dass Pherol nicht rechtzeitig würde reagieren können, also warf sie ihr Bein über den Hals des Drachen, ließ sich in den weichen Sand fallen und rollte sich ab.

Pherol behielt seine Flugrichtung bei, so dass kurz darauf die ersten beiden Katapulte unter der Wucht seines Feueratems in Flammen aufgingen.

Brynn kam indes in perfektem Gleichgewicht wieder auf die Beine, fuhr herum und blickte gerade noch rechtzeitig über die Schulter, um das zerstörerische Werk des Drachen zu beobachten und eine zweite Gestalt in ganz ähnlicher Manier im Sand landen zu sehen – Pagonel.

Sofort machte sich Brynn an die Verfolgung Bardohs, während sich rings um sie schreiende behrenesische Soldaten auf allen vieren in Sicherheit zu bringen versuchten. Keiner von ihnen wagte es, sich dieser übermächtig scheinenden Frau in den Weg zu stellen.

Keiner außer Ung Lik Dy.

Während Bardoh seine Flucht fortsetzte, blieb der Chezhou-Lei-Krieger entschlossen stehen, stemmte seine Füße in den Sand und wippte leicht auf den Ballen, um in dem weichen Sand sein Gleichgewicht zu finden.

»Wir sind nicht miteinander verfeindet«, rief Brynn ihm zu, als sie, ihr schlankes und kräftiges Elfenschwert Flammentänzer seitlich neben dem Körper, auf ihn zuging. »Zumindest müssten wir es nicht sein. Wie viele Chezhou-Lei müssen in diesen Zeiten noch ums Leben kommen? Hat Euch das Debakel bei den Feuerbergen nicht gereicht?«

Trotz ihrer Behauptung, sie seien keine Feinde, war sie sich darüber im Klaren, dass ihre Anspielung auf die Feuerberge den Krieger provozieren würde, die Initiative zu ergreifen, denn vor nicht allzu langer Zeit hatten sie selbst, die Mystiker der Jhesta Tu, einige Elfen sowie Pherol dem Orden der Chezhou-Lei eine vernichtende Niederlage beigebracht.

Ung Lik Dy machte einen Ausfallschritt nach vorn, und sein prächtiges Schwert zischte knapp an Brynns Gesicht vorbei. Bevor Brynn, die sofort abgetaucht war, auch nur daran denken konnte, unter der sirrenden Klinge nach vorn zu stoßen, nahm Ung Lik Dy ein wenig Schwung aus seiner Bewegung, so dass seine Klinge die Luft zwischen beiden Kämpfern diagonal zerteilte und Brynn zwang zurückzuweichen.

Was sie auch tat, und zwar in perfektem Gleichgewicht, denn sie war im *Bi'nelle dasada* geschult, dem Schwerttanz der Elfen.

Kaum war sie außer Reichweite, nahm sie ihre Kampfstellung ein, den rechten Fuß leicht nach vorn geschoben, die Zehen auf Ung Lik Dy gerichtet und den größten Teil ihres Körpergewichts exakt über dem hinteren, das Gleichgewicht haltenden Fuß. Zur zusätzlichen Stabilisierung ihrer Balance winkelte sie die Linke hinter ihrem Rücken an und schwenkte ihr Schwert, dem lockenden Schlängeln einer Schlange gleich, vor ihrem Körper leicht hin und her.

Der Chezhou-Lei ließ das Schwert noch immer diagonal vor seinem Körper kreisen und warf sich dann mit einem plötzlichen Satz nach vorn. Immer wieder wechselte er die Schlagrichtung, und sobald Brynn zu parieren versuchte, kehrte er zur Diagonalen zurück und hätte ihr vorgestrecktes Schwert um ein Haar umgehen können.

Brynn nahm sich im Stillen vor, den Schlag nicht zu parieren, sondern darunter wegzutauchen.

Ung Lik Dy drängte weiter nach vorn, sirrend zerteilte sein blinkendes Schwert die Luft. Er schien dabei noch an Schwung und Schnelligkeit zu gewinnen, während Brynn so schnell sie konnte zurückwich, ohne aber jene Balance aufzugeben, die sie dringend brauchte, um sich den schwungvoll attackierenden Krieger vom Leib zu halten.

Sie spielte schon mit dem Gedanken, Flammentänzers Klinge auflodern zu lassen und den Chezhou-Lei damit aus dem Konzept zu bringen. Aber sie wollte den Krieger zuerst besser einschätzen können, bevor sie zu einem so verzweifelten Täuschungsmanöver griff. Unter anderen Umständen hätte Brynn – schon aus Gründen der Ehre – vielleicht ganz darauf verzichtet, die Flammen ihres Schwertes einzusetzen, aber in diesem Moment ging es ihr weniger darum, sich erfolgreich mit einem Chezhou-Lei-Krieger zu messen, als diesen Schurken Bardoh zu erwischen.

Sie tauchte weiter ab und wich zurück, um Ung Lik Dy mit seinen Attacken ins Leere laufen zu lassen. Nicht mehr lange, so ihr Plan, und sie würde seinen Angriff zurückschlagen.

So dachte sie zumindest.

Denn in diesem Moment bemerkte sie aus dem Augenwinkel zwei weitere behrenesische Krieger, die beim Anblick des Chezhou-Lei offenbar Mut geschöpft hatten und im Begriff waren, sich mit voller Wucht auf sie zu stürzen. Sie würde sich zur Seite drehen müssen, um sie abzuwehren, das war ihr klar – allerdings würde sie dann von dem Chezhou-Lei enthauptet werden!

Schon hatten die beiden sie mit ihren gesenkten Speeren erreicht, und Brynn wusste nicht mehr, wie sie sich verteidigen sollte. Also wechselte sie die Strategie, sprang vor und stieß ihr Schwert völlig unvermittelt nach oben, so dass es die Klinge des Chezhou-Lei klirrend streifte, gerade hart genug, um ihn aus dem Rhythmus zu bringen.

Sofort ging sie wieder in die Hocke, wirbelte herum und wusste, dass jeder Versuch, zu verhindern, von den Speeren aufgespießt zu werden, aussichtslos war.

Aber dann warf sich plötzlich eine Gestalt zwischen Brynn und die beiden Speerträger und lenkte die beiden Speere mit einer Körperdrehung zur Seite ab.

Noch in der Drehung riss Pagonel die Ellbogen hoch und rammte sie gekonnt erst dem einen, dann dem anderen Krieger in schneller Folge ins Gesicht. Während der eine sofort zusammenbrach, torkelte der andere ein paar Schritte seitwärts, ehe er wankend gut zehn Fuß vom Mystiker der Jhesta Tu entfernt stehen blieb.

Pagonel stoppte abrupt seine Vorwärtsbewegung, stemmte beide Füße fest in den Boden, warf sich in einen hohen Rückwärtssalto und streckte dabei seinen Körper.

Der verblüffte Krieger versuchte noch, seinen Speer hochzureißen, doch dafür war es längst zu spät; der Mystiker der Jhesta Tu war bereits viel zu nah und verpasste ihm einen Doppeltritt ins Gesicht, der ihn zu Boden streckte.

Brynn war zu sehr mit dem Chezhou-Lei beschäftigt, um von dem Spektakel viel mitzubekommen, dennoch war ihr in der Hektik des Gefechts nicht entgangen, dass sich ihr Gegner vom Anblick des verhassten Jhesta Tu hatte ablenken lassen.

Nun rief Brynn doch ihr Schwert an, dessen Klinge sofort in Flammen aufging. Sie riss es hoch über ihren Kopf, befahl der Klinge, zu erlöschen, und senkte es blitzschnell wieder nach unten.

Vom Auflodern der Flammen hoch über seinem Kopf irritiert, bekam der Chezhou-Lei die plötzliche Abwärtsbewegung nicht mit und riss sein Schwert ebenfalls nach oben, um sich zu schützen.

Brynns Waffe schnellte unter seinem Schwert nach vorn und bohrte sich in seinen Hals.

Blut spuckend und röchelnd taumelte der Krieger nach hinten.

Brynn zögerte keine Sekunde; noch während er zu Boden sank, lief sie an ihm vorbei, dem flüchtenden Bardoh hinterher, auch wenn sie wegen der welligen Beschaffenheit ihrer unmittelbaren Umgebung nicht genau erkennen konnte, in welche Richtung er sich abgesetzt hatte.

Doch dann erschien Pherol. Als er dicht neben ihr flog, bat sie ihn, sie zu Bardoh zu lotsen.

»Er ist gleich hier drüben«, erwiderte der Drache, den Blick nach links gerichtet, auf die nächste, vom Wind geformte Düne. »Was für ein Leckerbissen!«

»Nein!«, schrie Brynn, worauf der Lindwurm augenblicklich innehielt.

Brynn hielt sich nicht lange mit Erklärungen auf, sondern rannte los, setzte mit einem mächtigen Sprung über den Dünenkamm hinweg und wäre beinahe auf dem verschreckten Bardoh gelandet. Dieser hob zum Zeichen seiner Kapitulation die Hände, eine Geste, die Brynn in ihrer Aufgebrachtheit überhaupt nicht registrierte.

Ja, Brynn erinnerte sich an ihn, und ob sie sich erinnerte! Er war es, der To-gai überfallen hatte, er war es, der ihr Volk gefoltert und zu Sklaven gemacht hatte. Er hatte die Massenexekutionen unter den To-gai-ru angeordnet, nur um den verhassten Rus ein wenig Disziplin beizubringen. Er war es, der ihre Eltern ermordet hatte, als sie noch ein kleines Mädchen war.

Noch während Brynn dieser letzte Gedanke durch den Kopf schoss, drang ihr Elfenschwert bereits in Tohen Bardohs Nacken ein und trennte ihm den Kopf von den Schultern.

15. Von ihrem eigenen Edelstein gefangen

»Also, du siehst an diesem prächtigen Morgen aus, als kämst du geradewegs vom Schweinefüttern!«, rief Dainsey Flinkfinger wohlgelaunt, als sie zusammen mit Pony die hinteren, privaten Räumlichkeiten der Geselligen Runde betrat, jenes Gasthauses in Dundalis, das man nach dem Etablissement in Palmaris benannt hatte, wo Pony aufgewachsen war. Ganz in der Nähe brannte eine Duftkerze, die ihren milden, rauchigen Geruch im Raum verteilte, und die Jalousie des einzigen Fensters war zum Schutz gegen das strahlend helle Sonnenlicht heruntergelassen. Alles in allem machte der Raum auf Pony den Eindruck eines Zimmers, in das man sich zum Sterben zurückziehen würde. Dainseys Bemerkung war offenkundig im Überschwang gesprochen, denn der Mann, auf den sie gemünzt waren, schien ihrer guten Laune ganz und gar nicht zu entsprechen. Der alte Belster O'Comely lag matt auf mehrere Kissen gestützt, wodurch sein mächtiger Leibesumfang noch gewaltiger wirkte. Er war schon immer ein Mann mit mehreren Kinnen gewesen, wie man in Dundalis sagte, aber jetzt sah es ganz so aus, als wären noch ein paar weitere hinzugekommen.

Sein Hemd war alles andere als frisch, und sein Haar, das wenige, das er noch besaß, war ungekämmt. Außerdem hätte er dringend eine Rasur gebrauchen können.

»Und ich liege hier und bilde mir ein, das Einzige, was ich jemals wieder an die Schweine verfüttern werde, ist mein eigener, altersschwacher Körper«, erwiderte er mühsam und mit schwacher Stimme, eine Anstrengung, die Augenblicke später in einen heftigen Hustenanfall überging.

Pony trat neben sein Bett und nahm instinktiv den Seelenstein aus ihrem Beutel. »Sag mir, wo du Schmerzen hast, Belster.«

Der stattliche Gasthausbesitzer, der jetzt sehr viel größer wirkte als in Ponys Erinnerung, sah freundlich lächelnd zu ihr auf. »Du hast doch sicher ein Mittelchen gegen das Älterwerden, oder?«, fragte er. »Wo habe ich keine Schmerzen, das wäre eigentlich die bessere Frage.«

Pony fiel auf, wie sehr Belsters Aussprache den Akzent der Waldlande angenommen hatte. Sie ging jedoch nicht näher darauf ein, denn sie konnte seinem ironischen Lächeln nicht länger widerstehen; sie beugte sich vor und schloss ihren lieben alten Freund fest in die Arme.

»Ah, das ist allemal das beste Heilmittel, das ein Mann sich wünschen kann«, sagte Belster.

Pony richtete sich wieder auf. »Da draußen wartet ein ganzes Gasthaus voller Kundschaft auf dich, alter Mann«, neckte sie ihn. »Wieso liegst du im Bett?«

Belsters Miene wurde ernst. »Pah!«, schnaubte er. »So geht das schon, seit ich mich am Bein verletzt hab, weißt du. Seitdem bin ich ans Bett gefesselt – dabei ist es im Bett nur schlimmer geworden.«

»Weil du fett geworden bist, du alter Narr«, schalt ihn Dainsey, und Belster lachte sie an.

»Macht dir dein Bein immer noch zu schaffen?«, erkundigte sich Pony und streckte die Hand aus, um sein Knie zu betasten; sie hatte es kaum berührt, als Belster schon ein leises Ächzen von sich gab und zusammenzuckte. Sie konnte sich noch gut an den Tag ihrer Hochzeit mit Danube vor all den Jahren erinnern, als sie zum ersten Mal von Belsters schlimmem Bein erfahren hatte; jetzt rügte sie sich im Stillen, weil sie nicht sofort hergekommen war, um ihm zu helfen.

»An manchen Tagen geht es besser, an anderen weniger«, gestand Belster. »Jedenfalls kann ich dir genau sagen, wann es Regen geben wird!«

Pony war froh, ihn endlich wieder lächeln zu sehen. Damals, zu Markwarts Zeiten, war Belster ihr ein guter Freund und Beschützer gewesen. Bis zu diesem Augenblick, da sie in seinem kleinen Gasthaus in den Waldlanden an seinem Bett saß, war ihr gar nicht richtig bewusst gewesen, wie sehr sie ihn vermisste. Wie seltsam fremd ihr dies alles erschien! Und doch fühlte sie sich hier zu Hause. Ihr war, als hätte sie Belster jahrzehntelang nicht gesehen, gleichzeitig kam es ihr so vor, als hätte sie erst gestern noch an seinem Bett gesessen.

»Ich kann dir helfen, dein Knie wieder gesund zu machen«, sagte sie und zeigte ihm den Seelenstein. »Aber um deinen dicken Bauch wirst du dich selber kümmern müssen; nur wird dir das kaum gelingen, wenn du hier in den Kissen liegst!«

Als Antwort lächelte Belster sie nur an. Pony wollte sich gerade vorbeugen, um sich sein Bein anzuschauen, als er ihren Arm packte und sie zwang, ihm ins Gesicht zu blicken. »Es tut so gut, dich wiederzusehen«, sagte er leise und hob die Hand, um Pony über das blonde Haar zu streichen. »Was hatten wir für eine schöne Zeit! Wir haben diesem Teufel Markwart gezeigt, zu was wir fähig sind! Und jetzt sieh dich an: die Königin des Bärenreiches!«

Plötzlich hielt er inne und sah sie merkwürdig an; Pony wusste sofort, dass ein verräterischer Schatten über ihr Gesicht gehuscht sein musste.

»Ich bin nicht mehr Königin«, erklärte sie. »König Danube ist tot, und den Thron hat ein anderer für sich beansprucht.«

»Und zwar ihr eigener Sohn, Ayd –«, wollte Dainsey herausplatzen, doch Pony brachte sie mit einem scharfen Seitenblick zum Schweigen.

Sie wandte sich sofort wieder Belster zu und setzte eine sanftere Miene auf. »Jetzt bin ich einfach wieder Pony«, sagte sie. »Und genauso möchte ich es auch.«

Belster aber, der in all den Jahren eine Menge erlebt hatte, der sein ganzes Erwachsenenleben als Gasthausbesitzer verbracht und dabei so manches Geheimnis gehört hatte, war nicht bereit, sich so einfach abspeisen zu lassen. »Wessen eigener Sohn?«, fragte er.

»Darüber brauchst du dir keine Gedanken zu machen«, antwortete Pony. »Im Bärenreich wird sich dadurch nichts ändern, und Ursal braucht hier draußen gewiss niemanden zu kümmern. Ich bin nach Hause zurückgekehrt, Belster. Den Hof in Ursal habe ich weit hinter mir gelassen, und zwar aus eigenem Entschluss. Was sich dort unten im Süden tut, interessiert mich nicht, und das alltägliche Geschehen in Palmaris nur begrenzt, es sei denn, es betrifft unseren Freund Braumin Herde. Ich bin nach Hause zurückgekehrt, weil ich mich nach dem Frieden von Dundalis sehne. Dies ist nicht die Zeit für Königin Jilseponie, sondern einfach nur für Pony.« Damit widmete sie sich wieder seinem Bein, das leicht erhöht auf einigen Kissen lag. »Deine Freundin Pony, die fest entschlossen ist, dir schon bald wieder auf die Beine zu helfen«, erklärte sie und betastete noch einmal die empfindlichen Stellen an seinem Knie.

Sie spürte, dass Belster an ihr vorbei zu Dainsey schaute, deshalb folgte sie seinem Blick und sah, dass diese sich verlegen auf die Unterlippe biss.

Belster, auf seine typische Art, hakte sofort nach, ehe Pony sich umdrehen und ihn wieder ansehen konnte. »Wessen Sohn?«, wiederholte er. »Ayd?«

»Aydrian«, erklärte Dainsey schließlich. »Aydrian Wyndon. Er behauptet, Pony und Elbryan seien seine Eltern.«

Pony fuhr herum und warf ihr einen erschrockenen Blick zu, doch Dainsey blieb standhaft und schüttelte den Kopf.

Sie hatte natürlich Recht, und im Grunde ihres Herzens wusste Pony das auch. Woher nahmen sie die Berechtigung, Belster O'Comely, einem Mann, der für sie beide nie etwas anderes gewesen war als der allerbeste Freund, ein solches Geheimnis vorzuenthalten?

Ehe sie sich wieder Belster zuwandte, schloss Pony einen Moment die Augen und überlegte, wie sie ihm Aydrians Existenz begreiflich machen konnte. Zu ihrer Überraschung merkte sie, dass sie weit weniger erklären musste als befürchtet.

»Oh, beim geflügelten Dämon!«, murmelte Belster. »Lady Dasslerond, was habt Ihr bloß angerichtet!«

Pony riss die Augen auf und starrte ihn durchdringend an. »Wie kannst du davon wissen?«

»Zu wem werden dich die Elfen wohl gebracht haben, als sie dich nach dem Kampf mit Markwart vom Feld geschleppt haben?«, erwiderte Belster mit einer Stimme, die kräftiger klang als bisher, kräftiger, als Pony sie in seinem Zustand erwartet hätte. »Losgezogen bist du mit einem Kind in deinem Bauch, zurückgekommen aber ohne; und was die Elfen als Erklärung dafür erzählt haben, hab ich sowieso nie geglaubt!«

Er stemmte sich unter großen Mühen in eine sitzende Position. Dann gab er Dainsey einen Wink, den Vorhang vor dem

Fenster aufzuziehen, und sah Pony in die Augen. »Und nun erzähl schon«, sagte er. »Und zwar von Anfang an. Und tu mir einen Gefallen: Verschon mich nicht, nur weil ich es bin, hörst du?«

Pony starrte ihn einen Moment lang an, aber nur, bis ihr wieder einfiel, wer dieser Mann eigentlich war, bis ihr wieder einfiel, dass er in guten wie in schlechten Zeiten stets für sie da gewesen war und ihr zur Seite gestanden, sie in Schutz genommen und sich um sie gekümmert hatte. Er wollte aus ihrem Mund die Wahrheit hören. Wie hatte sie nur glauben können, dass ihm weniger zustand?

Also erzählte sie ihm die ganze Geschichte, vom Aufstieg Aydrians und vom Fall Danubes. Und von der Rückkehr Marcalo De'Unneros, was ihn am schmerzlichsten zu treffen schien.

Als sie geendet hatte, saßen die drei lange Zeit schweigend da, bis Belster Pony schließlich fragend ansah. »Hasst er dich?«, wollte er wissen.

»Aydrian glaubt, ich hätte ihn einfach bei den Elfen zurückgelassen, und soweit ich das beurteilen kann, haben sie sich ihm gegenüber nicht besonders freundlich verhalten«, gestand Pony. »Er hasst mich aus tiefstem Herzen – ich bin überrascht, dass er mich am Leben gelassen hat.«

»Ohne Zweifel hat ihn Marcalo De'Unnero mit seiner Bösartigkeit vergiftet«, vermutete Belster. »Der Kerl war schon immer eine hinterhältige Schlange. Wie viel besser wären wir alle dran, hättest du den Kerl vor all den Jahren in Palmaris getötet.«

»Aber das habe ich nicht«, erwiderte Pony und schaffte es sogar zu lächeln, als sie hinzufügte: »Dabei habe ich es versucht, ehrlich!« Das Lächeln war jedoch nicht von Dauer, denn plötzlich wurde ihr bewusst, welche düstere Zeiten ihnen allen bevorstanden. »Und jetzt steht De'Unnero an der Seite Aydrians; das ist die Realität.«

»Und du bist geflohen«, stellte Belster fest. »Aber warum

ausgerechnet hierher? Solltest du nicht in Vanguard sein, an der Seite von Prinz Midalis?«

»Du willst, dass ich gegen Aydrian kämpfe?«, erwiderte Pony mit einer so bedrückten und niedergeschlagenen Stimme, dass sie jeden möglichen Widerspruch bereits im Keim erstickte. »Nein, ich empfinde keinen Zorn gegen ihn – wie könnte ich?«

»Du bist durchdrungen von Zorn! Das sehe ich doch deinen Augen an!«

»Ja, das ist wohl wahr«, gab Pony ihm Recht.

»Du bist wütend auf die Elfen«, sagte Belster plötzlich. »Sie sind dir zutiefst verhasst, hab ich Recht?«

Pony starrte ihn lange Zeit unverwandt an. Ihr Gesichtsausdruck verriet Belster alles, was er wissen musste. »Lass mich jetzt dein Bein versorgen«, sagte sie schließlich. »Und dann solltest du sehen, dass du aus dem Bett rauskommst, dich ein wenig zurechtmachst und deinen alten Geist wiederfindest. Belster O'Comely, du bist noch lange nicht reif fürs Grab!«

Kurze Zeit später verließ sie ihn, zufrieden, dass sie ihren Teil dazu beigetragen hatte, seine durch die Verletzung hervorgerufene Lethargie zu überwinden. Dainsey war bei ihm geblieben, fest entschlossen, ihn aus dem Bett und für die dringend erforderliche Säuberung zum Brunnen zu scheuchen.

Aber auf dem Rückweg zum Schankraum der Geselligen Runde legte Pony den Seelenstein nicht in ihren Beutel zurück. Sie hatte in den letzten Jahren nur selten von den Edelsteinen Gebrauch gemacht, trotzdem hatte es ihr keine große Mühe bereitet, die Verbindung wieder herzustellen. Jetzt betrachtete sie den Stein, ließ sich in den Bann seiner grauen Färbung ziehen und überlegte, wie er ihr sonst noch nützlich sein könnte.

Ursprünglich hatte sie eine Weile im Gasthaus verweilen wollen, einfach nur um den normalen Tagesablauf an diesem Ort, ihrem früheren Zuhause, zu beobachten, aber dann trat sie doch fast sofort wieder ins Freie und begab sich quer durch das kleine Dorf zu dem Haus, das die gutherzigen und großzügigen Dörfler ihr und Dainsey gleich nach ihrer Ankunft zur Verfügung gestellt hatten.

Drinnen schloss sie die Vorhänge vor dem einzigen Fenster, ehe sie sich, den Stein unentwegt zwischen ihren Fingern rollend, in eine stille Ecke zurückzog.

Dann versenkte sie sich abermals in ihn und löste mit seiner Hilfe ihren Geist; befreit von den Fesseln ihrer sterblichen Hülle verließ sie Dundalis in westlicher Richtung und ließ sich zu den fernen Bergen hinübertragen, die, das wusste sie, Andur'Blough Inninness und Lady Dasslerond beherbergten.

Auf der Suche nach dem Elfental streifte Ponys Geist lange durch diese Berge, aber zu ihrer Bestürzung gelang es ihr an jenem Nachmittag nicht, es zu finden. Immerhin, sie kam ein gutes Stück voran und bemerkte mehrere markante Landschaftspunkte, darunter einen oder zwei, die ihr bekannt vorkamen; schließlich war sie bereits mehrfach im Elfental gewesen und hatte es zuvor stets mit Hilfe des Seelensteins gefunden. Sie wusste allerdings, dass es sehr gut versteckt lag, und vermutete, dass Lady Dasslerond derzeit alles in ihrer Macht Stehende tat, um seine Abgeschiedenheit mit Hilfe ihrer Magie noch zu verstärken.

Als sie in ihren Körper zurückkehrte, war Pony durchaus zufrieden mit den Fortschritten, die sie gemacht hatte. Schon bald würde sie sich mit Hilfe des Seelensteins ein so klares Bild von den Bergen rings um Andur'Blough Inninness gemacht haben, dass sie auch physisch dorthin reisen und die Elfenlady zur Rede stellen konnte, die ihr so viel genommen hatte.

»Nun, was habt Ihr herausgefunden?«, fragte Belli'mar Juraviel Lady Dasslerond, als er sie am Waldrand stehen sah, den verblüfften Blick starr auf die fernen Berge gerichtet.

»Sie war hier.«

»Sie?«

»Jilseponie«, erklärte Lady Dasslerond. »Ihr Geist war uns schon ziemlich nahe. Sie sucht uns.«

Juraviel musterte sie skeptisch. »Woher wollt Ihr das wissen?«

Lady Dasslerond hielt ihren funkelnden Smaragd in die Höhe, den Stein von Caer'alfar, der den Elfen beim ersten Auftauchen des geflügelten Dämons von Terranen Dinoniel überreicht worden war. Der Smaragd war einer der phantastischsten dieser verzauberten Steine und gleichzeitig einer der seltensten. Sicher gab es auf der ganzen Welt keinen zweiten Stein wie den von Lady Dasslerond; während die magischen Kräfte der anderen auf Pimaninicuit eingesammelten Smaragde gerade mal ausreichten, um jemandes Schritte zu beschleunigen, war Lady Dassleronds Stein Bestandteil der Erde selbst, ein Stein, der sie mit dem Boden unter ihren Füßen verband. Mit seiner Hilfe vermochte sie Entfernungen zu verzerren, was es ihr erlaubte, mit einem einzigen Schritt gewaltige Strecken zurückzulegen. Mit seiner Hilfe konnte sie die Gräser und Felder spüren und die Tiere, die dort lebten.

Und vielleicht sogar die Geister, die über ihnen schwebten.

»Sie sucht uns«, wiederholte Lady Dasslerond. »Natürlich weiß sie mittlerweile von Aydrians Existenz und wird darüber nicht erfreut sein.«

»Etwas anderes war wohl kaum zu erwarten«, erwiderte Juraviel, der, ausgestattet mit einem feinen Gespür für Dasslerond Dilemma und ihre Ängste, gut daran tat, seine Erleichterung darüber, dass Pony noch lebte, nicht offen zu zeigen.

»Sie ist ein Mensch«, sagte Lady Dasslerond mit der für sie typischen Verachtung für alle, die sie einer minderen Art zurechnete. »Sie wäre nicht einmal ansatzweise imstande, zu begreifen, welch tieferer Sinn, welch größere Verheißung sich mit ihrem Sohn verbindet.«

»Und welch noch monströseres Versagen«, wagte Juraviel hinzuzufügen, was ihm einen scharfen Blick seiner Herrin eintrug.

»Aydrian allein gab uns die Hoffnung, Andur'Blough Inninness vom Schandmal des geflügelten Dämons befreien zu können, an dem es sonst zweifellos zugrunde gehen würde«, konterte Dasslerond. »Auslöser dieses Verfalls war die Selbstlosigkeit, mit der wir den Menschen damals geholfen haben. Wir haben uns für sie aufgeopfert.«

»Ich kann mich noch gut daran erinnern«, musste Juraviel zugeben, denn schließlich war es Lady Dasslerонds Rettungsaktion für Juraviel und die Gruppe von Flüchtlingen gewesen, die den geflügelten Dämon damals überhaupt erst in das Elfental gebracht hatte.

»Und nun verlangen wir von einem der ihren ein Opfer«, fuhr Dasslerond fort. »Würde Elbryan, Aydrians Vater, etwa nicht selbstlos handeln, um Andur'Blough Inninness zu retten? Seine Mutter ganz gewiss nicht, Elbryan dagegen –«

»Jilseponie würde es tun«, widersprach Juraviel entschieden. »Ihr hattet schon immer ein falsches Bild von ihr und habt sie unterschätzt. Hätte man es von ihr verlangt, sie hätte sich bereitwillig für die Touel'alfar aufgeopfert. Und in puncto Charakterstärke ist sie ebenso mit Leib und Seele Hüterin wie die anderen, die wir ausgebildet haben.«

Es war Lady Dasslerонds Miene deutlich anzusehen, dass sie diese Auseinandersetzung mit Juraviel wirklich nicht schon wieder führen wollte. Nicht hier und nicht jetzt.

»Aber sie sucht uns wohl kaum, weil sie uns helfen möchte«, lautete Dasslerонds trockener Kommentar.

»Sie hat die Wahrheit über Aydrian erst vor kurzem erfahren«, erwiderte Juraviel. »Deshalb möchte ich nicht widersprechen.«

»Wem? Ihr oder mir?«, fuhr Lady Dasslerond ihn an. Ihr aufbrausender, ganz und gar untypischer Zorn verriet Juraviel, wie nervös und gereizt sie dies alles machte.

»Eurer Einschätzung«, erklärte Juraviel, ohne jedoch hinzuzufügen, dass er eventuell auch für Ponys Zorn ein gewisses Verständnis aufzubringen vermochte. Schließlich war dieser Zorn nicht völlig unverständlich. Wie sollte jemand, der so über den Verbleib seines eigenen Kindes getäuscht worden war, nicht wütend reagieren?

»Sie wird die Suche nach uns nicht aufgeben«, sagte Dasslerond. »Und irgendwann wird sie den Weg nach Andur'Blough Inninness finden.«

»Im Geiste«, erwiderte Juraviel.

»Und was sollte sie daran hindern, uns anschließend auch ganz real zu finden?«, fragte die Herrin von Caer'alfar. »Und sich womöglich gar mit Aydrian zu verbünden, um ihm den Weg nach Hause zu zeigen?«

»Das wird sie nicht tun«, widersprach Juraviel.

»Auf jeden Fall ist es ein Risiko, das wir auf keinen Fall eingehen können.«

»Was wollt Ihr also tun, Lady Dasslerond?«, fragte Juraviel, in dessen Kopf sämtliche Alarmglocken schrillten. Er wusste, wie kalt und unbarmherzig Dasslerond sein konnte, insbesondere gegenüber den minderen Rassen. Und in den meisten Fällen war Juraviel sogar einer Meinung mit ihr oder hatte zumindest Verständnis für ihre Neigung, sich abzusichern. Die Touel'alfar waren schließlich weder sonderlich zahlreich noch fruchtbar. Es gehörte nicht viel dazu, sie endgültig auszurotten.

Aber hier ging es um Jilseponie! Um Pony! Um die Frau, die Elbryan so tapfer zur Seite gestanden hatte; um die Frau, die das Geheimnis des Schwerttanzes der Elfen und Andur'Blough Inninness' gewissenhaft bewahrt hatte und die für die Touel'alfar nie etwas anderes gewesen war als eine gute Freundin, und das, obwohl Lady Dasslerond sie nie wie eine solche behandelt hatte.

»Möglicherweise gibt es einen Weg, wie ich die unvermeidliche Begegnung zu einem mir genehmen Zeitpunkt und an einem mir genehmen Ort zustande kommen lassen könnte«, erklärte Lady Dasslerond. »Sobald Jilseponies Geist zurückkehrt, werde ich davon erfahren; ich werde ihren Geist aufspüren und sie hiermit« – sie zeigte ihm den Smaragd – »vielleicht auch körperlich herbringen können.«

»Lady –«, begann Juraviel erschrocken.

»Und Ihr werdet dabei zugegen sein und mir zur Seite stehen«, fügte Lady Dasslerond hinzu.

Juraviel hätte sie am liebsten angeschrien, so etwas könne sie unmöglich tun; schließlich ging es um Jilseponie, eine Freundin der Touel'alfar und eine liebe Freundin von ihm selbst. Vermutlich wollte Dasslerond ihn nur dabeihaben, um Jilseponie herzulocken und ihr dabei zu helfen, sie zu überrumpeln. Oder aber seine Herrin wollte ihn als Zeugen dabeihaben, damit sie seine Reaktion auf ihre unbeugsame Haltung abschätzen und daraus dann auf seine Treue gegenüber seinem Volk schließen konnte.

Im ersten, grauenhaften Augenblick war er damit völlig überfordert und hätte am liebsten laut geschrien.

Aber er tat es nicht.

Als Pony am nächsten Tag Dundalis erneut in ihrer spirituellen Gestalt verließ, wusste sie, dass sie im Begriff war, ihrem Ziel, dem Auffinden des verborgenen Tals, ein gutes Stück näher zu kommen. Viele der markanten Punkte waren ihr mittlerweile vertraut; der Anblick bestimmter, unverwechselbarer Berge war ihr noch von ihrer Reise mit Elbryan in Erinnerung.

Zufrieden setzte sie ihren Weg fort, weitete ihre Suche aus und versuchte jene kaum zu erkennenden Pfade zu entdecken, über die sie auf die Hänge gelangen würde, von wo aus man auf das nebelverhangene Tal hinunterblickte. Sie hoffte, an diesem Tag wenigstens noch den grauen Wolkenschleier zu Gesicht zu bekommen. Schließlich aber war sie, erschöpft von der anstrengenden Geistwanderung, doch gezwungen, nach Dundalis und in ihren physischen Körper zurückzukehren.

Plötzlich aber rief sie eine Stimme, sowohl akustisch als auch telepathisch.

Sie folgte dem Ruf ein Stück weit den Pfad zurück und stieß auf seinen Ursprung; hätte sie sich in diesem Moment in ihrem physischen Körper befunden, hätte sie bestimmt daran erinnert werden müssen, weiterzuatmen.

Denn dort, unmittelbar vor ihr, standen Lady Dasslerond und Belli'mar Juraviel.

Belli'mar Juraviel! Bei allem Hass, den Jilseponie in letzter Zeit für die Touel'alfar empfand, konnte sie nicht leugnen, dass sie beim Anblick ihres alten Freundes und Gefährten eine Woge wohliger Wärme überkam.

Aber selbst das war kein rechter Ausgleich für die Gefühle, die sie bei Dassleronds Anblick befielen, der Herrin von Caer'alfar, die ihr Kind geraubt und aus diesem viel versprechenden Geschöpf ein Monster namens Aydrian geschaffen hatte.

Schließlich entfernte sie sich wieder von den beiden; es kostete sie jede Unze ihrer Willenskraft, nicht in ihrer spirituellen Form in Lady Dasslerond einzudringen und mit ihrer Seele zu kämpfen. Um ein Haar hätte sie genau das getan, sie hatte sogar bereits den ersten Schritt gemacht, doch dann spürte sie eine deutliche spirituelle Barriere; erst da bemerkte sie, dass auch Lady Dasslerond einen Edelstein in der Hand hielt, einen grünlich schimmernden Smaragd.

»Geht zurück in Euren Körper«, forderte Lady Dasslerond sie auf. »Ich werde Euch begleiten, damit wir dieses ... Treffen abhalten können, auf das Ihr offenbar so versessen seid.«

Pony verharrte zögernd in der Luft, ihr Inneres ein wildes Durcheinander von Gefühlen.

»Ich bin zurzeit eins mit meinem Edelstein«, fuhr Dasslerond fort. »Geht jetzt, denn ich kann die gleichzeitige Verbindung mit ihm und Euch nicht länger aufrechterhalten! So geht schon, sonst ist diese Begegnung beendet, ehe sie überhaupt begonnen hat!«

Pony wusste genau, dass mehr dahinter steckte; aus ihren Worten glaubte sie herauszuhören, dass Dasslerond sie am

Auffinden des Elfentals zu hindern versuchte – vielleicht aus Angst, sie würde später in Begleitung einer Armee zurückkehren. Sie musste eine Entscheidung treffen, und zwar schnell. Lag sie mit allen Touel'alfar im Streit oder nur mit Lady Dasslerond?

Der Anblick Belli'mar Juraviels, der dort neben der Herrin von Caer'alfar stand, das Gesicht eindeutig voller Mitgefühl, half ihr, den richtigen Weg einzuschlagen, und so schwebte sie ohne ein Wort der Erwiderung so schnell es ging zu ihrem ruhigen, dunklen Zimmer in Dundalis und zu ihrer Körperhülle zurück. In der Erwartung, Dasslerond vor sich zu sehen, am Ende gar mit gezücktem Schwert, stürzte sie durch das Portal des Seelensteins zurück in ihren Körper.

Und tatsächlich, Dasslerond war da – sozusagen. Denn nicht nur das Bild der Herrin von Caer'alfar, auch die viele Meilen entfernte Gebirgslandschaft war erhalten geblieben, fast so, als wären die beiden Orte plötzlich, in einer Verzerrung der Entfernungen, miteinander verschmolzen.

Sogar Juraviel war da; er reichte ihr die Hand, und Pony ergriff sie, ohne auch nur darüber nachzudenken.

Und schon hob sie abermals ab, jedoch nicht als Geist auf Wanderschaft. Irgendwie schien sie sich körperlich über die unzähligen Meilen hinwegzubewegen; der Grund dafür, erkannte sie, war offenbar Dasslerondş magischer Stein.

Im Nu stand sie hoch oben auf einem windumtosten Bergpass unweit von Andur'Blough Inninness, Dasslerond und Juraviel an ihrer Seite. Erst jetzt dämmerte Pony, dass man sie hinters Licht geführt hatte.

Erst jetzt begriff sie, dass Lady Dasslerond ihre Absicht durchschaut hatte und ihr zuvorgekommen war. Außer dem Seelenstein trug sie keinen weiteren Edelstein bei sich, ja, sie hatte nicht einmal ihr Schwert dabei.

Sie wandte sich zu Dasslerond um, der Verkörperung der eigentlichen Kraft der Touel'alfar.

16. Drei Wege zum Erfolg

Roger war klug genug, sich nicht unter der Kapuze seines Reiseumhangs zu verstecken, als er an diesem windigen Spätherbstabend durch die Straßen von Palmaris schlenderte. Er wusste, keine Tarnung war oft die beste Tarnung, daher spazierte er ganz offen und scheinbar völlig gelassen durch den Eingangsbereich des Stadttores von Palmaris.

Dabei war er alles andere als gelassen.

Er befand sich in jener Stadt, die er viele Jahre lang seine Heimat genannt hatte, einer Stadt, in der er der herrschenden Hierarchie angehört hatte und sogar für Jilseponie eingesprungen war, als diese in den Süden ging, um Danubes Königin zu werden. Jetzt aber war Palmaris nicht mehr sein Zuhause. Ganz im Gegenteil. Die Stadt war in Aufruhr, die Einwohner verunsichert und durcheinander. Aydrian hatte sich hier niedergelassen und die Herrschaft über die Stadt an sich gerissen, so wie der verhasste De'Unnero die Abtei St. Precious in seine Gewalt gebracht hatte – alles angeblich mit dem Segen von Bischof Braumin Herde, was eindeutig am verwirrendsten war. Roger Flinkfinger war sich darüber im Klaren gewesen, dass man ihn hier nicht mit offenen Armen empfangen würde – deshalb hatte er sich unter dem Wagenchassis eines nichts ahnenden Bauern hängend in die Stadt eingeschlichen.

Immer wieder versuchte er sich einzureden, dass er nur diese eine Nacht überstehen musste, ja, nicht einmal die ganze, vorausgesetzt, Bradwardens Plan funktionierte.

Er passierte die Wachhäuschen und Kasernen, die die Stadtmauer säumten und die nun, nachdem der größte Teil der ehemaligen Garnison nach Vanguard geflüchtet war, ausschließlich mit Soldaten aus Ursal belegt waren. Was für Roger in gewisser Hinsicht von Vorteil war, da ihn – anders als die Soldaten aus Palmaris – keiner der Männer wiedererkennen würde.

An diesem Abschnitt der Stadtmauer befanden sich auch

die städtischen Stallungen, riesige, in Boxen unterteilte Scheunen, die Platz für Hunderte Pferde boten. Roger kannte sich in dieser Gegend gut aus und wusste, wo die Garnisonskommandanten die edelsten Tiere untergebracht hatten. Am westlichen Ende des Stallbereichs schnappte er sich einen Eimer und bewegte sich auf dem Gelände mit einer Vertrautheit und Ungezwungenheit, als gehörte er dorthin. Schließlich betrat er mit angehaltenem Atem den eigentlichen Scheunenbereich und hoffte verzweifelt, dass Symphony ganz in der Nähe untergestellt wäre.

Wenn nicht, dann wusste er, wo das Pferd sich befand: in den eleganteren und zweifellos streng bewachten Stallungen von Chasewind Manor. Schon der Gedanke, dorthin zu müssen, erfüllte ihn mit Unbehagen, denn sowohl das Dienstpersonal als auch die Haushofmeister würden ihn wiedererkennen, und zweifellos würde es dort von Soldaten aus Ursal nur so wimmeln.

»Wurde aber höchste Zeit, dass du dich blicken lässt!«, fuhr ihn ein unfassbar dürrer Mann mit kahlem Schädel und dunklem, zottigem Bart an, kaum dass er mit dem Eimer durch die Tür getreten war. »Die verdammten Stuten schreien schon die ganze Nacht nach Futter!«

»Ich … ich glaube nicht, dass das für sie bestimmt ist«, improvisierte Roger rasch. »Man hat mir aufgetragen, das Futter für König Aydrians Pferd zu bringen, und das ist ganz sicher keine Stute.«

»König Aydrians Pferd?«, wiederholte der Stallwart und mit einem so ungläubigen Gesichtsausdruck, dass Roger seine schlimmsten Befürchtungen bestätigt sah.

»Das große Schwarze«, klammerte er sich an eine letzte Hoffnung.

»Da hast du dich mit deinem Eimer aber ziemlich verirrt«, kicherte der Stallwart. »Besser, du überlässt mir den Eimer für die Stuten und besorgst dir in Chasewind Manor einen neuen. Dort haben sie genug davon.«

Er streckte die Hand nach dem Eimer aus, den Roger ihm nur zu gerne überließ.

»Und beeil dich ein bisschen«, blaffte der Stallwart. »An deiner Stelle würde ich nicht erst warten, bis König Aydrians Pferd in seiner Raserei die Box zusammentritt!«

Roger nickte, ging wieder nach draußen und überlegte sich dabei genau, wie er vorgehen wollte. In Gedanken malte er sich den Grundriss des Geländes und der Stallungen von Chasewind Manor aus, die sich auf der Rückseite des Gebäudes befanden und von jedem Wohnraum aus bestens einzusehen waren. Zu allem Überfluss war der Stallbereich stets gut beleuchtet.

Trotzdem musste Roger unbedingt dorthin, und das schnell, denn Bradwardens Flötenspiel würde schon in Kürze die Nacht erfüllen.

Der Weg quer durch die Stadt bis zu den vornehmeren Wohnbezirken im Westen bereitete ihm keine nennenswerten Probleme; zwar patrouillierten in dieser Gegend erheblich mehr Soldaten, aber es gab dort auch mehr Hecken, hinter denen sich der überaus umsichtig vorgehende Roger verstecken konnte. Kurz darauf stieß der klein gewachsene Mann unweit des Haupttores auf die Umgrenzungsmauer von Chasewind Manor. Er versuchte sich unauffällig zu geben und suchte das Gelände mit den Augen ab, um sich die Wachwechsel und Wege der erfahrenen Soldaten einzuprägen, die das Gelände bewachten – Allhearts in diesem Fall, nicht bloß einfache Kingsmen.

Dann, völlig unerwartet, erhaschte Roger einen ersten Blick auf Jilseponies Sohn. Er war sofort sicher, dass es Aydrian war, der in der offenen, durch das Tor von Chasewind Manor ratternden Kutsche saß, obwohl er den Mann nur einen winzigen Moment zu Gesicht bekam; doch der junge König sah ihm direkt in die Augen, und die Ähnlichkeit war unverkennbar. Er hatte Ponys volle Lippen und ihr dichtes Haar, während Augen und Kinnpartie eindeutig von Elbryan stammten. Als sich ihre Blicke kreuzten, glaubte Roger einen winzigen Moment lang, seinen toten Freund Elbryan vor sich zu sehen.

Zu Rogers ungeheurer Erleichterung – nachdem ihm klar geworden war, wen er tatsächlich vor sich hatte – erkannte der junge König ihn seinerseits nicht wieder, und die Kutsche raste davon. Zu seinem noch größeren Glück schienen sich die Wachen fast augenblicklich nach Aydrians Abfahrt zu entspannen.

Doch nur wenige Augenblicke später nahm die Unruhe des verunsicherten Roger wieder zu, als eine wunderschöne Melodie durch die Nacht wehte. Das Lied war so unaufdringlich, verschmolz so vollkommen mit den Geräuschen der Nacht, dass niemand in Rogers Nähe auch nur Notiz von ihr zu nehmen schien.

Ganz anders Roger – und wenn Bradwarden mit seinem Schlachtplan richtig lag, dann würde auch noch ein anderer in der Stadt die Bedeutung dieses Liedes erkennen.

Getrieben von einem Gefühl plötzlicher Eile bewegte sich Roger rasch an der Umgrenzungsmauer entlang, fort vom Haupttor. Er war mit dem Grundriss des Geländes gut vertraut und arbeitete sich unter geschickter Ausnutzung der Verstecke bis zur Rückseite des Geländes vor. Nachdem er sich dort kurz umgesehen und einmal tief durchgeatmet hatte, um seine Nerven zu beruhigen, kletterte Roger auf die Mauer, schob sich über deren Rand und ließ sich auf der anderen Seite in den Schatten einer ausladenden Ulme fallen. Froh, dass in diesem Abschnitt nur wenige Wachen zu sehen waren, und in der Hoffnung, dass nicht gerade jetzt jemand aus einem der zahlreichen dunklen Zimmer auf der Rückseite von Chasewind Manor nach draußen schaute, huschte Roger mit hastigen Schritten hinüber zu den Stallungen, von wo ihm bereits tumultartiger Lärm entgegenschlug.

»Ruft König Aydrian!«, hörte er einen Mann im Innern des Stallgebäudes brüllen. Jedes seiner Worte wurde entweder von einem aufgeregten Wiehern oder einem wuchtigen Tritt eines kräftigen Hufes begleitet, der krachend gegen die hölzernen Planken schlug.

Aus Angst, Symphony könnte sich in seiner Raserei verletzen, rannte Roger ohne zu zögern direkt ins Innere des Stallgebäudes.

Dort, vor der Box des prächtigen Hengstes, sah er eine Gruppe aus drei Allhearts stehen, von denen einer, eine Peitsche in der Hand, ganz den Eindruck machte, als wollte er jeden Moment in die Box stürmen und den zunehmend erregten Hengst züchtigen.

»Er bringt Euch um, wenn Ihr dort hineingeht!«, schrie Roger, und es war ihm absolut ernst damit. Bradwarden rief den Hengst mit seiner berückenden Flötenmelodie. Bradwarden, der so viele Jahre über Symphony und die anderen Wildpferde gewacht hatte, erteilte dem prächtigen Hengst den musikalischen Befehl, in seine Heimat zurückzukehren.

Und es bestand nicht der geringste Zweifel daran, dass Symphony fort wollte!

Die drei Soldaten wandten sich mit überraschten Mienen zu Roger um. »Wer zum Teufel bist du?«, wollte einer wissen.

»Ein Mann, der dieses Pferd gut kennt, und zwar schon lange vor jener Zeit, als Aydrian es für sich entdeckte«, antwortete Roger. Mit diesen Worten lief er zur Box und begann, beschwichtigend auf den prachtvollen Hengst einzureden; Symphonys Erregung legte sich zwar nicht sofort, dennoch war nicht zu übersehen, dass er den Mann wiedererkannte.

»Wir müssen ihn rauslassen, damit er sich auf der Koppel frei bewegen kann«, erklärte Roger; hätte er von ihnen verlangt, sich in ihre eigenen Schwerter zu stürzen, hätten sie kaum verständnislosere Gesichter machen können. »Das sind die ungeheuren Kräfte dieses Tieres«, versuchte er zu erklären. »Der Hengst muss sich frei bewegen können, sonst platzt er regelrecht vor Energie. Rasch! Helft mir, ihn nach draußen auf die Koppel zu treiben. Lasst ihn umherrennen und seine überschüssige Energie austoben, dann schläft er bestimmt ruhiger!«

Keiner der Soldaten machte Anstalten, sich zu rühren.

»Das ist ein Wildhengst, geboren und aufgewachsen in den Hügeln der Waldlande«, beschwor Roger sie verzweifelt. »Auf so engem Raum eingepfercht hält er es nicht lange aus! So beeilt Euch doch, ich flehe Euch an, sonst bricht sich das Pferd des Königs noch ein Bein!«

»Wer zum Teufel bist du?«, wiederholte einer der Soldaten seine Frage.

»Ich war Stallknecht in Caer Tinella, als dieses prächtige Ross noch König Aydrians Vater trug, den Nachtvogel Elbryan«, log Roger. Gekonnt schlug er die Augen nieder und tat, als sei ihm dieses Eingeständnis peinlich. »Außerdem habe ich unter Königin Jilseponie gedient, als sie Baronin hier in Palmaris war, ganz am Anfang ihrer Herrschaft, gleich nach der Pest. Nur ganz wenige wissen davon, deshalb möchte ich Euch bitten, es für Euch zu behalten, aber dieses prächtige Tier war einst auch Jilseponies Lieblingspferd.«

Was ihm die verblüfften Mienen der drei eintrug, und genau darauf hatte Roger spekuliert; das verlieh ihm die nötige Glaubwürdigkeit, um diese Narren hinters Licht zu führen.

»Bitte, ich flehe Euch an, wenn schon nicht um des Tieres willen, dann wenigstens, um Euch vor König Aydrians Zorn zu schützen, helft mir, dieses prachtvolle Tier nach draußen auf die Koppel zu treiben«, bat Roger inständig.

»Du glaubst doch nicht allen Ernstes, du könntest diese Bestie im Zaum halten!«, widersprach einer der Soldaten. »Sobald wir das Gatter öffnen, wird er dich niederrennen!«

»Nein, das wird er nicht«, entgegnete Roger und sah hoch zu dem Pferd. »Du wirst mir doch nichts tun, oder, Symphony?«, fragte er mit sanfter Stimme, worauf der Hengst einen Moment lang von seinem Wiehern und Treten abließ, um Roger nachdenklich zu mustern, als hätte er jedes Wort verstanden. Roger wartete die Erlaubnis gar nicht erst ab, sondern nutzte die sich durch diesen Augenblick der Ruhe bietende Gelegenheit, um an das Gatter zu treten, es blitzschnell zu entriegeln und aufzureißen. Symphony trat ganz nah zu Roger, rieb seine Schnauze an ihm und schien sofort ruhiger zu werden.

Roger sah zu einem der Soldaten, der ihm ein Halfter zuwarf. Er begann, es dem Tier überzustreifen, hielt dann aber inne, um den Kopf des Pferdes zu streicheln – und Symphony die Möglichkeit zu geben, weiter aus der Box herauszutreten.

Roger tat, als wollte er ihm das Halfter endgültig überstreifen, und beugte sich vor, um dem Pferd scheinbar beruhigend ins Ohr zu flüstern. Aber das war mitnichten seine Absicht, ganz im Gegenteil – vielmehr spornte er Symphony an, Reißaus zu nehmen.

Plötzlich wich Roger zurück und stieß dabei einen Schrei aus, als hätte er sich verletzt, worauf Symphony an ihm und den drei verblüfften Soldaten vorüberschoss. Gesenkten Kopfes galoppierte der Hengst aus dem Stallgebäude und rannte schnaubend über das Gelände.

»Haltet ihn! So fangt ihn doch wieder ein!«, schrie Roger, wohl wissend, dass keiner von ihnen dieses prächtige Tier einholen würde. Immerhin gelang es ihm, die Soldaten mit seiner List von sich abzulenken, die dem Pferd laut rufend hinterherrannten.

»Lauf, Symphony, lauf«, feuerte ihn Roger leise an. »Folge dem Ruf des Zentauren und geh zurück zu jemandem, der deiner würdig ist.« Er hielt einen Augenblick inne, lauschte angestrengt und schöpfte wieder etwas Hoffnung, als der Tumult sich von den Stallungen entfernte und Richtung Eingangstor verlagerte.

Unmittelbar darauf ergriff der klein gewachsene Mann klugerweise selbst die Flucht. Er rannte durch die Seitentür des Stallgebäudes ins Freie und tauchte im Schatten eines anderen mächtigen Baumes unter – zumindest hatte er das vor.

»Meister Flinkfinger?«, erklang unmittelbar hinter ihm ein

Ruf, und obwohl er die Stimme nicht sofort wiedererkannte, wusste Roger, dass die Frage Ausdruck der Überraschung war und nicht auf Klärung seiner Identität abzielte. Er erstarrte, blieb stehen, drehte sich langsam um und blickte in das völlig verblüffte Gesicht des alten Illthin Dingle, eines der Gärtner auf Chasewind Manor.

»Master Flinkfinger!«, rief der alte Mann erneut, nachdrücklicher diesmal. »Ich dachte, Ihr wärt längst mit Jilseponie nach Norden gegangen.«

Roger hielt einen Finger an die Lippen, in der Hoffnung, den Mann ein wenig zu beruhigen, und sah sich nervös um. »Dort war ich auch, Meister Dingle, aber jetzt bin ich zurück, um den König aufzusuchen, ihren Sohn.«

Illthin neigte sein bleiches, mit grauen Bartstoppeln übersätes Gesicht misstrauisch zur Seite. Er trug sein Haar lang und zu einem grauen Pferdeschwanz gebunden, was dem alten Mann ein unbekümmertes Aussehen verlieh, das recht gut zu seinem oft unberechenbaren Charakter passte. »Da müsst Ihr Euch schon was Besseres einfallen lassen, Meister Flinkfinger«, erklärte Illthin mit einem wissenden Grinsen.

Roger sah sich nach allen Seiten um, ehe er eine entspanntere Haltung einnahm. »Ihr habt Recht«, gestand er. »Ich bin wegen Symphony zurückgekommen, aus keinem anderen Grund.«

»Was Ihr nicht sagt!«

»Aber ja. Symphony ist nicht das Pferd des neuen Königs, auch wenn er seiner würdig sein mag ...«

»Das glaubt Ihr doch wohl selbst nicht!«, erwiderte Illthin mit einem schnarrenden Lachen.

»Symphony ist nicht das Pferd des neuen Königs«, wiederholte Roger.

»Oh, das will ich gerne glauben«, sagte Illthin. »Es ist der andere Teil, er könnte seiner *würdig* sein ...«

Roger straffte die Schultern, ohne sich ansonsten eine Reaktion anmerken zu lassen.

»Viele denken so«, erklärte der alte Illthin. »Trotz der Äußerungen Bischof Braumins. Merkwürdige Geschichte. Ich hätte nie gedacht, dass Braumin sich auf die Seite dieses Burschen schlagen würde! Nicht, nachdem er mit ansehen musste, wie seine Männer bei dem Kampf an der Südmauer ums Leben kamen.«

»Und was hat Bischof Braumin nun gesagt?«

»Er hat sich zugunsten des Königs ausgesprochen – einen rechtmäßigen und gesetzmäßigen König hat er ihn genannt«, antwortete Illthin. »Und was diesen Abt De'Unnero von St. Precious betrifft – der ist doch der Schlimmste von allen!«

Roger Flinkfinger hörte schweigend zu. Er zweifelte nicht daran, dass Illthins Äußerungen der Wahrheit entsprachen, zumal es Roger, dem der Umgang mit der Magie der Steine alles andere als fremd war, nicht schwer fiel, sich vorzustellen, wie Aydrian Braumin dazu gebracht haben könnte, derart absurde Dinge von sich zu geben.

»Vielleicht ist ja manches nicht so, wie es scheint, guter Illthin«, erwiderte er, worauf der alte Mann wieder in spöttisches Gelächter ausbrach.

»Ich flehe Euch an, sagt nichts«, bat Roger den Alten. »Wenn schon nicht meinetwegen, dann Symphony zuliebe.«

Illthin musterte ihn voller Argwohn.

»Jilseponie zuliebe, wenn nicht meinetwegen«, fügte Roger hinzu, worauf sich der zweifelnde Ausdruck auf seinem Gesicht endlich zu verflüchtigen schien.

Ehe Illthin etwas erwidern konnte, wanderte der Tumult, nun, da eine große Anzahl Soldaten dem aufgeregten Symphony nachsetzte, an der Seite des ausgedehnten Hauptgebäudes entlang.

»Ich muss fort«, sagte Roger. Er und Illthin wechselten einen letzten einvernehmlichen Blick, ehe Roger Flinkfinger mit den Schatten verschmolz, sich gekonnt zur Umgrenzungsmauer zurücktastete und hinüberkletterte.

Als Roger sich schließlich wieder um das gesamte Gelände

herumgearbeitet hatte, stürmten die Soldaten, einige von ihnen auf To-gai-Ponys, bereits in Scharen durch das Haupttor auf die Straße, um Symphony zu verfolgen. Roger konnte nicht wissen, dass es Illthin gewesen war, der, in gespielter Angst vor dem Pferd, praktischerweise das Tor geöffnet hatte, um nicht nur selbst zu fliehen, sondern auch Symphony Gelegenheit zu geben, das Gelände zu verlassen.

Die Treibjagd setzte sich in den Straßen von Palmaris fort, aber eigentlich war der Ausdruck nicht ganz zutreffend, denn keines der Pferde vermochte es mit Symphony aufzunehmen, erst recht nicht, wenn es einen Reiter trug. Zumal ohnehin kein Allheart-Pony die gewohnte Disziplin an den Tag legte, da sie alle von eben jenem Flötenspiel angelockt wurden, das auch Symphony den Weg in seine Heimat wies.

Wie üblich stand das Nordtor von Palmaris offen, und niemand dort hatte auch nur die geringste Chance, es rechtzeitig zu schließen, als man den Hengst erkannte, der auf die Wachen zugerast kam. Einer der Soldaten trat noch einen Schritt nach vorn, um sich dem Pferd in einer Mischung aus Wagemut und Dummheit in den Weg zu stellen, doch Symphony rannte ihn einfach nieder.

Dann hatte der Hengst freie Bahn und galoppierte über das sanft geschwungene Farmland im Norden der Stadt, stets der Verheißung von Bradwardens Melodie folgend.

Der Verheißung der Freiheit, der Verheißung eines Zuhauses.

In Aydrians Augen gehörten Treffen wie diese zu den sinnlosesten und ermüdendsten Aspekten seines gegenwärtigen Abenteuers. Seit er gemeinsam mit Abt Olin und De'Unnero an der Vorbereitung seiner Thronbesteigung gearbeitet hatte, hatte er diese Art von Sitzungen über sich ergehen lassen müssen, in denen die Anführer zusammenkamen, um ihre bevorstehenden Aktionen immer wieder durchzudiskutieren. Was Aydrian an diesen Zusammenkünften am meisten erstaunte und ihn nachgerade zur Verzweiflung trieb, war die absolute Gewissheit, dass dabei nichts wirklich Sinnvolles zustande kam. Offenbar bestand ihr einziger Zweck darin, die Nerven der verschiedenen Führer zu besänftigen, sie zu vertrösten und ihnen die Gewissheit zu geben, das Richtige zu tun.

Auf derartige Rückversicherungen war Aydrian längst nicht mehr angewiesen; für diesen Zweck stand ihm die Unterweisung durch die Schatten im Orakel zur Verfügung. Mit jedem Tag, der verstrich, wuchs sowohl das Zutrauen in seine Fähigkeiten als auch das Gespür für seine Grenzen, so wenige es sein mochten. In Aydrians Augen waren diese formalen Spiegelfechtereien nichts weiter als Verzögerungen auf dem Weg zum Unvermeidlichen.

Dieses Treffen jedoch, musste er einräumen, war wichtiger als alle vorangegangenen. Bei dieser Zusammenkunft ging es weder um De'Unnero, der zurzeit damit beschäftigt war, in der Abtei St. Precious für Ordnung zu sorgen, noch um Herzog Kalas, der weit weg in den Nordlanden weilte, um dort die Sicherheit von Caer Tinella und Landsdown zu garantieren, und auch nicht um einen der anderen Kriegsherren, die gemeinsam mit Aydrian aus Ursal angereist waren. Dieses Treffen betraf einzig die Führer der Stadt Palmaris – mit Ausnahme von Bischof Braumin, natürlich, der nach wie vor in einer Zelle von De'Unneros Abtei St. Precious saß.

Aydrian ließ den Blick um den riesigen Tisch des großen Saals wandern, musterte sie einen nach dem anderen und rief sich ihre jeweilige Bedeutung für seine Ziele in Erinnerung. Sollte Midalis sich je nach Süden wagen, dann würde Palmaris zu der Stadt, in der sich alles entschied; in dieser Situation auf die Unterstützung dieser vielen Lords, Großgrundbesitzer und einflussreichen Bürger zählen zu können, würde sehr dazu beitragen, dass der Prinz in Palmaris nicht gerade mit offenen Armen empfangen wurde.

Trotzdem war es allenfalls ermüdend, und jedes Mal, wenn Herzog Monmouth Treshay aus Yorkey gegenüber den Lords aus Palmaris einen Punkt ansprach und sich gleich darauf an Aydrian wandte, sah sich der junge König genötigt, eine straffere Haltung anzunehmen und eine gewisse Anteilnahme vorzutäuschen.

»Es ist also völlig unbestritten, meine Herren«, hörte er Monmouth soeben sagen, »dass der Machtwechsel in Ursal nahezu ohne Blutvergießen vonstatten gegangen ist, und es wäre überhaupt kein Blut geflossen, hätten alle Anwesenden einfach König Danubes persönliche Erklärung akzeptiert.«

»König Danube war Euer Freund, Herzog Monmouth«, sagte ein wohlhabender Kaufmann, der des Öfteren zu Besuch in Ursal weilte.

»Das war er in der Tat, und ich war stolz darauf, ihn einen solchen nennen zu dürfen.«

»War Prinz Midalis nicht ebenfalls Euer Freund?«, hakte der Kaufmann nach, was Aydrian schlagartig aufhorchen ließ. »Als er zusammen mit den Barbaren aus Alpinador die Reise in den Süden unternahm, um an Danubes und Jilseponies Hochzeit teilzunehmen, wart Ihr da nicht hocherfreut, ihn zu sehen? Seid Ihr nicht gleich am nächsten Morgen mit ihm fortgeritten?«

»Durchaus, Lord Breyerton«, räumte Monmouth ein. »Und ich nenne ihn auch jetzt noch einen Freund, sofern er, wenn er von dem Machtwechsel erfährt, die Wünsche seines toten Bruders respektiert, der damals König war. Ich gehe übrigens davon aus, dass er das tut.«

Das trug ihm mehr als nur ein paar skeptische Blicke ein, bemerkte Aydrian, Blicke, die durchaus nachvollziehbar waren. In der Tat hatte sich der junge König schon des Öfteren gefragt, ob er Monmouth wohl würde »ersetzen« müssen, womöglich ohne jede Rücksichtnahme. Deswegen hatte Aydrian Monmouth Treshay kurz vor seinem Abmarsch aus Ursal aufgesucht, nicht körperlich, sondern als Geist, und hatte ihm die zahlreichen Ehren vor Augen geführt, zu denen er es in Aydrians Schatten bringen könnte.

Und er hatte ihm das Grauen gezeigt, das ihn erwartete, sollte er aus diesem schützenden Schatten treten.

Lord Breyerton sah Aydrian direkt ins Gesicht, auf eine Weise, die nur als herausfordernd bezeichnet werden konnte, was etliche der anderen bewog, bestürzt die Augen aufzureißen. »Und wenn nicht?«, erkühnte sich der unerschrockene Lord zu fragen. »Wenn Prinz Midalis den Thron für sich selbst beansprucht?«

»Er hat keinen rechtmäßigen Anspruch darauf«, erwiderte Herzog Monmouth entschieden. »Er –«

»Es gibt keinen Thron, auf den er Anspruch erheben könnte«, warf Aydrian ein; es waren seine ersten Worte seit Beginn der Sitzung vor mehr als einer Stunde. »Der Thron des Bärenreiches ist besetzt. Das ist die ganze, schlichte Wahrheit. Wer Anspruch auf diesen Thron erhebt, der mir von meinem Stiefvater in seiner Weisheit überlassen wurde, gibt sich damit als Verräter an Krone und Reich zu erkennen und wird von den diesem Reich und dieser Krone dienenden Soldaten auch als solcher behandelt werden.«

»Prinz Midalis kann auf große Unterstützung im Volk zählen«, wagte Lord Breyerton trotzig einzuwenden, worauf die Blicke rings um den Tisch noch erstaunter wurden. Sogar vereinzeltes Keuchen war zu hören.

»Unterliegen die Geschicke des Bärenreiches jetzt etwa schon dem Willen des Volkes, Lord Breyerton?«, fragte Aydrian. »Wenn das Volk entschieden hätte, König Danube sei kein guter König, hätte es dann einfach einen Ersatz suchen und auf den Thron setzen können? Welch eine Anarchie ist das, der Ihr hier das Wort redet?«

»Ganz recht, was ist das für eine Verirrung?«, rief ein anderer aus der versammelten Runde.

»Es ist eine Frage, die man sich ehrlicherweise stellen sollte«, erklärte Lord Breyerton. »Falls es zum Krieg kommt –«

»Solltet Ihr genau abwägen, auf wessen Seite Ihr Euch schlagt«, fiel Aydrian ihm ins Wort. »Falls Prinz Midalis sich in seiner Verbitterung außerstande sieht, König Danubes Vision zu akzeptieren, und er sich wie ein Narr und Verräter aufführt, wird er den Zorn der Krone zu spüren bekommen. Seid versichert, bislang habt Ihr erst einen Bruchteil meiner Macht und meiner Armee zu sehen bekommen. Selbst Bischof Braumin, ein überaus lieber Freund meiner Mutter, hat die Unausweichlichkeit und Rechtmäßigkeit meiner Herrschaft letztendlich anerkannt. Hier geht es längst nicht mehr darum, wer auf dem Thron des Bärenreiches sitzt, Lord Breyerton, denn dieser Punkt ist längst entschieden. Als Euer König ist mir bewusst geworden, dass ich mich um die großen Städte und die großen Männer, die sie regieren, bemühen muss«, fuhr Aydrian fort. »König Danube hat lange regiert und seine Sache gut gemacht, größtenteils weil er zu der Einsicht gelangt war, dass die Augen und Ohren eines einzigen Mannes für ein so großes und mächtiges Königreich wie dieses niemals ausreichend sein können. Grundlage seiner Weisheit war sein Talent, die Fähigkeiten anderer zu erkennen und den anderen großen Führern die Freiheit zuzubilligen, dem Königreich nach eigenem Gutdünken zu dienen.«

Die letzte Bemerkung trug ihm nahezu einhelliges Nicken ein sowie die hoffnungsvollen, gierig funkelnden Blicke mehrerer Lords. In dieser Hinsicht hatten Olin und De'Unnero bei Aydrian gute Arbeit geleistet. Ein König, der den ehrgeizigen und geldgierigen Kaufleuten freie Hand bei der Herrschaft über ihre kleinen Königreiche ließ, würde sich zwangsläufig großer Beliebtheit erfreuen – zumindest bei denen, auf die es ankam. Selbst Lord Breyerton wirkte leicht verunsichert, so als wäre er plötzlich hin und her gerissen zwischen dem Lockmittel, das Aydrian ihm soeben so raffiniert vor Augen gehalten hatte, und seiner Treue zu Prinz Midalis.

Aydrian bemerkte seine innere Zerrissenheit und beschloss auf der Stelle, diesen Konflikt zu seinen Gunsten zu entscheiden.

Die Lords setzten ihre Diskussion untereinander noch eine Weile fort, bis ein Page in den Saal gestürzt kam, zu Lord Breyerton hinüberlief und neben ihn trat. Der junge Mann beugte sich tief zu ihm hinunter und flüsterte ihm aufgeregt etwas ins Ohr, worauf dieser sofort die Augen aufriss.

»Was gibt es denn?«, wandte sich Aydrian an ihn.

Lord Breyerton erhob sich von seinem Platz. »Ein unbedeutender Zwischenfall, mein König«, antwortete er; es war nicht zu übersehen, dass er ziemlich nervös war. Mit einer knappen Verbeugung wandte Breyerton sich um und machte Anstalten, sich zu entfernen.

»Lord Breyerton!«, rief Aydrian so unvermittelt, dass der Mann wie angewurzelt stehen blieb. Breyerton drehte sich um und sah den König an.

»Wovon hat man Euch soeben unterrichtet?«, fragte Aydrian kühl.

»An der Nordmauer ist es zu einem Aufruhr gekommen, mein König«, musste Breyerton gestehen. »Eine Gruppe von Soldaten aus Palmaris hat die Schmiede in ihre Gewalt gebracht. Einige Eurer Kingsmen wurden dabei verwundet, fürchte ich.«

Aydrian erhob sich und trat neben ihn. »Ihr geht voraus«, wies er ihn an.

»Mein König, die Gegend dürfte gefährlich sein«, protestierte Breyerton, eine Einschätzung, der sich mehrere andere, insbesondere die Eskorte aus Rittern der Allhearts, anschlossen. »Ihr habt ja nicht einmal eine Rüstung, die Ihr anlegen könnt.«

Statt einer Erwiderung schenkte Aydrian ihm ein verschmitztes Grinsen und legte seine Hand auf das Heft seines Schwertes Sturmwind, das im Gürtel an seiner Hüfte steckte. »Geht nur voraus, Lord Breyerton. Ich möchte mit diesen ... verwirrten Männern sprechen.«

»Mein König –«, wollte Breyerton widersprechen, doch Aydrian fiel ihm ins Wort.

»So geht schon voraus«, beharrte er und schob den Mann buchstäblich durch die Tür nach draußen.

Die Allhearts und Herzog Monmouth waren unmittelbar hinter ihnen, gefolgt von den anderen Lords. Das Gebäude befand sich unweit der Nordmauer und damit ganz in der Nähe jenes Viertels, in dem die Unruhen ausgebrochen waren. Sie hatten das Gebäude kaum verlassen, als sie auch schon den Kampflärm hören konnten.

Aydrian, nicht darauf angewiesen, dass ihm jemand den Weg wies, schob sich an Breyerton vorbei und hielt mit energischen Schritten auf die Geräusche zu, bis er eine größere Gruppe seiner Kingsmen erblickte, die eine kleine, an die nördliche Stadtmauer angebaute Scheune eingekreist hatten. Pferde wieherten nervös und liefen unruhig in einem kleinen Korral seitlich neben dem Gebäude auf und ab. Einige Soldaten lagen tot am Boden, die meisten in der Rüstung der Garnisonstruppen aus Palmaris; zwei allerdings trugen das Abzeichen der Kingsmen. Rings um das gesamte Gelände verfolgten Hunderte Bürger von Palmaris das Spektakel, meist von etwas entfernteren Balkonen aus oder verborgen hinter schützenden Steinmauern oder Wassertrögen.

Ihr Interesse verlagerte sich jedoch rasch von dem Scharmützel auf den unerwartet eingetroffenen neuen König des Bärenreiches.

Wie stets stellte Aydrian fest, dass es ihm gefiel, sich in den Blicken eines großen Publikums zu sonnen, von so vielen Menschen voller Ehrfurcht begafft zu werden. Er setzte seinen Weg fort, griff in den Beutel an seiner Hüfte und tastete nach den Edelsteinen.

Die Vorderseite der Schmiede war offen, so dass man drinnen eine orange glühende Esse erkennen konnte, vor der einige Heuballen aufgestapelt waren. Ab und zu schnellte ein Mann dahinter in die Höhe und schoss einen Pfeil nach draußen auf den Belagerungsring, nur um erleben zu müssen, wie sein Geschoss mit einem wahren Pfeilhagel erwidert wurde.

Aydrian zog sein Schwert, nahm einen Seelenstein in seine linke Hand, durchbrach entschlossen den Belagerungsring seiner Soldaten und hielt weiter auf die Scheune zu. Als einer seiner Kommandanten seine Männer aufforderte, ihrem König in den Kampf zu folgen, drehte Aydrian sich um, bedeutete ihm, er solle still sein, und winkte ihn zurück. Als dann auch noch die Allhearts an seine Seite eilen wollten und einer von ihnen ihn zu packen und in Deckung zu ziehen versuchte, stieß der junge König sie brüsk zurück und gab ihnen den Befehl, stehen zu bleiben.

»Näher könnt Ihr unmöglich heran, mein König!«, rief einer der Allhearts völlig außer sich.

»Geht in Deckung und seht zu«, kommandierte Aydrian. »Diese Männer haben offenbar noch nicht begriffen, wer ihr neuer König ist, also werde ich es ihnen zeigen.«

»Ich habe einen Eid darauf geleistet, Euch zu beschützen!«, beharrte der Allheart. »Und zwar mit meinem Leben, das ich für Euch zu geben bereit bin, mein König.«

»So nehmt doch Vernunft an, König Aydrian!«, rief Lord Breyerton. »Erlaubt den Soldaten, die Verräter niederzustrecken, wie es ihrer Pflicht entspricht!«

»Wagt Euch nicht auch nur einen Schritt näher!«, entgegnete Aydrian. Der junge König ging weiter.

»Ihr habt ja nicht mal Eure Rüstung an!«, protestierte Breyerton, doch Aydrian grinste bloß, denn seine sich immer weiter entfernende Stimme verriet ihm, dass der Mann nicht einfach nur stehen geblieben, sondern sogar ein Stück zurückgelaufen war, um irgendwo Deckung zu suchen.

Entschlossenen Schritts verließ Aydrian den geschlossenen Ring aus Barrikaden und trat auf die freie Fläche vor der besetzten Schmiede. Jetzt hatte jeder ungehinderte Sicht auf ihn, die Rebellen, seine eigenen Soldaten sowie die vielen schaulustigen Bürger von Palmaris.

Er sah einen Bogenschützen seitlich hinter einem Heuballen emporschnellen und hatte größte Mühe, nicht zusammenzuzucken, seine Schritte nicht zu verlangsamen. Der größere der beiden Schatten im Spiegel des Orakels hatte ihm versichert, er könne dies gefahrlos tun; irgendwo zwischen Geist und Körper gebe es einen Ort, an dem er unverwundbar sei.

Aydrian umklammerte den Hämatit fester und ließ sich in seinen Strudel fallen. Dabei hielt er seine physische Wahrnehmung so weit aufrecht, dass er sah, wie der Bogenschütze seinen Pfeil von der Sehne schnellen ließ – und musste abermals gegen den unwillkürlichen Drang ankämpfen, sein Schwert zu einem Abwehrversuch hochzureißen.

Der Pfeil traf ihn in der Seite, und Aydrian spürte einen explosionsartig aufblitzenden Schmerz.

Aber nur für eine Sekunde, so dass der junge König nicht einen Schritt von seiner Richtung abwich. Ruhig weiteratmend konzentrierte er sein ganzes Denken auf die Wunde, rief sich die Verletzung vor sein inneres Auge und schickte die Heilkraft des Seelensteins in die betreffende Stelle.

Der junge König setzte seinen Weg mit unverminderter Geschwindigkeit fort, griff nach unten, zog den Pfeil heraus und schleuderte ihn beiläufig zur Seite. Er verlor ein wenig Blut dabei, aber nicht viel, denn die Wogen der Heilmagie bewirkten, dass sich die Wunde nach Herausziehen des Pfeils fast augenblicklich wieder schloss.

Wieder richtete sich ein Bogenschütze auf, diesmal genau vor Aydrian.

Da Aydrian kein Interesse verspürte, diesen Schmerz noch einmal zu ertragen, hob er, als der Mann seinen Bogen auf ihn richtete, die Spitze seines Schwertes ganz leicht an, versenkte sich in den dort eingelassenen Graphit und sandte einen Lichtblitz aus, genau in dem Augenblick, als der Mann seinen Pfeil abschoss. Der Strang aus knisternder Energie ließ den Pfeil in harmlose Splitter zerbersten, ehe er gegen den Bogenschützen prallte und ihn in hohem Bogen in die Schmiede schleuderte.

Aydrian veränderte den Winkel des Schwerts und setzte einen weiteren Energieblitz frei, der sich unmittelbar vor den Heuballen in den Boden bohrte, sämtliche Gebäude in diesem Teil der Stadt erzittern ließ und sowohl die behelfsmäßige Barrikade als auch einige der dahinter verborgenen Verteidiger zur Seite warf.

»Ihr wagt es, Euch mir zu widersetzen?«, rief Aydrian, während er mit ruhigen, selbstbewussten Schritten ins Innere der Schmiede vordrang.

Von der Seite stieß ein Mann mit seinem Speer zu, doch Aydrian hielt ihm lässig sein Schwert entgegen, schob es mit einer kurzen Drehung über den Speer und drückte die nach vorne stoßende Waffe zur Seite weg. Ein kurzer Rückzieher, dann ein schneller Stoß nach vorn, gefolgt von zwei weiteren –, der Speerwerfer taumelte verdutzt nach hinten, während er sich verzweifelt mit den Händen an die Brust fasste.

Aber Aydrian hatte keinen der drei Stöße mit letzter Entschlossenheit ausgeführt und den Soldaten aus Palmaris daher nur oberflächlich verletzt. Schwer genug, um ihn zu stoppen, das ja, aber nicht, um ihn zu töten. Aydrian hatte nicht die Absicht, sich hier mehr als nötig zu verausgaben.

Schon stürzte sich der nächste Tollkühne aus den Schatten auf ihn, und gleich daneben ein zweiter, beide mit Schwertern in der Hand. Ihr Angriff erfolgte mit großer Wucht und Heftigkeit – mit übertriebener Heftigkeit –, und Aydrian spürte, dass sie entsetzliche Angst hatten.

Und das zu Recht.

Ein Schlag seines Schwerts zur Seite und schräg nach links unten hackte die vorstoßende Spitze des einen Schwertes ab, ehe er Sturmwind wieder nach oben riss und die zweite Klinge knapp einen Zoll vor seinem Gesicht erst nach oben und dann zur Seite lenkte.

Der junge König ließ sich in die Haltung des *Bi'nelle dasada* fallen, wich urplötzlich zurück und gelangte damit außer Reichweite, so dass die beiden Klingen, hastig zurückgezogen, um gleich wieder vorzustoßen, ihr Ziel verfehlten. Der ebenso unerwartete wie glatte Stoß ins Leere brachte die beiden Angreifer aus dem Gleichgewicht, denn es gab nicht mal eine parierende Klinge, die ihre überhastete Attacke hätte auffangen können.

Eine peitschenschnelle Bewegung nach rechts und links schlug erst eine, dann auch die zweite Klinge zur Seite, gerade weit genug, um eine Gasse zwischen ihnen zu öffnen. Ehe die beiden Soldaten auch nur ansatzweise dazu kamen, ihre Waffen wieder auszurichten, stürzte Aydrian mit einem perfekt ausbalancierten Schritt nach vorn, bohrte dem Mann zur Rechten seine Klinge in den Oberschenkel und schickte ihn mit einem lauten Aufschrei in den Staub. Sofort zog er sein Schwert zurück, ließ die Spitze nach links kippen und riss das Heft nach oben, so dass die Klinge unter die des zweiten Schwertträgers geriet, als dieser mit weit ausholendem Schwung auf Aydrian zielte.

Die Spitze schnellte hoch, riss Klinge und Arm des Schwertkämpfers mit, so dass Aydrian unmittelbar neben ihn treten und ihm mit der Linken einen kurzen, harten Schlag aufs Kinn versetzen konnte.

Der Mann sank benommen zu Boden.

Instinktiv fuhr Aydrian herum, ließ seine Klinge waagrecht kreisen und schlug dabei einen Pfeil zur Seite.

Der dazugehörige Schütze hockte, zusammen mit mindestens noch einem weiteren Krieger, oben auf dem Speicher.

Aydrian suchte einen Weg zur Leiter, aber ehe er sich in Bewegung setzen konnte, vernahm er hinter seinem Rücken ein bestialisches Gebrüll.

De'Unnero! Für diese Erkenntnis brauchte er sich nicht einmal umzudrehen – und tatsächlich, der ehemalige Mönch, halb Mensch, halb in der Gestalt eines mächtigen Tigers, schoss an ihm vorbei, überbrückte mühelos in einem einzigen Satz die zehn Fuß bis auf den Heuboden und riss den Bogenschützen nieder, als dieser in panischer Angst versuchte, einen weiteren Pfeil an die Sehne zu legen.

Mit zusammengebissenen Zähnen verfolgte Aydrian, wie der Mönch sein grausiges Werk verrichtete, während das Blut in Strömen durch die Ritzen zwischen den Speicherdielen zu sickern begann.

Ein vor Angst schreiender Soldat erschien an der Kante des Speicherbodens und machte Anstalten, sich nach unten zu stürzen, doch er kam nicht einmal mehr zum Sprung; eine riesige Pranke hatte ihn bereits an der Schulter gepackt und riss ihn brutal zurück. Sein Geschrei hielt unvermindert an, nahm sogar noch zu, während Aydrian einen Arm wild um sich schlagen sah.

Dann trat unvermittelt Stille ein.

Eine Bewegung hinter seinem Rücken erregte Aydrians Aufmerksamkeit; als er sich umdrehte, sah er die Soldaten der Allhearts und der Kingsmen in die Schmiede stürmen. Mit einem frustrierten Seufzer stieß er Sturmwind in die Scheide zurück.

Ehe er auch seinen Seelenstein wieder einsteckte, sah der junge König ein letztes Mal nach seiner Pfeilwunde, um sich zu vergewissern, dass er sie sachgemäß vorsorgt hatte. Zufrieden mit dem Ergebnis, löste er sich wenige Augenblicke später aus der durch den Stein erzeugten Trance und hörte, wie Marcalo De'Unnero, der inzwischen vom Speicher herabgestiegen war und jetzt neben der Tür stand, Herzog Monmouth mit wüsten Beschimpfungen überhäufte, weil dieser zugelassen hatte, dass sich Aydrian in eine solche Gefahr begab.

Aydrian konnte sich in Anbetracht der Tatsache, dass er dem Mann in dieser Sache keine Wahl gelassen hatte, ein Lächeln nicht verkneifen; aber vielleicht lächelte er auch nur, weil er es gerne hörte, wenn De'Unnero so außer sich geriet.

Einer der Rebellen oben auf dem Speicher wankte vor bis an den Rand, ehe er vornüberkippte, vor Aydrians Füßen hart auf den Boden schlug und den jungen König mit Blut bespritzte.

Sofort war De'Unnero bei ihm und hob den Arm, der immer noch die Gestalt einer Tigertatze hatte, als wollte er dem Mann den Rest geben.

Aydrian konnte ihn gerade noch zurückhalten. Er griff nach unten, packte den schwer verwundeten Soldaten aus Palmaris mit der rechten Hand, versenkte sich abermals in den Seelenstein und jagte einen heilenden Energiestoß in den Körper des Mannes, aber der arme Narr war schon zu entkräftet und bereits im Begriff, die Schwelle zum Reich des Todes zu überschreiten.

Aydrian ging mit einem wütenden Knurren neben ihm in die Hocke. Genau wie damals bei Herzog Kalas schlüpfte der Geist des jungen Königs durch die Pforte des Seelensteins und verfolgte die Seele des Sterbenden bis ins Reich der Finsternis.

Wenige Augenblicke später schlug Aydrian die Augen wieder auf und ließ sich nach hinten sinken. Vor ihm, auf dem Boden, begann der scheinbar tödlich verwundete Mann zu husten und zu spucken, ehe er, zutiefst verblüfft und überaus lebendig, den Kopf hob.

Aydrian grinste, als er den Blick über die zahlreichen sichtlich beeindruckten und offenbar von Ehrfurcht ergriffenen Zuschauer schweifen ließ.

Mit Ausnahme Marcalo De'Unneros, der keinen sonderlich glücklichen Eindruck machte. Er trat vor, ging vor Aydrian in die Hocke und zog den jungen König auf die Beine.

»Was soll der Unfug?«, fuhr der Mönch ihn an, ehe er seine Stimme rasch senkte.

»Etwas weniger Gemetzel und dafür mehr Manipulation, wenn ich bitten darf«, erwiderte Aydrian in so vollkommen ruhigem und gelassenem Tonfall, dass De'Unnero ihn nur wie gelähmt anstarren konnte.

»Haltet Ihr das etwa für ein Spiel?«, fragte der Mönch.

»Ich hielt es für eine günstige Gelegenheit«, antwortete Aydrian und schob De'Unnero zur Seite – und sah zu seiner großen Freude plötzlich Sadye vor sich stehen; offenkundig hatte sie das Geschehen aufmerksam verfolgt.

Aydrian ging zu dem soeben geretteten Mann und zog ihn unsanft auf die Beine. »Begreift Ihr eigentlich nicht, mit wem Ihr es zu tun habt?«, fuhr er den zitternden und sichtlich erschütterten Soldaten an. »Begreift Ihr nicht, dass ich geboren wurde, um Euer König zu sein?« Als er geendet hatte, sah Aydrian auf, als wollte er sich an alle wenden.

»Ja … doch«, stammelte der Geheilte blinzelnd und unter Tränen, während er zitternd wieder zu Boden sank.

»Räumt auf, verscharrt die Toten und schafft die Gefangenen und Verwundeten nach Chasewind Manor«, wies Aydrian seine Soldaten an. »Aber wagt es ja nicht, sie zu misshandeln! Wir werden noch eine Menge aus ihnen herausbekommen«, erklärte der junge König. »Und sie werden herausfinden, was dieser König Aydrian in Wahrheit für ein Mann ist. Sie werden feststellen, dass wir nicht ihre Feinde sind.«

Die anderen begannen sich langsam zu entfernen, so dass Aydrian und De'Unnero einen Augenblick unter sich waren.

»Was in aller Welt –«, begann De'Unnero, ehe er kopfschüttelnd abbrach. Er war sichtlich um Worte verlegen, sichtlich aus dem Gleichgewicht gebracht – beinahe ebenso wie der Soldat, den Aydrian aus dem Totenreich zurückgeholt hatte.

Aydrian hatte durchaus Verständnis für den leeren, entgeisterten Ausdruck auf seinem Gesicht. Die bittere Erkenntnis, dass ihm sein ehemaliger Schüler plötzlich so deutlich überlegen war, war für De'Unnero gewiss nicht leicht zu ertragen.

Mit einem wütenden Schnauben und einem weiteren hilflosen Kopfschütteln stapfte De'Unnero davon, worauf Sadye sofort zu Aydrian trat, den Blick noch immer auf ihren sich entfernenden Gefährten gerichtet.

»Ganz allmählich dämmert ihm, wer ich eigentlich bin«, sagte Aydrian zu ihr und lenkte damit ihren Blick auf sich. »Er beginnt zu begreifen, dass ich ihm schon lange überlegen bin.«

Sadye musterte ihn fragend und auch ein wenig misstrauisch.

»Er hat Angst, dies könnte seine eigene Stellung gefährden«, fuhr Aydrian fort. »Er hat Angst, ich sei nicht mehr auf ihn angewiesen und könnte denken, er und sein schwer verdienter Ruf seien hinderlich für meine weitere Entwicklung.«

»Was redet Ihr da eigentlich?«

»Die Wahrheit«, erwiderte Aydrian, dessen blaue Augen vor Eifer funkelten, als er sie mit seinem Blick durchbohrte. »Wie Ihr sehr wohl wisst. Nur Marcalo De'Unnero offenbar nicht.«

»Er hat viel für Euch getan«, erinnerte ihn Sadye. »Er hat Euch in den Wilderlanden aufgegriffen und Euch den Weg gewiesen – den weiten Weg von den Waldlanden in den Süden bis nach Ursal und nach Entel. Die Edelsteine von Pimaninicuit sind allein sein Verdienst, Reichtümer, denen Ihr mehr als allem anderen Euren Aufstieg zu verdanken habt. Habt Ihr das alles schon vergessen?«

»Ich habe überhaupt nichts vergessen«, erwiderte Aydrian. »Hätte ich es getan, hätte ich De'Unnero in Ursal zurückgelassen, denn im Grunde endete sein Nutzen für mich an dem Tag, als König Danube starb. Meint Ihr nicht auch, man hätte mich mit offeneren Armen aufgenommen, wenn ich nicht an der Seite des verhassten ehemaligen Bischofs in Palmaris einmarschiert wäre? Trotzdem werde ich ihn nicht fallen lassen«, erklärte Aydrian. »Ich werde ihm die abellikanische Kirche übertragen, auf die er es so abgesehen hat.«

»Ihr tut, als sei von diesem Augenblick an alles einzig Euer Verdienst.«

Sofort war das durchtriebene Grinsen wieder da, eine recht überzeugende Antwort, die keine Fragen offen ließ.

»Ich habe diese Rebellen heute gelehrt, wer ihr neuer König in Wahrheit ist – zumindest jene, die nicht Marcalo De'Unneros Blutgier zum Opfer gefallen sind. Der Soldat, der dem Tod schon so nahe war, wird mich von ganzem Herzen als König akzeptieren, und er wird auch anderen mit einem gewissen Hang zur Rebellion erklären, dass sie ihre Waffen niederlegen und ihren Erlöser Aydrian willkommen heißen sollen.« Er hielt inne, neigte den Kopf leicht zur Seite und sah Sadye durchdringend an. »Ich frage mich, wann werdet Ihr diese Tatsache endlich akzeptieren?«

Sadye hob die Hand und strich sich eine Haarsträhne aus dem Gesicht, eine Geste, die Aydrian verriet, wie gründlich er diese sonst so unerschütterliche Frau verunsichert hatte. Sie hielt seinem Blick lange stand, aber schließlich wandte sie sich ab und machte Anstalten zu gehen.

Als Aydrian sie daraufhin leicht an der Schulter berührte, blieb sie so abrupt stehen, als hätte der kräftige junge Mann sie an der Schulter gepackt und zurückgerissen. Und als sie sich zu ihm umdrehte, nahm er die Hand von ihrer Schulter und strich ihr sanft mit dem Handrücken über ihre hübsche Wange.

Sadye schloss die Augen; sie atmete einmal tief durch, ehe sie blinzelnd die Augen aufschlug und ging.

Von diesem Moment an wusste Aydrian, dass er sie in der Seele berührt hatte. Sie hatte ihn zwar, stur und voller Trotz, stehen lassen, dennoch war er absolut sicher, dass sie sich am liebsten umgedreht und ihm in die Arme geworfen hätte. Aber er hatte auch noch etwas anderes gesehen, und dieses Wissen erfüllte ihn mit süßer Genugtuung: in mancherlei Hinsicht hoffte Sadye geradezu, er würde De'Unnero endlich töten und der Geschichte ein Ende machen und ihr damit all die Schuldgefühle und Ängste nehmen, die sie vermutlich hegte.

Oh ja, er hatte sie in der Seele berührt.

Pony zog die Decke fest um ihren Körper und starrte die Elfenlady an, ohne auch nur ein einziges Mal zu blinzeln. Sie hatte nicht die leiseste Ahnung, wie Dasslerond das Kunststück vollbracht hatte, sie so vollständig aus Dundalis herzuschaffen, dass sie noch immer in die Decke gehüllt war, die sie sich beim Meditieren auf dem Fußboden ihres Zimmers über die Schultern geworfen hatte.

»Aydrian ist mein Sohn«, sagte sie.

»Allerdings«, erwiderte Lady Dasslerond in einem Ton, dessen Ausdruckslosigkeit keinerlei Mitgefühl verriet.

»Und Ihr habt ihn mir weggenommen, auf dem Feld vor den Toren von Palmaris.«

»So ist es.«

Pony spürte, wie die Beine unter ihr nachzugeben drohten, aber nur für einen Augenblick, dann fühlte sie eine Woge von Kraft durch ihren Körper strömen, die sie beschwor, sich auf die winzige Elfe zu stürzen und sie zu erwürgen.

»Hätte ich es nicht getan, wären beide, Mutter und Kind, auf jenem Feld Opfer des geflügelten Dämons geworden und ums Leben gekommen«, fuhr Lady Dasslerond fort. »Als Opfer eben jenes Dämons, der Jilseponie bereits besiegt hatte und nur mit Hilfe der Touel'alfar vertrieben wurde.«

»Das gibt Euch noch lange nicht das Recht –«

»Eben jenes geflügelten Dämons, der einst bis nach Andur'Blough Inninness vordringen konnte, nachdem ich eine weitere Gruppe von Menschen aus seiner Gewalt befreit hatte. Dort angekommen, hinterließ er sein Schandmal auf der Erde und damit im Herzblut unseres Tals. Das Euch auf jenem Feld geraubte Kind, wo beide unweigerlich ums Leben gekommen wären, war die einzige Chance, die immer weiter um sich greifende dämonische Fäulnis jemals zu besiegen.«

Dieser Logik konnte auch Pony sich nicht entziehen; sie sträubte sich jedoch gegen die Schlussfolgerung. »Das gibt Euch nicht das Recht, mir mein Kind zu rauben!«, schrie sie völlig verzweifelt.

Dassleronds Antwort bestand in einem entrückten Starren bar jeder Anteilnahme, so als hätten Jilseponies Worte jede Wirkung auf die Herrscherin von Caer'alfar verfehlt.

Was natürlich auch stimmte.

»Wie könnt Ihr nur so dastehen und mich anstarren?«, fragte Pony. »Lässt es Euch denn völlig kalt, was Ihr mir angetan habt? Mir und Aydrian?«

»Ich habe Euch beiden das Leben gerettet.«

»Ihr habt einer Mutter das Kind geraubt!«, schrie Pony sie an, aber sie hatte den Satz kaum beendet, da verließen sie auch schon die Kräfte. Mit bebender Stimme fuhr sie fort: »Hättet Ihr nicht zurückkommen können, um mich zu holen? Hättet Ihr mich nicht zu ihm bringen können? Mir wenigstens sagen können, dass er wohlauf ist und noch lebt?«

Dasslerond zuckte leicht zusammen, was sie jedoch durch ihre eisige Miene zu überspielen wusste. »Euer Leben zu retten, hatte seinen Preis.«

»Dem ich niemals zugestimmt habe!«

»Das spielt keine Rolle«, erwiderte die Herrscherin von Caer'alfar. »Ich habe gehandelt, wie ich zum Wohle meines Volkes handeln musste, zum Wohle der Touel'alfar – im Grunde sogar zur Sicherung ihres nackten Überlebens. Das war meine Sorge, nicht, ob ich damit einer Menschenfrau das Herz breche. Ihr seid keine Feindin der Touel'alfar, Jilseponie. Bitte vergesst nicht, dass Ihr damals in Dundalis, vor vielen Jahrzehnten, als die Goblins die Stadt überrannten, Euer Überleben unserem Eingreifen zu verdanken hattet. Vergesst nicht, dass wir im Krieg gegen den geflügelten Dämon beträchtliche Opfer gebracht haben, und zwar zum Wohle der Menschen und der Touel'alfar gleichermaßen. Ihr habt Kenntnis des *Bi'nelle dasada* und vieler anderer Geheimnisse meines Volkes, und doch hatten wir Mitleid mit Euch und haben Euch leben lassen. Das ist keine Kleinigkeit, Jilseponie. Macht Eurem Zorn auf uns Luft, gleich hier, auf der Stelle. Unsere Zeit der Gemeinsamkeit neigt sich dem Ende zu.«

»Für uns hat es nie eine Zeit der Gemeinsamkeit gegeben«, entgegnete Jilseponie wütend.

In diesem Punkt musste Dasslerond ihr Recht geben. »Ich bin zuallererst meinem Volk verpflichtet, so wie Ihr dem Euren«, sagte sie. »Und diese Pflicht zwingt Euch jetzt, gegen jene Kräfte vorzugehen, die sich wie ein dunkler Schatten über Euer Land gelegt haben.«

»Ihr verlangt, ich soll gegen meinen eigenen Sohn in den Krieg ziehen?«

»Glaubt Ihr etwa, irgendeiner von uns hätte die Wahl?«, fragte Dasslerond. »Ihr begreift nicht, um wen es hier geht. Er ist mächtiger im Umgang mit den Edelsteinen als alle seine Vorgänger und weiß womöglich geschickter mit der Klinge umzugehen als selbst Elbryan. Außerdem steht ihm das Orakel zur Verfügung – wir dachten, diese Gabe würde ihn dazu inspirieren, seiner wahren Bestimmung nachzugehen. Doch leider wurde er von dieser Seite stets nur schlecht beraten!«

»Übrigens auch von den Menschen, die ihm am nächsten stehen«, fügte Belli'mar Juraviel hinzu, eine Feststellung, der weder Pony noch Dasslerond widersprechen mochten.

»Ihr solltet ihn fürchten«, warnte Dasslerond sie. »Seine wahre Bedeutung werdet Ihr erst begreifen, wenn es längst zu spät für Euch ist.«

»Für Euch, meint Ihr wohl«, widersprach Pony vorwurfsvoll.

Dasslerond ließ sich keine Regung anmerken, zuckte nicht mal mit der Wimper. »Kehrt zu Eurem Volk zurück«, sagte sie und hielt die Hand mit dem Smaragd darin vor sich in die Höhe. »Besiegt Euren Sohn zum Wohle der Menschheit, wenn schon nicht zum Wohle der Touel'alfar. Ja, vergesst sogar, dass es uns überhaupt gibt, Jilseponie, um Euer selbst willen –«

Die Stimme der Elfe wurde immer undeutlicher, bis sie schließlich zu verklingen begann, und Jilseponie spürte, wie es sie zurückzog – offenbar nach Dundalis. Trotzdem hielt sie ihren eigenen Stein in die Höhe – zu wütend, um es dabei bewenden zu lassen, zu erfüllt vom Hass auf diese sich geistig überlegen dünkende Herrscherin von Caer'alfar. Sie versenkte sich in den Hämatit, befreite ihren Geist und stürzte sich auf Dasslerond.

Fast hätte sie die Elfe mit ihrem ersten Angriff überwältigt und den eisernen Willen Lady Dasslerونds gebrochen, der die Touel'alfar und ihr verwunschenes Tal seit Jahrhunderten zusammenhielt.

Doch dann, als sich Dasslerond in ihrem Schrecken abrupt zurückzog, verzerrten sich plötzlich die Entfernungen und das Bild der Landschaft fing an, sich zu drehen.

Als der wirbelnde Erdboden heranraste und sie zu verschlingen drohte, kam es Pony vor, als stürze sie aus großer Höhe in die Tiefe.

Dann war es plötzlich vorbei, und sie lag auf einem morastigen Feld in einer kalten Wasserpfütze. Unter Schmerzen stemmte sie sich auf die Knie hoch und sah sich um.

Sie befand sich in den Moorlanden, erkannte sie, der trostlosen, goblinverseuchten Ödnis im äußersten Westen von Dundalis. Sie sah sich nach allen Seiten um, wohl wissend, dass die beiden Elfen sie nicht begleitet hatten. Dasslerond hatte sich im Augenblick des Angriffs und der Verwirrung zurückgezogen – wahrscheinlich nach Andur'Blough Inninness.

Und Pony saß in dieser trostlosen und feindlichen Gegend fest – ganz auf sich allein gestellt, ohne Vorräte, ohne eine Waffe.

Sie sank nach hinten und schlug verzweifelt die nassen, lehmverschmierten Hände vors Gesicht.

17. Die Enthüllung des Drachen

Es brauchte schon den dumpfen Schlag des neben ihr landenden Pherol, um Brynn aus ihrem tranceartigen Zustand zu reißen. Der Anblick des kopflosen Körpers des vor ihr im Sand liegenden Yatol Bardoh war fast zu viel für Brynn. Dieses Bild, die Gewissheit, ihre Eltern endlich gerächt zu haben, rief die Erinnerung an ihre Kindertage in den Steppen To-gais zurück, eine Kindheit, deren Umstände keineswegs glücklich gewesen waren: Die behrenesischen Eroberer hatten sich als überaus brutal erwiesen, und ihre Eltern, beide im Widerstand gegen die Besatzer, waren fast ständig auf der Flucht. Immerhin, Brynns Eltern sorgten gut für sie, umhegten sie liebevoll und unterwiesen sie in den alten Sitten und Bräuchen. Sie brachten Brynn bei, dass es etwas gab, das größer war als sie, größer als sie alle zusammen, und dass sie ein Teil dessen waren und im Einklang mit der Erde, den Pflanzen und den Tieren lebten. In den wenigen Jahren, die ihnen zusammen mit ihr vergönnt waren, hatten sie ihr viel gegeben.

Und dann waren sie plötzlich nicht mehr da – ein Opfer der Bösartigkeit dieses Mannes, dieses kopflosen Leichnams, der hier vor ihr im Staub lag.

»Der Kampf ist immer noch im Gange«, rief eine Stimme. Brynn drehte sich um und sah Pagonel über die Düne hinter ihr klettern.

Als Brynn aufstand, um ihm entgegenzugehen, sah sie den Chezhou-Lei-Krieger im Sand sitzen und sich den Hals reiben. Verwirrt schüttelte sie den Kopf; sie war sicher, dass ihr Hieb ihn tödlich getroffen hatte. Aber dann fiel ihr die Erklärung ein, und sie sah zu ihrem Gefährten.

»Du hast ihn geheilt.«

»Er wird nicht noch einmal gegen uns kämpfen«, erklärte der Mystiker. »Hätte ich ihm erlauben sollen zu sterben?«

»Er hat versucht uns umzubringen.«

»Er hat seinen Herrn beschützt, so wie es sein Ehrenkodex verlangte.« Der Mystiker sah sich nach Bardohs Leiche um, was Brynn ebenfalls verleitete, dorthin zu blicken. »Jetzt benötigt sein Herr keinen Schutz mehr.«

Brynn dachte über die Bemerkung und die darin enthaltene Logik nach. Immerzu war Pagonel darauf bedacht, sie in ihrem Kampfgeist zu bremsen, immerzu versuchte er, sie behutsam zu Barmherzigkeit anzuhalten.

Ständig war er bemüht, Brynn zu einem besseren Menschen zu machen – und zu einer besseren Führerin.

»Der Kampf ist immer noch im Gange«, wiederholte Pagonel, und sie blickten beide zurück zur Stadt Jacintha, von wo das Klirren von Metall auf Metall und das Geschrei von Verwundeten herüberwehte.

»Wo sind die Abgesandten?«

»Sie haben sich versteckt«, erklärte der Mystiker. »Komm. Vielleicht überzeugt dein Anblick und der des Drachen diese Krieger ja, dass es hier nichts mehr zu gewinnen gibt.«

Brynn wollte schon auf den Drachen zugehen, blieb dann aber noch einmal stehen und entfernte sich ein Stück, um einen Gegenstand aus dem Sand zu graben. Pagonel saß bereits rittlings auf dem Drachen, als sie wieder zu ihm stieß, und reichte ihr seinen Arm, um sie hinter sich in den Sattel zu ziehen.

Ein kurzer Anlauf und gerade mal zwei Schläge der riesigen, lederartigen Flügel Pherols, und schon waren sie in der Luft und nahmen erst einmal Kurs Richtung Osten, bevor sie nach Norden abdrehten. Als er draußen im Hafen Schiffe erspähte, wies Pagonel den Drachen an, sich parallel zur Küste zu halten, wo er für jeden, der sich dort unten befand, Freund oder Feind, deutlich zu erkennen war.

Die Kampfgeräusche verebbten nahezu augenblicklich, als Pherols gewaltiger Schatten über das Schlachtfeld hinwegglitt. Behrenesische Verräter, Anhänger von Jacintha und Soldaten des Bärenreiches, sie alle ergriffen vor der erschreckenden Macht Pherols die Flucht und vergaßen angesichts dieser weitaus bedrohlicheren Gefahr das eigentliche Kampfgeschehen.

Derweil hockte Brynn auf dem Lindwurm und hielt sich, während der Drache abwechselnd nach links und rechts ausbrach, krampfhaft mit der einen Hand fest, während sie mit der anderen Yatol Bardohs Kopf für jeden sichtbar in den Himmel reckte.

Die Anhänger Jacinthas jubelten.

Die Krieger von Peridan und Bardoh zogen verschreckt die Köpfe ein und bettelten um Gnade.

Nach und nach zogen sich die Soldaten des Bärenreiches zurück und schlossen ihre Reihen, um sich verteidigen zu können. Durch den Anblick des Drachen verunsichert, setzten die Männer aus dem Königreich im Norden ihren wohlgeordneten Rückzug fort und wichen durch die Elendsviertel im Süden der Stadt bis vor die Mauern Jacinthas zurück.

Draußen im Hafenbecken zog es Abt Olin, Meister Mackaront und Herzog Bretherford an die Reling, um das Schauspiel der gewaltigen Bestie von dort aus zu verfolgen. Natürlich hatten sie schon von Drachen gehört – meist in alten Legenden –, aber bislang hatte keiner von ihnen tatsächlich einen zu Gesicht bekommen.

»Der Drache von To-gai«, murmelte Mackaront. »Dann ist sie also keineswegs bloß eine Legende und auch kein Phantasiegebilde verängstigter Soldaten aus Jacintha.«

»Unsere Soldaten befinden sich auf dem Rückzug«, erkannte Abt Olin. »Was hat das zu bedeuten?«

»Vielleicht ist es ein Zeichen ihrer Klugheit?«, erwiderte Bretherford trocken.

»Der Jubel entlang der Mauern lässt vermuten, dass man den Drachen dort als Verbündeten betrachtet«, erklärte Meister Mackaront, der sich noch gut an die zuvor getroffenen Abmachungen zwischen Brynn von To-gai und Yatol Wadon erinnerte und für den diese unerwartete Erscheinung keineswegs überraschend kam. »Es ist Brynn Dharielle, die Yatol Wadon zu Hilfe eilt –«

Abt Olin wollte sich umdrehen, um ihn verdutzt anzusehen, vermochte jedoch den Blick nicht von der großen Bestie zu lösen, die über das Schlachtfeld südlich der Stadt hinwegfegte. »Entsendet Kuriere hinunter zu den Docks«, wies er Mackaront an. »Nein, besser, Ihr geht persönlich und bringt in Erfahrung, was das zu bedeuten hat.«

»Befürchtet Ihr etwa, das Erscheinen des Drachen könnte zu Schwierigkeiten zwischen Euch und Eurem neuen Freund Yatol Wadon führen?«, fragte Herzog Bretherford, als Mackaront gegangen war.

»Keineswegs«, erwiderte Abt Olin. »Nach dem, was De'Unnero und Sadye mir berichtet haben, war Brynn früher einmal mit Aydrian befreundet. Gut möglich, dass unser neuer junger König soeben eine hervorragende Verbündete gewonnen hat.«

Hätte Abt Olin in diesem Moment seine Augen von dem Drachen lösen können, so wäre ihm aufgefallen, dass diese Aussicht Herzog Bretherford nicht eben glücklich zu machen schien.

Pherol verzichtete darauf, sich Brynn und Pagonel anzuschließen, als diese später am selben Tag die Stadt Jacintha betraten, denn es gab keinen Grund, die Bevölkerung in Angst und Schrecken zu versetzen, was sich kaum hätte vermeiden lassen, selbst wenn der Drache dabei in seiner Gestalt als Echsenmann aufgetreten wäre.

Die beiden wurden von den Soldaten am Südtor herzlich begrüßt und durch die Straßen Jacinthas bis zum Palast Chom Deiru geleitet; auf dem Weg dorthin entging keinem der beiden, dass an diesem Abend auffällig viele Soldaten in den Straßen zu sehen waren, insbesondere auffällig viele Soldaten des Bärenreiches.

»Man könnte meinen, Yatol Wadon habe sich einen anderen Verbündeten gesucht, nachdem er erfahren hatte, dass To-gai ihm nicht beistehen würde«, sagte Brynn.

»Lange vorher schon«, korrigierte Pagonel. »Eine Armee dieser Größe hätte man niemals so rasch aufstellen können. Wie es scheint, hatte dein Freund, der jetzt das Königreich im Norden regiert, schon vor Wochen beschlossen, dass er Yatol Wadon unterstützen möchte.«

Seine Anspielung auf Aydrian trug ihm einen Seitenblick

von Brynn ein. Während der letzten Wochen hatte sie kaum an den jungen Hüter gedacht; dafür hatte die Gründung ihres eigenen Königreiches – und in letzter Zeit auch ihr Bemühen um Pherol und die Planung ihres Vorgehens zur Unterstützung Wadons – sie viel zu sehr in Anspruch genommen.

»Vielleicht war es auch Abt Olin aus Entel«, fuhr Pagonel fort. »Nach allem, was man hört, unterhält er schon lange enge Verbindungen zu Jacintha.«

Brynn besaß kein klares Bild der Lage, da sie nur sehr wenig über das Bärenreich wusste. Zwar hatte sie, kurz nachdem sie einen Waffenstillstand mit Behren ausgehandelt und sich in Dharyan-Dharielle niedergelassen hatte, Gerüchte gehört, dass Aydrian König sei, doch diese stammten von einem einzelnen Kurier, der selbst nur über vage Informationen verfügte. War es möglich, dass Aydrian sich hier in Chom Deiru befand und sie bereits erwartete?

Wenige Augenblicke darauf erhielt sie die Antwort auf ihre unausgesprochene Frage, als man sie und Pagonel in einen prächtigen Speisesaal geleitete, wo ein riesiges Festmahl angerichtet war. Dort traf sie auf Paroud und Pechter Dan Turk, der ihr sofort entgegeneilte, um sie herzlich zu begrüßen.

Pechter Dan Turk führte die beiden um die lange Tafel herum, die sich in einem Halbkreis um die mit Speisen überladenen Tische zog. Diese ungeheuren Mengen von Speisen übertrafen alles, was Brynn je zuvor gesehen hatte. Ein ganzer Stamm der To-gai hätte sich davon gewiss einen halben Winter lang ernähren können. Und doch waren hier vielleicht gerade mal vierzig Personen versammelt, die erlesene Speisen in sich hineinstopften, edlen Getränken zusprachen und achtlos halb abgenagte Rippenstücke von Schwein und Lamm auf den Boden warfen.

Als Erstes geleitete Pechter Dan Turk die beiden zu Yatol Wadon; der alte behrenesische Priester wäre fast über den Tisch gesprungen, um Brynn in die Arme zu schließen.

»Ihr bringt den Kopf von Yatol Bardoh, hab ich Recht?«, erkundigte sich Yatol De Hamman, der Mann neben ihm, mit einem Blick auf den Beutel, den Brynn bei sich trug.

Sie hielt ihn in die Höhe und nickte. »Ich überreiche diesen Beutel als Beweis meiner Unterstützung für Yatol Wadon«, erklärte sie. »Obschon ich ihn wohl besser draußen gelassen hätte, da Ihr hier gerade so festlich speist.«

»Eure Eskorte hat allerdings darauf bestanden, dass wir ihn mit hereinbringen«, fügte Pagonel hinzu.

»Natürlich hat sie das!«, rief De Hamman überschwänglich; seine Begeisterung, seine Feinde besiegt zu sehen, war wirklich nicht zu übersehen. Er winkte einen Posten zu sich, der sofort herbeigeeilt kam, um ihr den Beutel abzunehmen. Anschließend holte der Soldat, zu Brynns großer Abscheu, Bardohs Kopf hervor und platzierte ihn an einer schon vorher festgelegten Stelle in der Tafelmitte, am Ende eines kopflosen Schweinekörpers.

Augenblicklich standen sämtliche Behreneser von ihren Plätzen auf und erhoben ihre Weingläser zu einem Toast; erst auf den Tod des Verräters Bardoh und gleich darauf zu einem zweiten auf die Ankunft des Drachen von To-gai.

Brynn tat gut daran, sich ihren Ekel nicht anmerken zu lassen.

Auf ein Nicken von Yatol Wadon hin führte Pechter Dan Turk Brynn an der Tafel entlang und stellte ihr die verschiedenen behrenesischen Lords und Yatols und den Garnisonskommandanten der Stadt vor. Anschließend geleitete er sie zu den drei fremden Gästen, allesamt Männer aus dem Bärenreich.

»Ich möchte Euch mit Abt Olin aus Entel bekannt machen«, sagte Pechter Dan Turk, worauf der alte Mönch sich erhob und Brynn eine mit juwelenbesetzten Ringen übersäte Hand entgegenstreckte.

Brynn, die nicht verstand, dass man von ihr erwartete, den Handrücken zu küssen, ergriff sie und schüttelte sie kraftlos.

Doch Abt Olin lächelte sie nur an, ehe er sich den beiden

rechts von ihm stehenden Männern zuwandte. »Dies ist Meister Mackaront, mein Gesandter in Jacintha«, erklärte er und deutete auf einen weiteren Mönch. »Und neben ihm seht Ihr Herzog Bretherford, den Herrscher des Mirianischen Ozeans, einen Lord, der bei König Aydrian Boudabras höchstes Ansehen genießt.«

Brynn konnte nicht umhin, interessiert aufzuhorchen, als überraschend der Name fiel; ihre braunen Augen blitzten, als sie von Bretherford wieder zu Abt Olin sah.

»Kennt Ihr meinen König?«, fragte Olin.

»Schon möglich«, antwortete Brynn. »Aber das ist viele Jahre her, bester Abt. Ich kannte früher einmal einen Aydrian.«

»Der von den Touel'alfar in den Wilderlanden jenseits des Bärenreiches ausgebildet wurde«, erklärte der Abt. Brynn starrte ihn verblüfft an. »Der Sohn Elbryans, des Nachtvogels, und Jilseponie Wyndons, die vor ihm Königin des Bärenreiches war. Ja, ich vermute, es handelt sich um eben jenen Aydrian, den Ihr einst kanntet, meine Liebe. Wäre es wirklich denkbar, dass es zwei so außergewöhnliche junge Männer desselben Namens gibt?« Abt Olin sah an Brynn vorbei, als bemerke er den neben ihr stehenden Pagonel erst jetzt. »Ihr habt einen merkwürdigen und unerwarteten Weg gewählt, meine Liebe«, fuhr er fort. »Und siehe da, schon befindet Ihr Euch in merkwürdiger und unerwarteter Begleitung.«

Pagonel zuckte angesichts der unverhohlenen Beleidigung, die sich nicht nur in den Worten, sondern auch in dem hinterhältigen Lächeln zeigte, mit dem Abt Olin ihn musterte, nicht mit der Wimper, Brynn dagegen ergriff sofort Partei für ihren Freund. »Ließe sich das Gleiche nicht auch über Aydrian sagen?«, konterte sie.

Abt Olin verbeugte sich leicht und erhob sein Weinglas zum Gruß.

Pechter Dan Turk spürte die plötzliche Spannung und geleitete die beiden an das andere Ende der Tafel zu den zwei für sie reservierten Plätzen.

Das Essen war hervorragend und reichlich, die Getränke waren stark und köstlich, aber obwohl sie von Sängern, Musikanten sowie erstaunlichen Tänzern und Akrobaten unterhalten wurden, vermochten weder Brynn noch Pagonel sich richtig zu entspannen. Meist kreisten die Gespräche in ihrer unmittelbaren Umgebung um die angemessene Bestrafung Yatol Peridans und seiner Verräter sowie der Krieger aus Jacintha, die sich auf die Seite Yatol Bardohs geschlagen hatten und die teils in Gefangenschaft geraten, teils in die Wüste geflohen und in großer Zahl getötet worden waren.

Brynn erschien es merkwürdig, dass Abt Olin sich so rege an der Diskussion beteiligte, und das offenbar nicht nur in beratender Funktion.

Pagonel war das ebenfalls aufgefallen. »Es scheint, als habe Euer Freund Aydrian hier ein starkes Bündnis geschmiedet, das weit darüber hinausgeht, Yatol Wadon in einer verzweifelten Notlage beizustehen.«

Pagonels besorgter Tonfall gefiel Brynn ganz und gar nicht, andererseits war sie nicht wirklich an der allgemeinen Diskussion am Tisch beteiligt. An einem Punkt erkundigte sie sich dann aber doch bei ihrem Tischnachbarn, einem geringeren Yatol, nach der Ankunft Abt Olins; der jedoch antwortete lediglich ausweichend, die Garnison in Jacintha sei stärker als je zuvor, und in ganz Behren werde schon bald wieder Ordnung herrschen.

Als das Festmahl sich schließlich dem Ende zuneigte und die Musik verstummte, erhoben sich Brynn und Pagonel und wollten gehen. Der Mystiker winkte Pechter Dan Turk zu sich, und der Gesandte, einer der wenigen Männer im Saal, die nicht längst volltrunken unter dem Tisch zusammengebrochen waren, wollte sie hinausgeleiten.

Zuvor jedoch gingen sie zu Yatol Wadon, um sich zu verabschieden, der etwas abseits stand und sich mit den drei Männern aus dem Bärenreich unterhielt.

Aber es war Abt Olin und nicht Wadon, der vortrat, um

Brynn und den Jhesta Tu zu verabschieden, und es war nicht zu übersehen, dass er an diesem Abend ziemlich stark dem Alkohol zugesprochen hatte. »Was Ihr heute getan habt, war ein wahrer Freundschaftsdienst, und das wird man Euch niemals vergessen«, wandte sich der Abt mit schwerer Zunge an sie.

Brynn ergriff die dargebotene Hand, sah jedoch an ihm vorbei zu Wadon, der zwar lächelte, aber auf eine Art, die ihr irgendwie bemüht erschien.

»Ich würde Euch zu gerne wiedersehen, meine liebe Herrscherin To-gais«, fügte Abt Olin beinahe überschwänglich hinzu. »Ich möchte mehr über Euer Volk erfahren und über dieses erstaunliche Wesen, auf dem Ihr reitet! Eine so vortreffliche Kreatur wäre uns bei der Festigung unseres Königreiches zweifellos eine große Hilfe!«

»Zweifellos«, erwiderte Brynn, ehe sie sich höflich verbeugte und mit Pagonel den Saal verließ, vorbei an den beiden Wachen – Soldaten aus dem Bärenreich –, die man an der Tür postiert hatte.

»*Uns* eine große Hilfe?«, raunte sie dem Mystiker zu. »Bei der Festigung *unseres* Königreiches?«

»Aydrian hat also ein Auge auf den Süden geworfen«, erwiderte Pagonel ruhig. »Und dieses Interesse ist nicht nur vorübergehender Natur. Möglicherweise wäre es keine schlechte Idee, mehr über ihn herauszufinden.«

Einige Zeit später, Brynn schlief tief und fest neben einem Lagerfeuer in der Ebene westlich der Stadt, unternahm Pagonel auf Pherol einen Ausritt nach Osten. Die beiden passierten die Stadt Jacintha auf der Nordseite, um den verräterischen Schattenriss des Drachen hinter der dunklen Silhouette des Gebirges zu verbergen, und hielten sich bis zu dessen Ausläufern ganz in der Nähe des Gebirgszuges, ehe sie schließlich auf einem felsigen Uferstreifen niedergingen, der den Mirianischen Ozean überblickte. Unweit des Ufers lag eine Gruppe von Kriegsschiffen des Bärenreiches vor Anker, hinter denen, aufgereiht wie an einer Perlenschnur, eine Reihe kleinerer Boote zu sehen war.

Ab und zu hallte über die dunklen Fluten des Mirianischen Ozeans ein Schrei zu ihnen herüber.

»Das Wasser rings um die Boote ist sehr bewegt«, bemerkte Pherol.

Pagonel kniff angestrengt die Augen zusammen, doch seine Sehkraft vermochte es mit der des Drachen nicht aufzunehmen. Er konnte kaum die Umrisse der großen Kriegsschiffe ausmachen, geschweige denn das sie umgebende Wasser.

»Es ist so aufgewühlt, dass es weiße Schaumkronen bildet«, erläuterte der Drache. Ein weiterer gellender Schrei war zu hören.

Pagonel ließ sich auf einem Felsen nieder und zog die übereinander geschlagenen Beine fest unter seinen Körper. Dann legte der Mystiker seine Hände mit den Handflächen nach oben auf die Oberschenkel und konzentrierte sich auf seine Körpermitte, bis er die Verbindung zwischen Geist und Körper deutlich spürte – und unterbrach sie ganz bewusst.

Sein Geist verließ seine physische Hülle, eine Trennung von Geist und Körper ganz ähnlich der, die die Abellikaner mit dem Seelenstein erzielen konnten, wenn auch weniger stark ausgeprägt. Es reichte jedoch, um Pagonels Bewusstsein zu den fernen Schiffen hinübergleiten zu lassen, allerdings nur für kurze Zeit.

Immerhin lange genug, um sich ein Bild von der dortigen Situation zu machen.

Offenbar hatten die Kriegsschiffe des Bärenreiches jene Truppen behrenesischer Verräter gefangen genommen, die nicht im Hafen von Jacintha gelandet waren. Nun waren die Soldaten des Bärenreiches damit beschäftigt, ihre Gefangenen in Gruppen einzuteilen und sie, so schien es, zu verhören, um auf diesem Weg herauszufinden, wer von ihnen tatsächlich zum Verräter an Yatol Wadon und Jacintha geworden war.

Anschließend wurden viele von ihnen mit auf den Rücken

gebundenen Händen zwischen den Schiffen ins Wasser geworfen.

Wo sie zu einem Festschmaus für die Haie wurden.

18. Ein Hilferuf im eisigen Wind

Pony hüllte sich fester in die Decke, um den eisigen Wind fern zu halten. Aber die war klamm, und der Wind, der über den zahllosen, für die Moorlande so typischen Tümpeln und morastigen Flächen immerfort neue Feuchtigkeit aufnahm, war nasskalt. Ponys schulterlanges Haar war schlammverkrustet und schien in dem ewigen Halbdunkel, das über dieser Gegend lag, überhaupt nicht mehr trocknen zu wollen. Erschöpft von ihrer aufreibenden Auseinandersetzung mit Dasslerond und dem Ansturm der Gefühle, den allein schon der Anblick der heimtückischen Elfe bei ihr ausgelöst hatte, fand sie kaum noch die Kraft, sich weiterzuschleppen. Ein großer Teil von ihr wollte sich einfach nur in den weichen Lehm fallen lassen und sterben.

Dasslerond hatte ihr geraten, gegen Aydrian zu kämpfen, da dies für alle das Beste sei; eine Einschätzung, der Pony berechtigterweise nicht widersprechen konnte. Nur, wie sollte sie sich überwinden, ihrem Sohn so etwas anzutun? Und wie sollte sie – oder überhaupt jemand – einen Weg finden, mit der Macht fertig zu werden, die Aydrian verkörperte? Pony hatte diese Macht mehr als deutlich zu spüren bekommen. Ihr Sohn konnte Symphony seinem Willen unterwerfen; er war sogar fähig, bis in das Totenreich vorzudringen und Constance Pemblebury wiederauferstehen zu lassen.

Aber das alles erschien ihr müßig an diesem trüben Tag, da sie durch die Moorlande wanderte. Sie war mit der Gegend vertraut genug, um genau zu wissen, wie tief sie in Schwierigkeiten steckte. Das Wasser ringsumher war größtenteils faulig, und zu essen war kaum etwas zu finden. In den zivilisierteren Ländern östlich von hier nahte der Winter mit großen Schritten; hier, im Moor, hatte der feuchte Wind bereits die für die kalte Jahreszeit charakteristische Schärfe. Sie benötigte dringend ein Dach über dem Kopf und ein Feuer, doch in ihrer Umgebung gab es praktisch nichts, das man hätte verbrennen können, erst recht kein Holz. Zu allem Überfluss war diese gottverlassene Gegend das Gebiet der Goblin-Stämme und noch weit üblerer Kreaturen.

Beharrlich setzte sie einen Fuß vor den anderen, schleppte sich weiter, gegen jede Wahrscheinlichkeit darauf hoffend, dass Dasslerонds Edelsteinzauber sie irgendwo am Ostrand der Moorlande abgesetzt hatte.

Als der Tag schließlich in Nacht überging, kauerte sie sich zitternd unter einen lehmigen Überhang, während die Moorlande rings um sie her zum Leben erwachten.

Sie hörte, wie der Ruf eines einzelnen Wolfes mehrfach beantwortet wurde; manchmal war das Geheul beängstigend nahe. Pony hüllte sich fester in ihre Decke, bis sie sich diese irgendwann, im vergeblichen Versuch, alles von sich fern zu halten, ganz über den Kopf zog.

Schließlich versenkte sie sich in den verlockenden Strudel des Hämatits, anfangs nur mit dem Ziel, ihren Geist durch die unmittelbare Umgebung streifen zu lassen, um festzustellen, ob von irgendwoher Gefahr drohte. Aber kaum hatte sich ihr Geist von ihrem Körper befreit, eilte sie auch schon zurück nach Osten, wo sie an den wärmenden Kaminfeuern der Bauernhäuser wenigstens eine Art von Erleichterung zu finden hoffte.

Und dort, irgendwo nördlich von Palmaris, möglicherweise in der Gegend von Caer Tinella, spürte sie zu ihrer Überraschung eine vertraute Verbindung. Das Ganze war überaus flüchtig, kaum mehr als eine Ahnung, zumal ihr die nötige Kraft fehlte, um den genauen Ursprung zu bestimmen.

Ihr Geist stieß einen Hilferuf aus. Sie sandte Bilder ihrer

Umgebung aus, versuchte dabei so präzise wie möglich vorzugehen und sich die letzten markanten Punkte der Landschaft, die sie durchwandert hatte, genau in Erinnerung zu rufen.

Augenblicklich wurde ihr klar, dass sie in ihren Körper zurückmusste, und zwar schnell.

Sie schlug die Augen auf und riss sich die Decke vom Leib.

Dann vernahm sie gar nicht weit entfernt, irgendwo da draußen in der Dunkelheit, das Geräusch schnuppernder Goblins.

Wie von Sinnen krabbelte Pony aus ihrer Mulde, kam auf die Beine und lief stolpernd in der entgegengesetzten Richtung davon. Sie spielte mit dem Gedanken, die Decke fortzuwerfen, besann sich aber augenblicklich eines Besseren, denn sie wollte auf keinen Fall Spuren hinterlassen. Außerdem war die Decke vielleicht der einzige Schutz, den sie besaß.

Als sie auf der anderen Seite des Lehmhügels anlangte, musste sie feststellen, dass ein Tümpel, dessen dunkle, stille Fluten ebenso trübe und undurchsichtig waren wie der nächtliche Himmel, ihr den Weg versperrte.

Pony sah sich hastig um, denn sie wusste, dass die Kreaturen mittlerweile ihre Witterung aufgenommen hatten. Nur, wohin sollte sie sich wenden? Den alten Erzählungen zufolge waren manche dieser Tümpel in den Moorlanden buchstäblich bodenlos; andere wiederum dienten schaurigen Kreaturen aus der Vorzeit als Behausung.

Sie holte tief Luft, um sich innerlich zu wappnen, dann machte sie einen Schritt nach vorn und trat ins eiskalte Wasser, langsam und mit Bedacht, um jedes Plätschern zu vermeiden und gleichzeitig den Untergrund ertasten zu können, bevor sie den Fuß aufsetzte. Bei jedem Schritt erwartete sie zu versinken, aber da sie wusste, dass ihr die Goblins dicht auf den Fersen waren, ging sie entschlossen weiter.

Ihr war bewusst, dass sie jetzt mehr Geräusche erzeugte, denn jeder Schritt im oberschenkeltiefen Wasser rief ein leises

Plätschern hervor; trotzdem wagte sie nicht, langsamer zu gehen, denn die Goblins hinter ihr hatten mittlerweile das Ufer erreicht und versuchten mit ihren hell leuchtenden Augen das Dunkel zu durchdringen.

Plötzlich vernahm sie unmittelbar hinter sich ein lautes Platschen; als sie sich kurz umschaute, sah sie in der Dunkelheit die auf und ab wippende Bewegung eines Speeres. Mittlerweile schallte Gejohle und schrilles Rufen zu ihr herüber, eine permanente Geräuschkulisse, die ihr verriet, dass ihre Feinde dazu übergegangen waren, zu beiden Seiten des Tümpels auszuschwärmen.

Pony ging in die Hocke und hielt ihren Edelstein in die Höhe, versenkte sich abermals in ihn und bediente sich seines Portals, um ihren Geist zu befreien. Dann schwebte sie durch die kühle Nachtluft zum Südufer des Tümpels, wo soeben drei Goblins entlangrannten. Ohne Umschweife warf sie sich auf den Mittleren der drei und stürzte sich mit ihrer gesamten Willenskraft in seinen physischen Körper.

Und hatte dort auf einmal sowohl mit dem Geist des Goblin als auch gegen ihre Abscheu über diese schaurige Tat zu kämpfen. Keine Macht des Edelsteins war abgründiger als diese.

Offenbar hatte sie den Goblin überrumpelt, denn das Geschöpf wirkte völlig ahnungslos, was die Magie der Steine, was körperlose Geister und derartige innere Kämpfe betraf. Trotzdem wehrte sich die ekelhafte Kreatur sofort rein instinktiv und mit dem Mut der Verzweiflung gegen Ponys Eindringen, als ginge es ums nackte Überleben.

Aber Pony kannte sich mit Edelsteinmagie nach wie vor bestens aus, erst recht mit dem Hämatit. Während der letzten Wochen ihres Aufenthalts in Ursal hatte sie viele Stunden damit verbracht, sich um die Armen und Kranken zu kümmern, und dabei die gleiche Art Stein benutzt.

Der Geist des Goblins wurde ausgetrieben.

Ein Erfolg, der nicht von Dauer sein würde, erkannte Pony

sofort, als sie die Welt auf einmal mit den Augen dieser Kreatur sah. Sie strauchelte und wäre fast gestürzt, denn das Gleichgewichtsgefühl unterschied sich stark von dem eines Menschen. Goblins waren untersetzter und drahtiger und bewegten sich mit langen, federnden Schritten dicht über dem Erdboden, wobei sie zur Wahrung des Gleichgewichts gelegentlich mit ihren langen Armen den Boden berührten.

Trotzdem, und obwohl der Geist des Goblins mit aller Macht wieder in seinen Körper zurückzukehren versuchte, gelang es Pony, den groben Speer der Kreatur leicht anzuheben und nach vorn zu stoßen, was zur Folge hatte, dass der vor ihr laufende Goblin einen spitzen Schrei ausstieß. Als dieser stehen blieb, stieß Pony abermals zu, fester diesmal und mitten in den Rücken. Heulend drehte sich der Goblin um und hob ebenfalls seine plumpe Waffe.

Pony stach abermals zu und gleich darauf noch einmal, bevor er auch nur dazu kam, eine Verteidigungshaltung einzunehmen. Die Kreatur warf sich wie von Sinnen hin und her, als sie im Sand landete, während Pony den Speer zurückzog, um erneut zuzustechen.

Doch dann spürte sie einen dumpfen Schlag in ihrem Rücken, gefolgt von einem heftigen Schmerz, und landete plötzlich vorwärts strauchelnd im Morast.

Noch im Fallen gelang es ihr, sich halb herumzudrehen, so dass sie den dritten Goblin auf sich zustürzen sah, den Knüppel hoch erhoben, um abermals auf sie einzudreschen.

Genau in diesem Augenblick entließ sie den Goblin-Körper aus ihrer Gewalt, so dass der körperlose Geist des Goblins wieder die Herrschaft über seine physische Hülle übernahm.

Er schlüpfte zurück in seinen Körper und konnte gerade noch rechtzeitig die Augen aufreißen, um bestürzt den Knüppel auf sich niedersausen zu sehen und dann den aufblitzenden Schmerz zu spüren, als der Knüppel ihm die Stirn zertrümmerte.

Pony bekam von alldem nichts mit; ihr Geist befand sich bereits wieder auf dem Rückweg über den kleinen See, vorbei an ihrem Körper und zum gegenüberliegenden Ufer, wo soeben zwei weitere dieser Kreaturen mit schnellen Schritten entlanghasteten.

Sie näherte sich dem hinteren Exemplar in der Absicht, sich seiner auf ganz ähnliche Weise zu bemächtigen. Wie schon beim Ersten gewann sie fast augenblicklich die Oberhand und schaffte es, eine gewisse Kontrolle über die Kreatur zu erlangen.

Aber die Inbesitznahme war die schwierigste Form der Edelsteinmagie, jene Form, die einen am meisten forderte, und in ihrem geschwächten Zustand vermochte Pony ihre Kontrolle nicht aufrechtzuerhalten. Immerhin gelang es ihr, ihn so weit in ihre Gewalt zu bringen, dass sie ihn gegen seinen vorauslaufenden Gefährten stoßen konnte, er gegen dessen Beine fiel und ihn auf dem morastigen Grund zu Fall brachte. Als dieser sich umdrehte und der Geist des besessenen Goblins sich wie von Sinnen auf sie stürzte, um seinen Körper wiederzuerlangen, gelang es Pony, die Faust des besessenen Körpers nach vorn zu stoßen und der verwirrten Kreatur vor ihr ins Gesicht zu rammen.

Seine erste Reaktion bestand in einem wütenden Knurren; dann schob er, wild mit den Armen fuchtelnd, sein Gesicht nach vorne, um sie zu beißen – oder vielmehr seinen Gefährten, denn als dieser grausige Anblick auf sie zugeschossen kam, ließ Pony sofort von ihm ab. Ihr Geist jagte mit der ganzen Dringlichkeit eines Auftauchenden, der zu lange unter Wasser gewesen war, zurück in ihren wartenden Körper.

Den Rest des Weges quer durch den morastigen Tümpel gab sie jeden Versuch auf, Vorsicht walten zu lassen. Kopf voran warf sie sich auf das morastige Ufer und stürzte in den lehmigen Schlamm. Sie kam mühsam wieder auf die Beine, wickelte sich die Decke um einen Arm und bohrte ihre freie Hand in den Lehm, um einen Klumpen daraus zu formen.

Die beiden Goblins von der Südseite des Tümpels hatten sie

fast schon erreicht; der dritte, von dem sie Besitz ergriffen hatte, lag vor Schmerzen schreiend am Ufer.

Die beiden griffen Seite an Seite an, der eine mit vorgehaltenem Speer, der andere mit hoch über dem Kopf erhobenem Knüppel. Pony warf die nasse, schlammverdreckte Decke über die Spitze des Speeres, trat leichtfüßig zur Seite und schleuderte der zweiten Kreatur den Lehmklumpen ins Gesicht. Der verblüffte Goblin stürmte weiter auf sie zu, doch Pony duckte sich, packte ihn an den Knöcheln und warf ihn schwungvoll zu Boden.

Hektisch versuchte sie wieder auf die Beine zu kommen und drehte sich noch im Aufstehen um, um sich zu verteidigen. Aber sie war aus der Übung; das Alter und die Gefühlswirren der letzten Jahre hatten ihre Reflexe stumpf werden lassen. Sie sah den ersten Goblin hartnäckig auf sich zustürzen, der seinen Speer wieder aus den Verwicklungen der Decke befreit hatte und vor den Körper hielt. Eigentlich hätte sie sich zur Seite drehen müssen, um die attackierende Spitze an sich vorbeizulassen.

Aber sie konnte nicht.

Pony krümmte sich, als der Speer sie in die Seite traf und sich in sie hineinzubohren begann. Mit der Linken packte sie den Schaft, um ihm ein wenig von seinem Druck zu nehmen, dann akzeptierte sie den Schmerz mit verzerrter Miene, trat mit einer Körperdrehung einen halben Schritt nach vorn und ließ ihre rechte Hand vorschnellen, um der hässlichen kleinen Kreatur mitten ins Gesicht zu schlagen. Die Wucht des Schlages ließ ihn nach hinten taumeln, so dass Pony den Speer mit beiden Händen packen und die Bewegung des rückwärts torkelnden Goblins noch verstärken konnte, indem sie den Speer aus ihrer Seite zog. Sie ließ ihn jedoch nicht etwa los, obwohl der beißende Schmerz ihr fast alle Kraft raubte und ihre Knie bereits nachzugeben begannen. Sie wusste, der Goblin würde sie mit Sicherheit töten, wenn sie ihm die Chance dazu gab, also besann sie sich auf ihr jahrelanges Training und auf ihre

Selbstdisziplin und ignorierte den stechenden Schmerz. Statt ihren Instinkten nachzugeben und sich zurückfallen zu lassen, warf sie sich nach vorn und rammte das wankend vor ihr stehende Wesen mit der Schulter zu Boden. Sie folgte ihm nach unten und drückte ihm die Schulter ins Gesicht – worauf er sie prompt biss, während er gleichzeitig mit beiden Händen am Speer zu zerren begann.

Schließlich ließ der Goblin die Waffe los und ging dazu über, unter unablässigem Schnappen und Beißen auf ihren Kopf und ihre Schultern einzutrommeln.

Doch dann gelang es Pony, eine Hand unter ihren Körper zu schieben; unter Aufbietung ihrer gesamten Muskelkraft stemmte sie sich – mit einer Bewegung, wie sie nur jemand zustande brachte, der sich viele Jahre in den Kampfkünsten geübt hatte – mit einem Ruck von dem Goblin hoch. Sie drehte sich über dem am Boden liegenden Wesen einmal um die eigene Achse und wechselte ihren Griff am Speer, so dass er nach unten zeigte, als sie wieder auf den Goblin zurückfiel. Unter dem Druck ihres Körpergewichts bohrte sich die Waffe in seine Brust. Sie spürte einen Widerstand, als der Speer das Rückgrat streifte, stützte sich aber noch immer mit ihrem ganzen Gewicht auf ihn, bis die Spitze unter der Bestie im weichen Lehm versank.

Der Goblin schrie wie wahnsinnig, als er spürte, dass das Leben aus ihm herausströmte. Pony versuchte nicht einmal mehr, den Hagel kraftloser Schläge abzuwehren. Sie wandte sich ab, krabbelte auf Händen und Knien rasch davon und sammelte dabei weiteren Lehm auf, ehe sie sich mit einer schnellen Körperdrehung aufrichtete, um den Goblin mit dem Knüppel abzuwehren, als dieser erneut zum Angriff überging.

Sie traf den stumpfsinnigen Kerl mit einem zweiten Lehmklumpen im Gesicht, diesmal jedoch duckte sie sich nicht, sondern hielt genau auf ihn zu und rammte ihn mit der vollen Wucht ihres zur Seite gedrehten Körpers. Sie umschloss die

Hand des Goblins mit beiden Händen und bog sein Gelenk mit einer brutalen, ruckartigen Drehung nach unten. Als der Schmerz seinen Arm hinaufschoss, lockerte er den Griff so weit, dass Pony ihm den Knüppel entwinden konnte.

Sie packte die Waffe, holte aus und traf den Goblin mit voller Wucht am Kopf. Plötzlich verlor sie vollkommen die Beherrschung, drosch auf die Bestie ein und konnte selbst dann noch nicht aufhören, als diese sich schon längst nicht mehr bewegte.

In ihrer Verzweiflung, ihrem Schmerz, hätte sie womöglich endlos auf sie eingedroschen, doch dann hörte sie die beiden vom Nordufer nahen und richtete sich auf, um sich auch diesem Angriff zu stellen. Einer hielt ein Kurzschwert in der Hand, während der andere, von dem Pony Besitz ergriffen hatte, keine Waffe bei sich trug; trotzdem attackierte er sie voller Ungestüm mit bloßen Händen und versuchte ihr mit seinen langen, schmutzigen Fingernägeln die Haut in Fetzen zu reißen.

Mittlerweile jedoch war sie im Besitz einer Waffe – und sie war vorbereitet. Leichtfüßig tänzelnd wich sie zurück, perfekt ausbalanciert und stets unmittelbar außer Reichweite der wütenden und schnell das Gleichgewicht verlierenden Goblins. Sie zweifelte keinen Augenblick daran, dass sie sie besiegen konnte, und zwar mühelos, nur lief ihr mittlerweile das Blut in Strömen aus der klaffenden Wunde. Sie presste eine Hand darauf, um buchstäblich ihre Eingeweide zurückzuhalten, ließ den Knüppel um das vorstoßende Schwert des angreifenden Goblins kreisen und schlug es gelegentlich zur Seite weg, um auch den zweiten Angreifer in Schach zu halten.

Schließlich gingen ihre Gegner dazu über, ihre Bewegungen besser aufeinander abzustimmen, und Ponys Beine begannen, unter ihrem Körper nachzugeben. Schlagartig wurde ihr klar, dass sie in Schwierigkeiten war. Sie täuschte ein Stolpern vor und bot ihnen damit eine augenfällige Bresche; als der Schwertträger darauf in seinem Übereifer einen Schritt nach vorne trat, um in die Lücke vorzustoßen, machte sie einen Satz nach vorn und versetzte nicht dem Angreifer, sondern seiner Waffe einen heftigen Schlag.

Der Goblin taumelte zur Seite, so dass Pony sich auf seinen unbewaffneten Gefährten stürzen konnte. Sie schnellte geradewegs auf ihn zu, und statt in weitem Bogen auszuholen, stieß sie den Knüppel nach vorn, so dass das schwere Ende der Waffe ihn trotz seiner plötzlich gekrümmten Körperhaltung an der Brust erwischte. Pony zog sofort zurück, schwang den Knüppel und sorgte dafür, dass ihr zweiter Hieb genau von oben kam. Er landete krachend auf dem Kopf des Goblin, zerschmetterte seine Schädeldecke und schickte ihn wie einen Stein zu Boden.

Mit knapper Not gelang es Pony, sich herumzudrehen, ehe sie den Knüppel instinktiv dem mit dem Schwert angreifenden Goblin entgegenschleuderte. Der Treffer blieb nahezu wirkungslos, lenkte ihn aber so weit ab, dass sie die ausgestreckte Klinge passieren und sich mit voller Wucht gegen den Goblin werfen konnte. Sofort gerieten die beiden in eine tödliche Umarmung; Pony klammerte sich hartnäckig an den Unterarm des Goblins, um zu verhindern, dass er ihr mit dem Schwert zu nahe kam. Dank ihrer Beinarbeit fand sie schnell einen festen Stand, ehe sie ihr größeres Gewicht einsetzte, um den Goblin zum Wasser zurückzudrängen. Dann stellte sie ihm ein Bein, so dass sie mit ihm zusammen in den kalten und trüben Tümpel stürzte.

Ohne ihre Schmerzen weiter zu beachten, drückte sie den Kopf der wild um sich schlagenden Kreatur mit der Schulter unter Wasser. Hartnäckig verteidigte sie diese schwierige Stellung und setzte ihr ganzes Gewicht ein, als der Goblin völlig außer sich geriet. Er ließ sein Schwert los und bekam irgendwie Ponys Haare zu fassen; sie ließ sich davon aber nicht beirren und verstärkte ihren Druck sogar noch.

Es schien, als wären bereits mehrere Minuten verstrichen, ehe die Bewegungen des Goblin endlich erlahmten.

Pony hielt ihn noch eine Weile in ihrem Griff, um ganz sicherzugehen, dass er ertrunken war, dann löste sie sich von ihm und kroch auf allen vieren zurück ans Ufer des Tümpels. Dort schwanden ihr endgültig die Kräfte; die Hand auf die immer noch blutende Seite gepresst, torkelte sie zur Seite. Aber als sie nach dem mit Heilkräften versehenen Seelenstein greifen wollte, dessen magische Energie sie jetzt dringend benötigte, musste sie zu ihrem Entsetzen feststellen, dass sie ihn während des Kampfes irgendwo verloren hatte. Sie wusste genau, dass sie ihn unbedingt finden musste, und sah sich hektisch um.

Aber sie hatte nicht mehr die Kraft dazu; noch ein paar unsichere Schritte, dann fiel sie mit dem Gesicht voran auf den lehmigen Boden und glitt an einen Ort tiefster Dunkelheit.

Ihr letzter Gedanke war, ob Elbryan sie dort wohl schon erwartete.